COURS

DE

LITTÉRATURE

FRANÇAISE

TABLEAU DE LA LITTÉRATURE

AU XVIIIᵉ SIÈCLE

TOME IV

IMPRIMERIE PANCKOUCKE,

Rue des Poitevins, 14.

COURS

DE

LITTÉRATURE

FRANÇAISE

PAR M. VILLEMAIN

PAIR DE FRANCE, MEMBRE DE L'ACADÉMIE FRANÇAISE

TABLEAU DE LA LITTÉRATURE

AU XVIIIᵉ SIÈCLE

TOME IV

2ᵉ édition
revue, corrigée et augmentée.

PARIS

DIDIER, LIBRAIRE-ÉDITEUR

35, QUAI DES AUGUSTINS

1840

TABLEAU

DE

LA LITTÉRATURE

AU XVIIIᵉ SIÈCLE.

QUARANTE-HUITIÈME LEÇON.

Considérations générales sur l'éloquence politique. — Caractère particulier de l'éloquence politique chez les modernes, et surtout en France. En quoi diffère de la tribune antique. — La Grèce. — Rome. — Puissance de l'improvisation. — Exemple rapporté par Cicéron. — Vie périlleuse des orateurs. — Admirable peinture qu'en fait Cicéron. — Cet état presque habituel de la république romaine se retrouve dans nos troubles civils. — Une séance du sénat romain. — Caractère politique de l'éloquence chrétienne dans les premiers siècles. — Résumé.

MESSIEURS,

On m'a quelquefois reproché de faire une histoire plutôt qu'un cours; de raconter au lieu d'instruire. Je n'espère pas me corriger tout à fait de ce défaut. Aujourd'hui même, que notre séance doit offrir, par le sujet, plus d'ensemble et de

IV.   I régularité, je ne promets pas de devenir dogmatique. Et d'abord, Messieurs, je ne conçois guère l'étude des lettres autrement que par une suite d'épreuves, d'expériences sur toutes les créations de la pensée. Je ne crois pas que les formes du génie puissent être prévues, calculées, enfermées dans un certain nombre de règles et de préceptes. Prêt à vous entretenir de l'éloquence de la tribune, de cette éloquence vraiment oratoire, comme disaient les anciens : *magna illa et oratoria eloquentia*, les principes de l'art m'échappent, les catégories me semblent incomplètes. Il y a dans tous les arts de l'esprit, et en particulier dans l'éloquence, quelque chose de trop puissant et de trop libre pour s'assujettir aux systèmes des rhéteurs.

De même que, suivant la haute remarque de Buffon, pour bien connaître la nature, il ne suffit pas d'apprendre les classifications des sciences, et qu'il faut la contempler elle-même, dans son incalculable richesse et sa perpétuelle activité; ainsi, pour concevoir le génie de l'éloquence dans toute son étendue, il n'y a pas de division, fût-elle inventée par Aristote; il n'y a pas de préceptes, fussent-ils donnés par Cicéron, qui suffisent. Il faut éprouver, au moins par l'imagination, la force de tous les sentiments humains, comparer les siècles divers et leurs inspirations dominantes, étudier tous les efforts et tous les hasards du talent : et puis, quand vous aurez fait ce cours de rhétorique universelle, toute émotion profonde que vous

ressentirez dans la vie, toute passion vive qui re-
muera votre âme vous apprendra bien au delà de
ces premières leçons d'éloquence.

Messieurs, nous avons presque épuisé l'examen
de la littérature française au xviiie siècle. Nous
sommes arrivés à cette époque où l'esprit ne peut
plus se prendre qu'à l'ordre social. Tout ce qui
avait occupé la spéculation et le raisonnement
oisif est expliqué, analysé. Ces premiers aliments
offerts à l'activité de la pensée sont dévorés. On
est parvenu au pied de l'édifice qu'il s'agit d'abattre et de reconstruire; et le dernier ouvrage que
le talent se propose alors, c'est une révolution sociale. C'est ainsi que va s'élever la tribune politique.

Mais en France, à la fin du xviiie siècle, quel caractère aura cette tribune nouvelle? Ressemblera-
t-elle à celle des Anglais, régulière et presque
formaliste, au milieu même d'une guerre civile,
s'appuyant sur les traditions et les anciens souvenirs, alors qu'elle innove dans la souveraineté
même? rappellera-t-elle cette tribune polonaise,
élevée par moment au milieu des agitations d'une
anarchie guerrière? enfin, aura-t-elle quelque ressemblance avec cette tribune de l'antiquité, si fortement liée à tout l'état social, aux mœurs, au climat, à la vie de ces hommes qui, sous le nom des
Grecs et des Romains, fatiguent sans cesse l'univers de leur souvenir? Non, Messieurs, elle aura
nécessairement un autre caractère, un caractère
singulier, nouveau, qui tient à son origine litté-

raire et philosophique. On y reconnaîtra le développement d'un peuple qui, après avoir employé
les sciences et les talents à l'amusement, à l'intérêt
de la vie sociale, à l'affranchissement des esprits,
veut les faire servir au renouvellement de la société
elle-même. Elle aura donc quelque chose de plus
hardi, de plus systématique, de plus général que
toutes les autres éloquences politiques qui ont
éclairé ou troublé le monde.

Mais, avant d'essayer ce difficile examen, ne
faut-il pas jeter quelques regards en arrière et
autour de nous? Au milieu de toutes les variétés
nationales, ne faut-il pas d'abord nous rendre
compte du caractère essentiel attaché à l'éloquence de la tribune? L'éloquence politique (le
mot le dit assez) n'appartient qu'aux états libres.
Son théâtre est une assemblée populaire; sa plus
grande puissance, la parole soudaine excitée par
la chaleur du débat.

Dans quels lieux du monde ces deux conditions
de l'éloquence s'étaient-elles rencontrées davantage? Ici l'antiquité nous répond; elle nous ob-
sède, nous accable du nombre et de l'éclat de ses
exemples; mais nous n'irons pas les reprendre en
détail, et faire un épisode qui soit un ouvrage.

Nous n'essayerons pas non plus d'analyser cette
rhétorique d'Aristote, travail d'un esprit si fort,
mais œuvre de philosophie plutôt que leçon
d'éloquence, composée pour la Grèce lorsqu'elle
n'était plus libre. Nous chercherons seulement à
recueillir, dans l'éloquence de l'antiquité, quel-

ques caractères généraux de l'esprit humain, qui
doivent se reproduire toutes les fois qu'il y aura
la liberté pour inspiration et la parole soudaine
pour instrument. Où pourrait-on chercher ailleurs que dans la Grèce la première forme, le
plus heureux développement de cette éloquence?
Elle y était le gouvernement et le spectacle des
peuples tout à la fois. Ici, la multitude des faits,
des souvenirs embarrasse la pensée, et permet à
peine de saisir quelques traits distincts ou dominants. Toutefois, ce qui nous frappe d'abord, c'est
ce caractère de logique et d'imagination qui appartenait à l'éloquence politique des Grecs. En
même temps que, chez eux, la philosophie en-
trait dans l'éloquence, elle protestait contre elle.
La réforme tentée par les philosophes était ennemie de la domination exercée par les orateurs. Ce
premier trait ne vous semble-t-il pas marquer une
différence entre l'éloquence politique des anciens
et celle qui naquit, en France, du développement
des idées générales et de l'esprit d'indépendance
philosophique? Dans l'antiquité grecque, la philosophie considérait l'éloquence comme une force
injuste et passionnée, qui trompait les hommes
en flattant leurs préjugés, et les tyrannisait au
milieu d'un état libre. Au contraire, dans nos
états modernes, et surtout en France, ce sont les
idées philosophiques, dans leur hardiesse, qui
ont enhardi la parole; ce sont toutes les doctrines
dont les philosophes modernes avaient, pendant
un demi-siècle, rempli leurs ouvrages, qui tout à

coup assaillirent la tribune et se proclamèrent elles-mêmes à haute voix.

Mais une plus grande différence, c'était celle des climats, des imaginations, des mœurs. Bien que l'esprit des Grecs fût singulièrement dialecticien et subtil, la condition de l'éloquence, pour eux, c'était la pureté, l'élégance, l'harmonie du langage. Rien n'était plus sévère, plus délicat sur le goût, que cet auditoire démocratique d'Athènes. Cicéron le remarque : « Devant le peuple athénien, un orateur n'eût osé se servir d'un terme dur ou inusité ; » *eorum religioni quum serviret orator, nullum verbum insolens, nullum odiosum ponere audebat.* Le plus grand et le plus austère des orateurs athéniens, dans une cause qui intéresse le salut commun, est obligé de s'excuser d'avoir manqué à l'élégance attique, et de rappeler aux Athéniens que le sort de la Grèce ne dépend pas d'un geste oratoire.

Cependant, Messieurs, cette perfection de langage qui semblait imposée aux orateurs de l'antiquité grecque, comment l'accorder avec cette condition de soudaineté si puissante dans le débat politique? Périclès, selon Plutarque, n'allait jamais à la place publique sans avoir demandé aux dieux la grâce de ne rien dire d'imprudent, rien qui ne fût nécessaire, rien qui ne fût convenable. Cette prière était toute une préparation oratoire. Phocion, silencieux, au pied de la tribune cherchait, avant d'y monter, comment il exprimerait en moins de mots ce qu'il avait à dire. La préméditation seule, en effet, peut donner la concision du langage. Qui doute cependant, Messieurs, malgré ces exemples, que, dans le mouvement d'une assemblée populaire, la parole des orateurs d'Athènes ne fût souvent subite, improvisée? Pour persuader les autres, il faut penser avec eux, en même temps qu'eux. Vous lisez dans les rhétoriques d'excellents préceptes sur l'action, sur la perfection du geste, la force et la vérité du débit. Rien de mieux; tous ces conseils vous apprennent à simuler à grande peine ce que vous feriez naturellement si vos paroles étaient l'expression soudaine de vos sentiments et de votre âme. Il peut y avoir beaucoup d'art; mais il n'y a plus de vérité lorsqu'on récite au lieu de sentir. On n'est plus orateur; on est acteur. La perfection même du débit, s'il n'est pas l'accent involontaire de l'âme, deviendrait un défaut, en trahissant l'artifice.

Je sais que les rhéteurs anciens ont compté la mémoire parmi les qualités essentielles à l'orateur. Mais cette mémoire n'était pas celle des phrases et des mots; c'était une vive sensibilité qui retient toutes les impressions qu'elle a reçues, retrouve subitement toutes les idées qui l'ont frappée, et se ranime plutôt qu'elle ne se ressouvient. C'était une attention vaste et sûre qui parcourt rapidement toutes les parties d'une cause, d'un sujet, et n'oublie rien, par la force même du raisonnement et la nécessité de la méthode. En lisant les discours de Démosthène, même les plus travaillés, ces discours où Longin ne voyait pas une phrase, pas une expression que l'on pût changer ou déplacer sans détruire la justesse et l'énergie du langage, vous remarquerez cependant des choses soudaines, imprévues pour l'orateur, des expressions qui ont dû lui être données par l'accident du combat. Dans son plaidoyer *contre Eschine*, il répond à des objections qu'il vient d'entendre. S'il refuse l'ordre de discussion que veut lui imposer son adversaire, s'il développe sa défense comme il l'avait préméditée, il y entremêle cependant des répliques soudaines. Il en cherche l'occasion, il interpelle Eschine; il attend, il défie sa réponse, et triomphe de son silence qu'il ne pouvait prévoir.

Parmi les écrits de Démosthène, on a conservé des fragments assez courts qui devaient trouver place dans des discours presque entièrement improvisés. Il y a, par exemple, tout un recueil d'exordes. Cette précaution était devenue un précepte pour Cicéron. Vous vous souvenez que ce grand maître de tous les secrets de la parole dit quelque part que l'orateur doit être assuré du commencement de son discours; qu'ensuite, animé par la parole même, il achèvera, sous l'inspiration du moment. Cicéron, par une belle similitude, rappelle que les rameurs font voguer d'abord une barque à force de bras, puis s'arrêtent, tenant les rames suspendues; mais le mouvement une fois donné pousse la barque en avant. C'est ainsi que le discours soudain, que la parole, pressée par l'impulsion première du discours écrit, conserve le même élan et la même vigueur.

Si de la Grèce, entrevue rapidement, nous passons à Rome, nous y retrouvons les mêmes caractères de l'éloquence politique, l'audace et la soudaineté, avec des intérêts plus grands. L'éloquence grecque était presque renfermée dans Athènes; elle agissait sur des hommes libres, en qui la liberté avait développé tous les dons de l'intelligence; mais elle n'avait pas ce vaste théâtre, cette puissance d'action que la parole trouva dans Rome. C'est à Rome peut-être que nous devons chercher le plus haut degré de l'éloquence politique, considérée tout à la fois comme puissance et comme art. Là paraît tout entier cet empire que, dans la société antique, la parole exerçait sur les hommes assemblés. Nul doute que l'art moderne ne soit resté loin de ces exemples.

Vous souvenez-vous du passage où Rousseau, donnant la supériorité à la vie sauvage sur la vie sociale, allègue pour motif que, dans la vie sauvage, l'homme endurci, développé par l'exercice et le besoin, se porte tout entier partout, que ses membres plus agiles, sa vue plus perçante, tous ses organes plus subtils ou plus forts, sont comme autant d'armes attachées à lui-même, et toujours prêtes; tandis que l'homme social, l'homme civilisé, peut à peine, par mille secours étrangers, mille moyens artificiels, remplacer cette force primitive que le sauvage a seulement conservée? On pourrait, Messieurs, avec plus de justesse, appliquer ce contraste à l'orateur antique, mis en parallèle avec l'écrivain moderne. L'orateur antique, tel que Cicéron nous le montre, tel qu'il aime à le décrire, avait bien en lui cette force immédiate, complète, indépendante. C'était l'homme en qui la voix, la pensée, l'âme étaient le mieux développées pour une action soudaine. Ce n'était pas dans un seul discours qu'il mettait son génie; il ne faisait pas une œuvre, en quelque sorte, distincte de lui-même; il se portait tout entier partout, opposant, comme une armure naturelle, sa force oratoire à tous les accidents de la vie sociale, aux inimitiés, aux périls. Dans nos temps modernes, il se rencontre parfois un homme qui fait un livre meilleur que lui, c'est-à-dire qui, s'aidant de tous les moyens de la civilisation littéraire et de l'art industriel d'écrire, travaillant, imitant, raccommodant, compose un certain nombre de pages qui renferment un certain nombre d'idées, tandis que lui-même, pris sur le fait, sommé de parler, ne montrerait pas le quart du talent qu'il a mis dans son ouvrage.

De même, Messieurs, en sens inverse, un orateur de Rome, un Galba, un Crassus étaient bien supérieurs à leurs écrits. Ils trouvaient, au moment, un génie qu'ils n'ont pas laissé sur papier. Cicéron nous l'apprend. Leurs ouvrage écrits, que nous avons perdus, étaient inférieurs à eux-mêmes. Mais, dans la chaleur du combat, lorsqu'il avait fallu montrer l'homme armé du don naturel et soudain de la parole, le guerrier de la tribune, alors ils avaient été puissants, grands, admirables; ils avaient accompli l'œuvre de l'orateur.

Où trouverons-nous, Messieurs, quelques souvenirs originaux de ces victoires de tribune, de cette action instantanée de la parole, dont lord Chatam, en Angleterre, et Mirabeau, parmi nous, ont ressuscité l'exemple? Ce n'est pas, je le crois, dans les discours même de Cicéron, tels qu'ils nous ont été transmis. Ces discours portent évidemment la marque d'un art ingénieux et savant, qui les a corrigés, embellis. Cicéron l'a dit cent fois, et toute l'antiquité romaine le répète. Souvent ce grand orateur avait parlé d'après quelques notes fort courtes, rapidement jetées, et que Tiron l'affranchi publia dans la suite. Elles étaient, nous apprend Quintilien, fort simples, négligées, faites pour le besoin de l'orateur, bien différentes en cela des extraits, soigneusement travaillés, d'un autre orateur, Sulpicius. Mais les discours qui nous restent de Cicéron ne sont plus ces notes, premier jet de la pensée de l'orateur. On n'y trouve pas ces improvisations accidentelles qui faisaient sa force; il y a trop d'art, trop de symétrie, trop peu de mots répétés, une élégance trop achevée.

Ce n'est pas sans doute que le don naturel de l'élégance, fortifié par l'habitude, cet art infini d'une rhétorique longtemps apprise, ne puisse inspirer quelques phrases savantes et harmonieuses, même à l'improviste; mais un art trop habile se fait sentir dans les discours de Cicéron. Voyez même sa harangue *contre Catilina*. Je suis sûr que, dans la solitude de son cabinet, il a revu ces invectives soudaines, ces injures d'abord arrachées par la colère, et que, de sang-froid, il les a rendues plus amères et plus poignantes, s'il l'a pu.

Ainsi, pour trouver l'inspiration immédiate et primitive de l'éloquence romaine, il faut chercher, çà et là, quelques fragments conservés. Je citerai d'abord un exemple emprunté à l'orateur romain le plus célèbre avant Cicéron, et le mieux loué par lui, Crassus. Il semble, à la vérité, que le talent de Crassus était surtout judiciaire; mais vous savez quelle était, chez les anciens, l'intime alliance de la tribune politique et du barreau.

Les passions développées par la liberté étaient à la fois si puissantes et si désordonnées dans ces républiques orageuses, que la justice était à peine possible. Dans les préceptes donnés par les orateurs anciens, on suppose presque toujours le magistrat violent, partial, injuste, corrompu : n'importe; voilà l'homme que la parole doit enlever. Mille scènes tumultueuses se mêlaient sans cesse à la solennité de la justice. La forme de cette justice, le lieu où elle était rendue, le caractère des accusations si souvent politiques, la présence des partis opposés, la foule du peuple, tout excitait et élevait l'orateur. Le petit ou même le grand Châtelet, la salle des pas perdus, ne ressemblent pas à cet immense Forum, à cette place publique où l'on prononçait les décrets qui abolissaient les royautés d'Asie, où l'on donnait les dignités de Rome, où l'on proposait, où l'on abrogeait des lois, et qui servait aussi de théâtre aux grands débats judiciaires. Une des plus belles inspirations de la pa-

role improvisée, celle que Cicéron nous a conservée sous le nom de Crassus, vous ne pouvez pas
la supposer ailleurs que dans le Forum.

Voyez d'ici ce Forum tel qu'il n'est plus, cette
place immense, arène journalière du peuple-roi : à
l'une des extrémités, sur de hautes estrades, sont
réunis les juges en grand nombre; plus bas est l'accusé, citoyen considérable, Plancus; en face l'accusateur, un homme de la famille des Brutus, redouté
par la violence de ses invectives et méprisé pour
ses mœurs. Un peuple immense se presse. Brutus a
porté la parole avec toute l'énergie de la haine. Le
plus grand orateur de Rome, Crassus, a commencé
la défense de l'accusé. Cependant ce vaste Forum,
rempli par les spectateurs du combat judiciaire, est
tout à coup traversé par une imposante cérémonie.
Une femme du sang des Brutus, Junia venait de
mourir. Son corps est conduit avec pompe vers le
bûcher funèbre; une suite nombreuse de citoyens
forme le cortége; on porte au-devant les images ré-
vérées de tous les aïeux de Junia, jusqu'au premier
Brutus. Ce spectacle, cette solennité de la mort
suspend un moment l'audience, cette audience en
plein air, à la face de Rome et des dieux. Mais
Crassus a saisi soudainement cette occasion pour
accabler son adversaire. Avec un degré inexprimable de véhémence, lançant des regards terribles
sur l'accusateur, se précipitant de tous ses gestes
sur lui, d'une voix tonnante et rapide, il s'écrie :

Que fais-tu là, Brutus, tranquillement assis? Que veux-tu que
cette vieille femme aille annoncer sur toi à ton frère, à tous ces

grands hommes dont tu vois passer les images, à tes ancêtres, à Lucius Brutus, qui délivra le peuple du joug des rois? De quel travail, de quelle gloire, de quelle vertu, te dira-t-elle occupé? Du soin d'augmenter ton héritage? cela serait peu digne de ta naissance; à la bonne heure, cependant : mais non; il ne te reste rien de ce patrimoine; tes vices l'ont dévoré. Dira-t-elle que tu l'appliques à la science des lois? ce serait une tradition paternelle; mais, en vendant la maison de ton père, tu n'as pas même sauvé, parmi les débris de ses meubles, le siége où il était assis pour entendre ses clients. Au métier des armes? tu n'as vu de ta vie un camp; à l'éloquence? mais tu n'en possèdes aucune. Tu as seulement prodigué tout ce que tu avais de force et de voix dans ce vil trafic d'accusations et de calomnies. Comment oses-tu voir le jour, envisager ce peuple, paraître au Forum, dans la ville, sous les yeux des citoyens? N'as-tu pas frissonné à la vue de cette femme morte, et des images de tes ancêtres? Ces glorieuses images, non-seulement tu ne les imites pas dans ta vie, mais tu n'as pas même une demeure à toi pour les recueillir.

Ce morceau est tout dans les mœurs antiques, tout plein d'allusions romaines; et cependant il conserve pour nous une étonnante énergie.

Voilà l'improvisation; et vous sentez bien, Messieurs, que plus cette vie de Rome était agitée, exposée aux attentats de la force, plus cette nécessité d'être armé sans cesse de sa parole et de son génie était imposée à l'orateur. Un homme qui aurait eu besoin de se retirer pour méditer son discours, ou de retrouver ses tablettes pour le lire, était un homme perdu, anéanti. Que l'on considère ces troubles civils qui rendirent la vie des Romains si affreuse et si dramatique pendant un demi-siècle, le développement de l'éloquence, dans ses formes les plus vives et les plus soudaines, paraîtra l'inévitable résultat des malheurs et des agitations de Rome. Là, comme ailleurs, c'était au prix de la souffrance qu'arrivait le génie.

Aussi, je ne m'étonne pas que, longtemps après, les écrivains qui, sous l'empire, parlaient timidement de la république, aient caractérisé l'éloquence comme une espèce de brûle-maison, de désordre continuel : *Magna illa eloquentia, sicut ignis, materia alitur, et urendo clarescit.*   .

Je ne m'étonne pas que, sous la paisible servitude imposée par Auguste, ils aient rappelé avec une espèce d'effroi ces agitations continuelles du Forum, ces nuits entières passées à la tribune, ces morts prématurées, ces hommes tués par la parole. Je ne m'en étonne pas ; mais je préfère à leur incomplet témoignage la vive peinture que Cicéron a faite de cette vie qu'il avait éprouvée lui-même, et à laquelle il se dévouait. C'est un magnifique épisode qu'il a jeté dans ses beaux dialogues *de Oratore.*

Dans ces dialogues, vous le savez, il a choisi pour organes les plus célèbres orateurs de l'époque antérieure à la sienne : Crassus, Antoine, Sulpicius, Cotta, etc. Au commencement de son troisième livre, il rend hommage à la mémoire de ces hommes illustres, dont il retrace les morts prématurées :

Comme je me disposais, mon frère Quintus, à rapporter dans ce troisième livre le discours que nous avait tenu Crassus après Antoine, un cruel souvenir a renouvelé l'ancienne tristesse de mon âme. Ce génie digne de l'immortalité, cette douceur de mœurs, cette vertu qui brillait dans Crassus, tout fut détruit par une mort soudaine, dix jours après les entretiens que vous venez de lire. Crassus, de retour à Rome, le dernier jour des jeux, s'était vivement ému à la nouvelle d'une harangue prononcée devant le peuple, et où le consul Philippe avait dit qu'il fallait un autre conseil à la tête de la république, et que, pour lui, il ne pouvait la gouverner avec un pareil sénat. Le matin des ides de septembre, Crassus et une foule de sénateurs se réunirent, sur une convocation de Drusus; ce tribun, après une plainte amère contre Philippe, demanda qu'il fût délibéré sur les outrages que Philippe avait proférés contre le sénat, dans l'assemblée du peuple. J'ai vu souvent les plus habiles s'accorder à dire que, chaque fois que Crassus parlait avec quelque soin, il semblait n'avoir jamais mieux parlé; mais cette fois on convint d'un accord unanime que, si Crassus surpassait ordinairement tous les autres, dans ce jour il s'était surpassé lui-même.

Il déplora l'infortune et l'abandon du sénat, qui dans ce consul, dont le devoir était celui d'un bon père, d'un fidèle tuteur, trouvait un vil brigand, et voyait piller par lui le patrimoine de sa gloire et de sa dignité. Il dit qu'il ne fallait pas s'étonner si l'homme dont les conseils avaient bouleversé la république voulait repousser loin de la république les conseils du sénat.

Crassus, par ces paroles, ayant allumé la colère de Philippe, homme impétueux, éloquent, et terrible dans la défense, celui-ci ne put le souffrir; il s'emporte, et ordonnant de saisir les biens de Crassus, il crut l'effrayer par cette menace. C'est dans ce moment que Crassus fut inspiré d'une divine éloquence; et, déclarant qu'il ne reconnaissait plus comme consul celui pour lequel il n'était pas lui-même sénateur, il s'écria : « Penses-tu, lorsque tu as frappé d'une odieuse confiscation l'autorité même du sénat tout entier, quand tu l'as indignement brisé sous les yeux du peuple, que tu pourras m'épouvanter par cette saisie de mes biens? ce n'est pas là qu'il faut porter tes coups. Si tu veux enchaîner Crassus, c'est ma langue qu'il faut arracher; et, ma langue arrachée, mon âme libre encore, du souffle seul repoussera ta violence. » Il parla longtemps avec une grande force d'organe, de colère et de génie. Il développa, dans les termes les plus magnifiques et les plus forts, et fit admettre cette déclaration, que, dans l'intérêt du peuple romain, jamais ni la prudence ni la fidélité du sénat n'avaient manqué à la république. Il fut présent même, nous le voyons par les registres, à la rédaction du décret. Mais ce fut pour cet homme divin le chant du cygne; ce fut le dernier son de cette voix que nous semblions espérer encore lorsque nous venions dans le sénat, après sa mort, pour regarder la place où il s'était arrêté la dernière fois. On nous disait qu'il ressentit en parlant une douleur de côté, qui fut suivie d'une sueur abondante. Saisi par un frisson, il rentra chez lui tremblant de la fièvre; et le septième jour il fut enlevé par un mal de poitrine. O trompeuses espérances des hommes! ô fragilité de la condition humaine! ô vanité de nos efforts, qui se brisent au milieu même de la carrière, qui disparaissent dans la tempête, avant même d'avoir entrevu le port !

Tant que la vie de Crassus avait été occupée dans les travaux du forum, il s'était distingué par les services qu'il rendait aux particuliers, et par la supériorité de son génie, etc., etc.

L'année qui suivit son consulat, cette année qui, du consentement de tous, semblait lui ouvrir la route vers la plus haute autorité dans l'état, lui ravit tout à coup, par la mort, toutes les espérances et toutes les pensées de la vie. Ce fut sans doute une perte amère pour sa famille, pour la patrie, pour tous les gens de bien ; mais tels furent, après lui, les destins de la république, qu'il est permis de dire que les dieux ne lui ont point ôté la vie, mais accordé la mort. Crassus n'a point vu l'Italie en proie aux feux de la guerre civile ; il n'a point vu le deuil de sa fille, l'exil de son gendre, la fuite désastreuse de Marius, le carnage qui suivit son retour ; enfin il n'a point vu dégrader, par tous les genres de flétrissure, cette république, où il avait obtenu tant de gloire lorsqu'elle-même était si florissante.

Mais puisque j'ai pensé aux coups capricieux de la fortune, mon discours n'a pas besoin de s'égarer au loin. Il me suffit, pour exemple, de ces hommes qui paraissent dans le dialogue que je vous rapporte. Bien que la mort de Crassus ait excité de justes regrets, qui ne la trouve heureuse, en se rappelant le sort de tous ceux qui eurent avec lui ce dernier entretien ? Ne savons-nous pas que Catulus, ce citoyen si éminent par tous les genres de mérite, qui ne demandait à son ancien collègue Marius que l'exil pour toute grâce, fut contraint de s'ôter lui-même la vie ? La tête sanglante de Marc-Antoine, à qui tant de citoyens devaient leur salut, fut attachée à cette même tribune, où, pendant son consulat, il avait défendu la république avec tant de fermeté, et que, pendant sa censure, il avait parée des dépouilles de nos ennemis. Avec cette tête tomba celle de Caïus César, trahi par son hôte, et celle de son frère Lucius ; en sorte que celui qui n'a pas été le témoin de ces horreurs semble avoir vécu et être mort avec la république. Crassus n'a point vu son proche parent Publius, citoyen du plus grand courage, mourir de sa propre main ; la statue de Vesta, toute teinte du sang de son collègue le grand pontife Scévola, ni l'affreuse destinée de ces deux jeunes gens qui s'étaient attachés à lui. Cotta, qu'il avait laissé florissant, peu de jours après déchu de ses prétentions au tribunat par la cabale de ses ennemis, fut, quelques mois plus tard, chassé de Rome. Sulpicius, qui croissait pour la gloire de l'éloquence romaine, attaquant avec imprudence ceux qu'il avait le plus aimés, périt d'une mort sanglante ; et sa témérité ne fut point punie sans un grand dommage pour la république.

Ainsi Crassus, la gloire de ta vie, l'à-propos de ta mort me font penser que la faveur des dieux a protégé ta naissance et tes derniers moments; car ton courage et ta fermeté d'âme t'auraient livré au glaive de la guerre civile ; ou, si la fortune t'avait préservé d'une mort violente, elle t'aurait forcé d'être spectateur des funérailles de ta patrie. Et non-seulement la tyrannie des méchants, mais la victoire même des bons aurait affligé tes yeux de tout le sang romain qui la souillait.

Ne reconnaissez-vous pas ici, Messieurs, une triste analogie entre ces annales sanglantes de la tribune romaine et l'histoire de nos premiers orateurs politiques? Lorsque, au commencement de nos troubles civils, on voyait ces hommes, éclatants d'esprit et d'espérance, se presser autour d'une tribune nouvelle et inconnue, aurait-on pensé que, quelques mois après pour les uns, quelques années après pour les autres, presque tous auraient disparu? Mirabeau, il est tombé comme Crassus, tué par la tribune; et ces jeunes gens faits pour la gloire, et qui n'ont pas eu le temps de la recueillir, ou qui l'ont gâtée, Barnave, Vergniaud et d'autres, ils sont morts comme le jeune Sulpicius, sous le glaive des proscripteurs. Le talent de la parole les désignait pour l'échafaud. Presque tous les hommes célèbres d'alors furent emportés, engloutis par la tempête civile.

Ainsi, l'étude de l'éloquence, loin de nous ramener à la méditation des formes littéraires, comme l'ont voulu quelques rhéteurs, nous précipite, nous enfonce, plus que nous ne voudrions, dans tous les souvenirs de l'histoire politique et morale qui en est l'âme et la vie.

Il faut maintenant, Messieurs, compléter par des exemples moins connus, cette idée, cette esquisse que j'ai voulu vous donner du caractère libre, énergique, soudain de l'éloquence politique dans l'antiquité. Le dernier exemple que je choisirai est emprunté à Cicéron, précisément parce qu'il vous fera voir Cicéron sous un autre aspect que celui qui vous est le plus familier. Vous assisterez par cette lecture à une scène intérieure du sénat. Vous verrez comment une éloquence qui n'a rien de pompeux ni de préparé arrivait soudainement à l'orateur, dans les débats du sénat. En songeant que de telles épreuves étaient journalières, vous aurez peine à concevoir la vie laborieuse, dévorante que quelques-uns de ces hommes ont soutenue si longtemps. Quel plus grand phénomène moral que Cicéron! Cette activité perpétuelle, ces crises d'inquiétude, d'ambition et de douleur, et ces continuelles études; cet homme qui, sans cesse menacé dans son salut, dans sa gloire, en butte aux plus mortelles inimitiés, ne peut se sauver un moment dans ses maisons de campagne, qu'aussitôt tous les souvenirs de la Grèce, la philosophie, la poésie, les sciences naturelles, les arts ne le préoccupent tout entier; puis qui rentre dans Rome pour y trouver la guerre au forum, la guerre au sénat!

Mais laissons ce panégyrique inutile, et venons à l'exemple que je vous ai promis. Il montre bien cette convulsion perpétuelle de l'état romain si contraire à l'ordre, au bonheur, si favorable au talent.

Clodius, ancien ami de Cicéron, a été accusé, comme vous le savez, d'avoir profané les mystères de la Bonne-Déesse, dans la maison de César. Traduit devant les centumvirs, il a gagné, ou effrayé le plus grand nombre de ses juges; le tribunal avait fait venir une garde nombreuse pour se mettre à l'abri des satellites de Clodius. Malgré cette précaution, Clodius est absous. « Apparemment, dit alors le grave Catulus, les juges n'avaient demandé des gardes que pour mettre à l'abri l'argent qu'ils ont reçu de Clodius. » Voilà la vie romaine de ces temps. Cependant, de la place publique, Clodius s'est rendu à l'assemblée du sénat avec toute l'effronterie de son absolution récente; Cicéron, indigné, prend la parole : entendez-le dans une lettre familière raconter cette journée :

J'ai accablé Clodius en face dans le sénat, d'abord par un discours suivi et plein de véhémence ; puis dans une altercation dont je ne vous donnerai que quelques traits; car le reste ne peut avoir de force et de grâce, n'étant plus animé par cette chaleur de la discussion, ou comme vous dites, vous autres Grecs, du combat. Aux ides de mai nous étions assemblés au sénat. Invité à dire mon avis, je parlai de la république en général, et j'amenai divinement la parole sur Clodius. « Il ne fallait pas que, pour une blessure, le sénat se laissât vaincre et perdît courage. Le coup était de telle nature, que l'on ne devait se le dissimuler ni s'en effrayer. Nous paraîtrions lâches d'en avoir peur, et stupides de ne pas nous en apercevoir. Lentulus avait été absous deux fois; Catilina deux fois. Celui-ci était le troisième que les tribunaux lâchaient contre la république. Tu te trompes, Clodius; les juges ne t'ont pas laissé Rome pour ville, mais pour prison. Ils n'ont pas voulu te retenir dans la cité, mais te priver de l'exil. Ainsi donc, pères conscrits, ranimez votre courage. L'union des hommes de bien subsiste. Ils ont une douleur de plus, mais leur vertu n'en est pas affaiblie; aucun dommage nouveau n'est survenu, mais le mal qui existait a été découvert. Parmi les juges d'un homme pervers, il s'est trouvé plusieurs hommes semblables à lui. » Mais qu'est-ce que je fais ? J'ai presque enfermé un discours dans une lettre. Revenons à la dispute. Ce bel enfant se lève et me reproche d'avoir visité les eaux de Baïes. « Mensonge ! mais qu'importe ? est-ce la même chose que d'avoir visité les mystères ? ai-je reparti, etc. — Jusques à quand, reprend Clodius, souffrirons-nous ce roi ? — Tu prononces le nom de Roi (*Marcius Rex*), lui dis-je ; mais *Roi* n'a fait de toi aucune mention (il avait, comme on sait, dévoré en espérance la succession de *Roi*). — Tu as acheté une maison, me dit-il. — Crois-tu, lui ai-je répondu, que ce soit même chose que d'acheter ses juges ? — Les juges, me dit-il, ils ne t'ont pas cru, malgré ton serment. — Il y en a vingt-cinq, ai-je dit, qui m'ont cru sur parole, et les trente même qui t'ont absous ne te croyaient pas, car ils ont reçu ton argent d'avance. » Abattu par les cris qui s'élevèrent, il resta muet et fut terrassé.

Voilà, Messieurs, quelle était à Rome l'éloquence politique en famille, dans l'intérieur du sénat, au milieu de ces graves pères conscrits.

L'excès de la liberté était son inspiration ; la parole soudaine, son arme la plus puissante. Sous cette forme, l'éloquence politique semble n'appartenir à nos états modernes que dans les époques de troubles et de révolutions. Vous ne pourriez vous figurer dans la chambre des lords d'Angleterre un débat semblable, une altercation si violente entre deux hommes considérables, sans autre fin que des injures dites réciproquement. Telle fut la société romaine, admirable et affreux mélange de liberté, de génie, de force et d'anarchie. C'est dans cette terre volcanisée que poussaient les grands hommes et les grands orateurs, avec une énergie sans égale.

Si nous jetons un regard sur tout ce monde intermédiaire entre les grands jours de la liberté

romaine et nos temps modernes, l'éloquence politique a disparu. Sous les premiers empereurs elle
se produit encore à demi dans Rome, à la suite
des débats judiciaires; mais elle est singulièrement dénaturée et avilie.

Rome souffrit tous les maux de la servitude par
toutes les institutions et sous tous les noms qui
avaient protégé sa liberté. Le droit universel d'accusation, cette espèce de magistrature dont chaque
citoyen était revêtu pour la liberté commune,
donna, sous les Césars, ces délations infâmes au
profit de la tyrannie, cette éloquence lucrative et
sanguinaire, *lucrosam et sanguinolentam eloquentiam*,
dont parle Tacite. Crémutius Cordus, Helvidius,
Thraséas périrent sous ces accusations politiques
empruntées aux anciennes formes de la république.

Mais ce contre-sens bizarre, cette prostitution
du talent qui faisait de la parole un instrument
servile, ne pouvaient rien inspirer de grand et de
durable. Quelquefois seulement, lorsque l'autorité du prince pesait avec moins de rigueur, cette
attaque permettant une défense, on vit la liberté
politique, toujours mêlée à l'éloquence judiciaire,
reparaître dans la bouche des Pline et des Tacite.
Leurs discours ont péri; mais en lisant les *Histoires*
de Tacite, nous ne pouvons douter qu'il n'ait été
grand orateur dans l'accusation du crime et la défense de la vertu. Pline[1], son ami, nous apprend

---

[1] Respondit Cornelius Tacitus eloquentissime, et, quod eximium orationi
ejus inest, σεμνῶς.

qu'il répondait sur-le-champ avec une force singulière et une gravité majestueuse.

A côté de ce sublime talent, florissait l'éloquence frivole et fastueuse des rhéteurs. Le même
Pline raconte qu'il vient d'entendre un Grec
nommé Isée :

> Jamais, dit-il, Isée ne se prépare, et il parle toujours en homme
> préparé. Son langage est grec et attique ; ses débuts faciles, élé-
> gants, harmonieux, quelquefois graves et pleins de force ; il de-
> mande un sujet, il laisse le choix aux auditeurs, et prend tel côté
> de la question qu'il leur plait ; puis il se lève, s'enveloppe de sa
> robe et commence. Les mots, les idées lui arrivent, tout lui obéit ;
> les paroles se pressent en foule, et quelles paroles ! élégantes, pures.
> On aperçoit dans ses discours soudains une grande lecture, un grand
> exercice du style ; il débute avec convenance, il raconte avec clarté,
> il discute vivement, résume avec force, il instruit, il plait, il
> touche.

Enfin, c'est un admirable orateur ; et cependant c'était un sophiste dont personne n'a jamais
parlé, excepté Pline. Il y a donc, pour ainsi dire,
une contrefaçon du talent de la parole. Il est une
espèce d'illusion, de prestige que peut opérer,
même sur les habiles, la seule facilité du langage.
Que manquait-il, sans doute, à cette éloquence
du sophiste grec ? La conviction, la vérité, la passion, c'est-à-dire toute l'éloquence. C'était un
tour de force au lieu d'être un effort de talent.

La véritable éloquence, celle qui a la liberté
pour âme et la parole soudaine pour instrument,
reparut avec le christianisme. Ses premiers orateurs furent les Démosthènes de leur temps, les
défenseurs du plus grand intérêt social. Ne pouvant plus affranchir les corps, abattus sous le

glaive des prétoriens, ils se chargèrent des âmes. Ces hommes, qui n'avaient plus ni patrie ni droits publics à défendre, ils les rejetèrent vers le ciel. Ces imaginations, qui étaient éteintes par la servitude, ils surent les ranimer, les passionner jusqu'à l'enthousiasme pour des sentiments nouveaux.

Ainsi naquit l'éloquence *politique-religieuse;* c'est l'idée qu'il faut prendre des *premiers Pères de l'Église.* Ils forment le troisième âge de *l'éloquence active.* Les Grecs, les Romains et les chrétiens cosmopolites !

Deux choses distinguent les premiers orateurs du christianisme : la parole soudaine et l'action sur le peuple. Saint Augustin vous dit :

> Lorsque tous se taisent pour écouter un seul, et qu'ils tiennent leurs yeux attachés sur lui, l'usage, la décence ne permettent pas de l'interrompre pour lui demander ce que l'on n'a pas compris ; c'est pour cela surtout que la sollicitude de l'orateur doit aider l'auditoire silencieux. Une multitude, avide d'instruction, a coutume de manifester, par quelque mouvement, si elle a compris. Jusqu'au moment où elle donne ce signe, il faut retourner le sujet avec une infinie variété d'expressions : voilà ce que ne peuvent faire ceux qui débitent mot à mot un discours retenu de mémoire.

N'est-ce pas là, Messieurs, le vrai portrait de l'orateur ? Il devine ce qui manque à sa pensée. Les paroles lui naissent pour le besoin des hommes qui l'écoutent.

Mais de plus, Messieurs, dans les premiers temps du christianisme, la vérité passionnée des sentiments qui agitaient les âmes, l'enthousiasme dont étaient saisis tous ces hommes de Judée, de

Syrie, de Grèce, d'Afrique, d'Espagne, qui deve-
naient concitoyens dans l'Église, donnait à cette
éloquence une force irrésistible. Quels étaient les
intérêts de cette cité chrétienne, voyageuse, incertaine, menacée? C'était de corriger un vice, de
prévenir un scandale qui déshonorait le peuple
naissant; d'empêcher qu'on ne vînt profaner, par
la débauche d'une fête, les tombeaux des martyrs,
ou qu'on ne fît un marché de l'Église; c'était de
proposer le rachat de captifs, ou de demander
que des sectaires qui avaient tué un prêtre chrétien ne fussent pas punis de mort, parce que le
sang d'une victime, même prise parmi les persécuteurs, eût fait honte à la foi nouvelle.

Quelle merveilleuse chaleur devait animer les
discours de ces hommes! Venaient-ils comme des
rhéteurs longuement préparés, ou comme des sophistes indifférents à la cause qu'ils défendent, et
jaloux seulement de bien dire? Non: ils étaient
tout pleins d'une vérité qui débordait dans leurs
paroles.

Saint Augustin nous raconte, avec une naïveté
charmante, qu'un jour, devant parler à son peuple de Numidie, il avait médité un beau discours; il aimait prodigieusement les lettres; sa
conversion avait été commencée par un dialogue
de Cicéron; l'antithèse et tous les artifices du
langage lui plaisaient. Il avait donc préparé un
sermon bien poli, pour détourner ses auditeurs
de l'usage barbare de célébrer la fête d'un saint
par des combats de gladiateurs, et des débauches

dans l'église; mais monté dans la chaire chrétienne, lorsqu'il voit ces hommes impatients de se livrer à leurs cruels et grossiers plaisirs, il est ému de douleur, il oublie son discours, il parle avec les premières paroles qui lui viennent; il est simple, inculte comme ses auditeurs; il pleure, il attendrit ces hommes; et depuis ce temps on n'a plus ni chanté ni fait la débauche dans l'église d'Hippone.

Quel est le rhéteur ancien, quel est le sophiste admiré par Pline, qui ait fait de ces choses-là? Ils ont prononcé des discours; on a applaudi : voilà tout.

Évidemment, cette même force de l'éloquence religieuse, s'appliquant aux intérêts civils, se conserva pendant toute la durée du moyen âge. C'est par elle qu'il faut expliquer des faits miraculeux, dont les légendaires ont encombré l'histoire. Ces rois barbares, domptés par une vision, cet Attila qui a vu deux anges en l'air qui l'ont arrêté, lorsqu'il s'approchait de l'évêque de Rome, nous attestent seulement que les hommes du christianisme, enté sur l'ancienne société, avaient conservé, selon le génie du temps, cette puissance de persuasion, cette autorité de la parole qui subjugue les âmes. Lorsque l'un d'eux se présentait devant les hommes grossiers du Nord, avec l'appareil majestueux de leur sacerdoce, les chefs barbares cédaient aux prières touchantes du pontife, intrépide au milieu de la peur qu'il avait pour ses frères; et ils se plaignaient ensuite d'avoir *été enchan-*

tés par des paroles magiques. C'est ainsi que dans la chute de l'ancienne société, dans la barbarie du moyen âge, l'éloquence, considérée comme l'action la plus puissante de la force morale, garda son empire bien des siècles encore.

Au milieu de la civilisation moderne, cette éloquence perdit de son pouvoir : elle prend quelque chose de pompeux, de régulier, de sublime, d'incomparable, quand c'est Bossuet qui parle. Mais peut-être Bossuet, avec plus de génie, ne dominait pas, ne troublait pas, n'agitait pas, comme ces hommes des premiers temps de l'Église; ou du moins c'étaient des consciences choisies qu'il troublait. Et, cependant, quel homme fut jamais mieux doué de tous les dons qui peuvent faire l'orateur soudain et inspiré? Mais son éloquence s'exerçait dans des solennités préparées. Bossuet n'a pas prêché de missions, n'a pas demandé grâce pour des rebelles, n'a pas accusé des hommes puissants. Enfin, il n'a pas besoin d'entrer avec passion dans des intérêts présents et populaires. Aussi quelque sublimes que soient ses ouvrages par la magnificence du langage et par l'inspiration poétique, il n'a pas eu toutes les grandes occasions oratoires de convaincre et d'attendrir; et c'est de lui qu'on peut dire que son génie est encore supérieur à tout ce qu'il a fait.

Voilà donc, Messieurs, les mouvements divers de l'éloquence chez les nations civilisées. Elle est d'abord toute politique, puis politique-religieuse, puis exclusivement religieuse, jusqu'au moment

où les idées de liberté sociale reparurent dans
l'Europe éclairée. Avec ces généreuses idées, on vit
renaître l'éloquence politique. C'est elle que nous
allons, Messieurs, chercher en Angleterre. Si les
opinions philosophiques, si les idées de réforme
qui remplissaient nos ouvrages ont préparé notre
tribune, et si, auparavant même, elles ont agi
puissamment sur la plus belle époque de l'éloquence britannique, cependant, l'exemple même
de cette éloquence, l'idée de son pouvoir, et l'é-
mulation qu'elle inspirait, eurent une grande influence sur nous. Ce sont surtout les débats célèbres sur l'émancipation de l'Amérique, qui, se
confondant pour nous avec la part active que nos
armes prenaient dans l'événement, mirent de plus
près le feu aux imaginations françaises.

Il faut donc, pour mieux comprendre cette force
nouvelle de la tribune qui devient la voix du
XVIIIe siècle mourant, écouter d'abord l'Angleterre : il faut rapidement parcourir les diverses
époques de l'éloquence britannique, depuis le
temps où, encore tout imprégnée des passions religieuses, elle n'était qu'une scolastique turbulente, jusqu'au moment où elle proclamait avec
enthousiasme les grands principes d'affranchissement, de justice sociale et d'humanité, qu'elle
avait en partie reçus de la France comme des
théories, et qu'elle lui renvoyait comme des puissances.

QUARANTE-NEUVIÈME LEÇON.

L'éloquence politique placée moins haut par Cicéron que l'éloquence judiciaire. Pourquoi ? — Rare et tardive chez les modernes. — Elle n'a
longtemps d'autre asile que les conciles. — Anciens états généraux de
France. — Parlement d'Angleterre. — Vicissitudes de la constitution
anglaise. — Époques diverses du parlement. — Époques scolastique et
religieuse. — De l'éloquence de Cromwell. — Première époque toute
politique. — Portrait de Bolingbroke. — Windham ; Walpole Pulteney.
— Citations. — Résumé.

MESSIEURS,

Notre dernière séance était un épisode, mais un
épisode nécessaire. Nous ne pouvions arriver de
prime abord à cette éloquence politique des modernes, qui naquit en France de l'esprit littéraire,
et en Angleterre de la controverse religieuse, mais
qui, par cette double origine, devait, dans les
deux pays, s'éloigner également de l'éloquence
politique des anciens.

Nous avons jeté un regard sur cette antiquité
vers laquelle on aime toujours à revenir. Nous
avons entrevu ce modèle grand et original, qui ne
peut guère se reproduire pour nous. Nous avons
fait paraître rapidement, sous vos yeux, ces physionomies de la tribune antique, auxquelles on ne
peut rien comparer, dans la régularité de nos

temps modernes. Quelques vérités d'observation,
plutôt que de théorie, quelques idées générales
sur l'éloquence politique, sont indirectement sor-
ties pour nous de cette superficielle revue.

Aux yeux des anciens, l'éloquence politique
n'était pas la première, la plus grande des formes
qu'employait le talent. Cicéron nous l'indique :

Omnium ceterarum rerum oratio, mihi crede, ludus est homini
non hebeti, neque inexercitato, neque communium litterarum et
politioris humanitatis experti; in causarum contentionibus magnum
est quoddam opus; atque haud sciam, an de humanis operibus
longe maximum.

Dans tous les autres sujets, un discours est un jeu pour l'homme qui
n'est pas sans talent, sans culture, et sans habitude des lettres et de l'élégance; dans le débat judiciaire, la tâche est grande, et je ne sais même
si ce n'est de beaucoup la plus grande parmi les œuvres humaines.

Vous le voyez : ce consul, ce grand homme d'état,
cet orateur de la place publique et du sénat ôtait
à la tribune publique sa primauté naturelle et la
transférait au barreau. Pourquoi, Messieurs? c'est
que le barreau, dans l'antiquité, était réellement
une arène politique; c'est que toutes les passions
qui agitaient l'assemblée populaire dominaient
aussi l'âme du juge. Formes rigoureuses, texte lit-
téral des lois, tout cela n'arrêtait pas des hommes
animés d'un sentiment de liberté plus militaire
que civil. Tout procès considérable était un grand
combat où toutes les passions qui troublaient la
république étaient en scène. Ainsi, ce qui fait
la grandeur de l'éloquence politique appartenait
presque toujours aux débats judiciaires des anciens; et de plus, il y avait l'intérêt du drame,

l'homme attaqué, défendu, le spectacle d'une vie
en péril, d'une gloire compromise ou d'une juste
vengeance à satisfaire, d'une grande expiation à
demander au nom de la patrie.

Ne l'oublions pas d'ailleurs; et cette éloquence
judiciaire toujours animée des passions publiques,
et l'éloquence délibérative avaient à la fois pour
les anciens la réalité, l'activité du combat et la
beauté d'une œuvre de l'imagination et de l'art.

Quand vous lisez les traités de rhétorique de Cicéron; quand vous voyez les minutieuses atten-
tions auxquelles se complaît ce grand homme, ces
analyses si détaillées, si fines, de tous les procédés
du langage, vous avez peine à croire qu'il s'occupe
d'armer un homme pour le combat; il a l'air, au
contraire, de former l'esprit élégant d'un rhéteur,
pour les études oiseuses du cabinet. L'entendez-
vous qui s'extasie sur la cadence heureuse de cette
phrase : *Judicium patris filii temeritas comprobavit*, prononcée par Crassus ou par un autre grand orateur
devant le peuple romain? Combien il admire ce
dichorée : *comprobavit!* Avec quel soin il nous avertit que la moindre altération dans cette harmonie
détruirait tout! *jam nulla sunt.*

Ainsi, pour ces peuples à l'imagination vive et
musicale, la loi suprême était la passion habilement excitée; l'éloquence tenait lieu de justice,
et l'harmonie était une grande, une indispensable
partie de l'éloquence.

Mais lorsque nous arrivons, Messieurs, vers nos
froids climats, vers nos institutions compliquées,

nées de la raison et du besoin, bien plus que de
l'enthousiasme, et presque toujours appliquées à
des intérêts de commerce et d'industrie sociale,
nous ne pouvons plus retrouver cette puissance
de l'imagination oratoire, ni cette vive sensibilité,
cette exigeante délicatesse dans les auditeurs. C'est
une autre éloquence qu'il faut à des esprits plus
éclairés et plus calmes.

Remarquons-le, d'ailleurs, Messieurs; ce ne
sont pas les nations modernes les mieux nées pour
les arts de l'esprit, qui les premières ont reçu cette
inspiration, que le débat politique, que la liberté
de la parole peut donner au talent.

L'Italie du moyen âge, si favorable à la poésie,
ne vit pas renaître l'éloquence romaine. Le sénat
de Venise discutait dans le mystère; et à Florence,
on proscrivait si vite, que les orateurs n'avaient
pas le temps d'achever leurs discours.

Dans cette Italie moderne, point d'éloquence
politique, malgré tant de républiques; chose remarquable! l'énergie de la parole semble lui manquer comme le courage militaire. Là, point d'orateurs célèbres, dont le talent se manifeste dans un
sénat nombreux ou dans une assemblée populaire,
mais des publicistes habiles, qui font secrètement
des mémoires, pour les conseils des républiques
ou des princes. C'est ainsi que se forma Machiavel,
admirable écrivain, mais non pas orateur. Les
discours mêmes qu'il a jetés dans son *Histoire de
Florence* ne semblent pas animés de passions réelles. Ce sont des œuvres littéraires, des imitations,

des réminiscences de Tite-Live. On sent que Machiavel n'avait pas sous les yeux le modèle vivant de cette éloquence qu'il met dans la bouche de Renault d'Albizzi, ou de tel autre citoyen de Florence.

Le lieu, peut-être, où l'éloquence délibérative, l'éloquence de la discussion libre se produisit, dans le moyen âge, avec le plus d'éclat et d'empire, c'étaient les conciles. Les conciles ont été les assemblées religieuses et politiques de tout le moyen âge. Croyez-vous, en effet, Messieurs, que ce fut dans les Champs de mai de Charlemagne, que l'on entendit une discussion complète et libre? Je sais que la monarchie militaire et féodale de ce conquérant a été quelquefois citée comme un premier essai de gouvernement représentatif. Mais, dans le fait, lorsque Charlemagne, entouré de ses barons et de ses grands officiers, arrivait à ses assemblées d'Aix-la-Chapelle ou de Francfort, on proclamait la loi, le *capitulaire* qu'il avait décrété; la foule immense qui était là, Français ou même Gaulois, répondait par des acclamations, et on inscrivait sur les lettres-patentes, *cum assensu omnium;* mais on n'avait point parlé ni surtout contredit. Au contraire, dans les conciles généraux, dès le IIIe siècle du christianisme, et dans ces conciles provinciaux qui se renouvelaient si fréquemment à toutes les époques du Bas-Empire et du moyen âge, on discutait, avec une grande force et une grande liberté, les intérêts de la religion, où venait se perdre et se renouveler toute l'existence civile des peuples. Dans quelques pays même, en Espagne, par exemple, les conciles étaient évidemment des assemblées politiques. On y faisait des lois criminelles, qui portent, au milieu de ce temps barbare, le caractère d'une raison plus haute et d'une justice incomparablement plus humaine. Ces lois, sans doute, n'étaient pas décrétées sans de sérieux débats. Je ne vous donne pas ici, Messieurs, cette influence politique des assemblées d'évêques comme un modèle de constitution sociale ; j'y vois seulement l'autorité de la parole, et l'exemple d'un libre et salutaire débat.

Il était naturel que, dans un temps de domination brutale, le raisonnement seul ne pût contre-peser la force matérielle. La parole, qui est l'instrument de la force morale, avait besoin alors, pour être inviolable, de sortir d'un sanctuaire et non d'une tribune. Elle trouvait là son asile contre la puissance militaire ; elle établissait son droit de conquête dans ces assemblées où l'intelligence était protégée par la religion. Cette pieuse sauvegarde, cette illusion d'un saint respect, qui se plaçait à la porte du concile, en rendait seule les délibérations impunies et libres, et ne les soumettait qu'aux mouvements de la conscience et à l'ascendant de la parole.

Hors de là, si vous jetez les yeux sur la longue histoire de la civilisation européenne, cheminant, comme elle peut, à travers les guerres, les despotismes, les révolutions, bien peu d'asiles vous semblent ouverts à cette parole, qui a besoin de toute sa liberté pour avoir toute sa puissance, et qui a besoin d'un peu de sécurité pour avoir toute sa liberté.

Nos anciens états généraux, vers le temps du roi Jean, avaient offert, au milieu des désastres de la France, un grand spectacle, un curieux monument du patriotisme et de l'esprit national. Mais à des époques moins éloignées, vous savez combien ces assemblées, dont le retour était si rare, furent gênées dans leur action par des règles de discipline intérieure. Souvent la libre discussion y trouvait à peine place; souvent c'était une cérémonie pompeuse, plutôt qu'un débat. Chacun des trois ordres était représenté par un orateur : cet orateur exprimait, dans un discours, les plaintes et les vœux de l'ordre au nom duquel il parlait. On a peine à retrouver, dans les monuments du temps, les traces de quelque débat libre et prolongé. La convocation irrégulière et peu fréquente de ces assemblées, leur courte durée, la désuétude des traditions, tendaient à les rendre impuissantes.

Dans les états généraux, ou dans ces grandes assemblées simulant les états généraux, que vous voyez présidées par le chancelier de L'Hôpital, tout se passe avec une sorte de pompe qui interdit l'énergie et la liberté du débat. Le chancelier, dans un savant discours plein de citations antiques et de loyales paroles, vante beaucoup les états généraux :

Il n'est, dit-il, acte tant digne d'un roi, et si propre à lui, que de tenir les états et de donner audience générale à ses sujets.

Mais ce principe fut bien vite oublié au milieu des
actes du pouvoir absolu et des fureurs de la guerre
civile. Les annales de nos états généraux demeu-
rent presque entièrement stériles pour l'éloquence.
Le parlement seul, le parlement de Paris a laissé
quelques beaux monuments d'antique indépendance, dont je vous ai déjà plusieurs fois entretenus.

C'est en Angleterre, Messieurs, qu'il existait
des états permanents et libres, un droit ancien de
discussion sur les intérêts publics; c'est l'Angleterre qui, dès le temps de Comines, paraissait à
cet historien judicieux un pays à part, où le peuple avait ses droits dans le gouvernement, et se
mêlait des affaires.

C'est donc là, Messieurs, que nous devons rechercher les premières applications et les progrès
de l'éloquence politique parmi les modernes. Ce
tableau sera fort divers. Les gouvernements les
plus uniformes en apparence changent beaucoup.
Lisez M. Hallam : bien qu'il regarde la constitution anglaise comme une œuvre unique et toujours la même, bien qu'il diffère de l'opinion de
Hume, et que, dans les temps même où Hume
n'avait vu que le pouvoir arbitraire, Hallam retrouve déjà tous les principes de la constitution;
cependant l'Angleterre, dans son ouvrage, change
tout à fait d'aspect à chaque nouveau règne, et
surtout à chaque siècle. Quelle différence prodigieuse entre l'époque où un député des communes,
pour un discours au parlement, était mis en prison

par un ordre du roi, et cette indépendance inviolable dont la parole jouit en Angleterre, et qui appartient nécessairement à la vie politique d'un
état libre! quel intervalle entre le temps où les
débats parlementaires étaient, pour ainsi dire, intérieurs et domestiques, renfermés dans le cercle
d'un petit nombre d'hommes, et interdits au reste
de la nation, et le temps où ces débats, aussitôt
publiés, sont entendus de toute l'Angleterre!
Quelle différence, à des époques d'ailleurs assez
voisines, entre la publicité furtive, incomplète,
que recevaient ces débats parlementaires, reproduits dans une feuille sous des noms étrangers,
sous des anagrammes obscurs, et ces mille journaux qui les colportent et les traduisent dans le
monde entier! Enfin, pour marquer la plus incalculable différence, quelle distance entre la tribune
anglaise du xvii° siècle, solitaire, opprimée, sans
liberté de la presse, et la tribune de nos jours,
appuyée sur le secours permanent d'une presse inviolable!

Si vous passiez de cette histoire de la parole en
elle-même à toutes les autres modifications du
gouvernement, vous seriez encore plus frappés de
cette prodigieuse mutabilité, ou plutôt de cette
continuelle progression.

Ce qu'il nous importe de retracer en ce moment,
c'est l'action que le pouvoir politique manifesté
par la parole, en Angleterre, devait exercer sur
l'Europe, lors même que cette influence était bien
moins libre et moins active que de nos jours. Ce

que nous cherchons, c'est le nombre d'idées politiques mises dans le monde par les institutions et
la tribune anglaise, avant que les discussions philosophiques de France aient fait naître une tribune
bien autrement puissante.

Il nous faut donc feuilleter ces recueils énormes,
et pourtant incomplets, du parlement britannique, y chercher, nous ne dirons pas les exemples
oratoires (cette vue serait puérile), mais les passions qui animèrent le talent, y saisir ce qui appartient à l'éloquence politique en elle-même et au
génie particulier des Anglais, enfin tout ce qui
semblera chez eux un progrès, un caractère que
la tribune seule pouvait leur donner, et qui ne serait pas venu de la littérature et du raisonnement
philosophique.

On peut révoquer en doute l'intérêt d'une recherche semblable. Peut-être même les premiers
détails vous en paraîtront-ils arides et bien étrangers à l'histoire de l'éloquence.

La France a excellé dans les lettres. Non-seulement elle a produit beaucoup de grands écrivains,
d'écrivains de génie; mais elle a eu, pour ainsi
dire, une intelligence générale, une facilité naturelle et ingénieuse, commune à une foule d'hommes. Nulle part, peut-être, la médiocrité même
n'eut autant d'esprit.

Il n'en va pas ainsi chez d'autres peuples. La
civilisation s'y développe avec moins d'égalité.
Quelques hommes supérieurs éclatent, dominent;
ils sont grands poètes, grands philosophes. L'art

est peu cultivé par les autres. Il n'est permis que
d'être homme de génie. Le goût, l'élégance sont
ignorés ou dédaignés. Cette idée que fait naître
une partie de la littérature des Anglais se trouve
encore justifiée par les monuments de leur éloquence politique.

Vous y rencontrerez çà et là des choses grandes
et fortes; mais souvent, quoique le pays fût bien
gouverné, quoique les ministres eussent raison,
quoique l'Angleterre s'enrichît, formât d'heureuses alliances, étendît son pouvoir, sa tribune
était sans éclat, sans grandeur. Il y a telle session
anglaise où il ne s'est pas fait une phrase éloquente, où il ne s'est pas dit un bon mot, et où les
affaires ont merveilleusement prospéré. Cette nature d'esprit, ce goût de l'utile, cette indifférence
de l'ingénieux qui n'est qu'ingénieux, est un trait
remarquable dans l'histoire des Anglais; mais cela
doit un peu décolorer leurs annales parlementaires.
Lorsqu'on viendra, dans une vue qui n'est pas
frivole, mais qui toutefois n'est pas immédiatement politique, feuilleter ces annales, et que,
comparant les moyens aux résultats, on voudra
retrouver le génie des orateurs antiques, on sera
tout étonné, et on sera tenté de dire comme Cicéron lorsqu'il rappelle les premiers grands événements de Rome, accomplis à une époque où elle
était encore barbare : *Quam magna et inania verborum !*
«Que de grandes choses faites sans le secours de la
parole! »

Un homme du plus beau talent avait, je m'en sou-

viens, pour objection contre les gouvernements
représentatifs, que ces gouvernements n'étaient
pas favorables aux lettres, et ne produisaient pas
d'assez grands orateurs. Il insistait sur ce reproche
avec une vivacité singulière. On pouvait lui répondre que les gouvernements ont dans le monde
une autre vocation que de former des hommes
éloquents. La liberté, le bonheur, la dignité morale des nations valent bien l'élégance du style.
Mais, de plus, l'objection n'est pas fondée : tout
au contraire : au lieu de l'admettre et de la géné-
raliser, on peut, je crois, marquer les causes particulières qui, pendant longues années, ont restreint l'essor du génie britannique dans une
carrière naturellement si favorable.

Et d'abord, n'oublions pas que, par le bonheur
même de leurs institutions prématurées au milieu
de l'Europe moderne, la tribune des Anglais a
précédé l'époque de leur développement moral et
littéraire. Cette rudesse et cette grossièreté par
laquelle ont passé d'autres peuples dans la culture
des arts, l'Angleterre l'a traversée dans sa vie politique.

De plus, les formes antiques du parlement, le
secret qui longtemps enveloppa ses séances, les
précautions auxquelles était assujettie la parole
pour éviter tout débat personnel, devaient affaiblir l'énergie du langage. Songez à l'autorité absolue de ce président tellement impassible que,
dans de vieux procès-verbaux de la chambre des
communes, il ne semble pas un homme : on ne le

désigne que par ces mots : *La chaire* (the chair)
commande le silence. *La chaire* rappelle à l'ordre.—
La chaire termine le débat. Ce fut sous cette rigoureuse discipline que se forma la chambre des communes. Elle l'observa jusqu'à certain point, même
dans la révolution et la guerre civile; et ce fait,
frivole en apparence, ne contribua pas médiocrement à laisser à l'éloquence anglaise quelque chose
de calme et de formaliste; de là cet autre usage
de ne point répondre directement, de ne jamais
prendre à partie celui que l'on combat, et, quand
on se lève tout impatient de réfuter un sophisme,
d'accabler un adversaire, cette nécessité de se
tourner vers le président, et de lui adresser paisiblement la parole. Enfin la nature même des débats, la discussion fréquente des intérêts de commerce, l'examen des traités d'alliance, sous un
point de vue de profit plutôt que de gloire, le
détail des taxes et des perceptions, toutes ces
choses que l'esprit moderne élève par des idées
d'ordre et de système, traitées alors avec un bon
sens assez rude, n'offraient pas beaucoup d'occasions au génie des orateurs. A ce sujet M. Hume
dit que la chambre des communes ressemble plus
à un greffe qu'à un sénat antique. Pour expliquer
le peu d'éloquence des orateurs, il allègue encore
l'indifférence des auditeurs, qui, dit-il, aussitôt que
l'heure du dîner arrive, laisseraient là Cicéron lui-
même. Depuis longtemps tout est changé sur ce
point. Vous savez la ténacité des débats du parlement britannique, et ces interminables séances

de nuit, prolongées jusqu'au matin; *magistratuum conciones pernoctantium in rostris.*

Admettons cependant ces différences techniques, matérielles, qui séparent un banc de l'opposition anglaise, d'une tribune grecque ou romaine. Les différences morales sont bien plus grandes encore. Sans doute, de grands événements politiques ont agité l'Angleterre; sans doute, il ne lui a rien manqué pour l'éloquence, ni les révolutions, ni les crimes, ni les malheurs, ni la gloire; mais ces révolutions se sont développées d'abord sous l'influence théologique. Ce parlement, qui avait quelque chose de formaliste dans les habitudes et la régularité de ses débats, prit un caractère scolastique, sous l'autorité des passions puritaines. Sans doute, ces puritains, si vivement dépeints par un écrivain de nos jours, inspirant l'esprit de révolte au nom de Dieu, ces prédicateurs, qui, pendant le combat, se faisaient tenir les bras élevés au ciel, comme Moïse, et animaient au meurtre leurs partisans fanatiques, ces hommes avaient à leur manière une irrésistible éloquence : leur démagogie religieuse surpassait en fureur la liberté antique; mais ces hommes étaient errants dans les forêts de l'Écosse. Sur le théâtre des affaires et des intérêts du pays arrivaient au contraire des puritains scolastiques, dont l'âpre véhémence était soumise à des formes régulières et à une méthode pédantesquement inexorable. Pym et tant d'autres, dont la parole fut si forte pour détruire, ont dans leur air quelque chose de calme,

de froid, qui ne va guère aux révolutions; ils discutent en logiciens; ils ne haussent pas seulement
la voix; ils sont implacables, sans paraître animés.
Cromwell, voilà presque le seul orateur de la révolution anglaise. Voltaire, qui s'étonne de la
puissance de ses discours si souvent bizarres,
ajoute :

> Un geste de cette main qui avait gagné tant de batailles et tué
> tant de royalistes, faisait plus d'effet que toutes les périodes de
> Cicéron.

Ce n'était pas tout, cependant. Il y avait dans
l'esprit de Cromwell une sombre ardeur qui était
singulièrement assimilée au génie de son temps,
et une force d'imagination qui se produisait parfois avec la plus expressive énergie.

Un autre homme de ce temps, la première
grande victime de la révolution, Strafford, montra dans son procès beaucoup d'éloquence, parce
que, malgré ses fautes, il avait une grande âme.
On peut remarquer aussi les belles et généreuses
paroles qu'un homme de bien, assez obscur dans
l'histoire, Benjamin Rudyard, faisait entendre,
au commencement de la guerre civile. Mais, hormis
ces rares exemples, quand vous parcourez les vo-
lumineux recueils du parlement, à l'époque de la
révolution, vous croyez presque toujours entendre parler le même homme; vous vous demandez
comment tant de caractères si hardis, si énergiques, si passionnés, peuvent offrir une telle uniformité de langage. C'est toujours la même théo-

logie qui revient; ce sont des expressions faites
d'avance, inévitables, que les orateurs répètent
l'un après l'autre.

Cherchons toutefois, dans cette monotonie pu-
ritaine, ce qui éclate, ce qui est saillant, bizarre.
Écoutons Cromwell. Comme un autre homme
extraordinaire, moins coupable et plus grand que
lui, il avait la passion de parler et d'écrire. Il faisait à tout propos de longs discours, divisés comme
des sermons, selon le génie du temps.

> Je ne me suis point appelé moi-même à cette place; voilà ma pre-
> mière vérité. Beaucoup d'entre vous ont porté témoignage de moi;
> voilà ma seconde vérité.

Cependant cette écorce théologique se brise
quelquefois. Quand on vient jusqu'à lui, quand
on touche son pouvoir, quand ces fantasmagories
de parlements, qu'il s'amusait à susciter, veulent
devenir des parlements sérieux, et qu'on lui demande compte de ce qu'il a fait, qu'on veut chicaner les constitutions, les décrets qu'il imagine,
alors voici comme il parle :

> Que maintenant on prétende avilir ce gouvernement avoué par
> Dieu, reconnu par les hommes, je veux être roulé dans la tombe et
> enterré avec infamie, plutôt que d'y consentir jamais. Vous êtes
> appelés ici pour sauver une nation, plusieurs nations, etc., etc.
> Que répondrez-vous à Dieu? que répondrez-vous aux hommes, à
> ce peuple qui vous a envoyés, qui attend de vous l'allégement de
> ses maux, la paix, le repos, la stabilité? Lui direz-vous, quand il
> s'agira de lui rendre compte : « Nous avons querellé, nous avons
> disputé pour la liberté de l'Angleterre? » J'en atteste le Seigneur que
> la liberté de l'Angleterre, la liberté du peuple, la garantie contre
> toute tyrannie est assurée par la constitution présente, qui se dé-
> fend assez d'elle-même.

Ceci n'est pas d'une logique fort rigoureuse. Mais on y sent une puissance de caractère qui est éloquente.

Ailleurs, Cromwell mêle à ce prestige hypocrite, dont il s'entourait, une sorte de franchise et de naïveté, autant que Cromwell pouvait être naïf. Entendez-le, par exemple, s'injurier lui-même, et répéter les accusations de fourberie, d'astuce répandues contre lui :

C'était, disent quelques personnes, la fourberie du lord Protecteur (je prends cela pour moi), c'était la ruse de cet homme et ses intrigues qui conduisaient tout ; et, comme on dit encore dans les pays étrangers, il y a cinq ou six hommes en Angleterre qui ont de l'habileté ; ils font toutes choses. Oh ! quel blasphème dites-vous là ! parce que des hommes qui sont sans Dieu dans ce monde ignorent et ne peuvent comprendre ce que c'est que de prier, de croire, de recevoir les réponses de Dieu, et d'être inspiré par son esprit, etc., etc. Ceux qui attribuent à telle ou telle personne l'idée et l'accomplissement de ces grandes choses que le Seigneur a opérées au milieu de nous, et qui prétendraient qu'elles ne sont pas la révolution de Jésus-Christ lui-même, sur qui repose le gouvernement, ceux-là parlent contre Dieu ; et ils tomberont sous sa main, sans le secours d'un médiateur. Ainsi, quoi que vous puissiez penser de certains hommes, quoi que vous disiez : Cet homme est rusé, politique, subtil (je prends cela pour moi), prenez garde, je vous le répète, de juger les révolutions de Dieu, en croyant examiner le produit des inventions des hommes.

N'est-il pas étonnant, Messieurs, que Hume ait négligé de tels discours ? Il compare le langage de Cromwell à celui d'un paysan grossier, et ne peut comprendre, dit-il, comment un homme, avec des paroles si absurdes, menait les trois royaumes. J'ai voulu vous montrer que, sous cette forme qui choquait le goût de Hume, il y avait quelque chose d'énergique et d'éloquent qu'il aurait dû

reconnaître. Certes, il n'y a rien de plus singulier
que cet homme qui se dit publiquement les injures
que l'Angleterre lui disait tout bas, qui s'en honore,
ou plutôt qui les renvoie à Dieu même.

Mais, me dira-t-on, dans cette révolution qui
devait faire éclater des talents si divers, ne nom-
merez-vous que Cromwell ? Est-ce là le modèle de
l'éloquence parlementaire que vous nous réservez?
Et ce généreux Falkland, d'un esprit cultivé par
les lettres, d'une âme si élevée, si désintéressée,
si courageuse, comment n'aurait-il pas été éloquent ? Je le regrette; mais les discours de Falkland n'offrent rien qui puisse soutenir l'attention
de la postérité : la froideur et la subtilité qu'on y
trouve sont une preuve que la parole ne suit pas
toujours les mouvements de l'âme. Il est une éducation de l'esprit, une habitude du faux goût qui
ôte à la sensibilité la plus vraie son expression
forte et naturelle.

A cette époque, l'éloquence et l'esprit anglais
se partageaient, pour ainsi dire, en trois écoles,
indépendamment des sectes religieuses : d'abord
l'école de la cour, qui avait conservé ces formes
d'élégance, de bel esprit, favorisées par Élisabeth,
ce langage subtil, cet *euphuïsme* dont Shakspeare a
lui-même reçu l'empreinte, et que Walter Scott a
ingénieusement parodié dans un de ses romans.
Falkland, qui ressemblait si peu par le caractère
aux autres courtisans, n'avait pas cependant
échappé à leur langage subtil et maniéré. Une seconde école, peu nombreuse, était l'école philoso-

phique et républicaine, à la manière des anciens,
trop éloignée des mœurs de son temps, trop spéculative pour avoir un langage véhément et naturel. Sidney, le premier homme de cette école, se
montra peu dans le parlement. Les défiances de
Cromwell l'en écartèrent; et il semble avoir été
plus fait pour la méditation que pour les combats
de tribune. Mais une lettre qu'il écrivit dans son
exil, après la restauration, rappelle l'éloquence
comme les sentiments de la fameuse lettre de Brutus. C'est le plus beau monument de cette école
classique, dans la révolution anglaise.

Reste maintenant l'école théologique, qui était
l'âme des troubles civils, l'instrument de la réforme sociale. Malgré sa lourde monotonie, cette
école devait avoir parfois de l'éloquence. Seule,
elle était forte des passions du temps; mais elle se
trouvait tellement surchargée d'un fatras inintel-
ligible, que le génie même aurait péri sous le poids;
et le génie était rare.

Voilà, Messieurs, l'esquisse, aride comme le
sujet même, de l'éloquence anglaise dans l'époque
où tant de passions auraient dû l'animer : vous
attendrez-vous à la trouver plus puissante, plus
active, lorsque la société devient plus paisible et
plus régulière? Ce que les passions n'ont pas fait,
les intrigues, les intérêts le feront-ils? J'en doute,
Messieurs; et il faut nous attendre, longtemps encore, à ne trouver dans les débats du parlement
anglais qu'un intérêt local et historique. Cependant des hommes s'élevaient, dont le nom est grand

ou célèbre. Les débats qui suivirent l'établissement
de Guillaume III, et qui marquèrent son règne, se
distinguent par la méthode, la science politique;
mais on y trouve plus d'habileté que de génie; et
si l'habileté suffit au succès contemporain, c'est le
génie qui seul intéresse l'avenir.

L'époque de la reine Anne et le temps de Georges Ier virent briller des hommes fameux dans l'é-
loquence politique et les lettres, Swift, Steel,
Bolingbroke, Pulteney. Aucun homme peut-être
n'a jamais été plus fait que Bolingbroke pour devenir un grand orateur. Tous les dons de la nature lui avaient été libéralement accordés, la physionomie la plus expressive, l'organe le plus
puissant, la mémoire la plus sûre, la plus ornée,
la plus rapide, une facilité d'expression telle que,
suivant un contemporain, et un contemporain
jaloux, même dans l'abandon d'un entretien familier, les paroles de Bolingbroke, saisies sur-le-
champ, auraient soutenu l'examen de la plus rigoureuse critique; on pouvait l'imprimer, à mesure
qu'il parlait. Malheureusement, on ne l'a pas imprimé du tout.

En même temps les vicissitudes de sa fortune
furent nombreuses et dramatiques. Il a été d'a-
bord opposant, ministre très-attaqué, opposant
de nouveau, ministre tout-puissant, ministre accusé. On ne peut imaginer une carrière plus active, et qui donnât plus d'occasions de talent.
L'Angleterre elle-même était dans la crise la plus
vive. La reine Anne voulait assurer à son frère

exilé l'héritage du royaume dont son père avait été dépouillé. La race des Stuarts était près de remonter directement sur ce trône d'où la puissance publique l'avait fait tomber. Bolingbroke favorisait secrètement les vues de la reine Anne. Cet homme d'une vie licencieuse, ce savant incrédule, ce précepteur ou ce confident de Voltaire en fait de scepticisme, était un zélé partisan, sinon de la cause catholique, au moins de la succession catholique. L'entreprise qu'il tentait par audace, ou qu'il tolérait par complaisance, était la plus hardie qu'un homme pût former, au milieu des passions profondes et des intérêts nombreux qui repoussaient les Stuarts. A quel point conduisit-il cette intrigue? On l'ignore : car l'obscurité de son caractère équivoque, au milieu de ses talents si brillants, s'est répandue même sur le fait le plus important de sa vie. Mais ses actions publiques étaient grandes; ministre, il avait poussé l'Angleterre dans une guerre glorieuse; puis il l'en retirait par sa volonté; il arrêtait les victoires de Marlborough, et signait la paix d'Utrecht.

Comment ne s'est-il donc conservé aucun monument de son éloquence, inspirée par de si grandes occasions? L'illustre Fox en a, quelque part, exprimé ses regrets. A cette époque, Messieurs, les discussions parlementaires n'étaient pas encore librement publiées. Quelques pairs, quelques membres des communes faisaient imprimer leurs discours; mais tout le débat improvisé restait inconnu; et c'est là que régnait Bolingbroke, par la beauté de son langage et son imagination facile, brillante, impétueuse. Quoi qu'il en soit, il n'a rien publié de ses paroles; on trouve, çà et là dans des recueils, deux ou trois lignes qui indiquent que lord Bolingbroke a parlé, s'est défendu, a repoussé une objection; mais rien de plus, et l'on peut croire que lui-même, dans les embarras de sa double politique, il a voulu prévenir la publicité de ses discours, et sacrifié sa gloire à ses desseins.

Enfin, la maison de Hanovre monta sur le trône en dépit des obstacles et des intrigues. Bolingbroke, fugitif et banni, vint en France, où il enchanta Voltaire par son érudition, son esprit et son incrédulité. « Je n'ai jamais, dit Voltaire, entendu parler notre langue avec plus de justesse et d'énergie. » Mais les plaisirs de la France, l'amitié de Voltaire, ses confidences poétiques, tout cela ne put retenir longtemps Bolingbroke. Le besoin de l'agitation politique le rappelait vers l'Angleterre. Il obtint, à grands sacrifices d'honneur, la promesse d'y rentrer un jour. Il y rentre; mais il n'est plus membre de la chambre des pairs. Dans son rappel, il reste exilé du parlement. Publiciste, faute d'une place pour être orateur, Bolingbroke écrit sur la politique; puis il se lasse. Il veut essayer de la retraite; il s'est fait fermier, dit-il; *il a pris racine au milieu de ses arbres et de ses plantes.* Mais Walpole est toujours ministre; la guerre recommence, la guerre parlementaire, j'entends; Bolingbroke revient à Londres; et des pamphlets pleins de verve signalent son talent et son

dépit. Mais il ne rentre pas dans cette chambre
d'où il a été exclu; exemple mémorable de cet
arbitraire mêlé à la liberté anglaise! Il est là, en
dehors de la chambre des pairs, ne pouvant arriver à la chambre des communes, moins que
pair, moins que député, et sans cesse, par ses
écrits, faisant trembler le ministre victorieux.
Après cela, Messieurs, irons-nous feuilleter le
Craftsman, et citer longuement les écrits polémiques de Bolingbroke? Malheureusement l'homme
qui aurait été le plus fait pour être un grand orateur, ses fautes et les circonstances de sa vie l'ont
enlevé à cette gloire.

Dans quelques-uns de ses écrits, dans ses lettres
sur l'histoire, dans son *idée* du roi *patriote*, dans
ses réflexions sur les *partis*, on sent une éloquence
admirable par moment, à laquelle manque la tribune; ce fut le désespoir de sa vie, et sa punition
trop sévère. Il tâchait de se consoler par la culture des lettres, et en formant près de lui quelques jeunes membres du parlement, les Windham, les Marchemont, etc.

Pendant que Bolingbroke se consumait dans
l'inaction de son génie, un ministre régnait paisible et absolu. Vous savez que Walpole fut ministre
vingt ans. C'était là, Messieurs, un grand obstacle, un grand découragement pour la parole. Toujours Walpole, appuyé, d'une main, sur la caisse
d'amortissement et, de l'autre, sur le trône, et opposant à toute la puissance du talent, du zèle patriotique, son immuable stabilité!

Cependant il serait intéressant de retrouver quelques traces de cette lutte si longue. Walpole, demandez-vous d'ailleurs, ce wigh si longtemps ministre, était-il dénué de talent? Non, certes; il est un des premiers modèles, non de l'éloquence, mais de la tactique parlementaire. Quelles que soient ses forces secrètes et ses moyens d'influence, étrangers à l'art oratoire, vous le voyez attentif à ne rien laisser sans réponse, méthodique, ferme, railleur. Les sentiments élevés ne sont guère à son usage; mais il parle le langage de l'intérêt avec habileté, avec instinct; il est infatigable, et toujours prêt à donner hardiment, au moins, une mauvaise raison.

Dans sa longue carrière, il eut à combattre, entre autres adversaires célèbres, Windham, lord Carteret, Pulteney et William Pitt. C'est d'eux que Voltaire a écrit :

Je ne sais si les harangues méditées qu'on prononçait autrefois dans Athènes et dans Rome l'emportent sur les discours non préparés du chevalier Windham, de lord Carteret, etc.

Comment ces discours admirables des adversaires de Walpole sont-ils donc aujourd'hui si peu connus? C'est qu'il y a, Messieurs, quelque exagération dans l'éloge. Nous avons l'imagination dramatique et une facilité singulière à tout agrandir. On lit dans Voltaire qu'en 1738 un patron de navire anglais fut cause de la guerre déclarée par l'Angleterre à l'Espagne. Tombé dans les mains des Espagnols, qui faisaient alors de grandes déprédations sur les colonies anglaises, cet homme

avait eu le nez et les oreilles coupés. Il parut dans
cet état devant la chambre des communes, et dit,
selon Voltaire : « Messieurs, quand on m'eut ainsi
mutilé, on me menaça de la mort : je l'attendis ;
et je recommandai mon âme à Dieu, et ma vengeance à mon pays. » C'est alors, d'après ce récit,
que, la chambre étant toute émue, ses premiers
orateurs parlèrent avec tant d'éloquence. Malheureusement, Messieurs, cette grande scène oratoire
est douteuse. La présentation au parlement et le
discours de ce patron de navire ne sont attestés
par aucun monument. Suivant toute apparence,
ce sont de ces paroles historiques faites par les
historiens. Il y avait alors de fréquents comités
où l'on recevait les plaintes du commerce anglais.
On trouve, dans les recueils parlementaires, les
rapports faits à la chambre sur ce sujet, et les pétitions présentées. On y trouve de solides discussions, de curieux détails sur les pertes du commerce, sur le danger des colonies, sur la nécessité
de la guerre; mais rien qui permette de croire que
le parlement ait été le théâtre de cette scène pathétique et vraiment regrettable, que raconte si
bien Voltaire.

Cependant je voudrais détacher de ces débats
quelque chose qui vous en fît bien connaître le
caractère véhément et positif. Walpole était obs-
tiné à la paix; loin de s'indigner, comme l'a dit
Voltaire, il cherchait à calmer l'orgueil national.
Alors même que la marine espagnole, ce qui ne
semble guère vraisemblable aujourd'hui, avait

souvent insulté la marine anglaise, il voulait encore éviter, différer la guerre; il négociait; il avait fait une convention pacifique et peu honorable.

Windham, l'un des chefs de l'opposition et zélé partisan de la guerre, attaque cette convention, et tâche de faire rougir Walpole; il le presse, il le pousse, afin de le mettre en mouvement :

Dans la vie publique, dit-il, comme dans la vie privée, il y a certains affronts qui n'admettent pas d'arrangement pacifique, de négociation. Si un gentilhomme était bâtonné en pleine rue, et qu'au lieu de rendre l'insulte il envoyât un prêtre à son agresseur pour arranger l'affaire à l'amiable, cet agresseur pourrait le trouver fort bon chrétien, mais fort peu gentilhomme; et partant, loin de lui offrir aucune satisfaction qu'un homme d'honneur puisse accepter, il dirait: *Le drôle a mérité ce qu'il a reçu.* Aussi le véritable homme d'honneur, éprouvé par une telle injure, en tire une vengeance immédiate à la première rencontre. Il en va de même dans la vie publique et les affaires des nations. Il y a certains affronts qu'une nation peut faire à une autre, et qui doivent être à l'instant ressentis d'une manière hostile. Quand une insulte est commise par les sujets d'un gouvernement sans mission apparente, sans mandat de l'autorité publique, la nation injuriée peut envoyer des ambassadeurs pour demander satisfaction, et elle ne doit pas ressentir hostilement cette insulte, jusqu'à ce que la nation tout entière ait fait l'acte sien, et ait déclaré que le délit de quelques-uns de ses sujets était un délit public qu'elle accepte et qu'elle veut soutenir. Mais, quand il n'en est pas ainsi, quand l'insulte, quand l'attaque vient de l'autorité publique, la satisfaction ne doit pas être sollicitée par prières et par ambassadeur; elle doit être prise immédiatement par des flottes et des armées envoyées pour cela.

On pourrait, Messieurs, trouver dans les orateurs anglais de cette époque des exemples assez fréquents de cette simplicité nerveuse et presque démosthénique. Et puis, il est un autre mérite que l'éloquence : c'est l'esprit politique, ce sang-froid ferme, actif, qui répond à tout, ne s'intimide ni ne s'irrite, et gouverne par la parole. C'est là,

surtout, une qualité puissante pour les contemporains, décisive pour les affaires, morte sur le
papier, morte dans les livres.

C'était la qualité éminente de Walpole, pendant
vingt années de ministère. Qu'un orateur énergique et spirituel, sir John Saint-Aubin, demande
le rapport de l'acte qui établit le parlement sep-
tennal, Walpole se lève, et sur-le-champ, par un
discours qui n'est pas éloquent en lui-même, mais
qui est ferme et décisif, il répond à tous les arguments de son adversaire.

Que Pulteney, avec une grande chaleur d'âme,
attaque la permanence de l'armée, qu'il expose,
en invoquant les souvenirs antiques, Marius, Sylla,
César, combien les armées furent de tout temps
fatales à la liberté de leur pays (il s'agissait alors
de porter l'armée anglaise de douze mille hommes
à dix-huit mille), Walpole, sans érudition historique, sans mouvement d'imagination, expliquant
la composition de l'armée anglaise, le petit nombre des soldats, le lien qui unit les officiers à l'intérêt civil et aristocratique, réfute en peu de
mots, avec force, avec simplicité, les terreurs
éloquentes de Pulteney.

Un des caractères de ces discussions, Messieurs,
c'est l'absence des idées générales et des théories.
Notre tribune, née, comme nous l'avons dit, d'un
développement philosophique de la littérature, a
gardé l'esprit de son origine. L'éloquence politique des Anglais, appuyée sur une suite de traditions, forte d'une jurisprudence de liberté, re-

monte très-rarement à des principes abstraits et
généraux. Jamais, par exemple, ni le principe de
l'élection directe, ni celui de l'inamovibilité des
juges, n'ont été systématiquement démontrés dans
le parlement d'Angleterre; ces droits se sont établis par l'habitude et par la loi. Le *jury* est considéré comme un privilège attaché à la qualité
d'Anglais, un droit de naissance, *birth-right;* mais
la bonté absolue et spéculative de cette institution
n'a jamais été l'objet d'un examen parlementaire :
il n'en était pas besoin; la longue possession prou-
vait plus que la théorie.

De là, Messieurs, dans ce premier âge de l'éloquence anglaise, avant que la puissance de l'Angleterre ait appelé à sa tribune les affaires du
monde entier, les débats du parlement offrent peu
de choses d'intérêt universel et durable. C'est
presque toujours une polémique temporaire et
locale, qui ne peut guère occuper l'avenir. Je ne
veux pas vous laisser croire cependant que Walpole
ait été si longtemps ministre, sans avoir rien dit
qui mérite aujourd'hui d'être lu. J'hésite entre
vingt discours, entre son adresse ou sa fermeté,
son astuce ou son insolence. Je choisis presque au
hasard.

L'éternelle durée de son ministère commençait
à lasser ses plus opiniâtres ennemis; on a de la
patience, on a de la force, on a des discours pour
six ou sept ans; mais un ministre qui reste là vingt
ans! la patience échappe, et la parole s'épuise.

En 1739, Walpole réussit encore à prévenir

cette guerre avec l'Espagne, à laquelle voulaient
le forcer ses ennemis : il apporte à la chambre un
traité de paix qui dément toutes leurs prédictions
et leurs espérances. La majorité est prête à l'ac-
cueillir. Windham prend la parole :

Messieurs, dit-il, je ne me lève pas, après un si long débat, pour
exprimer de nouveau mon sentiment sur le traité que l'on va, je
le crois, adopter ; je veux seulement manifester le chagrin profond
qu'il me donne. Je n'ai pas entendu une personne, hors de la chambre, approuver ou justifier ce traité ; et je croyais que, puisque les
sentiments des particuliers sont tels, le sentiment de la majorité serait semblable. S'il en est autrement, je ne puis l'expliquer que par
deux causes : ou les membres de la chambre sont convaincus par
les arguments qui viennent d'être exposés devant eux, ou il y a
pour les convaincre d'autres méthodes que des arguments. Je n'ai
pas le droit de faire la seconde supposition ; ainsi je dois admettre
la première ; mais c'est pour moi, Messieurs, une pensée bien triste
de songer que de si faibles motifs aient déterminé de tels esprits,
et qu'on abandonne ainsi les intérêts les plus sacrés de l'Angleterre, etc., etc.

Le parlement perdra son autorité ; car ce que vous faites n'est pas
l'avis du public. On dira donc qu'il est gouverné par une faction ;
et quelles en seront les conséquences ? je laisse à ces messieurs à les
considérer ; car ils vont donner leur vote. Pour ma part, je ne les
gênerai pas plus longtemps ; je me retire ; je quitte le parlement,
et voici mes dernières paroles : Je supplie le Dieu tout-puissant qui
a si souvent protégé ces royaumes, de leur conserver sa gracieuse
protection, et de les sauver des dangers qui menacent le pays et la
constitution.

Cette protestation éloquente, cette retraite an-
noncée ne laisse pas d'émouvoir la chambre. Walpole répond sur-le-champ :

Messieurs, la mesure que le gentilhomme qui vient de parler et
ses amis peuvent prendre, ne me donne aucune inquiétude. Les
amis de la nation et de Sa Majesté leur sont fort obligés d'avoir
ainsi jeté le masque, en faisant cette déclaration hautement. Nous
pouvons être sur nos gardes contre la rébellion ouverte ; mais il est
difficile de se prémunir contre la trahison clandestine. La faction

dont je parle n'a jamais siégé dans cette assemblée , ne s'est jamais
associée à quelque mesure publique du gouvernement , qu'avec une
intention de le perdre et de le détruire. Le gentilhomme qui est
maintenant l'organe de cette faction a été le chef de ces traîtres qui,
pour placer sur le trône un prétendant papiste, il y a vingt-cinq
ans, conspirèrent la perte de leur patrie et de la famille royale. La
vigilance du gouvernement le saisit ; et sa clémence lui fit grâce.
Depuis lors, il use de ce pardon pour travailler légalement à la destruction des lois , etc., etc. Toute ma crainte aujourd'hui, c'est que
l'honorable membre et les siens n'accomplissent pas leur promesse
de se retirer du parlement : car nous y avons été trompés déjà plus
d'une fois.

Voilà , Messieurs, avec quelle altière autorité
parlait ce souple et adroit Walpole, comment il
faisait servir à sa défense les vieux périls de la
maison de Hanovre. Il ne s'agit pas là du talent de
l'orateur, mais de cette audace d'un homme enra-
ciné au pouvoir.

C'est historiquement qu'il faut considérer ces
rapides détails sur la tribune britannique, dans
les commencements du xviii° siècle. Cet âge de
l'éloquence anglaise, quoique déjà tout politique,
ne la montre encore que renfermée dans des débats intérieurs, et plus puissante par l'habileté
que par le talent. Plus tard viendront deux ordres
de questions, qui doivent la passionner et l'enno-
blir : les questions de conquête, de domination,
et les questions d'humanité, de justice, dont la
politique de ces premiers temps ne s'était pas occupée. Ainsi, dans l'ébranlement de l'Europe à la
fin du xviii° siècle, et à dater de la guerre d'Amérique, l'Angleterre, par son activité sur tous les
points du monde, occupera sa puissante tribune
des plus grands événements de l'histoire moderne.

Et en même temps, les efforts tentés, les vœux exprimés pour l'abolition de la traite des noirs, pour
l'émancipation des catholiques, pour la délivrance
des colonies, signaleront une éloquence généreuse
et morale, celle des Chatam, des Burke, des Wilberforce. Ainsi la tribune anglaise paraîtra s'a-
grandir de tous les intérêts européens et de tous
les sentiments cosmopolites, qui viendront se mêler à son patriotisme.

CINQUANTIÈME LEÇON.

Unité du sujet dans cette leçon. — William Pitt. — Détails sur son éducation et sa jeunesse. — Caractère de son éloquence; sa lutte contre
Walpole. — Vie parlementaire de William Pitt. — Ministre en 1756, et
de nouveau en 1757. — Exemple d'une élévation indépendante de
l'aristocratie et de la cour. — Glorieuse administration de William Pitt.
— Sa retraite. — Fermeté de ses principes. — Refuse plusieurs fois le
ministère. — Rentre dans les affaires en 1766. — Est créé lord et vicomte de Chatam. — Courte durée de son ministère. — Son opposition aux rigueurs exercées contre les colonies d'Amérique. — Sa haute
prévoyance. — Ses discours aux différentes époques de la guerre
d'Amérique. — Ses dernières paroles à la chambre des pairs. — Sa
mort. — Honneurs rendus à sa mémoire. — Parallèle de cette mort
d'un grand ministre dans un état libre, avec celles de Richelieu et de
Mazarin.

MESSIEURS,

Vous ne me le direz pas, mais je vous ai peut-
être ennuyés dans la dernière séance. C'était beaucoup ma faute, et un peu la faute du sujet. Plus
d'incohérence que de diversité des noms propres,
au lieu de physionomies vivantes et reconnaissa-
bles, trop d'histoire et trop peu d'intérêt dramatique, voilà ce qui devait lasser votre attention.
Aujourd'hui, si j'ai le même malheur, je serai sans
excuse. J'ai à vous entretenir d'un noble sujet qui
offre une imposante unité ; j'ai à développer devant

vous une grande et belle vie d'orateur moderne ;
j'ai à vous montrer un homme de génie dans un
état libre, un ministre élevé au pouvoir par l'éloquence et la vertu, un grand orateur au milieu des
événements le plus faits pour l'inspirer. Je vais vous
parler de lord Chatam.

C'est lui qui réalise le mieux cette idée d'enthousiasme patriotique, d'élévation, de magnificence de langage que l'exactitude un peu minutieuse des formes modernes semble s'interdire et
reléguer dans l'antiquité ; de plus, c'est une âme
remplie de ces sentiments généreux, liés à notre
nature, qui ne passent pas comme les intérêts politiques, et qui, à deux mille ans de distance, font
battre tout cœur d'homme, comme le premier jour
où ils furent exprimés.

A cet égard même, les émotions toutes morales
qui souvent animèrent les paroles de Chatam, son
amour de l'humanité, doivent être plus durables
que quelques-unes des inspirations religieuses et
patriotiques de l'éloquence grecque ou romaine.
Les longues apostrophes de Cicéron à tous les
dieux dont Verrès avait pillé les temples, les solennelles prières de Démosthène aux divinités de
la Grèce, sont aujourd'hui froides et mortes pour
nous. Ce qu'il y a de passions généreuses dans l'é-
loquence de Chatam subsiste et vivra toujours.
Sa carrière, d'ailleurs, embrasse une mémorable
époque de la puissance britannique. Que de choses
intéressantes et nouvelles vont s'offrir à nous ! l'in-

fluence du talent au milieu d'un état libre, la dignité du caractère, appui du talent et de l'ambition, le pouvoir noblement exercé, noblement perdu, la grandeur d'un citoyen anglais qui, sorti des conseils du souverain, les domine encore, enfin l'alliance rare et toute moderne du patriotisme le plus ardent et d'un vaste amour de l'humanité!

Une vie si bien illustrée par la tribune publique a dû s'y dévouer de bonne heure. Quoique William Pitt (depuis lord Chatam) fût né d'une famille peu considérable par le rang et la fortune, sa première éducation le destinait au parlement. Élevé d'abord au collége d'Éton, il étudia les anciens avec cet esprit d'imitation moins littéraire encore que patriotique, alors commun dans la jeune noblesse anglaise, et qui avait formé la magistrature française au xvie siècle.

Ce n'étaient pas des leçons de style et de goût, mais des exemples de sévère franchise, de liberté généreuse, que ces esprits graves du xvie siècle et ces esprits ambitieux de l'Angleterre au xviiie siècle cherchaient dans l'étude de l'antiquité.

Du collége d'Éton, le jeune Pitt vint à l'Université d'Oxford pour y faire ces hautes études qui déterminent la vocation du talent. Il y passa trois années à lire assidûment les philosophes et les orateurs grecs; il y fit même beaucoup de vers latins. On peut découvrir déjà, dans ces *essais* de collége, les sentiments qui animèrent sa vie. Une

pièce qu'il composa sur l'avénement de Georges II
débute par ces mots :

> Anglicæ vos o præsentia numina gentis
> Libertas, atque alma Themis ; Neptune britanni
> **Tu** pater Oceani....

Puissantes divinités de la nation anglaise, Liberté, Justice; et toi,
Neptune, père de l'Océan britannique....

Liberté ! justice ! ce furent les deux inspirations
de Chatam; et cette épithète de *britannique*, or-
gueilleusement donnée à l'Océan, il la justifia presque dans son ministère.

Pendant ces trois années de séjour à Oxford, le
jeune Pitt se prépara pour l'éloquence par des études semblables à tout ce que les anciens nous ont
conté de leurs orateurs. Il se fit Grec et Romain
par une méditation ardente des chefs-d'œuvre antiques. Il mit en usage tous ces savants avis, toutes
ces heureuses expériences de Cicéron, pour fortifier l'esprit, enrichir l'élocution, élever le talent.
Il s'anima de cette grande ambition de l'éloquence,
que ni l'étude ni la gloire ne peuvent jamais ras-
sasier ; tel il paraissait aux yeux de ses jeunes compagnons. Vingt ans plus tard, un poëte ingénieux,
Warton, lui rappelait ce souvenir, en lui adressant des vers sur la mort de Georges II :

Ne refuse pas, lui disait-il, cet humble présent d'une muse indépendante ; elle sort de ce même bocage où fut élevée ta pensive
jeunesse, dans les pures maximes de la sagesse athénienne, et où,
pour la première fois, l'image de la liberté anglaise brilla de tout
son éclat devant les yeux rêveurs.

Après cette forte éducation, le jeune Pitt voya-

gea, selon l'usage si raisonnable des Anglais. Il vit
la France et l'Italie, puis revint dans son pays, près
de sa mère, demeurée veuve et sans fortune. La
célébrité de ses premières études, je ne sais quoi
d'orateur qui était en lui, dans sa taille élevée,
dans ses yeux pleins de feu, dans sa voix sonore,
dans la dignité et la force singulière de son langage, le désignaient pour la chambre des communes. Il y fut nommé, par le bourg d'*Old Sarum*,
à l'âge de vingt-sept ans. Vers le même temps, il
acheta, selon la coutume anglaise, une commission d'officier dans un régiment.

A l'époque où William Pitt vint siéger au parlement, ce Robert Walpole, dont je vous ai déjà
parlé si longtemps, était toujours ministre. Ce qu'il
y avait d'astucieux et de corrupteur dans le caractère de ce ministre devait peu sympathiser avec
l'âme altière et pure de Pitt. Cependant cette répugnance ne se marqua point d'abord avec énergie dans le langage du jeune député des *communes*.
Le début de son éloquence, son *Maiden-Speech*, fut
un acte d'opposition respectueux et détourné, la
demande d'une riche dotation pour le prince de
Galles, qui venait d'épouser une princesse d'Allemagne. On admira le talent de Pitt, et les vives
couleurs dont il avait peint le caractère et les vertus du jeune prince, rendu populaire par la haine
jalouse que lui portait Walpole. Quelques autres
discours ajoutèrent à la réputation naissante de
Pitt, et firent prévoir qu'il effacerait un jour les
Windham et les Pulteney. On lui trouvait un art

inconnu jusqu'alors dans le parlement britannique, et une imitation pompeuse de Cicéron. Mais
la première occasion où il montra son génie véritable, un mélange d'amertume railleuse et de
gravité véhémente, ce fut une réplique soudaine à
Walpole. Ce ministre avait fait proposer un bill
pour forcer au service, dans la marine militaire,
tous les matelots des navires marchands. Ce n'est
pas que les Anglais n'eussent déjà la *presse*, qui
est, par elle-même, une charge pesante, une dure
tyrannie irrégulièrement exercée ; mais Walpole
avait cru nécessaire d'ajouter à cet antique abus
un enrôlement général et forcé de tous les hommes
de mer ou de rivière, de tous les bateliers de la
Tamise qui paraîtraient bons pour servir sur la
flotte anglaise. Pitt, dans un discours qui n'est pas
conservé, s'éleva vivement contre cet abus du pouvoir. Sans doute, avec cette candeur de jeunesse
dont il ne faut pas se corriger, il avait invoqué ces
sentiments de droit naturel, d'équité, de justice,
ces choses que l'on appelle de la *philanthropie*. La
noblesse même des pensées qu'il exprimait avec
chaleur lui donnait un langage élevé, solennel,
presque poétique ; et son débit était éclatant et
animé.

Walpole, avec ce froid sarcasme facile au pouvoir et au succès, releva dédaigneusement le jeune
orateur. Il dit

Que des déclamations véhémentes et de belles périodes pouvaient
agir sur les hommes jeunes et sans expérience ; que probablement
l'honorable gentleman avait contracté cette habitude d'éloquence en

communiquant avec les jeunes gens de son âge, plutôt qu'avec les hommes instruits et graves; mais qu'il ne suffisait pas d'apporter au parlement des gestes et des émotions de théâtre.

Je vous ai donné, l'autre jour, une séance intérieure du sénat romain comme un modèle de débat politique, peu désirable à reproduire, et peu fait pour nos mœurs modernes. Je puis vous montrer le jeune Pitt repoussant Walpole avec une véhémence presque digne de l'injurieux langage des anciens. A peine Walpole avait-il achevé son ironie ministérielle, applaudie par une majorité puissante, que Pitt se lève; et, après avoir de nouveau discuté la question :

Quant au reproche d'être jeune, dit-il, que l'honorable gentilhomme m'a fait avec tant de chaleur et de bon goût, je n'essayerai pas de l'affaiblir ou de le nier; je me borne à souhaiter d'être au nombre de ceux dont les folies cessent avec la jeunesse, et non de ceux qui sont ignorants, malgré l'expérience. Je ne me charge pas de décider si la jeunesse peut être objectée à quelqu'un comme un tort; mais la vieillesse, j'en suis sûr, peut devenir justement méprisable, si elle n'a apporté avec elle aucune amélioration dans les mœurs, et si le vice paraît encore où les passions ont disparu. Le malheureux qui, après avoir vu les suites de ses fautes nombreuses, continue de s'aveugler, et joint seulement l'obstination à la sottise, est certainement l'objet de la haine ou du mépris, et ne mérite pas que ses cheveux blancs le mettent à couvert de l'insulte. Plus haïssable est encore celui qui, à mesure qu'il s'est avancé dans la vie, s'est éloigné de la vertu, qui devient plus méchant avec moins de tentations, qui se prostitue lui-même pour des trésors dont il ne peut jouir, et use les restes de sa vie à la ruine de son pays.

Mais la jeunesse n'est pas mon seul crime; on m'accuse de faire un personnage théâtral : ce reproche suppose, ou quelque singularité de gestes, ou quelque dissimulation de mes propres sentiments, ou une facilité à prendre les opinions et le langage d'autrui. Sur le premier point, le reproche est trop frivole pour être réfuté; sur le second, je le renvoie tout entier à celui qui l'a fait.

Je ne vous cite pas ce discours comme un mo-

dèle d'urbanité; Pitt continua plus vivement encore et fut rappelé à l'ordre par l'*orateur*.

Cependant ce nouveau champion, qui s'élevait
avec toute l'ardeur de la jeunesse contre la vieille
puissance de Walpole, hâta la chute du ministre.
Après deux demandes d'accusation, inutilement
présentées, Walpole tomba devant un nouveau
parlement. Des enquêtes sont commencées sur ce
long règne ministériel. Il s'agissait de reprendre
et de discuter vingt années d'administration, pendant lesquelles le ministre avait, à tout prendre,
affermi la succession protestante, et accru la puissance de l'Angleterre. Les débats furent longs,
opiniâtres; deux cent quarante-quatre voix contre
deux cent quarante-deux refusèrent d'admettre
une enquête qui s'étendît à toute la durée de l'administration de Walpole.

Pitt alors proposa de borner l'accusation aux
dix dernières années de ce ministère : cet avis pré-
valut, appuyé par d'éloquents discours. Mais les
méfaits de Walpole sont trop loin de nous, et trop
exclusivement anglais, pour que j'essaye de ressusciter ces vieux débats, où l'on admira le talent et
la véhémence de Pitt. On ne les a conservés, d'ailleurs, que sous une forme incomplète et mutilée;
il n'en reste que des fragments recueillis, ou même
refaits, dans lesquels nous aurions peine à démêler
l'inspiration primitive de l'orateur.

A une époque plus avancée de sa vie, nous l'en-
tendrons lui-même; ses paroles ont été textuelle-
ment recueillies; et elles offrent alors un tel carac-

tère d'énergie propre et originale, que l'on ne
peut y supposer aucune altération étrangère.

Ainsi, laissons cet éternel débat sur Walpole
mourir dans un comité de la chambre des communes, et reportons nos regards vers la noble
carrière qui va s'ouvrir au génie de William Pitt.

Messieurs, ce qu'il y a de remarquable dans la
destinée de cet homme d'état, c'est qu'il a commencé dans les mœurs politiques de l'Angleterre
une révolution que l'on attribuait seulement à notre époque. Vous avez entendu dire souvent, vous
avez lu qu'un ministre célèbre, mort il y a peu de
temps, était en Angleterre le premier exemple
d'une grande fortune politique obtenue par le
talent seul, que c'était la première puissance oratoire qui se fût élevée d'elle-même, sans le secours
des grands patronages et des alliances aristocratiques; et cette innovation semblait liée à tout un
changement de l'ordre social et des mœurs. Non,
Messieurs, la supériorité du talent avait à cet
égard devancé l'influence des idées nouvelles. Le
premier exemple illustre d'un parvenu au pouvoir
au milieu de l'aristocratie anglaise, est William
Pitt.

L'avénement de la maison des Brunswick, qui
n'avait pas été uniquement, comme on le dit, une
révolution nationale, mais bien plutôt une habile
combinaison aristocratique s'appuyant sur les
sentiments publics, laissa subsister et consacra
toute la puissance des grandes familles. En trans-
férant le trône au nom du principe populaire, elles

avaient fortifié leurs priviléges; et elles s'étaient
établies les gardiennes de la royauté nouvelle. On
le vit sous Guillaume III, sous la reine Anne. Le
ministère d'Oxford et de Bolingbroke fut une
lutte de la haute noblesse tory contre l'aristocratie whig; aucun homme *nouveau* n'y joua de
grand rôle. Et les whigs ayant triomphé, le pouvoir se fixa derechef dans la main des puissantes
familles de ce parti. Le péril même qu'avaient couru
les intérêts nationaux favorisa cette tutèle aristocratique : on eût dit que la révolution avait été
faite pour les grands seigneurs whigs, et que leur
ambition contente était la garantie des libertés
publiques; on eût dit qu'ils étaient obligés d'être
toujours ministres, pour la sûreté commune.

Cette illusion, entretenue par les entreprises
infortunées du parti jacobite, se prolongea jusqu'au milieu du xviiie siècle. Après la chute de
Walpole, c'est lord Carteret, le duc de Newcastle
et d'autres nobles personnages de l'aristocratie
wigh qui d'abord concentrent dans leurs mains le
pouvoir. William Pitt, fils d'un simple écuyer, ayant
à peine deux cents livres sterling de revenu, officier
dans un régiment, et encore (ce que j'ai oublié de
dire) Walpole l'avait destitué de son grade; Pitt enfin n'avait aucun titre aristocratique, au milieu des
cinq ou six grandes familles en possession de gouverner l'Angleterre, et il avait trop de fierté pour
être leur client et s'élever à leur suite, en les servant
de son éloquence. La dignité de son caractère, la
force de son génie, soutenus par une faveur pu-

blique habilement ménagée, furent ses seuls appuis, et lui donnèrent enfin l'alliance de l'aristocratie, ou lui permirent de s'en passer.

La première administration qui succédait à Walpole avait offert une part de puissance au jeune Pitt, il refusa. Nommé, quatre ans après, conseiller privé et payeur général des troupes anglaises, après avoir exercé cet emploi avec un rare désintéressement, il le quitta pour un dissentiment politique; et il ne fut enfin appelé au ministère qu'en 1756, à la chute du duc de Newcastle. Ce fut la victoire de l'homme *nouveau* sur le grand seigneur, du talent sur les titres. Là se présente une autre singularité du caractère et de la fortune de Pitt. Comme il s'était passé de cette affiliation aristocratique qui semblait la condition nécessaire du pouvoir, on le voit se passer respectueusement de la faveur du souverain et contrarier ses vues. Celui qu'il veut servir, c'est exclusivement le roi d'Angleterre, et non pas le roi d'Angleterre, prince du Hanovre.

Georges Ier, inquiet sur ses états du Hanovre, voulait entrer dans la confédération des princes d'Allemagne, et se préparait une guerre longue et difficile, sans profit pour l'Angleterre. Pitt, serviteur de son pays encore plus que du roi, refusa d'y consentir. Malgré l'ascendant de son nom, cette résistance fut suivie d'une disgrâce, ou, du moins, d'une retraite à peu près forcée. Le voilà retombé sur cette faveur publique qui, tout à l'heure, l'avait poussé au pouvoir.

Mais la volonté du roi ne pouvait donner à d'autres ministres la force que leur refusait l'opinion de l'Angleterre; et les coalitions aristocratiques des whigs avaient perdu leur crédit, depuis qu'un homme *nouveau* s'était montré plus habile et mieux populaire. Le duc de Newcastle, rappelé à la tête de l'administration, se sentit trop faible. Il fallut recourir à William Pitt et accepter ses conditions. Ce fut alors qu'il entra dans le gouvernement de l'Angleterre, avec toute la puissance de son nom et d'un caractère que rien n'avait fait varier. Ce fut en 1757. Cette époque de sa vie, qu'il a rappelée souvent avec un orgueil presque cicéronien, doit laisser trace dans notre mémoire. Elle fut, sous plus d'un rapport, funeste à notre pays alors gouverné par des mains si faibles. Pitt poursuivait avec ardeur l'abaissement de la France : c'était le but de sa politique. Ne vous attendez donc pas, Messieurs, à voir son ministère marqué seulement par des actes de justice, des perfectionnements de liberté. Comme la constitution anglaise est fixée, développée, depuis longtemps, le génie politique se montre et la popularité s'obtient, dans ce pays, beaucoup moins par l'adoption de nouveaux principes que par l'habile intelligence des intérêts britanniques. Ce William Pitt, si grand aux yeux de ses concitoyens, si national, vénéré comme le défenseur le plus pur et le plus invariable des principes de liberté, vous ne trouverez dans ses discours que peu de théories généreuses; il eut rarement l'occasion ou le besoin de les exprimer,

hormis dans les grandes et dernières circonstances
de sa vie. C'est un patriote anglais, bien plus qu'un
ami spéculatif de la liberté. C'est surtout en agissant avec passion pour les intérêts de son pays
contre l'étranger, qu'il manifeste son esprit national. Sans doute il ne conçoit pas la grandeur de
l'Angleterre sans liberté légale; mais, rassuré par
les lois, c'est surtout de cette grandeur qu'il s'occupe. Incorruptible défenseur des droits du peuple
anglais, ami des principes pour l'Angleterre, il
n'a pas avec les nations étrangères beaucoup plus
de scrupules qu'un ancien Romain.

Dès sa jeunesse on avait dit de lui qu'il avait
la vertu d'un Romain et les nobles manières d'un
courtisan français; mais cette vertu de Romain,
c'était l'intérêt de l'Angleterre avant tout. Ainsi,
Messieurs, ce ministère attendu, annoncé avec
éclat, ce ministère qui fit la gloire et l'orgueil de sa
vie, ne vous imaginez pas qu'il ait eu pour résultat
un certain nombre de lois favorables à la liberté
et l'accomplissement de quelques théories bien-
faisantes. Il fut tout politique, tout dirigé vers
l'intérêt de l'Angleterre au dehors. William Pitt
ne considéra pas l'Angleterre comme un état dont
les relations intérieures ont besoin d'être perfec-
tionnées au profit de la justice et de la liberté,
mais comme une puissance établie, qu'il fallait
agrandir et faire dominer sur toutes les autres
puissances. Son ministère fut surtout un ministère
de conquêtes et d'envahissements au dehors.

Cette administration, qui éleva très-haut l'in-

fluence britannique, dura quatre années. Pendant
ces quatre années, l'Angleterre domina dans presque tous les cabinets de l'Europe, fut absolue sur
les mers, posséda paisiblement ses colonies d'A-
mérique, et les accrut, nous enleva le Canada, la
Louisiane, et ruina nos comptoirs de l'Inde.

Dans le gouvernement de l'Angleterre, cette générosité de sentiments, naturelle à William Pitt,
si elle ne passa pas dans les lois, se marqua du
moins par quelques actes honorables. Avant lui,
les Écossais, qui avaient suivi l'étendard infortuné
du prince Édouard, avaient été cruellement déci-
més par le vainqueur. Non-seulement les whigs
avaient fait couler des flots de sang sur les échafauds
de Londres; non-seulement des proscriptions, dignes de Jacques II, avaient été, dans le premier moment, renouvelées pour les princes de la maison de
Hanovre; mais une sorte d'inquisition se prolon-
geait sur les montagnes d'Écosse, et en tenait les
habitants désarmés. Pitt fut plus habile et plus généreux; il sentit que ces hommes braves et loyaux
aimaient la guerre, encore plus qu'ils n'aimaient
le prince Édouard, et qu'en leur redonnant les
armes, il les rendrait fidèles. Il les mit au milieu
de l'armée anglaise, et les envoya combattre en
Amérique, contre les Français; de jacobites per-
sécutés, il en fit d'excellents soldats pour la maison de Hanovre.

Cependant, Messieurs, ce ministre qui travaillait avec hauteur aux intérêts de l'Angleterre,
qui avait peu de ménagements de cour, peu de

complaisances, voyait insensiblement se former
contre lui un parti nombreux. La mort de Georges II favorisa ce parti. Un jeune prince arrivé
sur le trône, n'ayant pas encore la parfaite intelligence des sentiments anglais, ne sachant pas
peut-être à quel point les droits de pays étaient
désormais invariables, fut séduit par quelques
idées de pouvoir absolu, autant qu'il était possible de les rêver au milieu de la réalité qu'offrait
la liberté anglaise.

L'influence que lord Bute exerça dès l'avénement de Georges III avait affaibli l'autorité de
Pitt. Cependant ce ministre poursuivait avec ardeur ses plans de domination au dehors. Non con-
tent d'avoir abaissé (ce mot me coûte à dire, mais
il est vrai), d'avoir abaissé la France, d'avoir
ruiné ses colonies, et commencé cette grande domination dans l'Inde qui devait indemniser l'Angleterre de la perte de l'Amérique, Pitt voulait
abattre l'Espagne, dont il redoutait l'intime alliance avec la France. Sous quelque prétexte,
comme la politique en trouve toujours, il avait
hâte de lui déclarer la guerre; mais, par la secrète
autorité de lord Bute, il se vit, sur cette importante question, abandonné de tout le ministère.
Alors, avec ce point d'honneur politique, naturel
à tout ministre anglais, et plus encore à William
Pitt, il se retira du conseil. Pour sa gloire, ce fut
une heureuse circonstance : le pouvoir n'était pas
la plus belle place d'un homme tel que lui. Dans
nos gouvernements représentatifs, où tant d'in-

fluences se mêlent à celle du talent et de la raison,
il est bien rare que la défense, même sage, même
juste, des intérêts du gouvernement, puisse obtenir faveur égale à celle qui suit la profession indépendante des principes de liberté. Hors du ministère, le langage, plus désintéressé, est aussi plus
puissant.

Pendant ces quatre ans, Pitt parla souvent avec
un talent supérieur, à la chambre des communes;
il domina ce grand conseil de la nation; il resta
même populaire en étant ministre. Cependant les
plus beaux souvenirs de son éloquence, les plus
fortes émotions qu'elle excita dans les âmes, appartiennent à une autre époque de sa vie.

Voilà donc ce grand homme d'état rentré dans
la condition privée. Je dis ce grand homme d'état;
car, aussitôt qu'il eut quitté le pouvoir, on s'aperçut de la sagesse de ses conseils. Comme l'énergie,
l'éclat du talent excluent, aux yeux de quelques
hommes, la prudence politique, il n'est pas mauvais de rappeler que Pitt, hardi ministre, fut en
même temps sage ministre. Il avait annoncé, dans
un intérêt d'ambition anglaise, la nécessité de
commencer la guerre contre l'Espagne; il avait
montré le moment favorable. Un an après, en
1761, les Espagnols justifièrent la prévoyance de
Pitt, en osant les premiers attaquer l'Angleterre.
L'estime, l'admiration publiques s'accrurent alors
pour l'homme d'état qui avait sacrifié son pouvoir à une opinion vérifiée par l'événement.

William Pitt poursuivit cette noble carrière de

l'opposition anglaise. Ce fut ainsi qu'il lutta, tantôt contre l'influence secrète, tantôt contre le gouvernement public de ce lord Bute qui semblait le
génie du pouvoir absolu, conservé près du trône
constitutionnel de l'Angleterre. Le ministre, effrayé des attaques de la presse, fit décerner des
warrants généraux, c'est-à-dire des ordres d'arresta-
tion en blanc, contre tout auteur ou publicateur
de libelles. Pitt opposa vainement des réclamations pleines de force. Incapable d'abandonner les
droits de la liberté, sous prétexte des abus de la
licence, il défendit le célèbre Wilkes, dont il blâmait le séditieux langage, mais qu'il voyait soumis à une procédure arbitraire de la chambre des
communes. Que ne puis-je ici vous citer ses paroles littérales? elles ne furent pas conservées. C'est
un regret qui s'attache à une grande partie de
cette vie parlementaire. Il en reste des souvenirs
plutôt que des monuments. Nous n'avons que de
froids extraits de ces éloquents discours où Pitt
défendait les principes de la liberté et les intérêts
de la domination anglaise contre une politique
oppressive et faible.

Cependant lord Bute, et les faibles successeurs
qui se traînaient à sa suite voulurent désarmer ce
terrible adversaire, en lui offrant le partage de
pouvoir. C'est une chose curieuse, dans l'histoire
de la constitution britannique et des mœurs parlementaires, que les négociations entamées auprès
de lui, que sa noble et simple résistance, ses refus, ses conditions. Sujet dévoué, rien dans sa

conduite ne montre une indépendance dédai-
gneuse, une hautaine hostilité. C'est la gravité
impartiale d'une ferme conscience qui ne cède pas
même au prince qu'elle aime, et ne saurait accepter de lui le pouvoir qu'avec l'assurance de faire
le bien qu'elle souhaite, comme elle l'entend, et
comme elle le veut : les mémoires du temps sont
remplis de conversations entre William Pitt et
quelques négociateurs de cour.

Il y eut même plus d'une entrevue politique
entre ce grand citoyen, élevé si haut par sa vertu,
et le roi d'Angleterre, Georges III. On reprochait
quelquefois à Pitt son inflexible fermeté dans ces
royales conférences, la hauteur avec laquelle il
exigeait l'éloignement de quelques favoris du souverain, enfin l'orgueil de sa raison ou de sa conscience, qui ne voulait rien accorder et ne céder
sur rien; il répondait : « Je suis prêt à aller à Saint-
James, si je puis y porter avec moi la constitution. »

Vous me pardonnez ces détails historiques; ils
me servent à dessiner devant vos yeux cette physionomie romaine-anglaise; ils sont nécessaires
pour juger même le talent de l'orateur. Ce qui me
détourne de donner des préceptes d'éloquence,
c'est que rien n'est plus personnel à l'homme, plus
attaché à lui, à sa vie tout entière, que la parole,
dont il a le droit de se servir.

Mille expressions, mille formes de langage n'ont
pu venir qu'à William Pitt, à cet homme si dédaigneux du pouvoir et si inflexible dans ses opinions.

En disant les mêmes choses, un autre paraîtrait
déclamateur ; et l'on sent que Pitt parle ainsi ,
parce qu'il lui est impossible de tirer d'autres
sentiments de son âme.

Cependant, si la politique anglaise n'avait offert
que des circonstances ordinaires, le génie de Pitt,
et ce tour d'imagination élevée qui le caractérise,
ne se seraient pas montrés tout entiers ; mais un
des plus grands événements qui aient mis à l'é-
preuve la puissance britannique se préparait depuis plusieurs années : les colonies de l'Amérique
septentrionale avaient reçu , dès leur origine, quelques-unes des institutions de liberté , le jury, les
assemblées provinciales; mais le roi et le parlement britannique retenaient sur ces colonies tous
les droits de la domination. La politique commer-
ciale de l'Angleterre, stipulant pour elle-même,
entravait de prohibitions ou de taxes onéreuses
le commerce des Américains. Un impôt sur le *timbre* avait excité leurs plaintes. Pitt, dès l'origine,
les appuya de son éloquence : il avait éprouvé leur
courage et leur fidélité dans les guerres de l'Angleterre contre la France, et il trouvait juste de
leur assurer le droit des autres sujets anglais, de
ne supporter que des impôts consentis par leurs
représentants. L'influence de Pitt, à la tête de
l'opposition, força le ministère de révoquer la taxe
du *timbre;* et peu de temps après ce ministère , affaibli doublement par sa faute et par sa rétracta-
tion, tomba devant la popularité toujours crois-
sante de Pitt.

En 1766, le *grand député* des communes est encore une fois porté au pouvoir par le vœu de son pays. Toutes les répugnances de cour cédaient devant sa gloire. Nommé pair et vicomte de Chatam, il forme un nouveau ministère, dont il refuse d'être le chef, mais que son génie devait animer. Par une impartialité trop haute et trop hardie, il y fit entrer des hommes de partis opposés. Mais, tourmenté d'infirmités douloureuses, il ne put porter le poids des affaires; et il se retira bientôt, laissant l'Angleterre avec tous les périls que sa présence avait un moment suspendus. Dans sa retraite, on le vit défendre les libertés du pays, à la chambre des pairs, comme il les avait défendues à la chambre des communes. Lord Mansfield prétendait que, dans les questions de liberté de presse, le jury, n'étant juge que du fait, devait se borner à déclarer l'existence et la publication du livre, et que c'était à la cour à le qualifier de *libelle*. Lord Chatam combattit avec force cette doctrine, qui supprimait la salutaire intervention du jury dans le point le plus important à la liberté.

La chambre des communes, après avoir expulsé Wilkes de son sein, avait refusé de le recevoir, quand la majorité des électeurs de Middlesex le renvoyait siéger, et elle avait admis à sa place le candidat de la minorité. Chatam défendit de nouveau Wilkes, ou plutôt les principes insultés en sa personne; et il nota de son éloquent blâme la décision arbitraire des communes. Mais une plus grande question se présente.

L'administration qui avait succédé à lord Chatam reprit l'usage de taxer l'Amérique, et excita
bientôt de nouvelles plaintes. Il n'y avait pas là
seulement, Messieurs, une question d'impôt; il y
avait ce fait de la civilisation antique et moderne,
cette émancipation inévitable d'une colonie trop
puissante et trop éloignée de sa métropole; ajou-
tez ce commencement d'indépendance autorisée
par les institutions mêmes que l'Angleterre avait
laissé tomber sur l'Amérique; elle lui avait trop
donné, pour lui refuser davantage. Aussi, lorsque
le parlement britannique ordonna de recevoir en
Amérique le thé des Indes, en même temps qu'elle
grevait de taxes nouvelles les produits américains,
une révolte éclata dans Boston; on jeta dans la mer
le thé des Indes; on déclara qu'on n'avait pas besoin de ces marchandises étrangères, et que l'A-
mérique se suffisait à elle-même. Bientôt les assemblées provinciales s'arment et se coalisent. Des
colons pleins d'ardeur et de fierté d'esprit, s'indi-
gnant de n'être qu'une province anglaise, et voulant être une nation, répandent dans l'Amérique
de généreux *manifestes*, comme les écrits de Fran-
klin, d'abord ouvrier-imprimeur, puis un des plus
grands citoyens de l'Amérique.

Une fermentation singulière agite cette terre
d'indépendance. Les premières résolutions adop-
tées par le gouvernement britannique furent ma-
ladroites et cruelles. Des troupes avancent sur
Boston; le port est bloqué; des rigueurs sont in-
distinctement exercées contre les habitants de la

ville, et le sentiment de la haine s'accroît dans le
cœur des Américains; et l'on avance de plus en
plus vers l'émancipation; et l'on s'appelle encore
royalistes, ou du moins *loyalistes;* mais déjà on aspire
à l'entière indépendance. Quelle devait être, dans
ce grand mouvement, la conduite du gouvernement anglais? Pouvait-il se soumettre à ces insurgés d'au delà de l'Océan? Pouvait-il accorder immédiatement tout ce que ceux-ci réclamaient par
les armes? D'ailleurs, cet orgueil du peuple anglais, que l'on a vu résister si longtemps à d'autres
demandes non moins justes, croyez-vous qu'il eût
aisément suivi la politique timide et sage d'un ministère qui aurait cédé trop vite aux Américains?
Poussé par un point d'honneur de ministère et de
nation tout ensemble, le gouvernement britannique s'obstine dans sa vengeance, dans la répres-
sion, dans la soumission de ce nouveau monde,
qui veut lui échapper.

Protester au nom de la justice et de l'humanité
contre les barbaries de cette guerre civile, au nom
de la prudence contre de fausses promesses et
un succès impossible, prévoir les maux, proposer le remède, offrir à l'Angleterre de lui rendre
ce monde qu'elle va perdre, et de concilier ses
droits légitimes avec la liberté nécessaire des colonies, voilà la mission que remplit lord Chatam!
voilà toute la tâche de l'orateur antique reproduite ou surpassée! Que ce soit Démosthène qui
parle contre l'envahissement de Philippe, ou Chatam qui discute la rébellion de l'Amérique, c'est

également la puissance morale d'un homme, sa sagesse, sa véhémence que je vois régner sur les volontés d'un peuple.

Maintenant, Messieurs, beaucoup d'écrivains anglais ont blâmé la conduite de lord Chatam. On a dit que cette éloquence si énergique et si vive, en révélant la profondeur de la plaie qui dévorait l'Angleterre, avait enhardi ses ennemis. Lord Chatam répondait que ses conseils, suivis à propos, auraient fait cent fois plus de bien que ses prophéties ne pouvaient faire de mal. D'ailleurs, les imprudences de la tribune sont la loi des pays libres; et la liberté répare les accidents qu'elle cause.

Je n'hésite pas, Messieurs, à comparer les discours de Chatam, pour le génie, pour la véhémence de la conviction, pour la grandeur des mouvements de l'âme, aux plus belles harangues de Démosthène. Il y a de plus un tour d'imagination grave et mélancolique qui tient à l'âme religieuse de l'orateur, à son âge, à son infirmité, et qui lui donne un caractère particulier d'éloquence.

Je vais citer, traduire, admirer.

Vous concevez, Messieurs, que ces événements politiques si grands doivent offrir le drame oratoire dans toute sa variété. On voit d'abord l'événement qui s'annonce, les raisonnements, les protestations, les prophéties de l'orateur; l'événement avance vers son terme; mille incidents le retardent ou le compliquent; l'orateur est obligé de changer, de corriger lui-même ses plans, ses projets;

on lui répond par les désastres des insurgés et par
quelques succès de l'armée royale. Il propose un
nouveau traité de paix, dans la victoire de l'Angleterre; il en propose un nouveau, dans sa défaite. Enfin le dernier acte arrive, en dépit du ministère, en dépit de l'opposition, en dépit de lord
Chatam, qui tant de fois l'avait annoncé; il faut
s'avouer vaincu, il faut reconnaître l'entière séparation de l'Amérique : c'est alors que l'âme de
Chatam, si patriotique, se montre avec une effu-
sion sublime; et il meurt presque en achevant son
discours. C'est la tragédie oratoire tout entière.

Nous ne pourrons qu'en détacher quelques
scènes. Le ministère a fait présenter un bill pour
l'envoi d'un nouveau corps de troupes en Amérique, afin de réprimer les premières tentatives des
insurgés. Lord Chatam prend la parole :

Milords, l'état de souffrance qui m'accable ne pouvait m'empêcher de soumettre à vos seigneuries mes pensées sur le bill aujour-
d'hui débattu, et sur les affaires de l'Amérique. Si nous faisions un
rapide retour sur les motifs qui ont engagé les ancêtres de nos concitoyens d'Amérique à laisser leur pays natal à courir les dangers
innombrables de ces contrées lointaines et inexplorées, notre étonnement de la conduite que tiennent leurs descendants devrait naturellement disparaître. Souvenez-vous que ce coin du monde est
celui où des hommes d'un esprit libre et entreprenant se sont enfuis
plutôt que de se soumettre aux principes serviles et tyranniques
qui dominaient alors dans notre malheureuse Angleterre; et devez-
vous vous étonner, Milords, que les descendants de ces hommes
généreux s'indignent, quand on veut leur ravir des priviléges si
chèrement achetés! Si le nouveau monde avait été colonisé par les
enfants d'un autre royaume que l'Angleterre, ils y auraient apporté
avec eux, peut-être, les chaines de l'esclavage et l'habitude de la
servilité. Mais ces hommes qui se sont enfuis de l'Angleterre parce
qu'ils n'y étaient pas libres, doivent garder la liberté dans le monde
où ils ont cherché leur asile, etc., etc., etc.

Milords, je suis vieux; je voudrais conseiller au noble lord qui nous gouverne de prendre une méthode plus douce pour régir l'Amérique; car le jour n'est pas loin où cette Amérique pourra rivaliser avec nous, non-seulement dans les armes, mais dans le commerce et dans tous les arts. Déjà les principales villes d'Amérique sont instruites et polies, et entendent la constitution de cet empire aussi bien que le noble lord qui nous gouverne.

Milords, c'est une doctrine que je porterai avec moi jusqu'à la tombe : ce pays ne possède pas sous le ciel le droit de taxer l'Amérique; cela est contraire à tous les principes de justice et de politique; il n'est point de nécessité qui puisse le justifier.

Ne pouvant dissimuler la révolte de la ville de Boston, il s'adresse au sentiment public, à cette espèce de sympathie, à cette parenté qui devait unir les Anglais et les Américains :

Au lieu de ces mesures âpres et barbares que vous avez prises, passez une amnistie sur toutes ces erreurs de jeunesse de vos frères d'Amérique; recevez-les dans vos bras; et j'ose affirmer que vous trouverez en eux des enfants dignes de vous. Et si leur révolte devait se prolonger au delà du terme d'amnistie, que, je l'espère, cette chambre va fixer, je serai des premiers à proposer quelques mesures qui leur fassent sentir le tort d'irriter une mère indulgente et généreuse, une mère, Milords, dont le bonheur a été toujours ma plus douce consolation. Ceci peut sembler inutile à dire; mais je dois déclarer que le temps n'est pas loin où l'Angleterre aura besoin de l'assistance de ses amis les plus éloignés. Puisse la main de la Providence, qui dispose de tout, ne pas lui rendre nécessaire mon faible secours, et puisse-t-elle exaucer les prières que je formerai toujours pour son bonheur !

Et il termine par ces paroles empruntées pieusement à l'*Écriture* :

Que la longueur des jours soit accordée à mon pays! qu'il ait dans sa main droite de longs jours, et dans sa gauche des richesses et des honneurs, et qu'il marche toujours dans le sentier de la justice et de la paix !

Je vous l'ai dit ; c'est ici l'éloquence de ce grand

citoyen, de cet homme grave, irréprochable; elle
n'appartient qu'à lui. Voilà donc, Messieurs, la
première et inutile protestation de lord Chatam,
au commencement des troubles, avant que le feu
n'ait pris à toute l'Amérique, et bien avant que le
pavillon français n'ait apporté ses secours ines-
pérés. Mais bientôt la guerre s'engage; l'armée
anglaise éprouve d'humiliantes défaites. La résistance s'accroît; elle devient universelle; et le citoyen anglais hésite plus que jamais à s'intéresser
à ces insurgés si cruellement traités, mais devenus
si puissants. Cependant Chatam, dans la générosité de sa conscience, dans les hautes vues de sa
politique, ne change pas d'opinion, et continue à
protester contre l'obstination indécise, si l'on peut
parler ainsi, de lord North, qui faisait toujours la
guerre sans la vouloir.

Déjà les troupes anglaises ont, plus d'une fois,
reculé devant ces pauvres milices américaines,
animées par la liberté et par Washington. Chatam, que ses infirmités, que sa goutte, que sa
tristesse retenaient presque toujours dans la solitude, reparaît au parlement. Il semble que cette
grande et majestueuse physionomie se présentait,
par intervalle, au milieu des législateurs anglais,
pour les avertir de ce qu'il fallait faire ou éviter.
Puis, les trouvant obstinés dans leur aveuglement,
il s'éloignait encore, et attendait des événements
une instruction plus puissante que ses paroles :

Milords, je désire ne plus perdre un jour dans cette crise qui
s'avance et qui nous presse. Une heure maintenant passée, sans

amortir les ferments qui agitent l'Amérique, peut enfanter des années de désastre et de honte. Pour ma part, je ne déserterai pas un seul moment la conduite de cette importante affaire, à moins que je ne sois cloué sur mon lit par l'extrême souffrance; je m'en occuperai partout; je m'en occuperai sans cesse; je viendrai heurter à la porte de ce ministère endormi et tout confondu; et je l'éveillerai au sentiment de son propre danger. (*Applaudissements.*)

De nouveau je conjure, je presse vos seigneuries d'adopter sans retard cette mesure de conciliation. J'affirme qu'elle produira d'heureux effets si elle arrive à temps; mais si vous différez jusqu'à ce que votre espérance se réalise, vous différerez toujours. Pendant que vous le pouvez encore, apaisez ces ferments de haine qui dominent en Amérique; retirez la cause de cette inimitié; retirez cette armée nuisible, incapable de vous servir; car son mérite est l'inaction; sa victoire serait de ne pas combattre. Que pourrait-elle d'ailleurs contre une nation brave, généreuse, unie, qui a des armes dans les mains et du courage dans le cœur? Trois millions d'hommes, les vrais descendants de nos vaillants et pieux ancêtres, chassés dans ces déserts par les maximes étroites d'une superstitieuse tyrannie, ne sont-ils pas invincibles? L'esprit de persécution ne doit-il jamais s'apaiser? Faut-il que ces braves enfants de nos braves aïeux héritent de leurs souffrances, comme ils ont hérité de leurs vertus? Nos ministres nous disent que les Américains ne doivent pas être entendus. Ils ne l'ont pas été en effet; ils ont été frappés, condamnés sans être entendus; la main indifférente de la vengeance a frappé tout à la fois sur l'innocent et sur le coupable, avec des formalités de guerre. Vous avez bloqué cette ville; vous avez réduit à la mendicité, à la famine trente mille habitants. Cette résistance à votre arbitraire système de taxation pouvait être prévue; elle sort de la nature des choses et de la nature des hommes, et surtout de l'esprit whig qui domine dans cette contrée. L'esprit qui résiste à nos taxes en Amérique est le même qui autrefois s'opposait aux dons gratuits, à la taxe des vaisseaux en Angleterre; c'est le même esprit qui fit lever toute l'Angleterre, qui, par le bill des droits, revendiquait la constitution anglaise, et enfin qui a établi cette grande maxime fondamentale de vos libertés, qu'un sujet anglais ne doit être taxé que de son consentement. Ce glorieux esprit whig anime trois millions d'Américains, qui préfèrent la pauvreté et la liberté à des chaines dorées, et qui mourront pour la défense de leurs droits, comme des hommes libres. Qu'opposerez-vous à cet esprit dont la véhémence sympathise avec les cœurs de tant d'Anglais whigs? etc., etc.

Quand vos seigneuries regardent les papiers qui nous arrivent d'Amérique, quand vous considérez la fermeté, la sagesse de ces

hommes, vous ne pouvez vous empêcher de respecter leur cause,
et de faire des vœux pour qu'elle réussisse. Pour moi, je dois
l'avouer, dans toutes mes lectures, dans toutes mes observations,
et vous savez que l'étude a été mon goût favori, que j'ai beaucoup
lu Thucydide, et étudié les hommes d'état de l'ancien monde, je
trouve que, pour la solidité des raisonnements, pour la prudence
des résolutions, au milieu de circonstances si difficiles, si âpres,
si périlleuses, aucun peuple, aucune réunion d'hommes n'a montré plus de sagesse que le congrès de Philadelphie.

J'ai la confiance que vos seigneuries le sentiront; tous nos efforts
pour imposer la servitude à de tels hommes, pour établir le despotisme sur cette puissante nation continentale, doivent être vains et
funestes. Nous serons définitivement forcés de nous rétracter; ré-
tractons-nous donc, pendant que nous le pouvons, et avant qu'il ne
le faille. Je dis que nous devons nécessairement révoquer ces actes
violents; ils doivent être révoqués; vous les révoquerez, je m'y engage d'honneur; vous les révoquerez à la fin, j'y joue ma réputation tout entière; je consentirai à être pris pour un idiot, si vous
ne les révoquez pas.

Et on les a révoqués.

Évitez donc cette humiliante, cette disgracieuse nécessité. Avec
une noblesse qui convient à votre haute situation, faites les premières avances de concorde et de paix. C'est votre dignité d'agir
avec prudence et avec justice. La concession descend avec meilleure
grâce et plus utilement des mains du supérieur; elle réconcilie la
supériorité du pouvoir avec les sentiments intimes des hommes, rétablit la confiance sur des bases inébranlables d'affection et de reconnaissance. Ainsi pensait un sage, un poète, l'ami de Mécène,
le panégyriste d'Auguste; c'est à lui, c'est au successeur de César,
maître du monde, qu'il disait et qu'il recommandait comme une
règle de conduite et de prudence :

> Tuque prior, tu parce, genus qui ducis Olympo,
> Projice tela manu. . . . . .

Messieurs, ces éloquents discours ne produisaient
rien, mais ils agitaient vivement l'esprit anglais :
ils étaient lus avec ardeur; ils luttaient contre la
partialité passionnée du peuple, qui s'indignait de
voir des sujets échappés de ses mains. La majorité

votait comme à l'ordinaire; mais la conscience du peuple anglais était profondément ébranlée. Il semble que lord Chatam, à chaque défaite qu'éprouvait son opinion, redoublait de force, croissait en énergie. Il attendait quelques mois encore, un malheur de plus en Amérique, un allié de moins; et il revenait accabler lord North et ses collègues de leur impuissance et de ses prédictions trop vérifiées. C'est ce qui donne à ses discours, que je suis désolé de morceler ainsi, une progression, une rapidité, un mouvement oratoire et dramatique que rien n'égale, et que tout extrait défigure et détruit.

Enfin, en 1777, les choses allaient plus mal : les Américains s'enhardissaient tous les jours; ils battaient les troupes anglaises; ils prenaient des corps entiers prisonniers; ils avaient de puissants alliés. D'un autre côté, le gouvernement britannique agissait avec violence et faiblesse; il n'osait, il ne pouvait employer beaucoup de sujets britanniques; il louait des troupes allemandes, des troupes suisses; il les embarquait et les envoyait. Il avait des généraux malhabiles ou malheureux, Burgoyne, par exemple, auteur d'une assez bonne comédie. Dans ces déserts de l'Amérique, au milieu de ces peuplades sauvages, encore mêlées à la civilisation naissante des états nouveaux, parmi ces fleuves immenses, ces forêts incultes, les troupes anglaises, épuisées de marches, étaient surprises et accablées.

En 1777, cependant, le roi et son ministère vou-

laient continuer la guerre avec plus de ténacité
que jamais. Le discours de la couronne l'avait dit,
et l'adresse proposée y souscrivait avec ardeur.

Lord Chatam prend la parole :

Je me lève, Milords, pour déclarer mes sentiments sur le sujet
le plus solennel et le plus sérieux. Il impose à mon esprit un fardeau dont rien, j'en ai peur, ne pourra me délivrer ; mais je tâche
d'en alléger le poids par la communication libre et sans réserve de
toutes mes pensées.

Pour la première partie de l'adresse, je m'associe de cœur au
noble comte qui l'a proposée. Personne ne sent une joie plus sincère que moi, personne ne peut offrir de félicitations plus vraies
sur le nouvel accroissement de la dynastie protestante. Mais je dois
m'arrêter là ; ma complaisance de cour ne peut aller plus loin. Je
n'irai pas faire des congratulations sur les disgrâces et les malheurs
de l'Angleterre. Je ne puis m'associer à cette aveugle et servile
adresse, qui approuve et sanctifie les monstrueux projets par lesquels le malheur est sur nos têtes et la destruction à nos portes.
Milords, c'est aujourd'hui un périlleux et formidable moment ; ce
n'est pas le temps de la flatterie. Il faut maintenant parler au trône
le langage de la vérité ; il faut dissiper le mensonge et l'obscurité
qui l'entourent.

C'est notre devoir, Milords ; c'est la fonction naturelle de cette
noble assemblée, conseil héréditaire de la couronne. Et où est le
ministre qui a osé suggérer au trône le langage inconstitutionnel
que l'on a fait entendre ? Le langage ordinaire et bienveillant du
trône, c'est une adresse au parlement pour lui demander son avis,
pour s'appuyer sur son droit légitime de remontrance et de secours.
De même que c'est le droit du parlement de donner cet avis, c'est
le devoir de la couronne de le demander. Mais en ce jour, en cette
circonstance terrible, on ne s'appuie pas sur nos conseils ; on ne
nous demande pas notre avis. La couronne d'elle-même déclare son
irrévocable détermination de poursuivre les mesures commencées ;
et quelles mesures, Milords ! celles qui ont produit tous nos périls,
et amené la destruction à nos portes.

Lord Chatam continue, en flétrissant tout le
système de guerre adopté par les ministres, comme
inepte et cruel à la fois ; il accuse l'emploi de
bandes allemandes, qui portent leur vénale féro-

cité dans ces provinces encore anglaises, qu'il
fallait ménager même en les combattant; il dénonce l'odieuse alliance avec ces hordes canniba'es
qu'on enivre pour les rendre plus barbares encore
que la nature ne les a faites. A ce sujet, vous connaissez déjà une admirable réponse qui fut inspirée à lord Chatam par les malencontreuses paroles de lord Suffolck, pour justifier cette barbarie.
Mais écoutez l'orateur, il ne se répète pas; son indignation renouvelle son génie :

Milords, cette ruineuse et humiliante situation dans laquelle
nous ne pouvons ni agir avec succès, ni souffrir avec honneur,
nous force de prendre le langage le plus expressif et le plus haut,
pour délivrer sa majesté des illusions qui l'obsèdent.

L'état désespéré de nos armées au dehors est connu; personne
ne peut les estimer plus que je ne fais; j'aime et j'honore les troupes anglaises; je connais leur vertu et leur valeur; je sais qu'elles
peuvent tout faire, excepté l'impossible; mais la conquête de l'Amérique anglaise est une chose impossible. Je me hasarde à vous le
dire : *Vous ne pouvez pas conquérir l'Amérique;* vos armées ont fait
dans la dernière guerre tout ce qu'elles pouvaient; il vous en a
coûté des troupes nombreuses sous un habile général pour expulser
six mille Français de l'Amérique française.

Milords, *vous ne pouvez pas conquérir l'Amérique.* Quelle est là-
bas notre situation présente? Nous n'en connaissons pas tous les périls; mais nous savons que dans trois campagnes nous n'avons rien
fait. Outre les pertes et peut-être la destruction des troupes du Nord,
notre meilleure armée, celle que commande sir William Howe, a
reculé devant les lignes américaines; elle a été forcée d'abandonner
son entreprise, et de suivr , avec beaucoup de retard et de danger,
un plan nouveau et des opérations lointaines. Quel en est le résultat? nous le saurons bientôt, et, dans toute chance, nous aurons à
le déplorer; mais pour la conquête, Milords, je le répète, elle est
impossible. Vous pouvez accumuler les dépenses et les efforts, entasser tous les secours qui s'achètent ou s'empruntent, trafiquer,
brocanter avec chacun de ces petits misérables princes d'Allemagne
qui vendent et expédient leurs sujets pour les boucheries d'un prince
étranger. Vos efforts seront toujours vains et impuissants; doublement impuissants par le secours mercenaire que vous choisissez

pour appui ; car il irrite jusqu'à un incurable ressentiment les âmes
de vos ennemis. Quoi! lancer sur eux ces fils mercenaires du pillage et du meurtre, les dévouer eux et leurs possessions à la rapacité de cette fureur soldée! Si j'étais Américain, comme je suis
Anglais, tant qu'un soldat étranger aurait le pied sur mon pays, je
ne poserais pas les armes ; jamais ! jamais ! jamais ! (*Applaudissements.*)

Notre armée est infectée par la contagion de ces vils alliés. L'esprit de brigandage et de rapine s'y est répandu, je le sais ; et, malgré
ce que le noble lord qui a proposé l'adresse a pu nous dire de son
opinion sur notre armée d'Amérique, je sais, par des informations
authentiques et par des officiers expérimentés, que notre discipline
est mortellement atteinte. Pendant que nous nous abaissons, l'Amérique s'élève ; pendant que notre force et notre discipline dépéris-
sent, la sienne va grandissant et s'améliorant. Mais, Milords, quel
est l'homme qui, pour compléter ces disgrâces et ces méfaits de
notre armée, a osé associer à nos armes la massue et le couteau à
écorcher du sauvage? Appeler dans une alliance civilisée les féroces
sauvages des forêts, remettre à l'impitoyable Indien la défense de
nos droits contestés, soudoyer les horreurs de cette guerre barbare contre nos frères! Milords, ces monstruosités demandent vengeance et punition ; si vous ne les effacez pas, il en restera une souil-
lure sur le caractère national. C'est une violation de la constitution ;
Milords, je crois que cela est contre la loi.

Entendez-vous cette hyperbole éloquente d'un
Anglais qui n'imagine rien au delà de ces mots :
« Je crois que cela est contre la loi? »

Je voudrais, je pourrais citer encore beaucoup
de choses admirables ; mais il faut finir.

Qu'arriva-t-il cependant? Les désastres conti-
nuels de l'armée anglaise, le secours imprévu
d'une élite de jeunes Français, ce caprice de la
fortune, qui voulait qu'on eût sollicité à Versailles pour aller mourir en Amérique, et qu'une
faveur de cour envoyât des auxiliaires aux soldats
de l'indépendance, tout cela fit rapidement pros-
pérer les armes américaines ; et deux ans après ces

anathèmes de lord Chatam, lord North, incertain
dans son obstination apparente, passant d'une extrême hauteur au découragement et à l'abandon,
paraît prêt à reconnaître l'émancipation améri-
caine. Il semble qu'il avait longtemps dissimulé
une effrayante vérité, et que tout à coup il dit :
« C'est vrai ; » et tombe vaincu. Il avait lutté contre
une insurmontable nécessité ; il pouvait traiter
avec elle, il pouvait lui faire sa part ; mais il la
méconnaît trop longtemps ; et tout à coup il demeure terrassé devant elle.

Le duc de Richmond doit proposer à la chambre des pairs une adresse pour solliciter la fin de
la guerre et la reconnaissance de l'affranchissement de l'Amérique.

Lord Chatam touchait à sa soixante-dixième
année. Ce corps, dévoré par les passions de la tribune, s'affaiblissait chaque jour ; une effrayante
maigreur avait altéré ses traits encore majestueux.
Quand il apprend cette nouvelle, il se fait con-
duire à la chambre des pairs. On voit ce vénéra-
ble vieillard qui arrive pâle comme la mort, mais
richement vêtu, comme s'il eût affecté quelque
chose de solennel et de pompeux dans ce dernier
jour. Il est appuyé sur son fils, William Pitt, qui
devait être un si grand homme. Aussitôt qu'il paraît, la chambre entière se lève et le laisse respectueusement passer. Il se rend à son banc. Le duc
de Richmond propose le projet d'adresse pour
abandonner l'Amérique ; Chatam se lève alors, et

après quelques mots sur sa longue absence et ses infirmités :

Milords, dit-il, je me réjouis de ce que la tombe n'est pas encore fermée sur moi, de ce que je suis encore vivant pour élever ma voix contre le démembrement de cette ancienne et très-noble monarchie. Courbé comme je le suis par la main de la douleur, je suis peu capable d'assister mon pays dans cette périlleuse conjoncture ; mais, Milords, tant que je garde le sentiment et la mémoire, je ne consentirai jamais à priver la royale postérité de la maison de Brunswick et les descendants de la princesse Sophie, de leur plus bel héritage.

Où est l'homme qui ose conseiller un tel sacrifice? Milords, Sa Majesté fut appelée par succession au gouvernement d'un empire aussi vaste que sa gloire était éclatante. Ternirons-nous la gloire de cette nation par un lâche abandon de ses droits et de ses plus précieux domaines? Ce grand royaume, qui a survécu tout entier aux déprédations des Danois, aux irruptions des Écossais, à la conquête normande, et qui arrêta l'invasion de l'Armada d'Espagne, tombera-t-il devant la maison de Bourbon? Sûrement, Milords, cette nation n'est plus ce qu'elle était : un peuple qui était, il y a dix-sept ans, la terreur du monde, descendre si bas que de dire à son ancien et implacable ennemi : « Prenez tout ce que nous avons, seulement donnez-nous la paix ! » Cela est impossible.

Je ne fais la guerre à aucun homme, à aucun parti; je ne désire pas leurs emplois; je ne voudrais pas m'associer à des hommes qui persistent encore dans leur erreur, ou qui, au lieu de marcher sur une ligne droite, font halte entre deux opinions qui n'admettent pas de milieu. Mais, au nom de Dieu, s'il faut absolument se déclarer pour la paix ou pour la guerre, et si l'une ne peut être maintenue sans honneur, pourquoi l'autre n'est-elle pas commencée sans hésitation? Je ne suis pas, je l'avoue, exactement informé des ressources de ce royaume; mais, sans les connaître, je suis convaincu qu'il en a de suffisantes pour défendre ses justes droits. Et puis, Milords, toute situation est encore au dessus du désespoir; faisons du moins un effort, et, s'il faut tomber, tombons comme des hommes!

Que voulait lord Chatam ? une chose grande, hardie, dangereuse ; une déclaration de guerre à la France. Il voulait que la protection accordée par la France aux insurgés d'Amérique fût prise

pour une guerre commencée et rendue. Quand il
eut parlé, au milieu du trouble de l'assemblée, le
duc de Richmond répond en peu de mots « que
s'il est une autre voie pour tirer l'Angleterre du
péril où elle se trouve, il faut l'indiquer; que s'il
est un homme d'état qui puisse le faire, sans
doute c'est lord Chatam. » A ces mots, lord Chatam se lève avec effort; mais obsédé de sa douleur, et peut-être de l'impuissance de ses pensées
contre une si grande difficulté, il retombe et s'é-
vanouit. Son fils et ses amis l'emportent dans leurs
bras, et l'assemblée émue se sépare. Il languit
quelques jours et expira, avec le profond regret
de voir qu'après tant d'avertissements méconnus,
et pour n'avoir pas fait à temps ce que demandait
la justice, on faisait avec faiblesse plus qu'elle
n'aurait voulu.

Voilà la vie mal esquissée de ce grand homme
d'état. Je vous demande maintenant s'il est un
plus noble spectacle que cette vie et cette mort,
que ce pouvoir possédé quelque temps, quitté
avec dignité, repris par devoir et avec indépendance, quitté de nouveau, et alors cette grande
autorité morale, cette sagesse prophétique, et ce
dernier moment si solennel, cette impuissance de
vivre au delà de ce que l'orateur croyait la perte
de son pays; car il craignait que l'Angleterre ne
succombât sous l'émancipation de l'Amérique; il
ne songeait pas que ces conquêtes dont il avait enrichi l'Angleterre dans l'Inde lui ouvraient une carrière inépuisable, où le génie européen, n'ayant

pas à lutter contre lui-même, se met à l'aise et domine paisiblement soixante millions d'Asiatiques.

Encore un mot, Messieurs. Que votre imagination se représente cette destinée si belle de lord Chatam ; que, d'une autre part, elle se souvienne de ces destinées de quelques hommes d'état trop loués par la servilité même de la postérité (car la postérité est quelquefois servile à sa manière, et par tradition) ; qu'elle se ressouvienne d'un Richelieu, d'un Mazarin, de ces hommes qui, avec du génie sans doute, ont dominé ou par le despotisme cruel ou par la ruse ; qu'elle se représente les derniers jours de Richelieu traversant la France avec la haine publique, tantôt suivi, sur le fleuve qu'il remonte, d'une barque où sont enchaînées ses victimes, tantôt porté dans une chambre de bois que soutiennent vingt-quatre de ses gardes ; faisant abattre, pour passer, les murs des villes, et venant sur son lit de mort triompher à Paris du supplice de ses ennemis ; ou bien, regardez la mort de Mazarin, dans les Mémoires de son favori Brienne ; voyez-le dans son palais rempli de ses rapines et de ses vols, dans sa riche galerie de peinture, tremblant et livide à l'aspect de la mort qui arrive, et qu'il ne peut fuir. Puis voyez lord Chatam, le plus grand citoyen de son pays, dont il fut le plus grand ministre, mourant à la tribune, au milieu du culte de ses concitoyens, mourant de l'humiliation passagère de son pays, et lui laissant, par son nom, une gloire immortelle. (*Applaudissements réitérés.*)

CINQUANTE ET UNIÈME LEÇON.

Orateurs contemporains de lord Chatam. — Importance des événements ;
vivacité des débats. — Monuments de cette époque. Comment on peut
les étudier. — Burke. Détails sur le début de sa carrière et sur sa fortune politique. — Éloquence irlandaise. — Fox, fils de lord Holland,
et Pitt, fils de lord Chatam. — Éducation de Fox ; sa jeunesse ; son
début dans le parlement. — Opposition contre lord North. — Wilkes ;
Burke ; Fox : citations comparées. — Éducation de Pitt. — Lettres que
lord Chatam lui écrit sur ses études ; réflexions à ce sujet. — Commencement de la lutte entre Fox et Pitt. — Élévation prématurée de Pitt.

MESSIEURS,

Lord Chatam nous a seul préoccupés à notre
dernière séance : les yeux attachés sur cette grande
physionomie, qui nous rappelait la majesté de
l'orateur antique, nous avons négligé tout le reste.
Nous avons pris en quelque sorte sa biographie
pour l'histoire publique de l'Angleterre, pendant
une époque mémorable. Il faut maintenant repla-
cer sous vos yeux toute la scène de cet immense
débat, au milieu duquel notre admiration n'avait
d'abord aperçu qu'un seul et grand orateur.

L'époque dans laquelle déjà nous sommes en-
trés, Messieurs, et dont nous avions, pour ainsi
dire, détaché lord Chatam, pour le montrer à part
dans l'originalité de son caractère et de son génie,

cette époque est l'âge glorieux de l'éloquence politique chez les Anglais. Alors a été démenti ce
préjugé de leurs propres écrivains, qui leur refusait le génie oratoire; et le cardinal Maury a
vainement essayé de leur appliquer encore l'orgueilleuse distinction de Cicéron : *Non vobis deest
ingenium ; sed oratorium deest ingenium.* Alors commence à briller ce qu'on nomma dans la suite la
grande pléïade britannique : Chatam, dont le génie
n'eut jamais plus d'éclat que dans sa vieillesse;
Burke, d'une imagination si brillante et d'une âme
si généreuse; Fox, déjà dans la vigueur de l'âge
et du talent, respectueux émule de lord Chatam,
et destiné à être un jour vaincu par le jeune fils de
son illustre modèle; Sheridan, énergique, ingénieux, auquel il n'a manqué que plus de dignité
dans la vie et plus de gravité dans l'éloquence;
Pitt enfin, qui, presque au sortir de l'enfance,
parut fait pour gouverner par le caractère et par
la parole. Viennent ensuite des hommes remarquables, à côté même de Pitt, mais destinés à servir ses desseins : Dundas, Windham, si passionné
dans la cause du pouvoir, après avoir suivi avec
ardeur le parti de la liberté. Enfin les événements
de cette époque sont, avant même la révolution
française, d'un haut intérêt politique; ce sont les
premières tentatives pour l'émancipation catholique, et ces tentatives, repoussées par des séditions
populaires au nom de l'Église anglicane, la guerre
d'Amérique et tous les débats qu'elle entraîne,
débats sur la politique extérieure et sur les libertés

vitales du pays, protestations contre les mesures
arbitraires, défense des droits individuels contestés comme les droits nationaux. En même temps
paraissent des hommes faits pour les troubles civils, des physionomies ardentes qui étonnaient le
reste de l'Europe, encore paisible; lord Gordon,
séditieux fanatique, soulevant de si terribles
émeutes dans Londres; le célèbre Wilkes, habile
tribun, selon les mœurs modernes, se servant de
la liberté de la presse avec une audace toute-puissante, et moins redoutable encore par sa présence
à la chambre des communes qu'il ne le devint par
son expulsion arbitraire.

Il suffit de consulter les Mémoires du temps,
pour juger combien cette autorité populaire d'un
homme éloquent et hardi était alors un spectacle
singulier pour le reste de l'Europe. Dans la *Corres-*
pondance littéraire de La Harpe, on trouve un grand
portrait de Wilkes, où il est représenté comme
une espèce de Catilina. On eût dit qu'il s'agissait
d'un homme d'un autre monde, comme si le dé-
troit et le pouvoir absolu séparaient la France et
l'Angleterre par une barrière infranchissable.

Cependant on touchait à l'époque où la hardiesse légale de l'opposition britannique allait être
prodigieusement surpassée par la violence de la
révolution française. Mais, avant cette grande
crise sociale et sur cette première scène du parlement d'Angleterre où nous avons annoncé tant
d'hommes supérieurs, cherchons la trace de leur
passage. Ici, Messieurs, nous éprouvons un re-

gret, qui n'est pas un blâme. La plupart de ces hommes, préoccupés de l'effet politique de leurs paroles, se sont médiocrement inquiétés de leur gloire d'orateur pour l'avenir. L'ingénieux Pline, parlant de l'éloquence, dit avec raison qu'elle est surtout dans la voix vivante, dans le discours improvisé : *Multo magis afficit viva vox.* Presque tous ces orateurs du parlement britannique, satisfaits de cette action immédiate du talent sur les auditeurs, contents d'avoir réussi dans le lieu et dans le moment où ils ont parlé, laissaient ensuite leurs paroles, imparfaitement recueillies, se répandre comme elles pouvaient. Jamais ils n'ont écrit ; rarement ils ont revu ce qu'ils avaient dit : la forme même du discours direct n'est pas conservée dans les débats imprimés du parlement ; et l'on peut croire que le fond seul des idées se retrouve, et que les paroles originales ont souvent disparu. Il n'est pas permis de récuser, à cet égard, le témoignage contemporain d'Erskine. Dans une lettre à l'éditeur des discours de Pitt et de Fox, après avoir loué l'intention et l'utilité d'un semblable recueil, il en déplore l'imperfection inévitable. Les discours recueillis, dénués de la vie de la parole et dépouillés souvent des plus heureuses expressions de l'orateur, ne lui paraissent qu'une froide et pâle représentation :

Il eût fallu, dit-il, l'art de la tachygraphie pour conserver les termes de l'orateur. Vous avez dû vous borner à reproduire ses idées généreuses, etc., etc.

Ainsi donc, ce travail intérieur et soudain de
l'orateur, cette production immédiate de la parole
inspirée par la nécessité du combat, ces caprices
de verve instantanée, ces beautés fortuites du langage, toutes ces choses qui, comme les traits même
de la physionomie, caractérisent l'homme né pour
l'éloquence, nous ne pourrons aujourd'hui les retrouver, les étudier dans ce qui nous reste de ces
grands hommes de la tribune anglaise. Il y a cependant quelques exceptions; elles se rencontrent
parmi ceux qui étaient plus particulièrement auteurs, écrivains, avant d'être orateurs, c'est-à-dire
qui n'avaient pas au plus haut degré l'instinct primitif et spontané de l'éloquence. Ce sont ceux-là
surtout, Sheridan, Burke, qui ont conservé et soigneusement publié quelques-uns de leurs discours.
Mais Fox, sa vocation était remplie, sa victoire
était obtenue; il avait été lui-même tout entier,
lorsque sa parole avait agité la chambre des communes, humilié North ou embarrassé Pitt; il ne
s'inquiétait pas du reste. Pitt! son devoir était accompli, non pas seulement lorsqu'il avait parlé
avec vigueur et talent, mais lorsqu'il avait emporté, par sa parole, ce que voulait sa politique.
Fox, dans son orgueil d'orateur et dans son indifférence pour le talent d'écrivain, se trouvait satisfait par le combat livré dans la chambre des
communes. Pitt, plus dédaigneux encore, plus
élevé au-dessus de son propre talent, était occupé,
non de sa parole plus ou moins énergique et heureuse, mais de sa victoire. Son éloquence même

n'était à ses yeux que l'instrument, le moyen secondaire de sa puissance.

Quel est, Messieurs, le résultat de ce premier
parallèle? C'est que Pitt était un grand homme
d'état éloquent, et Fox un admirable orateur; mais
l'un et l'autre ont un peu disparu pour la postérité,
quand elle veut les juger comme des écrivains et
qu'elle cherche sur le papier leurs paroles durables. Cependant nous essayerons de rassembler
quelques fragments authentiques, de rechercher,
de reconnaître dans des copies incomplètes les
traits originaux çà et là répandus, enfin de deviner
par conjecture ce que le combat, le moment devait
ajouter de grandeur à ces discours.

Comme un seul homme ne peut cette fois nous
préoccuper, comme la vie de Fox est longue, et
que c'est ailleurs que nous devrons le retrouver
dans tout son éclat, enfin comme Pitt est à peine
né, quoique déjà il touche au pouvoir, nous nous
occuperons de plusieurs orateurs à la fois. Nous
verrons l'état de l'Angleterre et du parlement pendant quinze ou vingt ans, depuis les premières
agitations de l'Amérique jusqu'à l'élévation de
Pitt. En même temps, nous chercherons à bien
marquer les fortunes diverses de tous ces hommes,
ce qu'ils devaient soit au talent seul, soit au talent
aidé de la naissance; comment la constitution du
pays les appelait nécessairement, et comment ils
se préparaient à cette destinée; quelles étaient les
études, quels étaient les travaux qui les amenaient
ou plus lentement ou plus vite à cette gloire iné-

vitable, en Angleterre, pour tout homme supérieur.

Dans l'ordre des dates, le premier qui se présente, c'est Burke. La vie politique de Burke, illustrée surtout par des souvenirs qui se lient à la
révolution française, remonte cependant à une
époque beaucoup plus ancienne. Son éloquence
fut mêlée à presque tous les débats importants du
règne de Georges III. Il parut avec éclat dans l'opposition pendant les ministères de lord Bute, du
duc de Newcastle et de lord North. Il nous suffira
de rappeler en peu de mots le début et le progrès
de sa carrière. Le premier, Pitt, nous l'avons dit,
sans fortune et sans illustration de naissance,
s'était élevé au pouvoir et aux grandes dignités
par l'éloquence et le talent politique; Burke, avec
moins d'éclat, offre le même exemple. Né en Irlande, d'un avocat de Dublin, après d'excellentes
études il vint à Londres pour s'attacher au barreau, en 1753. Il était alors âgé de vingt-trois ans;
sa pauvreté ne lui permit pas de suivre une profession longtemps infructueuse, et le força de travailler pour les journaux et les libraires. Il publia,
sous le titre de *Réclamation en faveur de la société naturelle*, un écrit, en apparence, fort démocratique.

Cet ouvrage, à la vérité, n'était qu'une parodie
des pamphlets irréligieux de Bolingbroke, et avait
pour objet de montrer que la forme d'argument
dont le scepticisme se servait contre la religion
détruisait également toutes les bases de la société
civile; mais cette intention ironique échappa,

dit-on, à beaucoup de lecteurs, et Burke fut plusieurs fois accusé, dans la suite, pour cet ouvrage mal compris.

Mais poursuivons l'histoire de sa jeunesse. Forcé, pour vivre, de se faire un nom, il écrivait sur la politique, la littérature, les arts. Ses premiers travaux le lièrent d'amitié avec Samuel Johnson, le grand critique de l'Angleterre, avec le peintre Reynolds et le comédien Garrick. Il se fit aussi connaître de quelques hommes politiques du temps. Pour prétendre à la chambre des communes, la fortune lui manquait ; mais un ministre, le marquis de Rockingham, lui fit présent d'une propriété qui le rendait éligible au parlement. Et, dans les mœurs anglaises, ni la dignité de Burke, ni sa délicatesse ne furent le moins du monde effleurées par ce don, qu'il accepta.

Conduit par la littérature à la vie politique, le voilà donc à la chambre des communes. Mais il y arrivait bien tard, du moins pour l'Angleterre, à trente-cinq ans, tandis que vous verrez Fox y arriver à dix-neuf ans, c'est-à-dire avant d'être majeur, et Pitt aussitôt qu'il eut vingt ans.

Quoique Burke fût attaché au pouvoir, puisque les ministres lui donnaient des maisons, cette situation, toujours un peu défavorable, ne parut pas gêner son talent, et son début au parlement jeta beaucoup d'éclat. Jusqu'à lui, le langage des affaires, une discussion habile et forte, avaient presque exclusivement dominé dans la chambre des communes : les ornements de l'imagination et

du style étaient peu connus. Le premier Pitt lui-
même avait plus de grandeur et de force que d'élégance oratoire, et, sous le nom de lord Chatam,
il venait de porter à la chambre des pairs sa haute
et majestueuse éloquence.

Burke était Irlandais de naissance, et l'Irlande,
vous le savez, dans cette unité multiple qui fait la
force et l'embarras de l'Angleterre, l'Irlande a
son caractère privilégié. Enfants du Nord, les
Irlandais ont quelque chose de l'imagination d'O-
rient. Ce n'est pas que je veuille constater par là
leur origine prétendue *milésienne*. Mais, pour l'imagination et le goût, leurs orateurs, leurs écrivains
offrent certainement une analogie remarquable
avec ces orateurs anciens que Cicéron appelait
asiatiques, et dont il a caractérisé le talent par des
expressions assez malicieuses, quoiqu'il leur ait
emprunté quelque chose.

Ce que Cicéron nomme *asianum genus,* par opposition à l'atticisme, ce *genus opimæ atque adipatæ
dictionis,* cette éloquence pompeuse qui florissait
dans les villes grecques de l'Asie Mineure semble
s'être reproduite dans les modernes orateurs de
l'Irlande, jusqu'au moment, du moins, où la
grandeur d'une lutte récente a mêlé tant d'énergie
au faste habituel de leur langage.

Burke, apportant au milieu du parlement britannique une sorte d'imagination enthousiaste,
un style brillant, fleuri, une abondance presque
poétique de métaphores et d'images, saisit d'abord
l'attention. De plus, son influence ne se bornait

pas au talent de la parole; il voulait éclairer le
pouvoir, qu'il servait. Les premières plaintes de
l'Amérique furent accueillies par sa généreuse intervention. Il concourut à faire abolir la taxe du
timbre; mais la politique qu'il inspirait et qu'il soutenait par son talent ne fut pas durable; le ministère de Rockingham tomba; et bientôt après s'éleva
le ministère de lord North qui a coûté si cher à
l'Angleterre, de ce lord North, qu'on a peut-être
trop accusé, et qui a été, si l'on peut parler ainsi,
le titulaire d'un malheur inévitable. Dans la situation de l'Angleterre, il fallait bien que les colonies
se séparassent d'elle; il fallait que l'Angleterre
laissât échapper de son impérieuse tutelle cette
grande puissance qu'elle avait créée avec une sorte
d'orgueil imprudent. Et quand ces quinze états
d'Amérique, avec leur liberté, leurs richesses et
leur population croissant chaque jour, avec l'esprit
whig qu'ils avaient reçu d'Angleterre, voyaient des
taxes et des commissaires arriver de si loin, et des
ordres arbitraires traverser l'Atlantique, la tentation de les renvoyer devait être bien vive, et il ne
fallait pas toutes les fautes de lord North pour que
cette tentation réussît un jour. Mais enfin, dans le
patriotisme de tout bon Anglais, ce malheur pèse
sur la mémoire de lord North; cependant c'était
un homme plein de talent et d'esprit; il avait
surtout au plus haut degré ce don ministériel
d'être impassible. Les plus vives attaques ne pouvaient lui donner ni trouble ni colère. Une seule
fois seulement il perdit ce calme habituel, mais

dans une occasion touchante et qui honore sa mémoire.

Du reste, dans cette chambre des communes, où
se trouvaient des hommes ardents comme Wilkes,
dont l'amertume était aigrie par les injures qu'il
avait souffertes, et par tant d'exclusions arbitraires qu'avait vaincues l'obstination des électeurs, North écoutait les plus violentes invectives
avec le plus parfait sang-froid. Quelquefois il paraissait s'endormir; mais il se réveillait pour répondre, et il se défendait alors avec une grande
facilité d'expressions. Pendant que les paroles graves, solennelles de lord Chatam sur la guerre
d'Amérique retentissaient à la chambre des pairs,
une autre protestation, moins éloquente, mais
vive, injurieuse, se renouvelait chaque jour à la
chambre des communes. Les principaux organes
de cette opposition étaient Burke, Fox, et ce
Wilkes, si longtemps repoussé du parlement.

Henri Fox, qui doit jouer un si grand rôle
dans l'histoire parlementaire de son pays, Fox,
l'antagoniste prédestiné de Pitt, sortait d'une famille opulente et considérable. Il était fils de
Henri Fox, lord Holland, l'un des plus habiles confidents de Walpole; et par sa mère il était allié à la
royale maison des Stuarts.

Par une singularité remarquable, les rôles qu'a-
vaient soutenus lord Holland et lord Chatam devaient être renversés en la personne de leurs fils.
Lord Holland avait été le soutien zélé d'un pouvoir
corrupteur, insidieusement arbitraire. Chatam

avait été l'ennemi constant de ce pouvoir, et le défenseur enthousiaste de la liberté. Le fils de Chatam, au contraire, l'illustre Pitt devait être, avec beaucoup de génie sans doute, et avec l'excuse d'une grande nécessité, le plus habile promoteur du pouvoir; et Fox devait être un jour le plus ardent ami de toutes les doctrines populaires.

En attendant, il recevait de son père une grande fortune acquise sous de fàcheux auspices, et à travers un procès en concussion qui dura beaucoup d'années. Voici le portrait que Chesterfield a tracé de lord Holland, dont Fox répudia si noblement l'exemple :

Cet homme, dit-il, n'avait aucune notion, aucun principe de liberté, de justice; il méprisait comme des sots ou comme des hypocrites tous ceux qui pouvaient ou paraissaient y croire ; et il a toujours vécu comme Brutus est mort, en appelant la vertu un vain mot.

Fils d'un tel père, Fox fut élevé dans toute la liberté d'une grande fortune et d'une morale peu sévère : les habitudes de la jeunesse développèrent en lui les goûts frivoles qui, dans la suite, ont fait tort à sa gloire et à son élévation politique : et le contraste qui devait se trouver entre son rival et lui commença dès l'enfance. Fox étudia d'abord dans le collége d'Éton; il apprit le latin, le grec; mais toutes les dissipations du plaisir lui étaient déjà familières; il porta les mêmes goûts à Oxford, en les mêlant aux plus laborieuses études. Dès l'âge de quatorze ans, son père, qui croyait apparemment qu'on pouvait prodiguer

l'argent mal acquis, l'habituait à jouer gros jeu;
l'ayant conduit aux eaux de Spa, il lui donnait
chaque soir plusieurs guinées pour aller les perdre; et il déposait ainsi dans l'âme de cet enfant la
passion effrénée qui, trente ans plus tard, le dé-
tournait des plus graves devoirs, et, pendant son
ministère, obligeait ses commis de le poursuivre
de leurs portefeuilles jusque dans les maisons de
jeu.

Mais, en même temps, lord Holland préparait
son fils au talent de la parole, l'encourageait,
l'exerçait à tout dire avec assurance, et lui laissait
dans son esprit comme dans sa conduite une liberté pleine de verve et de caprices. Au milieu des
cercles les plus nombreux, Fox, à peine sorti de
l'enfance, discutait, raisonnait avec une aisance
hardie qui déployait en lui toutes les ressources
de son heureux naturel.

Élu membre de la chambre des communes à
l'âge de dix-neuf ans, l'illégalité de sa nomination
prématurée ne fut couverte que par la protection
du pouvoir. Un semblable avénement, et la situation de lord Holland attachaient le jeune orateur
au parti du ministère : mais ce joug était peu fait
pour lui; et, quoiqu'il ne le rompît pas d'abord, il
le porta toujours avec une sorte d'indépendance.
Un emploi considérable, dont il fut doté par le
crédit de son père, ne l'empêcha pas de se rapprocher des membres de l'opposition, tout en les combattant encore quelquefois. Et lorsque vinrent
les événements de la guerre d'Amérique, lorsqu'il

eut entendu l'éloquence de Burke dans une si noble cause, un sentiment généreux s'alluma dans
son âme; il s'ennuya de sa dépendance.

D'autres questions s'élevaient en même temps
que celle de l'Amérique, et intéressèrent également la générosité de Fox. Les persécutions légales
et régulières qui pesaient sur les catholiques d'Irlande avaient été faiblement adoucies par quelques bills; et des protestations publiques, des
émeutes même s'élevaient en Angleterre contre
ces actes de justice, et commandaient au pouvoir
de nouvelles rigueurs; car, en Angleterre, souvent
c'est une erreur de l'esprit public qui fait l'erreur
du gouvernement. Ainsi on réclamait par des séditions le maintien des actes de tyrannie.

L'âme de Fox fut blessée de cette timide complaisance qui traînait l'administration britannique
à la suite des passions populaires. Tout à coup il
brise avec elle; et, élevant la voix en faveur des catholiques, il parle avec force contre le serment
du *Test*. Au milieu de la séance du parlement, il
reçut un billet de lord North, qui lui annonçait
sa destitution. Voilà donc, Messieurs, encore un
redoutable champion pour appuyer les droits des
Américains.

Je ne vous promets pas de vous faire entendre
beaucoup de paroles aussi imposantes et qui laissent dans vos âmes une impression aussi durable
que les discours de lord Chatam. Cependant, pour
concevoir et la constitution britannique, et le rôle
puissant que l'éloquence joue dans le gouverne-

ment de l'Angleterre, il faut rappeler encore quelques-unes de ces scènes parlementaires qui se
liaient aux commencements et aux incidents de
la guerre d'Amérique.

Voulez-vous entendre raisonner ce Wilkes, ré-
puté si factieux? D'abord il établit ce principe :
l'Angleterre n'a pas le droit de taxer l'Amérique,
plus que le gouvernement anglais n'a le droit de
taxer les sujets anglais, sans leur consentement :

> Si l'on veut consulter, dit-il, les recueils de la tour de Londres,
> on trouvera que la ville de Calais, en France, quand elle appar-
> tenait à la couronne impériale de ces royaumes, n'a jamais été taxée
> sans avoir des représentants au parlement. Deux bourgeois de Calais
> votaient et siégeaient dans cette chambre. Le *writt* du chancelier à
> ce sujet, sous le règne d'Édouard VI, et les noms des bourgeois se
> conservent encore. Je les ai publiés d'après des copies authentiques.

Après avoir exposé le droit des Américains, la
modération de leurs demandes, leur intention de
rester fidèles à la couronne d'Angleterre, et l'imprudence de les traiter trop vite en rebelles, l'o-
rateur touche hardiment la grande question de la
légitimité que le succès donne à toute résistance :

> Des hommes éclairés, dit-il, ont employé leur éloquence à en-
> velopper toutes les provinces d'Amérique dans le crime de rébel-
> lion. Mais l'état présent de ce pays est-il une rébellion? ou n'est-ce
> qu'une résistance convenable et juste à des coups d'autorité qui
> blessent la constitution, qui envahissent la propriété et la liberté?
> Voici ce que je sais très-bien : une résistance couronnée de succès
> est une révolution, et non plus une rébellion. La rébellion est écrite
> sur le dos du révolté qui s'enfuit ; mais la révolution brille sur la
> poitrine du guerrier victorieux. Qui peut savoir si, pour prix de
> nos folles menaces, les Américains, après avoir tiré l'épée, n'en
> jetteront pas le fourreau aussi bien que nous, et si, dans peu d'an-
> nées, ils ne fêteront pas l'ère glorieuse de la révolution de 1775,
> comme nous célébrons celle de la révolution de 1688? Si le ciel

n'avait pas couronné du succès les généreux efforts de nos pères
pour la liberté, leur noble sang aurait coulé sur les échafauds, à
la place du sang des rebelles écossais ; et cette période de notre histoire, qui nous fait tant d'honneur, aurait passé pour une rébellion
contre l'autorité légitime, et non pour une résistance autorisée par
toutes les lois de Dieu et de l'homme.

Ces discours hardis ne laissaient pas de troubler
le sang-froid de North, et augmentaient infiniment
les difficultés de sa périlleuse tâche. Les moyens
qu'il mettait en usage pour soutenir cette guerre
étaient, même en Angleterre, des *bills* contre la
sédition, de fréquentes proclamations ; et afin
d'exciter le sentiment populaire, des cérémonies
religieuses, où l'on invoquait la faveur du ciel
sur les armes britanniques, c'est-à-dire sur les
armes mercenaires et barbares de ces bandes allemandes et de ces hordes sauvages qui, au nom du
roi d'Angleterre, ravageaient les provinces des colons anglais d'Amérique.

Une proclamation royale venait d'ordonner un
jeûne solennel pour appuyer les nouveaux arme-
ments préparés par le ministère. La vive imagination de Burke s'empare de ce contraste de dévotion officielle et de guerre implacable ; et, après
avoir énergiquement retracé les embarras de l'Angleterre :

Dans cette situation insupportable, dit-il, on nous appelle au
pied des autels du Tout-Puissant, avec la guerre et la vengeance
dans le cœur, au lieu de la paix de notre divin Sauveur. Il nous a
dit : *Je donne la paix* ; mais nous, ce jeûne public, nous le célé-
brons, n'ayant dans le cœur et à la bouche que la guerre, la guerre
contre nos frères ! Jusqu'à ce que nos églises soient purifiées de cet
abominable office, je les regarderai, non comme les temples de
Dieu, mais comme les synagogues de Satan. C'est un acte infâme,

comme acte politique ; c'est une impiété, comme acte prétendu de
dévotion nationale. Eh quoi ! vous convoquez le peuple avec des
formes solennelles à se rendre dans les églises, à participer au sa-
crement et à faire un sacrilège au pied de l'autel ! vous voulez qu'il
commette un parjure public, en chargeant nos frères d'Amérique
du crime de rébellion ; également coupables, soit que vous men-
tiez en le sachant, soit qu'ignorant la vérité vous appeliez Dieu
tout-puissant en témoignage d'une imposture qui devient un blasphème !

Mais cette éloquence fastueuse, asiatique, n'é-
tait pas ce qui saisissait le plus fortement les
vieux Anglais, raisonneurs opiniâtres, zélés pour
la gloire de leur pays, et incapables d'être conduits autrement que par un intérêt bien montré,
bien compris. Voilà peut-être par quel motif Burke
n'eut pas tout à fait dans son pays la puissance
oratoire que semblaient lui décerner les éloges
des étrangers. Ce n'est pas que Fox, dans ces complaisantes réciprocités d'éloges politiques qui ne
tirent pas à conséquence, ne l'ait appelé le plus
beau génie de l'Angleterre au xviiie siècle. Mais,
dans la réalité, cette parole pompeuse de Burke
convenait bien moins que l'éloquence de Fox au
caractère tout politique et tout pratique de l'Angleterre.

Cette grande question de l'Amérique est agitée
par Fox avec plus de vigueur et de précision. Son
animosité véhémente, mais habile, ne s'exhale
pas en injures vagues. Le génie de la discussion,
la stratégie parlementaire, l'art de prouver et d'attaquer, éclate dans Fox avec une singulière habileté et un bonheur presque continuel. Bien que
les paroles dont il s'est servi n'aient pas été con-

servées dans la vivacité de l'à-propos incomparable qu'admiraient les auditeurs, il reste encore
dans ces copies froides, incomplètes, quelque
chose de *démosthénique.* Cependant ce n'est encore
ici que le début de Fox : il n'a point en tête, jusqu'à présent, cet adversaire qu'il combattit près
de vingt années; il n'est pas encore engagé dans
cette lutte à mort contre M. Pitt, lutte d'autant
plus remarquable, que chacun des deux adversaires y remplissait le rôle qui convenait le mieux
à sa nature, et qu'ils se partageaient admirablement l'attaque et la défense, l'appel aux passions
populaires et l'apologie du pouvoir. Mais revenons à lord North : après Wilkes, après Burke,
Fox l'attaquait encore avec autant d'ironie que de
véhémence.

Il faut relire son admirable discours dans la
session de 1780, à la suite de la victoire de lord
Cornwallis sur les insurgés. Il faut voir comment,
après tant de défaites des armes anglaises, dont il
accuse le ministère, il l'accable encore plus de
cette unique et stérile victoire, remportée malgré
ses fautes. Il faut l'entendre renouveler les prédictions et l'éloquence de Chatam :

On me reproche, s'écrie-t-il en finissant, d'avoir dit que la guerre
d'Amérique est injuste. J'ignore s'il y a péril à dire ce qu'on pense ;
mais je sais qu'il est du devoir de tout honnête homme de le dire.
Je pense, moi, que la guerre d'Amérique est injuste; je l'ai dit
cent fois dans cette chambre, je l'ai dit mille fois ailleurs, je le
dirai en tout temps et partout où j'aurai occasion de le dire; je le
dirais à l'univers entier, si ma voix avait assez de force pour se faire
entendre dans toutes les parties de cet univers.

IV.   8

Tous ces discours éloquents, toutes ces invectives, concourant avec l'intrépide défense des
Américains, et leur révolution habile et modérée,
avec les manifestes de leurs congrès et les armes
de la France, l'Angleterre perdit l'Amérique.
Mais ce n'était pas tout; bien d'autres périls se
mêlaient à ce désastre. L'Angleterre n'avait pas
dans l'Europe un seul allié fidèle; il y avait bien
des alliances écrites, des traités, des ambassadeurs,
toutes ces cérémonies de la paix; mais l'Angleterre
n'était plus crainte, et toujours haïe. L'Irlande
était agitée, quarante mille hommes avaient pris
les armes; la liberté anglaise semblait enfanter
mille dangers; des écrits factieux se répandaient
avec profusion; le peuple appuyait toujours par
des émeutes les lois odieuses contre les catholiques;
des discours d'une violence extraordinaire retentissaient dans toutes les réunions publiques. Sous
prétexte de s'opposer aux mesures de justice que
réclamaient les *dissidents*, lord Gordon, membre du
parlement, rassemble un peuple immense, ivre de
sédition et de fanatisme, et s'avance, à la tête de
cette foule, jusqu'aux portes de Westminster,
précédé, pour bannière, d'un immense rouleau
de parchemin sur lequel étaient inscrits les noms
des pétitionnaires. La chambre ferme ses portes à
une pareille armée; mais ce refus est le signal du
plus affreux désordre; et c'est là qu'on peut apprécier la puissance d'un gouvernement libre qui
survit à de tels excès.

Tout semblait annoncer une révolution en An-

gleterre; pendant trois jours une populace de cent
vingt mille hommes fut maîtresse de la ville de
Londres; les prisons furent forcées, et des malfai-
teurs se joignirent aux séditieux. On incendia plusieurs chapelles catholiques. Le ministère, embarrassé de ses fautes, tremblait d'agir; enfin, la
fermeté de Georges III rétablit l'ordre public.

Mais que d'embarras ne restaient pas à l'Angleterre, par la honte et les pertes de cette guerre
d'Amérique, par ces ferments de discorde intérieure excités sans cesse, par cette révolte puissante et impunie qui s'était arrêtée comme par
miracle, et qui avait failli emporter tout le gouvernement britannique? C'est peu de temps après,
Messieurs, que l'on voit paraître un jeune homme,
Pitt, qui saisit d'une main ferme le gouvernail de
l'état. Mais laissons-le encore un moment de côté;
demandons aux hommes plus âgés, plus célèbres,
ce qu'ils pouvaient faire pour l'Angleterre; de
quelles idées sont-ils préoccupés? quel esprit de
réforme les animait? quel secours véritable of-
fraient-ils soit à la liberté, soit au pouvoir?

En 1781, après ces désordres intérieurs, ces revers publics, tous ces torts d'une administration
impuissante, Burke se présente pour demander,
quoi? la réforme des dépenses royales. Son langage
pour obtenir ces économies semble même singulièrement bizarre et méprisant. On eût pu croire
que cette puissance salutaire de la couronne, qui
occupe une si grande place au milieu du gouvernement britannique, allait s'éclipser devant les

passions populaires et les théories des réformateurs.

Vous serez peut-être étonné du langage qu'emploie dans cette occasion un orateur anglais qui
nous apparaît comme le plus zélé défenseur des
prérogatives monarchiques, et qui s'est signalé
par sa haine violente de la révolution française.
Mais cela vous montrera mieux que l'histoire
l'extrême liberté du gouvernement anglais et sa
force à la fois.

Vous êtes dans ce grave parlement d'Angleterre,
sous ces vieilles et noires murailles qui ont vu
passer tant de révolutions, qui ont vu la rampante
servitude des communes sous Henri VIII et sous
Élisabeth, leur victoire sanguinaire sur Charles Iᵉʳ;
qui ont entendu la théologie soldatesque de Cromwell, qui ont vu les grenadiers du général mettre
à la porte par les épaules les *communes* indociles,
qui ont vu la restauration imprudente et tyrannique de Charles II, et l'usurpation de Guillaume III,
justifiée par la prospérité de l'Angleterre; puis le
long ministère de Walpole et ses chambres véna-
les; puis Chatam, puis North, et l'abaissement de
l'Angleterre. Burke se lève; et que propose-t-il?
des choses qui ont commencé la révolution dans
d'autres pays, une amère censure des dépenses du
gouvernement monarchique. Et là, sous la protection de la liberté même, aucun danger ne suivra
ces vives attaques. C'est un discours contre la liste
civile du roi d'Angleterre; c'est Burke, le monarchique Burke qui prononce ce discours, assai-

sonné de la raillerie la plus amère. Il parcourt les
diverses dépenses de la couronne; il propose des
économies d'une sévérité excessive, et l'on peut
dire presque ridicule, il célèbre avec admiration
les réformes volontaires qu'à cette époque, plusieurs années avant nos troubles civils, Louis XVI
s'était imposées. Il exalte le stabilité, le bonheur
de la France, par opposition au danger de l'Angleterre. Et, sous une forme presque bouffonne, il
accuse la tolérance intéressée du parlement pour
ces prodigalités royales, dont la suppression lui
paraît le salut de l'Angleterre :

> Lord Talbot, dit-il, avait essayé de réformer la maison du roi;
> mais, dans ce louable projet, il n'avait pas vu l'écueil contre lequel
> tout plan économique doit échouer. Il n'avait pas prévu l'inconvé-
> nient attaché à l'usage de faire exercer les fonctions d'une place
> par un autre que le titulaire. Le tourne-broche de la cuisine du
> roi était membre du parlement. Cette circonstance fit tout avorter.
> Le département de lord Talbot devint plus dispendieux que jamais;
> la dette de la liste civile s'accumula; les fournisseurs n'étant plus
> payés firent banqueroute. Pourquoi? parce que le tourne-broche
> du roi était membre du parlement.
>
> Le sommeil de Sa Majesté était interrompu; son oreiller était
> hérissé d'épines; la paix de son esprit était absolument détruite.
> Pourquoi? parce que le tourne-broche du roi était membre du
> parlement.
>
> On ne payait plus les juges; la justice s'exilait du royaume; les
> ministres étrangers restaient dans l'inaction; le système de l'Europe
> était dissous; la chaîne de nos alliances brisée, tous les rouages du
> gouvernement étaient enrayés, à l'intérieur du royaume et dans
> l'étranger. Pourquoi? parce que le tourne-broche du roi était
> membre du parlement. (*On rit.*)

Voilà, Messieurs, ce que les Anglais appellent
humour, et ce qu'ils réclament comme *un genre d'esprit* qui leur appartient par privilége; je vous le
donne ici, non comme bon, mais comme anglais.

Mais il faut en convenir, après avoir lu pareil discours, si le ministère de lord North était faible, malhabile et surtout malheureux, l'opposition n'avait pas conçu la grandeur du rôle auquel un homme pouvait être app̃ par les périls de l'Angleterre. L'opposition de Burke, tantôt mélancolique et pompeuse, tantôt minutieuse et bouffonne, les invectives plus littéraires que politiques de Wilkes, et même la vive éloquence de Fox, tout cela ne donnait pas à l'Angleterre l'homme d'état dont elle avait besoin. Ainsi, dans cette heureuse constitution même, il ne faut pas croire que la liberté suffise pour tout faire; il ne faut pas croire que l'absence de ces caprices qui ailleurs élèvent au pouvoir d'indignes favoris, assure toujours à l'état une habile administration. Dans cette forme de gouvernement, comme dans toute autre, on aperçoit des lacunes, de longs intervalles, pendant lesquels on attend l'homme supérieur qui ferait servir la liberté à l'appui du pouvoir.

L'Angleterre, tourmentée au dedans, mutilée par la perte de ses provinces d'Amérique, semblait toucher à sa ruine; mais elle portait en elle une force incalculable que la main d'un homme de génie pouvait mettre en action. Où sera cet homme? Les grands orateurs anglais, Burke, Fox, épuisent leurs forces en stériles débats; leur parole agite les esprits; mais elle ne les gouverne pas; ils prédisent, ils racontent éloquemment les maux de l'Angleterre; ils ne lui ouvrent pas la voie du

salut. Lord Chatam lui-même, malgré cette gloire
complète et pure que nous avons voulu lui laisser,
ne s'était pas montré, dans les dernières années
de sa vie, aussi puissant pour détourner les dangers du royaume qu'habile à les prévoir. Dans son
court et dernier ministère, il s'était entouré des
opinions les plus disparates; il avait fait une mo-
saïque ministérielle, où, suivant l'expression de
Burke, des hommes bizarrement réunis pouvaient
se demander l'un à l'autre : « Mon cher collègue,
comment vous appelez-vous? »

Lord North, malgré les fautes et les disgrâces de
sa politique, par cela seul qu'il durait et se maintenait au pouvoir, semblait encore plus homme
d'état que ses rivaux. Mais un jeune homme, celui que j'ai déjà nommé et que j'ai retiré de la
scène, un jeune homme venait d'achever ses études : c'était le second fils de lord Chatam, Pitt. Il
n'avait pas reçu cette éducation à la fois savante
et licencieuse qui développa le talent et les passions de Fox; il avait été sévèrement et pieusement élevé par son illustre père et par lady Es-
ther, sa mère. Les soins d'une santé délicate
interrompirent souvent ses premières études. Cependant, telle était l'ardeur et la facilité de son
esprit, qu'à l'âge de douze ans, nous apprend son
précepteur, il ne rencontrait plus de difficultés
dans les auteurs latins; bientôt après, ce fut un
jeu pour lui de traduire, à livre ouvert, des pages
entières de Thucydide, qu'il lisait en anglais sur
le texte grec.

Comme on m'a plus d'une fois accusé de décréditer les études classiques, je cite cet exemple, pour vous montrer qu'elles servent même à devenir ministre. (*On rit.*)

Cependant cet effort excessif et prématuré le fit tomber malade; il languit plusieurs mois, incapable de toute application. Quand il fut de retour au collége, son père lui écrivait pour encourager et modérer tout à la fois son application à l'étude :

> Avec quel sentiment de joie et de bonheur j'écris à mon bien-aimé William, depuis la lettre rassurante de son précepteur Wilson! Je sais maintenant que je ne m'adresse plus à un malade; j'espère qu'il est convalescent, et qu'il va beaucoup travailler; j'espère qu'il consultera maintenant le docteur Glynne, non pas comme médecin, mais comme poëte. Mais malgré le bonheur inexprimable que j'éprouve de savoir son retour à la santé, je le supplie de ne pas trop travailler, de ne pas trop se presser. Votre maman, mon fils, vient de me rappeler le proverbe français: « Reculer pour mieux sauter. » C'est surtout aux jeunes gens ardents et studieux qu'il faut le rappeler.

N'aimez-vous pas, Messieurs, cette naïveté touchante et paternelle d'un grand homme d'état?

Enfin, la santé raffermie du jeune William lui permit de nouveaux travaux : il faut que je vous en donne une idée :

> Il n'est presque pas, écrit son précepteur, un auteur grec et latin que nous n'ayons lu ensemble tout entier; il étudiait avec soin les différents styles des orateurs; et il avait le sentiment le plus délicat et le plus vif de leurs beautés caractéristiques. La rapidité de son intelligence n'empêchait pas son exacte et minutieuse application. Quand il était seul, il consumait des heures entières sur les passages remarquables d'un orateur et d'un historien; il étudiait le tour, les expressions, la manière de disposer le récit et d'expliquer les motifs secrets ou manifestes des actions; quelques pages l'occupaient toute une matinée. C'était pour lui surtout une occupation favorite

de comparer les discours opposés sur un même sujet, et d'examiner
comment chaque orateur avait défendu sa cause, et prévenait ou
repoussait les objections de son adversaire : étude, je crois, la plus
profitable à un futur homme d'état. Les auteurs qu'il préférait
étaient Tite-Live, Thucydide et Salluste. Il avait aussi l'habitude
de noter toutes les pensées éloquentes, toutes les expressions fortes
et énergiques qu'il rencontrait dans ses lectures. Il avait beaucoup
étudié les poëtes grecs et romains; il était surtout si curieux de bien
connaître les poëtes grecs, qu'il lut avec moi, sur sa demande, le
plus obscur et le moins intéressant de tous, Lycophron.

Lycophron, Messieurs! en faites-vous autant?
Vous ne saviez pas peut-être que Pitt avait étudié
Lycophron. Écoutez encore le témoignage de ce
savant précepteur que Pitt, une fois ministre, fit
évêque :

> Sa sagacité était si vive et si profonde, son intelligence si prodi-
> gieuse, il avait si bien étudié toutes les beautés, toutes les finesses
> de la langue grecque, que si l'on avait découvert de son temps une
> pièce inconnue de Ménandre ou d'Eschyle, ou une ode de Pindare,
> je suis persuadé qu'il l'aurait sur-le-champ mieux entendue que les
> plus célèbres érudits.

Lord Chatam pleurait de joie, en apprenant les
progrès extraordinaires d'un fils si digne de lui.
La dernière année de sa vie, pendant les intervalles de ses vives souffrances, il lui écrivait avec un
mélange de badinage et de tendresse sérieuse qui
touche singulièrement dans un si grand homme :

> Comment puis-je mieux employer la force de ma main qui se ra-
> nime un peu, qu'à tracer quelques lignes pour mon cher William,
> l'espérance et la consolation de ma vie? Vous aurez plaisir à voir par
> l'écriture de cette lettre que je gagne tous les jours, et que je suis
> presque bien. J'ai été ce matin à Cambden; et j'ai soutenu avec beau-
> coup de courage une visite d'une heure et tout l'ennui de ces con-
> versations frivoles. Je suis revenu à la maison sans être trop las; et
> j'ai dîné comme un fermier. Lord Mahon (c'était son gendre) a con-
> fondu, sans le convaincre, l'incorrigible docteur Wilson. La foudre

du docteur Francklin, tout révolté qu'il est, me paraît une chose
très-innocente, etc., etc. Ma main commence à se lasser ; ainsi,
tous mes plus sincères compliments à votre compagnie habituelle,
Aristote, Homère, Thucydide, Xénophon, sans oublier les publicistes et les auteurs du droit des gens. Adieu, mon très-cher William.

A la mort du grand Chatam, Pitt avait dix-huit
ans. Il n'appartenait pas à cette ancienne aristocratie qui longtemps, en Angleterre, parut posséder de droit les hautes dignités et le pouvoir politique. Il n'avait que le nom glorieux de son père,
sans fortune; un homme d'état anglais ne s'enrichit pas. Il s'attacha donc au barreau, il plaida
quelques causes; et, dans la simplicité nerveuse
de son langage, on apercevait déjà le génie qui
l'appelait plus haut; en même temps il fréquenta
les séances de parlement. Il écoutait avec soin les
plus habiles orateurs des deux chambres, et s'exerçait à leur exemple. Il n'essayait pas, comme un
rhéteur grec, de discuter avec une égale facilité
les opinions opposées; mais il choisissait, dans
les débats qu'il avait entendus, l'opinion qui lui
plaisait comme vraie et comme utile; et il s'étudiait à la développer, à la fortifier d'arguments
nouveaux, et à combattre toutes les objections.
Ce travail solitaire l'occupa deux années.

C'est ainsi qu'il avait, dit encore son précepteur, acquis une facilité singulière à tout exprimer avec justesse et netteté, et à mettre
toujours le meilleur mot dans la meilleure place.

Aussitôt qu'il fut assez vieux pour être membre
de la chambre des communes, à vingt ans à peu

près, il se présenta d'abord aux élections de Cambridge; malgré l'éclat de son nom et la réputation prématurée de son talent naissant, il n'obtint pas les suffrages. Mais, peu de mois après, un homme qui disposait d'un bourg pourri le fit élire; et il eut la joie inexprimable, comme il l'écrivait à un ami, d'entendre enfin sa voix dans le parlement; il avait vingt et un ans.

Je m'arrête ici, Messieurs. Il ne faut pas légèrement esquisser la carrière de cet homme prodigieux, en qui le talent de la parole n'est que l'instrument de la pensée politique.

Le ministère de lord North, qui se traînait tout brisé depuis la séparation des colonies, est attaqué à la fois par Fox, par Burke et par le jeune Pitt, que son instinct même du pouvoir fait débuter par l'opposition. Un autre ministère se forme; et Pitt, que North appelait un jeune homme né ministre, est désigné pour y prendre part. Mais il refuse. Le marquis de Rockingham, lord Shelburne et Fox, qui depuis si longtemps attendaient le pouvoir, succèdent à lord North, avec le fardeau d'une guerre désastreuse à finir: lors Rockingham, qui était le lien de ce ministère, étant mort, le roi d'Angleterre fit un mouvement; l'éloquent Fox tomba du pouvoir; et lord Shelburne s'appuya de l'alliance de Pitt, qui fut nommé chancelier de l'Échiquier. Que fait alors Fox? Il aperçoit, sur les bancs de l'opposition, ce lord North dont il s'est tant moqué, ce lord North qu'il a tant accusé de maladresse et même de trahison,

ce lord North auquel il a reproché, non-seulement
d'avoir perdu, mais d'avoir vendu l'Amérique, ce
lord North qu'il a fait un jour pleurer au milieu
de la chambre des communes : il l'aperçoit sur ce
banc, et comme tout moyen lui paraît bon pour
redevenir ministre, il fait une alliance, une coalition avec son ennemi de la veille. Le jeune Pitt,
malgré toute sa sagacité, n'avait pas prévu que
Fox et North, réconciliés par une chute commune, se réuniraient pour l'attaquer. La faute
était excusable; cette coalition semblait impossible à deviner. Voilà que, par un étonnant oubli de
toutes les invectives qu'ils se sont réciproquement
adressées, un an après la chute de lord North,
Fox et North, dans l'intimité de leur haine contre
le nouveau ministère, l'attaquent, l'obsèdent, l'in-
sultent et le renversent sous le poids de leur scan-
daleuse union. Voilà lord North qui rentre victorieux, appuyé sur le bras de Fox. Mais il faut le
dire, malgré les mutations permises aux hommes
d'état, malgré les exemples nombreux de ces évo-
lutions politiques, la chose parut trop forte. (*On
rit.*) Par des influences de parti, des séductions
de toute espèce, et d'éloquentes apologies, lord
North et Fox, étayés l'un sur l'autre, troquant
ensemble toutes les forces qu'ils pouvaient rassembler, obtinrent la majorité dans la chambre
des communes : mais cette majorité n'était plus
soutenue par le vœu public. Après sept mois de
règne, cette coalition menteuse et cupide se brise,
à la suite d'une victoire qu'elle vient de remporter

dans la chambre des communes. Fox, pour fortifier le pouvoir parlementaire dont il se croyait
maître, aux dépens de la royauté dont il se défiait,
avait imaginé le projet d'un bill qui, dépouillant
la *compagnie des Indes* d'une part de ses priviléges,
attribuait à la chambre des communes la nomination directe des commissaires qui devaient sur-
veiller l'administration de cette immense colonie.
Le roi d'Angleterre, Georges III, inquiet de cette
extension de pouvoir, fit échouer le bill de l'Inde
dans la chambre des pairs; et ces pièces mal join-
tes, qui formaient le ministère de la *coalition,* se
déconcertèrent et tombèrent de toutes parts; il n'y
eut plus de gouvernement. Alors ce jeune homme
de vingt-quatre ans (il avait un peu vieilli), qui
déjà était une fois tombé du pouvoir, et dont le
génie, en rappelant avec moins d'éclat l'éloquence
de l'illustre Chatam, semblait avoir quelque chose
de plus sage et, pour ainsi dire, de plus mûr, ce
jeune homme vient, par droit de conquête, prendre
le ministère, et, fort de son génie, appuyé, non pas
comme Walpole, sur la corruption, mais sur la
confiance de l'Angleterre, il y resta vingt ans.
Et, sans anticiper aujourd'hui sur le récit de sa
vie et les combats de son éloquence, savez-vous
quelle impression il fit sur ses contemporains ?
savez-vous quelle était l'autorité qu'obtint son génie et que garde sa mémoire ? Quand on va maintenant visiter Westminster, que l'on se fait montrer la tombe de ce grand lord Chatam, dont
l'éloquence vous a, l'autre jour, si vivement agités,

et qu'approchant avec respect de cette tombe, on cherche l'inscription, l'hommage que doit y avoir gravé l'admiration nationale, sur le marbre on lit ces mots : *Le père de M. Piu.*

CINQUANTE-DEUXIÈME LEÇON.

Encore l'éloquence politique. — Intérêt et difficulté de cet examen. —
Étude simultanée de l'éloquence et de la constitution anglaise. —
Science politique de Pitt, principe de son éloquence. — Son attachement
aux lois de son pays. — Nouveaux détails sur le *bill des Indes*. — Victoire légale de Pitt. — Autre débat célèbre sur *la Régence*. — Citations comparées des discours de Pitt et de Fox. — Exemple mémorable de la force de la constitution britannique. — Faiblesse de la
monarchie de France à la même époque. — Première tentative de réforme. — Mirabeau — Puissance irrésistible de la révolution.

MESSIEURS,

Le sujet que nous avons entrepris, depuis quelques séances, est difficile et parfois embarrassant;
mais ce n'est pas un motif d'abréger. Nous ne pouvons abandonner si vite cette tribune politique
des temps modernes. Dans l'histoire de l'esprit
humain, rien ne saurait offrir un caractère plus
instructif et plus élevé. D'ailleurs, Messieurs,
malgré nos épisodes et nos digressions dans tout
le domaine des lettres, quel est ici notre enseigne-
ment spécial, officiel? l'éloquence, art sublime,
varié, multiple, insaisissable, qui ne s'enseigne
pas, il est vrai; mais n'importe : c'est le programme traditionnel, le devoir ostensible. Eh
bien, puisque nous sommes professeurs d'élo-

quence, n'oublions pas qu'il n'y a dans le monde
que deux grandes éloquences : l'éloquence religieuse et l'éloquence des intérêts civils. L'éloquence religieuse, nous n'avons guère mission
pour en donner les règles, pour en développer
le génie; nous l'avons essayé cependant. L'éloquence des intérêts civils, elle nous est étrangère
aussi, mais non pas inaccessible; elle n'est pas
renfermée dans une sphère séparée, exclusive.
Elle se lie à tous les travaux de votre jeunesse;
elle fait partie et de vos réflexions présentes et de
votre activité future; elle tient essentiellement à
cette belle étude des *lois civiles* qui occupe le temps
du plus grand nombre d'entre vous; elle est l'âme
de ce mouvement social, auquel vous serez mêlés
quelque jour.

Et puis, Messieurs, ce travail sur l'éloquence
délibérative, tel que nous le concevons, tel que
nous l'essayons devant vous, ce n'est pas une gym-
nastique d'école, simulant des combats de tribune; c'est encore moins un lieu commun de parti;
c'est un examen, un tableau comparé des efforts
que le génie de deux grandes nations de l'Europe
a faits dans une même carrière; c'est l'histoire
vivante des trente grandes années qui ont précédé
votre jeunesse; c'est le péristyle de tout ce vaste
avenir qui est ouvert aux peuples de l'Europe;
c'est le commencement de la nouvelle ère de la
France.

Que de réflexions salutaires, instructives, données par les faits mêmes, doivent se mêler à cette

étude! Elle ne sera pas pour nous technique et seulement littéraire, mais historique et morale. Quand je lis dans Rollin, Le Batteux, Marmontel, et beaucoup d'autres, le récit des grands combats de la tribune grecque et romaine, et l'analyse de tant d'immortels discours, ces habiles critiques, malgré leur talent, me semblent un peu étrangers au milieu d'un pareil sujet. Aucun des événements, aucune des passions qui auraient pu leur donner l'idée de la tribune antique n'existait pour eux ; jamais ils n'en avaient eu ni l'expérience ni même le spectacle.

Il n'en est pas ainsi de nos jours. L'intelligence des intérêts publics, la facilité d'en raisonner ou d'en déraisonner, mais d'en parler enfin, est qualité commune. La langue politique est l'idiome vulgaire d'un état libre. Ainsi, Messieurs, grandeur et haute instruction du sujet, popularité des connaissances qu'il suppose, favorable disposition des esprits, tout, ce semble, nous permet et nous sollicite de nous arrêter longtemps sur ce dernier acte du XVIII° siècle.

Les personnages qui nous apparaîtront sur la scène sont grands, les situations fortes, le génie de l'homme aux prises avec tout ce que les incidents fortuits peuvent amener de plus décisif dans la destinée des nations. Notre admiration, Messieurs, s'accoutume trop à ne compter que les renommées oratoires de l'antiquité. Un homme comme Pitt, comme Fox et même comme Mirabeau, était de la taille de ces hommes qui vous

paraissent si grands parce qu'ils sont placés sur
ce piédestal grec ou romain. Ce qui manque en
perfection même à leurs ouvrages n'est pas une
infériorité dans leur mission ni dans leur génie.
Ainsi, ce soin sévère, ce soin d'artiste qui a poli,
qui a conservé toutes les expressions d'un Démosthène ou d'un Cicéron, n'a presque jamais appar-
tenu à ces orateurs modernes, occupés d'intérêts
trop nombreux, trop complexes, et parlant à des
peuples trop peu curieux de l'élégance et du
charme de la parole. Mais cette négligence, qui
diminue la beauté du monument pour les yeux de
la postérité, n'a pas affaibli l'action de l'orateur
sur les contemporains; et c'est cette autorité de la
parole qui est historique; c'est cette autorité de la
parole instantanée qui explique pour nous et le
progrès rapide de certaines idées, et les grands
changements des états.

A la dernière séance, j'ai voulu laisser votre
attention se reposer sur cette fortune singulière de
l'Angleterre, qui, après la perte de l'Amérique,
au milieu des désordres excités par les passions
religieuses, dans l'imminence des révolutions de
l'Europe, lui donnait pour ministre un jeune
homme de vingt-quatre ans, doué de cette ténacité au pouvoir, et de ce génie de gouvernement
qui semble le sceau que la Providence avait mis
sur lui : j'avais nommé Pitt.

Mais ici, Messieurs, je suis obligé de m'arrêter
encore à quelques détails, et de lier l'histoire de la
constitution anglaise à l'histoire de l'éloquence. Il

y a longtemps que Cicéron, quand il voulait former son orateur, avertissait que la facilité de l'expression, la promptitude et l'éclat de l'imagination, n'était que l'arme extérieure, l'instrument du génie; mais qu'une étude profonde, de vastes connaissances, une méthode sûre et rapide étaient le fond de l'orateur : *Nisi res subest percepta et cognita, inanis et irridenda verborum volubilitas*, disait le plus admirable parleur de l'antiquité. Et ailleurs, quelle vaste réunion de connaissances philosophiques, historiques, judiciaires, il demande à son orateur! Comme il lui prescrit la science des lois, des traités, l'étude des coutumes et de l'économie sociale! toutes notions qui, dans les mœurs modernes, sont devenues plus vastes, plus compliquées, plus nécessaires encore : car, chez les anciens, la liberté, ou du moins la république, avait précédé la civilisation ; chez nous, la civilisation a précédé et fait naître la liberté, comme la dernière et la plus belle science de l'état social.

Ainsi, Messieurs, l'étude de l'éloquence britannique, vous ne pouvez pas la séparer d'un examen attentif du droit public et civil des Anglais. C'est là que vous retrouvez la force de ces grands orateurs. La connaissance profonde de la constitution et des intérêts du pays est le trésor de leur éloquence. Et de même, Messieurs, Mirabeau qui, le premier, montra l'éloquence politique parmi nous, ce qui fit sa supériorité, indépendamment des dons naturels du génie, c'est que dans les prisons qui servaient de repos à l'orageuse activité de sa

jeunesse, dans ces études forcées qu'on lui faisait
faire au donjon de Vincennes, tout le travail du
publiciste, de l'historien, du savant, avait occupé
ses loisirs. Au milieu de cette jeune noblesse de
France, si spirituelle dans sa frivolité même, parmi
tant d'hommes distingués qui brillaient à la fin du
XVIIIᵉ siècle, par les grâces de l'esprit, et je ne sais
quel charme de belle littérature, les fortes études,
les études abstraites, salutairement ennuyeuses,
étaient rares. Ceux qui rêvaient avec le plus d'ardeur une réforme sociale s'occupaient peu de chercher dans la législation et l'histoire les moyens de
l'accomplir. L'excès même de leurs espérances,
leur ambition illimitée de perfectionnement les
exemptaient d'étudier un passé qu'ils dédaignaient.
Au contraire, ce Mirabeau, si longtemps rebuté
par la société, si longtemps chassé loin d'elle, en
avait profondément étudié tout les ressorts et discuté tous les principes dans le loisir des cachots,
dans l'épreuve des débats judiciaires. Il était jurisconsulte et publiciste avant d'être orateur. Ne
séparons jamais l'éloquence de toutes les sciences
morales qui la nourrissent et la font vivre.

Vous avez vu ces études de Pitt, qui n'avaient
pas été de simples études littéraires. Vous avez vu
ces méditations de la sagesse historique et politique des anciens. D'autres études, dont la trace
n'est pas conservée, l'avaient initié dans tous les
calculs de la politique financière, lui avaient appris toutes les ressources et toutes les richesses de
la Grande-Bretagne, et fait comprendre toute l'or-

ganisation, et de ses colonies perdues, et de ses
colonies conservées. Il avait soigneusement étudié
les forces et les intérêts divers des puissances de
l'Europe.

Indépendamment de ces connaissances variées,
qui étaient comme un instrument d'agression et
d'hostilité contre les autres états de l'Europe, il
avait au plus haut degré le sentiment de la constitution britannique; il en possédait la jurisprudence et le génie; il en avait l'intelligence et l'a-
mour. Ce dernier mot peut étonner, quand on
parle d'un ministre. (*On rit.*) Une idée vulgaire et
naturelle fait supposer qu'à la possession du pouvoir est attaché le goût exclusif des priviléges de
ce pouvoir. Mais Pitt, tel qu'il paraîtra devant
vous, ne concevait pas son pouvoir dans l'action
particulière qui lui était confiée, il le concevait
dans cette puissance collective, dans ce jeu simul-
tané de tous les ressorts de la constitution britannique; il le concevait dans le parlement comme
dans le roi. Il sentait bien, rassuré par son génie,
qu'il ne devait avoir peur d'aucune des institutions
de son pays, et que toutes seraient obligées, non
pas de céder sous lui, mais de le fortifier de leur
force et de consacrer de leurs droits tout ce qu'il
oserait entreprendre pour la grandeur de l'Angleterre. Son attachement aux lois lui donnait plus
de puissance qu'ailleurs des ministres habiles et
despotiques n'en ont trouvé dans la ruine des libertés publiques.

A cet égard, Messieurs, sa vie politique présente un caractère éminent et bien rare : c'est qu'en luttant pour obtenir ou garder le pouvoir, il luttait en même temps pour le maintien de la constitution britannique, et qu'il engageait, pour ainsi dire, dans la cause de son ambition la liberté de son pays. On le voit dans le premier grand combat qu'il eut à soutenir, dans ce *bill de l'Inde*, que j'ai déjà nommé. Mais que vous importe en ce moment le bill de l'Inde ? Comment pourrai-je rendre clair, facile, je ne dis pas pour vous, mais pour moi-même, ce débat entre des hommes d'état habiles, ce débat appliqué à des intérêts si loin de nous ? Essayons-le cependant.

L'Angleterre avait perdu sans retour l'Amérique, ou du moins elle ne pouvait plus la posséder que par le commerce, espèce de conquête qui, dans nos états civilisés, vaut quelquefois mieux que le domaine direct et onéreux ; mais il lui restait les Indes ; les Indes ! cinquante millions d'habitants soumis à des gouverneurs anglais, une compagnie de commerce exploitant cet immense empire, et, au delà des possessions anglaises, l'Asie à conquérir. Mais tout ce que la rapacité des proconsuls romains avait pu entasser jadis de vexations, de vols et de barbarie, s'était malheureusement reproduit dans l'Inde, conquise par les Anglais. On avait vu des princes mis à la torture, pour les forcer de livrer leurs trésors ; on avait vu d'immenses populations mourant de faim sur cette terre féconde où l'homme vit de si peu de choses ; on avait vu toutes les cruautés que l'in-

dustrie mercantile peut exercer, quand la cruauté
est un moyen de profit, se déployer contre cette
race malheureuse et paisible. Un grand procès criminel avait commencé contre le *Verrès* de l'Inde.
Je vous en parlerai plus tard (car, comme nous
l'avons dit, l'éloquence judiciaire, l'éloquence de
l'attaque et de la défense, dans un procès criminel,
reçoit singulièrement l'influence des institutions
politiques d'un pays; la liberté l'anime comme
tout le reste). Mais enfin, sous un autre rapport,
l'accusation intentée contre Hastings appelait les
regards et de l'Angleterre et de l'Europe, et les
fixait sur ce magasin immense de richesses commerciales, sur ce vaste trésor ouvert dans l'Inde à
l'Angleterre, et souillé sans cesse par la férocité
de ses agents. C'était à cette occasion que Fox
avait conçu le plan d'un bill pour réformer l'administration de l'Inde. Il y prévenait le retour des
plus odieux abus de pouvoir; il offrait quelques
sûretés aux sujets indiens et aux princes indigènes,
instruments et victimes de la rapacité anglaise. En
diminuant les priviléges de la compagnie des Indes, il établissait au-dessus d'elle une juridiction
publique, une haute surveillance de *comités* indépendants qui devaient garantir la bonne administration du pays et protéger les vaincus. Mais, Messieurs, nous l'avons dit, au fond de ce plan généreux
se cachait une idée d'ambition et de parti.

Fox, par son talent, son éloquence, l'autorité
de sa parole, le nombre de ses partisans, s'était
imposé au roi d'Angleterre. Suspect au roi, dont

il était le ministre, il avait formé le projet de transférer à la chambre des communes, *par le bill de
l'Inde*, une des prérogatives de la couronne et son
plus grand moyen d'influence, la disposition immédiate de places honorables et lucratives. Il sentait bien que la volonté du roi n'était pas pour lui,
et que d'ailleurs elle pourrait lui échapper; mais il
croyait, dans l'orgueil de son éloquence, que la
soumission d'un parlement ne lui manquerait jamais. Dès lors, en créant, sous prétexte de sur-
veiller les affaires de l'Inde, un grand nombre
d'emplois considérables à la nomination du parlement, il se promettait d'assurer à la fois l'indépendance de la chambre des communes et sa propre puissance. Dans le fait, il n'eût pas seulement
rendu la chambre des communes indépendante;
il l'eût rendue corruptrice, de corrompue qu'elle
a été quelquefois; et, déplaçant les abus de la constitution anglaise au lieu de les corriger, il n'eût
travaillé qu'au succès de son ambition. Voilà quel
était le plan de Fox, ou quel eût été du moins le
résultat de ses efforts.

La chambre des communes était du même avis
que Fox. Le bill passa; mais la volonté personnelle
du souverain, de puissantes démarches accrédi-
tées de son nom, et que Fox dénonça vainement à
la chambre des communes, enfin le talent de Pitt
et la perspective d'un tel soutien dans le ministère,
toutes ces causes firent échouer le bill de l'Inde à
la chambre des pairs, et le même soir Fox reçut,

à minuit, sa démission par un message du roi. Pitt
fut nommé premier ministre.

Mais il fallait toujours régler cette immense affaire de l'Inde. En présence de cette majorité des
communes dont la *résolution* ambitieuse et intéressée venait d'être rejetée par les lords, il fallait
proposer un nouveau projet de *bill*, sur la grande
question qu'elle avait déjà décidée. Pitt présenta
lui-même un second *bill* de l'Inde, où il avait soigneusement évité tout ce qui ressemblait aux dispositions du projet de Fox. En proposant aussi
des recours et des garanties contre les abus des
agents de la *compagnie des Indes*, en admettant des
juridictions supérieures et protectrices, c'était à
la couronne seule qu'il réservait le droit de les établir et de les renouveler. Mais l'épreuve était difficile; il s'agissait d'engager la chambre des communes tout à la fois à se contredire et à se dépouiller.
Pitt, si jeune encore, et demandant une chose si
humiliante et si dure, pouvait-il vaincre la vieille
autorité de Fox, retombé à la tête de cette majorité
nombreuse qu'il avait voulu enrichir d'un si beau
privilége pendant son ministère? Le projet, présenté par l'habile ministre et vivement combattu
par Fox, fut rejeté. Voilà Pitt en présence d'une
majorité parlementaire qui repousse ses plans et
veut l'éloigner du ministère, où Fox semble près
de rentrer, vainqueur de son jeune rival et des influences de la couronne. Tremblant à l'idée de ce
joug, le roi ne voulait pas sacrifier son ministre, et
il hésitait à dissoudre la chambre. Telle est la crise

mémorable que présentait l'Angleterre en 1784.
D'une part, le roi, Pitt et la chambre des pairs;
de l'autre une majorité des communes, nombreuse,
fortement liée, animée par de vives passions et
conduite par un grand orateur qui avait su l'intéresser doublement au succès de son ambition.
Certes, une telle épreuve pouvait paraître dangereuse pour un état moins heureusement constitué;
elle pouvait épouvanter un roi qui n'eût pas cherché son secours dans l'action même des libertés
publiques.

Pitt lutta pendant trois mois contre cette chambre qui s'obstinait à rejeter tous ses *bills*, et d'où
partaient de fréquentes adresses au roi, et des re-
présentations hardies sur le projet éventuel de la
dissoudre. Il la fit d'abord proroger de quelques
semaines. Un esprit moins vigoureux et moins
ferme que Pitt se serait effrayé. C'étaient, sous
quelques rapports, les premiers procédés de la révolution de 1640 qui semblaient reparaître; c'était
une chambre des communes qui voulait se rendre
permanente et qui sommait le souverain de s'engager à ne point la dissoudre.

Pitt soutint cet orage avec un calme singulier,
opposant à toutes les attaques tantôt des réponses
mesurées, tantôt un froid silence, qui le fit traiter
de *dictateur* par le vieux lord North. Une fois seulement, pressé par les demandes impérieuses de
l'opposition-majorité, il laissa paraître dans son
langage un mouvement de colère. Sheridan aussitôt le surnomma l'*enfant colère*, et l'expression fut

répétée. Pitt avait encore ces couleurs innocentes
et enfantines de la première jeunesse. Avec ses
cheveux blonds, sa taille grande et mince, il offrait quelque chose de cet air de faiblesse et de ti-
midité qui marque souvent le passage de l'ado-
lescence à la vraie jeunesse; c'était là cependant
l'homme qui gouvernait l'Angleterre en l'absence
même des conditions naturelles du gouvernement
parlementaire.

Après trois mois de ce débat pénible, faux, contraire à l'esprit de la constitution anglaise, Pitt
osa croire qu'il était appuyé par les vœux de la plus
grande partie de la nation, et que l'Angleterre
n'était pas du même avis que la majorité de la
chambre des communes; car enfin l'Angleterre
n'avait pas à regretter, pour son compte, le rejet
du premier *bill* des Indes présenté par Fox. Quand
la chambre des communes aurait eu le droit exclusif de distribuer les emplois supérieurs de l'Inde,
chaque bourgeois de Londres n'eût pas été nommé
commissaire; le public était donc fort désintéressé
sur cette prétention de la chambre des communes, et il commençait à la trouver injuste et exigeante.

Pitt s'aperçut que sa jeunesse, sa fermeté, son
talent lui faisaient gagner chaque jour quelque
chose dans l'estime de l'Angleterre; et, enfin, il
saisit le moment décisif et détermina le roi à dissoudre la chambre des communes. La nation jugea
le procès qui lui était soumis; une nouvelle assemblée, sortie de l'élection la plus vivement disputée,

vint prêter aux desseins de Pitt l'appui d'une nombreuse majorité. Ainsi fut fondé ce ministère de
vingt ans, par un jeune homme qui, selon l'aveu
de lord North, avait, pour début, gagné le roi,
malgré la chambre des communes, et vaincu la
chambre des communes par la nation.

Prenons le second acte de cette vie politique
ainsi commencée. Le jeune ministre continue de
s'appuyer sur la confiance de son roi, sur cette
faveur personnelle qui lui a permis de lutter avec
tant de hardiesse et de bonheur contre une résistance qui semblait si redoutable; mais il y réunit
l'approbation de la chambre des communes. Occupé tout entier des finances et de la prospérité de
l'Angleterre, il ne songe plus maintenant à la réforme parlementaire qu'il avait proposée pendant
la courte durée de son opposition. Il est désormais
trop ministre et trop sûr de la chambre des communes, pour vouloir rien changer à l'élection des
députés, et il jouit de son pouvoir doublement
affermi.

Mais la catastrophe la plus imprévue vient ébran-
ler ce pouvoir. En 1788, à l'époque où la politique
du cabinet anglais était attentive à profiter des
grands mouvements qui se préparaient sur le continent, Pitt apprend tout à coup que la raison du
roi d'Angleterre s'est troublée. Georges III, dont
les vertus domestiques, dont les qualités pures et
simples avaient gagné l'affection du peuple anglais,
ce prince, l'ami d'Herschell, et qui joignait le goût
des sciences à la sagesse politique, au milieu de la

vie la plus régulière, la plus étrangère aux passions qui avaient troublé tant de cours de l'Europe, est frappé d'une aliénation d'esprit que l'on
essaye en vain de cacher. Il tombe dans le même
état que le roi Lear.

Fox, se remettant des fatigues d'une session où
il avait combattu avec une impuissante habileté
les mesures financières de Pitt, voyageait alors au
fond de l'Italie. Il apprend que tout l'aspect de
l'Angleterre va changer, que ce roi, dont l'opiniâtre volonté avait soutenu son jeune ministre,
ne peut plus présider aux affaires, ne peut plus les
autoriser au moins de son nom. Il sait que le prince
de Galles, successeur imminent, nécessaire, appartient tout entier à la cause de l'opposition; et
il se croit assuré de triompher bientôt avec elle.
Plein de cette espérance, il traverse en cinq jours
une grande partie de l'Italie, s'embarque et arrive
à Londres pour être ministre. Mais il fallait combattre et renverser Pitt, qui se préparait à se passer
de l'appui du roi, comme il s'était passé, pendant
quelques mois, de l'appui des communes. Vous
permettrez, Messieurs, quelques détails sur un tel
débat, entre de tels adversaires. C'est une étude
historique, autant qu'une étude oratoire; c'est le
sujet d'un parallèle curieux et une transition naturelle à l'histoire de l'éloquence politique en
France.

On croirait que la résistance du ministre et son
obstination à garder le pouvoir, l'inaction dégra-
dante du monarque, l'ambition et les droits du

prince héritier vont agiter l'Angleterre; mais l'Angleterre, appuyée sur ses lois et sur le génie de Pitt,
après un orage régulier et tout parlementaire, va
paisiblement fixer les droits du prince, et compléter sa constitution par un grand exemple. La
France, au contraire, qui semblait protégée par
les vertus généreuses de son roi, la France, où il
n'y avait pas, au premier aspect, d'opposition
puissante et armée, d'ambitions en présence, va
tout à coup être emportée dans la plus terrible
tempête civile qui ait jamais changé les destinées
d'un peuple.

Mais suivons ce mémorable débat du parlement d'Angleterre. Les chambres s'étaient réunies, sans la forme ordinaire et solennelle, sans le
discours du roi. Pitt prend la parole devant les
communes, et annonce le lamentable événement
qui éloigne la présence du souverain; il propose
en même temps de recueillir les témoignages des
médecins, et de chercher dans les lois et l'histoire
de l'Angleterre les règles de la conduite à tenir.
Fox, impatient de saisir l'autorité, s'élève contre
tout délai, toute recherche, et déclare que la maladie du roi transfère le pouvoir au prince régent,
immédiat et légitime héritier. Pitt insiste de nouveau pour qu'on entende le rapport des médecins
de S. M., et pour qu'un comité nombreux soit désigné par la chambre des communes, et qu'il s'occupe de rechercher dans l'histoire d'Angleterre,
dans les monuments du parlement, tous les faits,
tous les exemples qui pourraient servir de règle

dans une circonstance aussi grave et aussi malheureuse.

Vous reconnaissez là, Messieurs, l'esprit de la politique anglaise, qui s'appuie presque toujours sur l'autorité des précédents, et semble plus occupée de la jurisprudence que de la théorie.

Les recherches sont faites. Le comité en rend compte à la chambre deux jours après; et c'est alors que s'engage cette grande lutte de principes opposés et d'ambitions rivales.

Ce ne sera point là, Messieurs, cette éloquence vive, tumultueuse, qui agitait les places publiques de l'antiquité; ce ne sera point cette éloquence impétueuse et terrible qui se déchaîna dans les troubles politiques de la France : un autre sentiment, une autre admiration s'attache à la lecture de ces débats si véhéments et si graves à la fois, qui consolident un empire, au lieu de l'agiter. On entre dans une espèce d'enthousiasme pour ce système de liberté, où le développement le plus hardi des passions politiques, où l'invocation de tous les droits populaires n'ébranle pas cependant les colonnes de l'empire. Si quelques-uns des orateurs qui ont éclaté dans les révolutions ou dans les démocraties étonnent davantage l'imagination, peut-être y a-t-il plus de grandeur dans le calme de ces hommes qui se disputent de si grands intérêts avec tant d'énergie, et dont les témérités même sont des instruments d'ordre et de pouvoir. Pitt, cet intrépide défenseur des prérogatives royales, cet homme qui, sur la tête égarée de

Georges III, a soutenu la couronne, si haute et si
dominante, au milieu de l'ébranlement de l'Europe; cet homme qui a lutté corps à corps contre
le génie effrayant et multiple de la révolution
française; cet homme qui a vaincu, dix ans après
sa mort, dans une célèbre bataille dont je ne veux
pas rappeler le mystérieux souvenir; Pitt enfin,
croyez-vous qu'il va timidement se traîner dans
les doctrines du droit divin et du pouvoir légitime? Non, Messieurs; il va s'appuyer sur des doctrines si hardies, qu'ailleurs on les traiterait de
factieuses. C'est au nom des changements mêmes
que la puissance suprême a éprouvés sur le sol in-
stable et mouvant de l'Angleterre, que Pitt va
soutenir les droits de ce roi qui n'est plus, de ce
roi qui, par la perte de sa raison, est retranché
du nombre des vivants, mais dont la puissance,
comme une illusion inviolable, subsiste encore,
protégée par le génie de son ministre. Entendez-
le, Messieurs :

Dans la plupart des contrées, dit-il, un événement comme celui
que nous déplorons aurait presque rompu les liens de l'union sociale; mais dans ce pays, sous cette heureuse forme de gouvernement qui offre les avantages et prévient les maux de la démocratie,
de l'oligarchie, de l'aristocratie, rien de semblable n'est à craindre.
Bien qu'un des trois pouvoirs de la législature vienne à manquer,
la voix du peuple se retrouve tout entière dans ses représentants,
les deux chambres. Les lords et les communes représentent tous
les intérêts du peuple; en eux réside le droit constitutionnel de
suppléer à la défaillance du troisième pouvoir. Tel est l'esprit de
la constitution; tel fut le sentiment de ceux qui ont fait la révolution. Ils n'avaient pas, comme aujourd'hui, à pourvoir à la suspension du pouvoir royal, pendant que le trône était occupé, mais à
réparer l'absence de l'une des trois branches de la législature qui
avait disparu. Mais qu'il y ait absence définitive ou suspension ac-

cidentelle, c'est également aux autres branches de la législature qu'il appartient d'y suppléer. Le pouvoir de donner le trône s'est trouvé dans le peuple, au moment de la révolution, et a été exercé par le parlement. D'après les mêmes principes de liberté et les mêmes droits parlementaires, le pouvoir de suppléer à l'action royale qui vient à manquer, appartient au peuple, c'est-à-dire aux lords, aux communes, ses légitimes représentants.

Fox avait dit :

L'état malheureux du roi est une sorte de mort civile. Dans le droit ordinaire, un pareil état ouvre, au profit du successeur légitime, tous les droits qu'il peut avoir. Ainsi, tous les droits de la couronne sont dévolus au prince qui doit hériter de Georges III.

Pitt réfute cet argument avec une admirable précision et une grande dignité :

Le comité, dit-il, peut-il considérer la maladie du roi, accident d'une nature connue et souvent passagère, comme une mort civile? Non, certes. S'il y avait en ce moment telle chose qu'une mort civile, son altesse royale le prince de Galles monterait immédiatement sur le trône, avec la plénitude des prérogatives royales, et non pas avec le titre de régent; car la mort civile, comme la mort naturelle, est irrévocable et permanente. Je ne vois dans Blackstone que deux faits par lesquels un homme puisse encourir la mort civile : le premier, c'est le bannissement du royaume par sentence légale; le second, c'est l'entrée en religion et la profession dans un ordre monastique. En effet, dans le premier cas, il existe un acte qui sépare le criminel de toute société au dedans du royaume; et dans l'autre, il y a l'acte volontaire d'un homme qui se sépare du monde. Voudrait-on prétendre que l'un ou l'autre de ces exemples soit analogue à cette *visitation* du ciel, à ce coup de la main divine que nous déplorons, et qui peut, qui doit, selon toute apparence, n'être que passager? Et peut-on argumenter de ce malheur comme d'un acte qui prive, à l'avenir, Sa Majesté de l'exercice des pouvoirs, dont elle n'a jamais abusé, et auxquels elle n'a jamais renoncé?

Avant d'écouter la réponse de Fox, veuillez remarquer, Messieurs, cette interversion dans les rôles des deux adversaires. Pitt, défenseur-né de

IV. 10

la prérogative royale, invoquait la souveraineté
du peuple, le droit qu'avaient exercé les chambres de transférer la couronne. Il en concluait
que la suspension provisoire et forcée de l'activité
du roi ne pouvait pas, de plein droit, transmettre
l'autorité royale dans les mains de l'héritier naturel; qu'il fallait une déclaration du parlement, et
que cette déclaration devait fixer des limites à
l'exercice du pouvoir qu'elle transférait. Fox, au
contraire, oubliait ces droits populaires qu'il avait
si souvent invoqués, et cette autorité du parlement qu'il avait voulu naguère enrichir des dépouilles de la couronne.

Sans doute, pour les deux illustres adversaires,
la question n'était pas uniquement constitutionnelle et théorique. Pitt voulait rester ministre; il
sentait bien que le prince de Galles, appelé tout à
coup à la plénitude des fonctions royales, pouvait
renouveler l'administration, appeler Fox au gouvernement, dissoudre la chambre des communes,
et, par l'exercice de la prérogative, modifier même
la chambre des pairs.

Fox, malgré son zèle démocratique, croyant
que le prince de Galles le ferait ministre, avait
hâte qu'il fût régent, avec toutes les prérogatives
de roi. Espérant exercer le pouvoir du prince, il
voulait qu'il en eût le plus possible; il s'opposait
à toute réserve, et même à toute discussion. Il fut
obligé cependant de se rétracter sur le premier
point; et il reconnut que le parlement avait le
droit de déclarer la régence; mais il soutenait en-

core qu'en la déclarant les chambres ne pouvaient pas la limiter, parce qu'elle résidait virtuellement dans la personne du prince. Pitt avait poussé l'audace de son principe jusqu'à dire : « Le fils du roi d'Angleterre n'a pas actuellement plus de droit à l'exercice du pouvoir royal que tout autre sujet du royaume. » L'opposition releva vivement ces paroles ; Burke essaya de tourner en ridicule l'ambition du ministre, en l'appelant un des *candidats* à la régence, et en ajoutant que pour lui il aimait mieux donner sa voix à l'héritier légitime.

Fox, mêlant la logique et l'ironie, attaqua le discours de Pitt avec une merveilleuse habileté :

Faire une loi, dit-il pour désigner le régent, c'est changer la forme de la monarchie, et d'héréditaire la rendre élective. La Pologne et la misérable condition de ses habitants nous disent assez ce que c'est qu'une monarchie élective. Le droit de faire des lois ne réside que dans la législature complète, et non dans le simple concours de deux de ses branches. Notre constitution est bâtie sur ce principe, dont la durée importe à son existence ; s'il en était autrement, la constitution pourrait être détruite sans obstacle : si deux branches de la législature avaient le pouvoir de faire une loi, elles pourraient, par cette loi, dénaturer, anéantir le troisième pouvoir. La situation actuelle des affaires vient d'être comparée à la révolution de 1688. Il n'y a nulle ressemblance. Le trône alors avait été déclaré vacant, et le reste de la constitution subsistait. Maintenant le trône est occupé ; mais son autorité est suspendue. Au temps de la révolution, l'assemblée qui fut alors convoquée, sachant bien qu'elle ne pourrait faire aucun changement dans la forme de la monarchie, tant qu'elle n'aurait pas une *tête*, rétablit d'abord le troisième pouvoir, et ensuite détermina ses limites. Aujourd'hui, on invite le comité à procéder d'une manière bien différente, à créer d'abord un nouvel office, et ensuite à déclarer qui doit le remplir. Et quelle serait la situation d'un régent élu par cette chambre ? Ce serait un mannequin, une poupée, une créature du parlement, *sine pondere corpus*, une insulte, une moquerie à tous les principes de gouvernement.

Ensuite, par un adroit sophisme, confondant la régence et la royauté, il combat toute restriction du pouvoir royal dans la personne de celui qui doit en être dépositaire.

La régence, dit-il, ne doit pas être plus élective que la couronne. Elle ne doit pas être plus limitée, car elle a les mêmes devoirs; et pour les remplir, elle a besoin des mêmes forces. Que penseriez-vous d'un Polonais qui demanderait à un gentilhomme anglais si la monarchie de la Grande-Bretagne est héréditaire ou élective? Tout homme un peu familier avec notre constitution croira d'abord que la réponse est toute simple. « Notre monarchie est héréditaire. » Toutefois, si la doctrine du jour prévalait, voici quelle doit être la réponse : « Je ne puis vous dire : demandez au médecin de Sa Majesté. Quand le roi se porte bien, la monarchie est héréditaire; mais quand il est malade et incapable d'exercer l'autorité souveraine, elle est élective. »

Et cependant cette assertion, que la monarchie britannique est élective, est si matériellement hostile aux principes de la constitution, qu'elle ne saurait être supportée. Comment donc venir à bout de cette difficulté? On trouvera sans doute un légiste subtil et politique, qui établirait que la monarchie étant héréditaire, le pouvoir exécutif peut se transmettre par élection. De cette manière, la couronne et l'action de la couronne seraient séparées comme distinctes par leur nature; l'une serait la chose, l'autre le nom, etc.... Ai-je besoin de rappeler ici ma résistance connue aux empiétements de la couronne? Plus d'une fois l'influence de la couronne a été combattue dans cette chambre, et, je le crois sincèrement, pour le bien du peuple. Lorsque la puissance exécutive était portée au delà de ses limites naturelles, il fallait bien lui résister. Je me suis fort avancé dans cette voie, et ne me suis pas fait scrupule de déclarer que les subsides devraient être suspendus, si l'assentiment royal était refusé à quelques réformes constitutionnelles d'une prérogative dangereuse et abusive. Les hommes modérés jugèrent cette doctrine violente. Pour moi, je l'ai constamment maintenue; et le public en a profité. Mais, je vous le demande, est-ce aujourd'hui l'occasion de déployer ce pouvoir constitutionnel de résistance à la prérogative, et de combattre l'influence de la couronne dans cette chambre? Je l'avoue, j'ai tiré gloire de cette lutte quand la couronne était dans la plénitude de ses pouvoirs; mais je rougirais de fouler aux pieds ses droits, maintenant qu'elle est gisante devant nous, dépourvue de toute force et incapable de résistance. Que le

très-honorable gentilhomme s'enorgueillisse d'une semblable victoire, qu'il triomphe sans combat, qu'il prenne avantage des calamités et des misères de l'humaine nature; que, semblable à quelque
avare et dur seigneur d'un manoir voisin de la mer, il se gorge de
richesses acquises par le pillage des naufragés et par ce droit rigoureux de *trouvaille et d'aubaine* exercé sur toutes les choses que les
accidents variés du malheur peuvent jeter en sa puissance; pour
moi, je ne me vanterai jamais d'avoir remporté de telles victoires,
et d'avoir garni mes mains de richesses amassées à ce prix.

Après ces éloquentes paroles, Fox termine par
des attaques personnelles, comme dans toute discussion complète :

Si les chambres, ajoute l'orateur, peuvent faire régent qui leur
plaît, elles peuvent désigner le régent pour un mois, pour un jour,
pour un an, et transformer la monarchie en république. Le très-
honorable gentilhomme a nié que le prince de Galles eût plus de
droit à la régence que lui-même n'en avait. Et cependant il a con-
fessé qu'il y aurait violation du devoir si l'on pensait à un autre
régent; et tout cela pour le misérable triomphe de faire voter sur
lui, et d'insulter un prince dont il sent bien qu'il ne mérite pas la
faveur.

Pitt se lève, et répond sur-le-champ à son habile adversaire. Je voudrais vous faire lire ces discours, autant qu'on le peut du moins. Recueillis
par fragments, perdus dans des recueils, ils sont
peu connus en France, et étaient mal traduits,
plus mal que je ne le fais. Pitt commence par de
savantes recherches historiques, empruntées aux
règnes de Richard II et de Henri VI. Mais de cette
antiquité confuse il fait sortir de lumineuses
idées sur le gouvernement parlementaire; il attaque ce principe d'une régence absolue qui pourrait
en quelques mois, en quelques jours, pendant un
accès de fièvre du roi, renverser tout l'ordre du

gouvernement établi. Renvoyant à Fox son ironie, il s'étonne de ce zèle excessif pour le pouvoir royal ; enfin il se défend lui-même avec une dignité pleine de force :

Le très-honorable gentilhomme, dit-il, m'accuse d'agir par un mauvais esprit d'ambition, et de ne pouvoir supporter l'idée de perdre ce ministère que j'ai si longtemps gardé ; il m'accuse de ne point espérer la faveur du prince, parce que je m'en crois indigne, et dès lors d'envier, d'entraver l'élévation de mes futurs successeurs. Est-ce à moi ou à lui qu'appartient ce caractère de mauvaise ambition, toute prête à sacrifier les principes de la constitution à l'amour du pouvoir ? Je laisse la chambre et le pays en décider. Ils jugeront si, dans toute ma conduite, quelque considération personnelle, quelque soin de mon propre pouvoir, paraît avoir eu la plus grande part aux résolutions que j'ai proposées. Quant à cette prétendue conviction de ne pas mériter la faveur du prince, tout ce que je puis dire, c'est que je ne connais qu'un moyen, pour tout autre ou pour moi, de mériter cette faveur : c'est d'avoir constamment travaillé dans la vie publique à faire son devoir envers le roi, père du prince, et envers le pays. Si par de tels efforts pour mériter la confiance du prince, je l'avais cependant perdue, quelque fût le motif d'une chose si pénible pour moi, j'en aurais du regret, sans doute ; mais je le dis hardiment, il me serait impossible d'en avoir du repentir.

A la suite de ce débat, soutenu de part et d'autre avec toutes les ressources du savoir, de l'éloquence et du sarcasme, Pitt fit adopter une résolution portant que la régence serait offerte au prince de Galles, avec les restrictions que le parlement jugerait convenables. Il prévint alors le prince par une lettre respectueuse et ferme ; celui-ci répondit avec hauteur ; mais Pitt, achevant son ouvrage, fit insérer pour conditions, dans le bill de régence, que le régent ne pourrait créer de pairs, qu'il ne pourrait conférer de charges inamovibles

ni de pensions, que la garde de la personne du roi
serait exclusivement commise à la reine, etc.
Telles étaient les conditions prévoyantes par lesquelles, en supposant la longue maladie du roi,
Pitt assurait le maintien de son propre pouvoir. Le
prince, malgré son dépit, plia devant l'habile et
impérieuse volonté du ministre.

Une difficulté restait encore. Comment ce bill,
voté par les deux chambres pour fixer des limites
au pouvoir qui devait suppléer la couronne, rece-
vrait-il la dernière sanction, nécessaire à la loi?
Les savants et les jurisconsultes anglais s'embar-
rassaient dans des subtilités singulières. La question était insoluble. Il aurait fallu un roi pour
compléter l'acte qui fixait les pouvoirs du régent.
Pendant qu'on argumentait sur cette difficulté,
les soins de l'art et une révolution heureuse rendirent au roi d'Angleterre sa complète raison. Pitt,
après avoir abattu ses adversaires à force de talent,
eut la joie d'annoncer aux chambres que le roi
avait recouvré la santé, et qu'il allait reprendre
l'administration de l'empire. C'est à la fin de l'année 1788 que cette grande crise fut ainsi conduite
à terme par le génie et la bonne fortune d'un
homme.

Le rétablissement inespéré de Georges III, sa
présence au parlement et dans les fêtes publiques
excitèrent le plus vif enthousiasme. La gloire de
Pitt profitait de ces transports de loyauté pour le
souverain, dont il avait défendu les droits en
même temps que ceux du parlement. Il était célé-

bré comme le ministre habile d'un roi chéri, et
comme le défenseur des libertés publiques. Il avait
réussi à faire passer le maintien de son pouvoir,
pour l'affermissement de la constitution même.

Combien un pareil ministre, un homme semblable aurait été nécessaire dans une monarchie
voisine, pour présider à la plus grande mutation
politique des temps modernes! Mais nous demandons l'impossible; c'est à l'école de la liberté que
se forment des hommes qui peuvent ainsi la con-
duire et la dominer. La France, du milieu de
l'inertie et des intrigues, compagnes du pouvoir
absolu, pouvait-elle produire un homme ainsi fait
pour la liberté et le commandement tout ensemble?
Il n'y avait pas de Pitt en France.

A peine j'aborderai ce grand sujet aujourd'hui.

Tandis que ce pays, rival de la France, et qui
avait été si cruellement humilié par elle pendant la
guerre d'Amérique, s'affermissait dans sa paix intérieure sous l'ascendant de Pitt, tandis que cette
crise passagère de la maladie du roi et de l'ambition de Fox disparaissait, une agitation bien autrement irrémédiable tourmentait la France. L'ap-
pauvrissement des finances, le poids d'une dette
qui s'accroissait chaque jour, plus que tout cela,
l'impuissance de supporter un ordre social qui
n'était plus en accord avec les lumières et les idées
du temps, mille causes diverses, et la nécessité,
avant toutes les autres causes, précipitaient la
France vers un grand dénoûment. On n'avait pas
vu d'états généraux depuis 1616. Le règne de

Louis XIV avait été une longue suspension des
droits publics de la France; le règne du régent,
une honteuse dégradation de tous les sentiments
d'honneur et de loyauté, qui pouvaient suppléer
aux libertés publiques; le règne de Louis XV,
malgré quelques succès militaires et les talents
de quelques hommes d'état, avait laissé dépérir
et tous les préjugés et toutes les forces réelles de la
vieille monarchie. Depuis la dernière convocation
des états généraux, tout était changé en France;
aucune des croyances du siècle de Louis XIV ne
subsistait plus; toutes ces choses que l'assemblée
constituante a déclarées mortes étaient mortes
avant elle; et ce fut là tout à la fois la merveille et
l'explication de sa puissance. Ainsi, doublement
du tiers, réunion des trois ordres, abolition violente et spontanée des titres de noblesse, des dignités féodales, toutes ces choses qui semblent le
prodige de l'audace, étaient inévitables et faciles.
Les hommes qui furent les acteurs de ce grand
mouvement n'ont pas fait ces choses-là; ils les ont
dites tout haut; elles étaient faites avant eux, dans
la réalité et dans l'opinion. Avant qu'on l'eût écrit,
le *tiers* était devenu la nation.

Cependant il y eut des organes publics, des
hérauts d'armes de cette révolution, des voix pour
proclamer ces idées toutes-puissantes. Dans le
nombre, il est un homme qui d'abord domina
tous les autres par l'audace comme par le génie.
Aujourd'hui, nous le montrerons à peine, assez
seulement pour marquer le contraste de la liberté

fixe et régulière, et de la liberté violente, le contraste d'un état affermi sur des lois, et d'un état
qui cherche les siennes dans une révolution.

Ces doctrines si hardies, ces principes de la
souveraineté populaire, que Pitt invoquait tout
à l'heure à l'appui de son autorité, elles n'étaient
dans les mains de Mirabeau que des leviers pour
mettre sous le seuil de la monarchie, et la faire
sauter tout entière.

Jetez-le dans un état libre et constitué, placez-le
dans le parlement d'Angleterre, sa force démagogique disparaît. Il est le rival de Fox et le successeur
de Pitt. Élevé sous le régime absolu, il en reçut
les souillures. Pitt, passant des études de sa jeunesse au gouvernement, dans sa vie austère et
pure, ne connut guère d'autre passion un peu humaine que l'ambition. Au contraire, la vie de Mirabeau fut longuement traînée dans tous les scan-
dales du désordre, du vice, et, j'ai honte de le
dire, quelquefois de la bassesse. Cet homme puissant, ce génie de la parole, il ressemble au lion de
Milton, dans le premier débrouillement du chaos,
moitié lion, moitié fange, et pouvant à peine se
dégager de la boue qui l'enveloppe, lors même
que déjà il rugit et s'élance. (*Applaudissements.*)

Ses vices sont sur lui comme un poids qui le dé-
prime, et le retient encore quand il se montre
homme de génie. Mémorable exemple! les fautes
de cet homme, cet arriéré de honte qui lui restait, arrête sa gloire, l'empêche d'être grand et
utile comme il l'eût été, le rabaisse à des actions

avilissantes, au moment où il est porté au sommet
de la puissance publique. Vous rappellerai-je sa
vie? dirai-je en même temps que, dans cette vie, il
faut faire la part et du régime au milieu duquel il
fut élevé, et des irritantes tyrannies, des traite-
ments iniques auxquels il fut soumis? Rappellerai-je que, pour des égarements de jeunesse, il est
arbitrairement jeté de prison en prison; que, s'il
est coupable, il n'est pas jugé, mais puni par lettres de cachet; que de ce donjon de Vincennes, qui
devient pour lui l'école du publiciste et de l'orateur, il écrivit en vain des lettres suppliantes à son
père, à ce prétendu ami des hommes, père si dur
et si tyrannique, incapable de comprendre le génie et de plaindre le malheur de ce fils qu'il a fait

Enfin Mirabeau sort du cachot de Vincennes,
quelques années avant l'époque où il devait paraître sur un si grand théâtre. Les interdictions civiles dont il est frappé, la perte de ses biens, cette
espèce de proscription qui l'éloigne du rang où
l'appelait sa naissance, en fait d'abord un écrivain
polémique, autant qu'on pouvait l'être alors. C'est
ainsi qu'il prélude à la tribune par des pamphlets
sur la *caisse d'escompte*, sur l'*agiotage*, sur l'*entreprise
des eaux de Paris*. De là il passe à Berlin avec une
mission équivoque. Il en revient avec un gros livre
compilé à la hâte. Toujours pauvre et dissipateur,
accablé de dettes et de besoins, il va chercher fortune en Angleterre, et ne réussit à rien, qu'à juger admirablement ce pays. On lui reprocha dans
ce voyage des actions honteuses que je ne puis

croire; mais, par les égarements trop réels de sa vie, il est un peu coupable même des calomnies inventées contre sa mémoire.

Cet homme était déplacé dans l'ancien ordre social, tout à la fois par l'injuste oppression qu'il avait subie et par les fautes qui le déshonoraient. Un grand mouvement ébranle la France : la convocation des états généraux a retenti. Mirabeau secoue la fange de sa robe; il court à Marseille, pour devenir tribun, député, puissance. Et là, voyez les dernières apparences de cet ancien ordre social qui allait s'écrouler : peu de mois avant l'époque où tout le système public sera renouvelé par une déclaration de l'assemblée constituante, Mirabeau discute dans l'assemblée de la nation provençale, en faveur des *non possédant-fiefs* contre les *possédant-fiefs*. Vous croiriez la féodalité encore vivante; ce ne sont que des mots. Cependant Mirabeau est désigné par la terreur des nobles qu'il combat. Chassé du sein de cette noblesse qui aurait dû s'armer de lui, il est élu comme représentant du *tiers*. Des choses qui en Angleterre ne sont rien, des acclamations, des triomphes populaires semblent alors un immense scandale, une révolution tout entière. Mirabeau, avec son écriteau : *Mirabeau, marchand de draps*, le comte de Mirabeau devenu marchand de draps, et l'élection publique qui l'envoie comme représentant du tiers, et son arrivée à Versailles, et son entrée dans cette assemblée où quelques murmures semblent le signaler, mais où bientôt il va prendre une place si

grande, tout cela caractérise cette époque de transition violente entre l'ancien ordre et l'ordre nouveau.

Maintenant, comment faire connaître cet
homme? Choisirai-je les discussions de principes?
choisirai-je les accidents d'éloquence? Qu'est-ce
qui le rendit si puissant? Ce n'étaient pas ses
théories; c'était cette parole électrique et violente qui jaillissait de lui comme la foudre.

On était là depuis trois ou quatre jours à discuter, pour savoir quel nom prendrait l'assemblée.
On était là à se débattre entre des titres plus ou
moins systématiques. Mirabeau parle, et tout le
génie du soulèvement populaire anime ses paroles.
Et, dans cette séance mémorable où l'assemblée
devint assemblée nationale en refusant de se retirer, quelle est la voix qui détermina cette résistance soudaine? C'est la voix de l'orateur, c'est
la parole insolente et toute-puissante de Mirabeau :

Les communes de France ont résolu de délibérer : nous avons
entendu les intentions qu'on a suggérées au roi; et vous qui ne
sauriez être son organe auprès de l'assemblée nationale, vous qui
n'avez ici ni place, ni voix, ni droit de parler, allez dire à votre
maître que nous sommes ici par la puissance du peuple, et qu'on
ne nous en arrachera que par la force des baïonnettes. (*Vifs applaudissements.*)

Eh! Messieurs, redirais-je ces paroles si elles
n'étaient pas devenues toutes froides et tout historiques pour nous? Laissez-nous examiner inno-
cemment, et d'une manière instructive pourtant,

ces grands souvenirs de nos annales publiques. Qu'importe maintenant que ces paroles de Mirabeau, si énergiques et si véhémentes, retentissent encore devant vous? M'accusera-t-on de les avoir lues dans l'histoire? croit-on que, lorsque vous voyez aujourd'hui un roi vénéré sur le trône, et des assemblées à la fois fortes et paisibles, il soit dangereux et irritant pour personne de se souvenir de ce turbulent discours qui a commencé l'ère nouvelle de la France! Non, sans doute. C'est ici qu'il faut reconnaître et admirer cette sublime alchimie de la Providence, qui tire le bien du mal, qui des passions les plus violentes, et des fureurs démocratiques, fait sortir plus tard le repos, mais la liberté des empires. (*Applaudissements.*)

CINQUANTE-TROISIÈME LEÇON.

Considérations sur le caractère général de l'assemblée constituante. — Faux point de vue des contemporains; grandeur réelle de l'assemblée. — Mélange d'abstractions et d'activité toute-puissante. — Différence de cette assemblée et du parlement britannique de 1640 et de 1688. — Prédominance de Mirabeau, et pourquoi ? — Trait distinctif de sa politique. — Principaux débats auxquels il prend part. — Victoires de son éloquence. — Tâche impossible qu'il entreprend ; sa mort. — Dernières réflexions.

MESSIEURS,

J'éprouve aujourd'hui un embarras véritable, que votre bienveillance ne me rend pas habituel. Je redoute le sujet où je me suis engagé, à la fin de la dernière séance, et qu'il me faut rapidement traverser. Je regrette ces orateurs anglais; il y avait là moins de responsabilité, une tâche moins difficile. Mais évoquer du milieu de notre propre histoire des souvenirs si grands, si mêlés, si terribles, qui sont encore pour les esprits un sujet de controverse et d'animosité! On hésite à cette pensée. Même, en ne cherchant qu'une étude historique dans ce qui a si puissamment agité les âmes, on craint que les passions ne soient pas encore assez éteintes, que les cendres ne soient pas encore assez froides. Une sorte d'électricité se con-

serve dans ces paroles qui ont fait lever la France,
il y a quarante années, et qui ont commencé la
plus grande des révolutions sociales. Faut-il cependant fuir devant ces souvenirs? Peut-on aujour-
d'hui, par le silence, comme on le pouvait, il y a
quinze ans, par le despotisme et par la gloire, faire
oublier cette mémorable assemblée, d'où sont nées
les libertés, les agitations et les prodigieuses conquêtes de la France, quoique cette assemblée eût
déclaré, dans une de ses premières séances, que la
nation française renonçait, par principe d'humanité, à toute espèce de conquêtes?

Et cette éloquence dont nous suivons l'histoire,
cette parole moderne dont nous cherchons le caractère, où pouvons-nous la reconnaître plus vivante et plus active que dans un homme de cette
assemblée? Jamais cette force de la pensée, mani-
festée par le langage et agissant sur des hommes
pleins de passions et d'espérance, jamais cette dictature du génie n'a été plus visible, plus prompte,
plus impérieuse, que dans ces premiers temps des
troubles civils de la France. Oh! que le parlement
d'Angleterre, avec ses précédents et sa jurisprudence de liberté, oh! que le parlement de 1640,
avec ses longues phrases puritaines et son ver-
biage théologique, du milieu duquel s'élança
Cromwell tout armé, oh! que ces souvenirs, si
terribles cependant, sont inférieurs à la puissance
morale que développe la France agitée par cette
réforme sociale, qu'elle se flatte de rendre universelle et d'appliquer au monde entier! Dans l'am-

bition presque folle de ces grandes idées, il y avait
cependant quelque chose de puissant et de hardi,
qui en fait un événement sans égal dans l'histoire
moderne.

Historiens du génie français, observateurs de
l'influence des lettres sur les réformes sociales,
nous sommes obligés de nous arrêter dans une
curieuse contemplation devant cette grande époque, et devant les hommes qui lui ont surtout
donné l'empreinte éclatante qu'elle gardera dans
la postérité. Je le sais; cette mémorable assemblée
a commis toutes les fautes de l'inexpérience, et
toutes celles que commande la nécessité. Dans
cette étonnante activité, dans ce travail de destruction et de reconstruction, qui consuma trente
mois, une foule d'erreurs métaphysiques se mêlait à l'énergie de la faction et de la liberté. Jamais tant de contrastes de la rêverie spéculative
et de l'activité turbulente du Forum ne furent ac-
cumulés; et cela même est un des caractères les
plus originaux, les plus ineffaçables de l'époque.
Je le sais bien aussi, dans cette France si ingénieuse, si oisive, si littéraire, après ce long règne
du *bon plaisir,* après ce silence entrecoupé par des
plaisanteries de salon, ces voix fortes qui retentissent tout à coup, ces douze cents hommes réunis
dans une assemblée, ce sénat qui est un Forum,
devaient singulièrement étonner les esprits. Il y
avait sans doute du prestige et du mensonge dans
l'admiration que sentirent les contemporains, à la
vue d'un spectacle si grand, mais surtout si nou-

veau. Ainsi, reproches légitimes que la froide
postérité peut adresser maintenant aux âmes ardentes de ces premiers régénérateurs de la France,
explication de l'enthousiasme exagéré qu'ils in-
spirèrent, puissance incalculable de cette grande
innovation de la parole publique, indépendamment du génie des orateurs; ce sont là, Messieurs,
des choses qu'il faut d'abord séparer du caractère
général de cette assemblée qui, connue sous le
nom d'*états généraux,* s'appela bientôt *assemblée nationale,* puis *assemblée constituante,* et ne sera jamais
oubliée dans l'histoire du monde.

Vous avez vu par ce peu de paroles que j'ai rap-
pelées dans la dernière séance, comme un essai
de la puissance et du génie de Mirabeau, comme
un exorde de sa vie oratoire; vous avez vu, par
ce peu de paroles, si hardies et si dominantes,
presque toute l'histoire de cette assemblée. Elle
s'empara de la tribune, comme par droit de conquête. Il y eut quelque chose de violent, de victorieux dans son avénement; et dès lors le même
caractère devait s'imprimer à tous ses actes.

Toutefois, par la disposition des esprits, par
cette origine littéraire et philosophique que la
réforme sociale avait parmi nous, par l'influence
de ces théories dont Rousseau avait été le tribun
éloquent et rêveur, on vit, au milieu des grands
coups d'état législatifs, au milieu même des désordres, des séditions du dehors, et de tous les accidents d'une vaste et terrible révolution, un caractère d'abstraction et de généralité régner dans les

délibérations de l'assemblée nouvelle. Tous les
problèmes du publiciste se trouvèrent réunis dans
un court intervalle. Ainsi donc, il serait difficile
de choisir un sujet plus vaste de réflexions, d'études historiques, morales, oratoires; il serait difficile de voir jamais l'esprit de l'homme plus actif
et plus novateur, en aussi peu de temps. Dans le
dessein de cette assemblée, qui veut faire un code
social complet et nouveau, il y a quelque chose
que le monde n'avait pas vu, je crois, avant elle.
Que voulait le parlement d'Angleterre en 1640?
que demandait-il dans ses premières doléances? le
retour annuel des assemblées qui avaient été im-
prudemment interrompues, l'abolition de certaines taxes onéreuses et irrégulières, la punition de puissants ministres qui s'étaient rendus
odieux aux communes. Était-ce à de pareilles réformes que se bornait la première espérance des
législateurs de la France? Un intervalle incalculable sépare les deux époques et les deux ambitions.
A une époque plus récente encore, à l'époque où
fut recommencée, sous une autre forme, la révolution d'Angleterre, que voulait cette assemblée
qui, sous le nom de *convention*, accueillit un prince
nouveau? la confirmation de certaines libertés
publiques dès longtemps établies dans le droit
commun de l'Angleterre, une dynastie protestante,
et le pouvoir du parlement. Reportez maintenant
vos yeux sur le travail de l'assemblée constituante; quelle incomparable différence pour l'im-
mensité des résultats!

Ainsi, Messieurs, jamais carrière plus vaste ne
fut ouverte à l'ambition et à l'énergie du talent
oratoire; et c'est pour cela que cette époque, lors
même qu'elle est confusément montrée, parle si
fortement aux âmes. Une puissance extraordinaire
de renouvellement et de création lui fut donnée,
sous la loi inévitable du bouleversement et du
désordre; il y a de quoi admirer et de quoi trembler. Par là cette époque est singulièrement
instructive et dramatique; par là, Messieurs,
l'homme qui fut le plus puissant organe, la voix
vivante de cette époque, me paraît supérieur, non
pas en habileté, en génie, mais en domination sur
l'esprit des hommes, aux orateurs politiques dont
je vous ai parlé jusqu'à présent.

La liaison que je cherche à marquer entre l'Angleterre et la France, cette supériorité, non pas
de sagesse, mais d'éclat, de bruit dans le monde,
que je donne à la France, se justifierait par toutes
les parties du parallèle; mais en même temps vous
verriez combien il était nécessaire et naturel de
vous montrer le génie politique anglais, avant de
suivre la France dans cette grande crise de son
renouvellement.

Une des supériorités secondaires, une des supériorités d'étude qui appartenaient à Mirabeau,
c'était la profonde connaissance, la vive intelligence de la constitution anglaise, de ses ressorts
publics et de ses ressorts cachés; c'était le sentiment de la vie politique et parlementaire. Cependant, sa première pensée fut-elle de rapprocher

les constitutions des deux pays? A la vue de ce
grand royaume, la France, que Louis XIV avait
élevé si haut, sur de fragiles appuis, et que
Louis XV avait laissé tomber de ses mains éner-
vées, conçut-il le projet de le relever, en lui donnant des bases semblables à celles du gouvernement
britannique? On peut le croire; mais Mirabeau ne
l'avoua pas. Sa vie tout entière lui imposa le rôle
de grand et redoutable factieux. C'est à ce prix
qu'il avait besoin de fonder son pouvoir, et de
prendre de vive force une popularité qui luttât
pour lui contre la perte de l'estime publique. Lorsqu'il entre à l'assemblée constituante, il est forcé
d'agiter cette assemblée, avant de prétendre à la
gouverner, d'y porter tout l'entraînement des passions démocratiques, avant de pouvoir la soumettre à ses pensées.

Sa vie politique se partage donc en deux grandes
entreprises, peut-être inconciliables : la puissance
tribunitienne exercée dans toute sa violence, l'emploi de la parole comme d'une arme destructive;
puis un grand effort pour régler, pour dompter
cette effervescence populaire qui s'était emportée
à sa voix. Mais pourquoi fallait-il que dans cette
dernière tâche, qu'aurait si fort ennoblie la conviction, il entrât de honteux motifs, et que l'on
vît à une violence calculée succéder une modération vénale, lors même qu'elle était sincère?

Cependant, Messieurs, quelle admiration sans
estime, quel étonnement ne doit pas s'attacher à
cet homme, lorsque, après avoir arrêté votre at-

tention sur la grandeur de la mission offerte à l'assemblée constituante, vous considérez de quels éléments était formée cette assemblée! Que d'hommes remarquables par les lumières, le talent, la générosité des sentiments étaient réunis de toutes les parties du royaume? Un écrivain anglais a dit du parlement de 1640 : « Aucune époque n'a produit de plus grands hommes que ceux qui siégeaient dans cette assemblée; ils avaient les talents et les intentions nécessaires pour rendre la patrie heureuse, si, par un fatal enchaînement de circonstances, l'Angleterre n'eût été mûre pour sa ruine. » Ces paroles s'appliquent bien mieux aux hommes de l'assemblée constituante. Tout ce que l'habitude des travaux de la pensée, le vif sentiment de la civilisation, la science spéculative, peuvent offrir de talents et de lumières étaient là réunis. Des ecclésiastiques savants et éclairés, des magistrats habiles, une foule d'hommes ingénieux, quelques hommes éloquents composaient cette élite de la France.

C'était un homme rare et supérieur, sous quelques rapports, que ce jeune Barnave, dont la vie, le talent, les opinions mêmes, rien ne fut achevé, et qui mourut avant d'être lui-même. C'était un sage politique, digne d'être admiré dans le parlement d'Angleterre, que ce Mounier, si hardi dans les assemblées provinciales du Dauphiné, si modéré dans l'assemblée constituante, et qui montra toujours, au milieu des violences de la tribune et des émeutes populaires, une raison lumineuse et

prévoyante. C'était un homme remarquable par
tout pays libre, qu'Adrien Duport, qui, dans une
époque d'inexpérience et d'essai, répandit tant
d'idées justes et praticables sur le système judiciaire, dans ses rapports avec la liberté civile.

L'abbé Maury, que je n'admire pas, qui, dans
l'éloquence religieuse, manquait de naturel et paraissait avoir plus d'art que de foi; l'abbé Maury,
qui prenait souvent l'emphase pour le talent, était
cependant un homme à qui l'énergie de ses organes, plutôt que de sa pensée, une forte et tenace
mémoire, une immense capacité de travail, l'esprit de tout le monde, pillé par réminiscences et
toujours à ses ordres, donnaient une puissante action de tribune.

Cazalès était, par nature et par instinct, tout ce
que l'abbé Maury voulait devenir à force de travail
et d'étude. Ce jeune officier de cavalerie, publiciste pour avoir lu Montesquieu, se sentit orateur
en présence d'une grande assemblée. Ses discours
ont quelque chose de libre, d'énergique, et toute
la puissance de l'esprit novateur se montre dans
la manière même dont Cazalès défend l'ancien
ordre social.

Parmi les hommes dont la voix se faisait entendre
plus rarement, ou même qui n'approchèrent pas
de l'orageuse tribune, que d'esprits distingués,
que de talents divers qui furent célèbres dans
d'autres époques! Vous avez lu les *Mémoires* de
Ferrières; vous y reconnaissez un esprit ferme et
juste, un homme instruit de toutes les grandes

questions politiques, un homme qui sait l'histoire
et la vie humaine, qui est fidèle à son parti, et qui
le juge. Eh bien, Ferrières ne parla jamais à l'assemblée constituante. Un homme célèbre de nos
jours, qui, dans sa verte vieillesse, conserve toute
la puissance de la dialectique et de l'éloquence,
M. de Montlosier y prit rarement la parole. Ses
discours, il est vrai, furent éclatants et mémorables. On n'aurait pas dû oublier qu'il fit entendre
alors la plus éloquente apologie de la religion et
de ses ministres. Lorsque l'on discutait la confiscation des biens du clergé, c'est lui qui s'écriait
avec tant d'énergie :

Vous voulez les chasser de leurs palais ; eh bien, ils se réfugieront
dans la cabane du pauvre, qu'ils ont souvent nourri et consolé.
Vous voulez leur arracher leurs croix d'or ; eh bien, ils prendront
une croix de bois, et c'est une croix de bois qui a sauvé le monde.

Voilà, Messieurs, les mouvements d'éloquence
et d'imagination qui, dans cette assemblée, échap-
paient à des hommes que l'ambition de la tribune
tentait rarement, et dont la voix ne s'élevait que
par intervalle. Quelle devait être la vivacité de
génie, la puissance oratoire de l'homme qui était
éminent parmi des hommes si distingués, et dominait une telle élite de talents divers!

Nous ne nous arrêterons à aucun détail littéraire pour analyser le génie de Mirabeau ; nous
chercherons à expliquer son influence par le rapport intime de sa parole avec la nouveauté et la
violence des situations où il se trouvait ; ce sera

pour nous une rhétorique expérimentale, toute en
faits et en actions.

Un des premiers caractères de Mirabeau, c'était
la force lumineuse et pratique de son esprit. Beaucoup d'illusions généreuses et de théories dominaient dans l'assemblée. Tous ces hommes que la
lecture de Rousseau et des autres écrivains philosophes passionnait pour la liberté, n'avaient pas
cependant la science de la liberté; car dans nos
états modernes, la liberté est une science encore
plus qu'une passion. Ils ressemblaient un peu à cet
écrivain brillant et ingénieux dont je vous ai parlé
l'année dernière, à ce Filangieri qui, au milieu de
la cour de Naples, rêvait des utopies et des plans
de constitution plus libres que la constitution
anglaise.

Au contraire, l'esprit de Mirabeau était tout
politique, et cette forme violente, cette vivacité
tribunitienne dont il couvre ses pensées, n'est
qu'un emprunt qu'il fait à l'esprit de son temps,
ou une satisfaction qu'il lui donne. Mais, chose
remarquable, ce qui est chez lui artificiel, con-
venu, est cependant plein de vigueur, d'originalité, de vérité. Malgré la sagesse intime et cachée
de ses projets, ce qu'il jette à son auditoire, cette
véhémence de langage, ces déclamations populaires, tout cela est aussi animé, aussi contagieux,
aussi puissant que si l'âme de l'orateur eût été
bouleversée dans ses derniers replis et agitée de
toutes les passions d'un vrai tribun emporté par
ses paroles.

Voilà le premier trait caractéristique de cet
homme; toutes les puissances et tous les effets de
la parole passionnée lui arrivent à la fois. Ironie
mordante, amère, mépris superbe qu'il jette du
haut de son éloquence sur tous ceux qui le contre-
disent, impunité naturelle, incontestée à tout ce
qu'il ose faire et dire : voilà ses priviléges.

Maintenant, Messieurs, étudions-le dans quelques-unes des situations de ce siècle de deux ans,
où tant de choses furent faites en France.

J'ai dit que deux grands rôles partagent cette
courte carrière. Ne croyez pas cependant que ces
deux rôles n'appartiennent pas nécessairement et
naturellement au même homme : la sagesse de Mirabeau, la justesse naturelle de son esprit paraissent même dans ses premières fougues de tribune,
par lesquelles il s'empare des passions démocratiques, en adoptant leur langage; et de même, dans
les derniers temps de sa vie politique, dans son
retour intéressé à une modération qu'il préférait,
il garde encore ce ton hautain et cette éloquence
éclatante qui domine le bruit populaire.

Lorsque Mirabeau n'était encore que tribun, le
sage Mounier, croyant pouvoir entraver la puissante action de l'assemblée nationale par des formes, avait soutenu qu'il était illégal de demander
le renvoi des ministres; que l'accusation était ouverte contre eux; mais qu'aucune autre demande,
aucune influence réelle ou présumée sur la volonté souveraine ne pouvait sortir de l'assemblée

populaire. Entendons Mirabeau réfuter cette doctrine :

Eh ! comment nous refuseriez-vous ce simple droit de déclaration, vous qui nous accordez celui de les accuser, de les poursuivre,
et de créer le tribunal qui devra punir ces artisans d'iniquité dont,
par une contradiction palpable, vous nous proposez de contempler
les œuvres dans un respectueux silence ? Ne voyez-vous donc pas
combien je fais aux gouvernants un meilleur sort que vous, combien je suis plus modéré ? Vous n'admettez aucun intervalle entre
un morne silence et une dénonciation sanguinaire. Se taire ou punir, obéir ou frapper, voilà votre système. Et moi j'avertis avant
de dénoncer, je récuse avant de flétrir, j'offre une retraite à l'in-
considération ou à l'incapacité avant de les traiter de crimes. Qui
de nous a plus de mesure et d'équité ?

Mais voyez la Grande-Bretagne : que d'agitation populaire n'y
occasionne pas ce droit que vous réclamez ! C'est lui qui a perdu
l'Angleterre.... L'Angleterre est perdue ! Ah ! grand Dieu ! quelle
sinistre nouvelle ! Eh ! par quelle latitude s'est-elle donc perdue ?
ou quel tremblement de terre, quelle convulsion de la nature a
englouti cette île fameuse, cet inépuisable foyer de si grands exemples, cette terre classique des amis de la liberté ?... Mais vous me
rassurez.... L'Angleterre fleurit encore pour l'éternelle instruction
du monde ; l'Angleterre répare, dans un glorieux silence, les plaies
qu'au milieu d'une fièvre ardente elle s'est faites. L'Angleterre développe tous les germes d'industrie, exploite tous les filons de la
prospérité humaine ; et tout à l'heure encore, elle vient de remplir
une grande lacune de sa constitution avec toute la vigueur de la
plus énergique jeunesse, et l'imposante maturité d'un peuple vieilli
dans les affaires publiques.

Cette vive réponse, Messieurs, remet devant vos
yeux ces débats anglais sur la régence, qui nous
occupaient il y a quelques jours. Vous voyez, par
cet exemple, la prompte communication d'idées
qui existait à cette époque entre la France et l'Angleterre, et surtout entre l'Angleterre et Mirabeau.

Ce caractère d'esprit sérieux, applicable aux
affaires, cet esprit de vrai politique que nous retrouvons au milieu des passions, ou réelles, ou

simulées du tribun, devait rendre insupportables
pour Mirabeau quelques-uns des premiers débats
de l'assemblée constituante.

Son sens supérieur lui montrait que ce n'était
point par une espèce de délibération philosophique qu'il était nécessaire de commencer la régénération d'un grand empire. Il ne prit qu'un intérêt médiocre à cette discussion des droits de
l'homme, dont il était cependant le rapporteur ;
et l'on ne peut remarquer dans ses paroles, à ce
sujet, que sa définition de la tolérance religieuse,
et la force avec laquelle il en établit la justice et la
nécessité. Là, Messieurs, les idées de Mirabeau et
ses expressions se rencontrent assez souvent avec
les idées, les expressions d'un orateur de notre
temps, enlevé trop vite à la tribune. M. de Serres,
dans les débats remarquables que fit naître son
projet de loi en faveur de la liberté de la presse,
montra d'une manière admirable comment l'absolue liberté de la controverse religieuse résulte
du principe de la tolérance. C'est le même ordre
d'idées et, sous quelques rapports, la même vigueur
que dans le discours de Mirabeau. La supériorité
de Mirabeau, c'est d'avoir si nettement posé la li-
mite à une époque où de telles idées étaient nouvelles et vivement contredites. Remarquez d'ailleurs que cette question spéculative l'occupait à
peine quelques moments au milieu de tant d'intrigues et de travaux ; car, une chose qui doit
surtout redoubler la surprise, c'est l'activité prodigieuse de cet homme pendant deux ans : fré-

quents discours à la tribune, longs et laborieux
débats, journaux rédigés par lui-même, correspondance secrète avec le pouvoir, correspondance
double peut-être, présence assidue dans l'assemblée ou dans les clubs populaires, effort perpétuel
de la pensée, de la parole, vie violente, déréglée,
vices mêlés aux travaux.

Il est à remarquer, Messieurs, que le travail de
l'assemblée, se portant presque à la fois sur toutes
les questions spéculatives et toutes les questions
de circonstances, exigeait de l'homme qui voulait
la dominer une activité, une facilité de génie encore plus diverse qu'elle n'était énergique.

Ainsi, tantôt vous voyez Mirabeau, dans le débat sur le *veto*, remonter à toutes les idées fonda-
mentales de la monarchie constitutionnelle, et
sauf quelques expressions violentes qui étaient là
pour être applaudies, développer avec une haute
sagesse, comme l'aurait fait M. Pitt, le principe
nécessaire de la sanction royale; tantôt vous le
voyez, à l'occasion d'un incident public, d'une
émeute populaire, reprendre toute son audace de
tribun et épouvanter de ses paroles la cour qu'il
veut sauver.

Mais je suis impatient de vous le montrer dans
un de ses grands duels oratoires, où l'homme éloquent, animé par un adversaire, paraît de toute
sa hauteur. Choisissons.

On a dit, et j'ai répété que Mirabeau avait de
nombreux coopérateurs de sa gloire; que, dans la
dissipation de sa vie et l'accablement de ses tra-

vaux, souvent il s'aidait ou de l'esprit littéraire de Champfort, ou de la science de M. Dumont, ou de la rhétorique de Cerutti, ou du talent de tout autre. Mais il ne me paraît jamais plus éloquent, plus puissant, que lorsqu'il ne peut avoir de secours, lorsqu'il se défend sur l'heure, lorsque de toutes parts assailli, serré de près, acculé à la tribune, il se retourne et donne un coup de défense à côté de lui.

Qu'une brusque et injurieuse interruption éclate contre l'orateur, qu'une menace forcenée lui soit lancée de loin, ou qu'un adversaire habile le prenne corps à corps, sa parole est irrésistible et d'une effroyable amertume; demandez à l'abbé Maury.

Quelquefois sa parole est si réellement soudaine, qu'elle s'abandonne elle-même avant d'être achevée. S'il aperçoit, pendant qu'il parle encore, un mouvement dans l'assemblée, une résistance trop forte, il se rétracte avec passion, et par une secousse violente donnée à son esprit et à celui des autres, il les domine encore en changeant lui-même d'opinion.

On a dit, il est vrai, que, dans les derniers mois de sa laborieuse carrière, quelquefois à la tribune il éprouvait une sorte de pesanteur et d'embarras, que ses idées arrivaient lentement ou n'arrivaient pas, qu'il chargeait ses phrases de longs adverbes, pour attendre.... (*On rit.*) C'est, je le crois, que cet esprit vigoureux était impuissant à parler sans idées. Il ne voulait pas, il ne pouvait pas avoir cette stérile facilité qui répand des mots plus ou moins

harmonieux, plus ou moins liés, dans l'absence des
sentiments et des pensées. Non, quand son esprit, ou inquiet ou épuisé, ne trouvait pas de quoi
parler, il le montrait ; et puis l'impatience de ce
retard avoué lui rendait bientôt son énergie ; il
compensait le temps qui lui manquait par un effort
plus actif de la pensée ; et après quelques minutes
d'anxiété, d'embarras, il se retrouvait tout entier ;
sa pensée jaillissait rapide comme la colère, sub-
stantielle et serrée comme la méditation : car il
avait médité en un moment, par la vigueur interne
de son esprit. (*Applaudissements.*) Vous avez raison
d'applaudir ; car cela ne se retrouvera plus de longtemps.

Mais j'oublie tant de vives répliques, de sarcas-
mes soudains, de rudes apostrophes ; je cherche
une grande victoire de tribune. Il en est une que
je dois rappeler encore ici, quelque célèbre qu'elle
soit. On y retrouve le caractère comme le génie
de Mirabeau. La commission des finances a fait son
rapport sur le plan proposé par M. Necker ; Mirabeau
a parlé avec force et astuce tout à la fois ; il veut
que le plan de finances soit accepté, mais qu'il soit
accepté à la charge de M. Necker, si l'on peut parler ainsi ; car il a envie d'être ministre, et ministre
des finances ; il espère, et c'est la plus grande audace de sa pensée, soutenir cet édifice à moitié
ébranlé par lui-même et raffermir cette monarchie
en la renouvelant, et surtout en la gouvernant. Il
a donc parlé une première fois, et puis on a re-
parlé, raisonné, débattu, amendé, sous-amendé,

L'heure avance, et l'assemblée, comme l'ont dé-
crite les contemporains, est incertaine, embarras-
sée, harassée. Il prend la parole :

Messieurs, au milieu de tant de débats tumultueux, ne pourrai-je
donc pas ramener à la délibération du jour par un petit nombre de
questions bien simples?

Daignez, Messieurs, daignez me répondre. Le premier ministre
des finances ne vous a-t-il pas offert le tableau le plus effrayant de
notre situation actuelle? ne vous a-t-il pas dit que tout délai aggravait le péril? qu'un jour, une heure, un instant pouvaient le rendre
mortel?

Avons-nous un plan à substituer à celui qu'il nous propose? *Oui,*
a crié quelqu'un dans l'assemblée. Je conjure celui qui répond *oui*
de considérer que son plan n'est pas connu, qu'il faut du temps
pour le développer, l'examiner, le démontrer; que, fût-il immédiatement soumis à notre délibération, son auteur a pu se tromper; que, fût-il exempt de toute erreur, on peut croire qu'il s'est
trompé; que, quand tout le monde a tort, tout le monde a raison;
qu'il se pourrait donc que l'auteur de cet autre projet, même en
ayant raison, eût tort contre tout le monde, puisque, sans l'assentiment de l'opinion publique, le plus grand talent ne saurait triompher des circonstances, etc., etc., etc.

Vous voyez là, Messieurs, cette domination d'un
homme. Mirabeau fait adopter un plan qu'il déclare nécessaire et qu'il blâme. Cette assemblée,
divisée, incertaine, impuissante à délibérer, est
entraînée par les paroles de l'orateur.

Maintenant, c'est dans un combat corps à corps,
c'est aux prises avec un adversaire habile, secondé
de passions puissantes, que je veux vous montrer
Mirabeau.

La question est une de celles qui, sans être in-
certaines pour les publicistes, peuvent être longtemps débattues. Il s'agit du droit de paix et de
guerre, dans une monarchie limitée. Ce droit

appartient-il exclusivement au souverain ? doit-il
être exercé par les assemblées seules ? doit-il être
partagé entre le souverain et les assemblées ?

Le gouvernement anglais, dans la pratique,
résout sans peine cette difficulté. Le vote de
l'impôt transfère réellement aux chambres le
droit de paix et de guerre. Mais l'esprit français,
à cette époque, était trop préoccupé de rigoureuses théories, pour concevoir, pour approuver
ce mode indirect et détourné d'obtenir tous les
résultats de la liberté, sans collision immédiate
entre les pouvoirs. En Angleterre, Fox, ou tout
autre partisan de la réforme politique, n'avait
jamais demandé que le parlement eût seul le droit
de déclarer la guerre. Il savait bien qu'à l'époque
de la guerre d'Amérique, lorsqu'il attaquait avec
tant de force les énormes subsides demandés par
les ministres, si son opinion avait prévalu contre
la dépense, elle aurait réellement prévalu contre
la guerre, et que si, au contraire, une assemblée
servile ou prévenue votait des sommes immenses
pour une guerre désastreuse, elle eût également
voté cette guerre.

Mais, quelle que fût la supériorité pratique de
l'esprit de Mirabeau, il n'aurait pu faire admettre
ces idées simples dans l'assemblée, au milieu du
règne tout-puissant des prétentions populaires.
C'était un grand effort pour l'orateur de conserver
une part d'action au pouvoir exécutif, et de repousser la doctrine qui mettait le droit de guerre
dans les mains de l'assemblée.

Le premier discours de Mirabeau, à ce sujet, ne saurait être rapidement analysé, ni rapporté par fragments; ce discours est méthodique, clair, énergique, plein d'idées justes, et incline visiblement à faire prédominer l'autorité du roi dans la décision de la guerre. Quelques phrases d'une singulière violence, quelques menaces démocratiques sont une espèce de rançon que la popularité de l'orateur payait pour la sagesse de ses vues politiques. On s'étonne que tant de détours et de subterfuges n'enchaînent pas son génie.

Ce discours et le décret proposé par Mirabeau trouvèrent un adversaire redoutable par le talent et plus encore par la popularité. Cette palme démocratique qui faisait la gloire de Mirabeau, et que des bruits obscurs commençaient à lui disputer, elle est brisée sur sa tête par son jeune rival. Mirabeau peut en un moment être précipité de ce trône chancelant de l'opinion publique; il est accusé comme un déserteur de la cause populaire. Il arrive à l'assemblée, et sur son passage des clameurs injurieuses le désignent et le menacent. On crie devant lui : *La grande trahison du comte de Mirabeau.* Il entre dans la salle : l'impression récente et profonde du discours de Barnave, les passions de la foule, et cette irrésistible action d'un préjugé général, tout est contre Mirabeau; disons-le même, quoiqu'il eût raison dans le débat, le sentiment des motifs intéressés auxquels il obéissait autant qu'à la vérité devait, au fond de l'âme, l'embarrasser et l'affaiblir.

Toutefois rien n'est abaissé dans sa contenance, rien n'est affaibli dans son accent. Il est prêt, avec toutes ses forces, à lutter contre un déchaînement populaire, comme il avait lutté contre le pouvoir absolu.

Il prend la parole. Je ne vous rappelle pas auparavant le discours de Barnave; c'est par impartialité; dénué d'une expression vive et durable, le discours de Barnave ne frapperait pas aujourd'hui les esprits; on ne concevrait plus la puissance qu'il recevait et de la voix de l'orateur, et de l'émotion de l'assemblée, et de toute l'ardeur des passions de parti; il paraîtrait seulement froid et méthodique; mais alors il était éloquent. Tenons-le pour tel; admettons, sans le relire, et d'après l'enthousiasme contemporain, que Barnave a vivement plaidé la cause du parti populaire, qu'il a signalé les guerres injustes et malheureuses entreprises par les rois; qu'il a vivement intéressé toutes les passions démocratiques. Rappelez-vous que Mirabeau est obligé de se justifier lui-même, avant de défendre son opinion, qu'il est perdu s'il a tort, perdu s'il a raison contre le préjugé populaire; que, menacé de toutes parts, il n'a pour appui que son talent.

On répand depuis huit jours, dit-il, que la section de l'assemblée nationale qui veut le concours de la volonté royale dans l'exercice du droit de la paix et de la guerre, est parricide de la liberté publique; on répand les bruits de perfidie, de corruption; on invoque les vengeances populaires pour soutenir la tyrannie des opinions. On dirait qu'on ne peut, sans crime, avoir deux avis dans une des questions les plus délicates et les plus difficiles de l'organisation sociale. C'est une étrange manie, c'est un déplorable aveuglement que celui qui anime ainsi les uns contre les autres des hommes qu'un même but, un sentiment indestructible devraient, au milieu des débats les plus acharnés, toujours rapprocher, toujours réunir ; des hommes qui substituent ainsi l'irascibilité de l'amour-propre au culte de la patrie, et se livrent les uns les autres aux préventions populaires.

Et moi aussi, on voulait, il y a peu de jours, me porter en triomphe ; et maintenant on crie dans les rues : *La grande trahison du comte de Mirabeau....* Je n'avais pas besoin de cette grande leçon pour savoir qu'il est peu de distance du Capitole à la roche Tarpéienne ; mais l'homme qui combat pour la raison, pour la patrie, ne se tient pas si aisément pour vaincu. Celui qui a la conscience d'avoir bien mérité de son pays, et surtout de lui être encore utile ; celui que ne rassasie pas une vaine célébrité, et qui dédaigne les succès d'un jour pour la véritable gloire ; celui qui veut dire la vérité, qui veut faire le bien public, indépendamment des mobiles mouvements de l'opinion populaire, cet homme porte avec lui la récompense de ses services, le charme de ses peines et le prix de ses dangers ; il ne doit attendre sa moisson, sa destinée, la seule qui l'intéresse, la destinée de son nom, que du temps, ce juge incorruptible qui fait justice à tous. Que ceux qui prophétisaient depuis huit jours mon opinion sans la connaître, qui calomnient en ce moment mon discours sans l'avoir compris, m'accusent d'encenser des idoles impuissantes au moment où elles sont renversées, ou d'être le vil stipendié des hommes que je n'ai pas cessé de combattre ; qu'ils dénoncent comme un ennemi de la révolution celui qui peut-être n'y a pas été inutile, et qui, cette révolution fût-elle étrangère à sa gloire, pourrait là seulement trouver sa sûreté ; qu'ils livrent aux fureurs du peuple trompé celui qui depuis vingt ans combat toutes les oppressions, qui parlait aux Français de liberté, de constitution, de résistance, lorsque ses calomniateurs suçaient le lait des cours et vivaient de tous les préjugés dominants. Que m'importe ? Ces coups de bas en haut ne m'arrêteront pas dans ma carrière.

Alors, serrant de près son adversaire, opposant à chaque argument subtil une réponse énergique et simple, s'élevant à toutes les vues de la politique, sans paraître abandonner les passions qu'il a besoin de ménager, Mirabeau reprend tous ses avantages,

à force de talent. Avec quelle dextérité il repousse
le principal argument de Barnave !

Pour un homme à qui tant d'applaudissements étaient préparés
au dedans et dehors de cette salle, M. Barnave n'a point du tout
abordé la question. Ce serait un triomphe trop facile maintenant
que de le poursuivre dans les détails, où, s'il a fait voir du talent
de parleur, il n'a jamais montré la moindre connaissance d'un
homme d'état. Il a déclamé contre ces maux que peuvent faire et
qu'ont fait les rois; et il s'est bien gardé de remarquer que, dans
notre constitution, le monarque ne peut plus désormais être despote, ni rien faire arbitrairement; et il s'est bien gardé surtout de
parler des mouvements populaires, quoiqu'il eût donné lui-même
l'exemple de la facilité avec laquelle les amis d'une puissance étrangère pourraient influer sur l'opinion d'une assemblée nationale en
ameutant le peuple autour d'elle, et en procurant, dans les pro-
menades publiques, des battements de mains à leurs agents. Il a
cité Périclès faisant la guerre pour ne pas rendre ses comptes : ne
semblerait-il pas, à l'entendre, que Périclès ait été un roi, ou un
ministre despotique? Périclès était un homme qui, sachant flatter
les passions populaires et se faire applaudir à propos en sortant de
la tribune, par ses largesses ou celles de ses amis, a entraîné à la
guerre du Péloponnèse.... qui? l'assemblée nationale d'Athènes.

A demi vaincu dans cette lutte, obligé de transformer en partie son opinion, Mirabeau triompha
par son éloquence. Suivrai-je le reste de ses combats, au milieu des travaux innombrables de l'assemblée? Mais ce serait retracer, sous une forme
incomplète, l'histoire politique de la France. Tous
ces discours auraient besoin, pour être entièrement compris, d'un récit pour lequel le temps et
le talent nous manquent. Souvent, d'ailleurs, la
parole, cette parole si puissante, n'était alors que
l'instrument forcé, involontaire, des passions publiques qu'elle semblait exciter.

Je n'achève pas, Messieurs; je passe tout de suite
à la fin de ce drame si plein et si court. Épuisé trop

vite, la vie devait manquer à tant d'ardeur et
d'énergie morale, et abandonner cet homme au
milieu de son ambition. Après avoir précipité les
événements de la révolution, il semblait capable
de les suspendre, C'est une illusion, je le crois;
mais cette illusion, si vivement ressentie par les
contemporains, est un tel éloge de son génie,
qu'on ne peut jamais la séparer de son souvenir.

Sans doute, dans cette assemblée, Mirabeau
conserva sa puissance jusqu'à sa mort; sans doute,
dans les premières violences populaires, lorsqu'une voix obscure et criarde (c'était celle de
Robespierre) s'élevait pour réclamer déjà des proscriptions, le tonnerre de la voix de Mirabeau,
partant de la tribune, fit en un moment rentrer
dans le néant ce blasphémateur. Cependant telle
est l'irrésistible action des mouvements populaires,
telle est la fatalité ou plutôt la progression attachée
aux grands changements politiques, que si Mirabeau, surmontant à force d'énergie vitale les travaux excessifs auxquels il se livrait, eût poussé sa
carrière, ce mauvais et obscur déclamateur auquel
il avait imposé silence par quelques paroles de
mépris, se vengeant par l'échafaud, aurait fait un
jour tomber la tête du grand orateur.

Il a échappé à ce danger par une mort prématurée, dans la plénitude de son génie et de sa puissance, et tandis que l'enthousiasme public l'entourait encore des consolations qui peuvent soutenir
l'homme supérieur arraché à sa gloire et à ses
desseins.

CINQUANTE-QUATRIÈME LEÇON.

Modération et affaiblissement de l'assemblée constituante. — Mirabeau
non remplacé. — Caractère de la parole dans les assemblées qui suivirent. — Traits distinctifs de quelques orateurs. — Brièveté de cet
examen. — Considérations nouvelles sur l'Angleterre, par rapport aux
troubles civils de la France. — Situation des partis politiques anglais ;
comment ils furent affectés par la révolution française. — Explication
de la conduite de Pitt. — Germes de division dans le parti whig. —
Burke, Sheridan, Fox. — Premiers signes de dissentiment. — Débat
mémorable ; rupture solennelle entre Fox et Burke. — Conséquences
de cet événement.

MESSIEURS,

Nous traverserons rapidement la France agitée
par une révolution si violente. Comment analyser
les discours de cette tribune entourée de tant de
séditions populaires, et bientôt de tant d'échafauds ?

Ce n'est plus ici l'étude de l'élève des lois et de
l'éloquence ; c'est un sujet réservé pour les plus
graves méditations de l'historien. Quelques tristes
pensées peuvent seulement nous apparaître du milieu de ce chaos, où le son de la parole est interrompu par le retentissement de la hache.

Une première vue nous frappe. Quand Mirabeau
succombe, cette grande assemblée, qu'il avait
animée de ses passions, semble s'affaiblir et tom-

ber avec lui. Cette modération qui, dans Mirabeau, était devenue croyance sincère et calcul
d'intérêt, se communique au plus grand nombre;
et le rôle qu'il avait pris lui-même est aussi tenté
par ceux qui naguère le combattaient; mais la prévoyance et le génie politique manquèrent à cette
modération faible et tardive. Les puissantes idées
dont l'assemblée s'était servie pour tout renverser
autour d'elle, la renversèrent elle-même : elle
tomba devant cette loi gigantesque et insurmontable de la souveraineté populaire qu'elle avait
proclamée. Elle se sentit inquiète, épouvantée du
mandat qu'elle exerçait depuis plus de deux ans.
Cette jalousie démocratique, qui s'attache à tout
et à la popularité même, reprochait aux députés
de l'assemblée constituante un si long pouvoir. Il
fallut le déposer, et même s'interdire le droit de le
recevoir de nouveau.

Au milieu de l'assemblée et du sein d'un groupe
peu nombreux, dont la force devait croître avec
le désordre public, sortaient des cris de haine contre le talent et l'influence de quelques hommes.
C'était une aristocratie qu'il restait à détruire.

Cette grande assemblée, qui avait tout changé
en France, est obligée de finir; et, en abdiquant,
elle prononce contre chacun de ses membres l'incapacité d'être réélu dans l'assemblée nouvelle.
Ainsi, non-seulement par le mouvement nécessaire d'une révolution, la violence allait s'accroître; mais par ce changement systématique de personnes, par cette exclusion de tous ceux qui

avaient déjà paru, enfin, par cet appel de toute
une race *populaire* nouvelle, le progrès naturel
des troubles civils est centuplé en France.

On doit regretter d'autant plus cette imprudente abnégation de soi-même qui saisit l'assemblée constituante, que les principes de la monarchie représentative s'y fortifiaient chaque jour, et
y trouvaient des auxiliaires parmi ceux qui les
avaient autrefois repoussés. Toutes les idées anglaises énoncées d'abord par Mirabeau étaient,
à la fin de l'assemblée, répétées par Cazalès. C'é-
tait au nom de toutes les théories d'un gouvernement libre, et même au nom de la souveraineté
du peuple, que cet orateur, animé, brillant, pré-
cis, défendait la cause du privilége, qui commençait à devenir celle de l'infortune.

Mais cet homme et tous ceux même qui avaient
servi avec le plus d'ardeur la réforme sociale allaient être écartés de l'arène politique et frappés
d'interdiction par l'imprudent décret de l'assemblée constituante. Une autre assemblée succède
avec des ambitions nouvelles, un surcroît d'inexpérience et de violence, plus de passions et moins
de talent. Trop faible contre le flot populaire qui
la pousse et l'écrase, elle fera bientôt place à une
assemblée nouvelle, la dernière et la plus implacable dans cette enchère de la démocratie sur elle-
même.

Mais, sans esquisser ces grands tableaux qu'il
serait si difficile d'achever, rappelons seulement
que le raisonnement et la discussion disparurent

devant la force incalculable de l'anarchie populaire. J'ignore si le tempérament oratoire de ces
hommes de l'antiquité était plus fort que le nôtre;
je suis tenté de le croire, quand, au milieu des
proscriptions de Rome et de ces impitoyables guerres civiles, je vois ces hommes conserver leur éloquence, et dominer au sénat et au Forum peu
d'heures avant de mourir sous le glaive. Mais il ne
semble pas donné aux modernes d'avoir cette même
vigueur de génie, surtout lorsque les événements
leur arrivent, non pas comme les crises naturelles d'une ancienne république, mais comme
une surprise, comme un phénomène de tout l'état
politique instantanément renouvelé. A mesure que
la révolution avance, que les périls et les fureurs
s'accroissent, que les proscriptions, les vengeances, les coups d'état populaires bouleversent la société, les talents, l'éloquence s'effacent. Je ne sais
quel symbole uniforme et violent impose à toutes
les imaginations un langage à peu près semblable.
Une sorte de formule déclamatoire et terrible semble commandée à l'homme supérieur comme à
l'homme médiocre. La force individuelle disparaît au milieu de ce mouvement tumultueux de
tout un peuple en colère.

Plus l'histoire politique de cette époque est extraordinaire et pleine d'un affreux pathétique,
plus l'histoire oratoire, si l'on peut parler ainsi,
devient stérile, monotone, étrangère aux véritables inspirations du génie. Ce n'est pas sans doute
qu'il n'y ait des hommes qui s'élèvent et qui domi-

nent encore; ils sont montés sur des ruines. Leur
grandeur a quelque chose de gigantesque et de hi-
deux. Il en est un qui rappelle les traits de Mirabeau; ce n'est pas dans une salle fermée qu'il doit
parler; il serait à l'étroit; c'est au grand air, c'est
au milieu d'un peuple en émeute. Il est l'orateur
de Paris tumultueux. Cet homme a sa manière d'ê-
tre éloquent; la parole est un instrument de destruction à son usage. Il n'a pas ce langage uniforme, que se renvoie et se communique un parti;
il a son génie à lui. Au milieu des passions les plus
féroces, ce génie est capable d'un mouvement de
pitié. Mais il faudrait retracer de trop sanglants
souvenirs.

Il est un autre homme qui apparaît, au milieu
de cette terrible époque, avec une physionomie
d'orateur. Né sous le ciel du Midi, dans ce pays
des orateurs et des ministres (*On rit*), jeune, ardent, mélancolique, impétueux et insouciant,
inspiré par la tribune, fait pour tout oser à la tribune, doué d'une grande énergie, lorsque la parole est toute sa tâche, et puis s'éteignant, tom-
bant aussitôt qu'il est descendu de la tribune;
grand orateur, et à peine homme dans la conduite
de ce monde et dans la défense de sa propre vie;
admirable pour soulever, pour agiter, pour con-
duire, en apparence, une assemblée, et ne sachant pas se défendre contre un *comité* qui va l'envoyer à la mort. Cet homme, dans un état libre
et régulier, où le talent de la parole, la prompte
vivacité du langage, sont des armes suffisantes, il

se fût placé bien haut, quoiqu'il manquât, je crois,
d'habileté politique.

On pourrait ainsi, Messieurs, parmi tous ces
hommes qui montèrent les degrés sanglants de la
tribune et qui disparurent, on pourrait choisir,
désigner quelques talents, quelques natures faites
pour l'éloquence et le mouvement politique. Mais,
je le répète, ces hommes s'effacent, sont anéantis
dans cet immense nivellement. Ils ne peuvent servir à l'explication historique des événements ; et
l'histoire de l'éloquence ne saurait se placer au
milieu de cette horrible énergie de la vie active,
occupée uniquement à se défendre et à détruire.

Lorsque dans un discours sur le sujet le plus lamentable de nos troubles civils, vous entendez
cet orateur qui retrace les périls de la France et
les convulsions de sa grandeur, attaquée de toutes
parts, et se dévorant elle-même par l'anarchie,
lorsque vous l'entendrez s'écrier, avec une éloquente tristesse :

Prenez garde que la France, au milieu de ses victoires, ne ressemble à ces monuments fameux qui, dans l'Égypte, ont vaincu
le temps. Le voyageur qui passe s'étonne de leur grandeur; mais
s'il y pénètre, que trouve-t-il ? de froides cendres et le silence des
tombeaux.

Que faisaient tous ces grands mouvements d'é-
loquence? La fureur d'un libelliste obscur, la
haine féroce d'un mauvais déclamateur, l'infer-
nal, le pitoyable génie tout à la fois d'un homme
qui enivrait de ses poisons la plus vile populace,
suffisaient pour abattre la tête de cet éloquent

orateur. Les armes étaient trop inégales ; sa supériorité même faisait de lui, au milieu de ce chaos,
quelque chose d'étranger, de disparate, dont il
fallait se délivrer par l'échafaud.

Nous n'irons pas plus loin dans ces souvenirs.
Il faut porter ailleurs nos regards et nous distraire
de ce terrible spectacle, sans perdre ce qu'il offrait de grand et d'instructif.

Un pays qui avait communiqué à la France
presque toutes les idées dont elle était passionnée, un pays qui avait éprouvé, avec moins de
puissance et de fureur, les mêmes agitations civiles, regardait d'un œil attentif, et quelquefois
avec une satisfaction intéressée, ces tourmentes
terribles qui agitaient la France. L'écho de l'assemblée nationale était dans le parlement d'Angleterre. On ne prévoyait pas encore quelle serait
la portée de ces coups puissants qui ébranlaient
le trône de France et renouvelaient la vieille société ; mais tous les esprits, en Angleterre, étaient
saisis d'une indicible curiosité, et considéraient
avec une ardeur sans égale ce qui se passait en
France. Mille passions particulières du pays se
liaient à cet exemple si voisin et qui pouvait être
si contagieux.

Pitt avait presque vieilli dans le ministère ; il
touchait à sa trentième année ; il était dans la vigueur de son génie, plein d'audace et d'expérience, et habitué à tout faire pour l'intérêt de
l'Angleterre. Assuré de la paix des trois royaumes,
il ne redoutait pas d'abord le voisinage de ce vol-

can qui s'allumait en France ; et, avec un sentiment de joie nationale et inique, il regardait paisiblement s'agiter ce grand peuple, croyant qu'il
allait se consumer.

Cependant les partis réguliers, officiels, qui di-
visent l'Angleterre, retrouvaient, à la vue de ce violent mouvement, si près d'eux, une ardeur qu'ils
avaient perdue depuis un demi-siècle. Les whigs,
plus d'une fois corrompus par le pouvoir, ou
même amollis par l'habitude d'une paisible opposition, s'animaient à l'exemple de ces théories si
audacieuses et si hautaines qui renouvelaient la
France.

Mais, du milieu des whigs, tout un parti, zélé
pour les *précédents* de cette jurisprudence de liberté qui fait la loi de l'Angleterre, s'alarmait et
s'indignait des innovations de la France. C'étaient
les whigs aristocrates, qui ne concevaient la liberté qu'avec ces hautes prérogatives de la noblesse maintenues en Angleterre, cette chambre
des pairs si forte, et qui, par son influence, nomme
un si grand nombre de députés des communes,
cette autorité presque seigneuriale des *justices* de
paix, ce monopole territorial des anciennes familles, ce droit d'aînesse, gardien permanent de l'iné-
galité, cette puissante Église, dotée de tant de richesses et de tant de priviléges, ces dîmes enfin,
et cette proscription légale des *dissidents* religieux.

Aux yeux de ces hommes, qui étaient des whigs
cependant, qui se montraient passionnément attachés aux libertés politiques de l'Angleterre, il y

avait quelque chose de scandaleux et de funeste
dans la réforme bien autrement profonde et violente de cette nation qui, pour début de sa liberté,
faisait disparaître les restes d'usages féodaux, les
coutumes, les formes, les lois civiles, que l'Angleterre croyait essentielles à l'existence, non-seulement de ses pouvoirs, mais de sa liberté même.

Veuillez, Messieurs, ne pas considérer ici le
point de vue exclusivement présenté par quelques
ouvrages, cette idée d'une conspiration du ministère anglais contre l'ordre public en France. Non!
des intérêts plus vrais, plus naturels, étaient en
question. C'était une crainte exagérée peut-être,
mais sincère et nationale, que la France, dans ses
convulsions, inspirait à l'Angleterre. Cette crainte
divisa l'*opposition* anglaise; elle amena cette guerre
terrible que Pitt, après s'être tenu longtemps à
l'écart, ameuta, souleva de tous les coins de l'Europe, et poussait incessamment contre la France.

Arrêtons-nous un moment, pour reconnaître
les principaux personnages qui doivent figurer
dans ces premiers débats de l'Angleterre sur la
France.

Nous avons déjà nommé, nous avons montré
plus d'une fois Burke avec son caractère austère,
élevé, son imagination enthousiaste, le mouvement naturel de son esprit vers toutes les pensées
graves et religieuses, et ces principes de monarchie féodale, qu'il conservait au milieu du zèle le
plus ardent pour les anciennes libertés, défendues
par les whigs.

Un autre personnage se produisait sur le même théâtre avec moins de noblesse et de dignité. C'était Sheridan, arrivé d'Irlande avec une grande ardeur de se signaler, un prodigieux besoin d'argent, une singulière facilité à le dépenser, toutes les passions frivoles de la jeunesse.

Le début de sa vie fut un duel, un enlèvement et un mariage avec une cantatrice. La seconde passion de sa vie fut un amour effréné pour le jeu. Et la dernière, j'ai honte de le dire, un amour effréné pour le vin.

Époux de cette jeune et brillante cantatrice, que, par un sentiment d'orgueil bien placé, il voulut éloigner du théâtre, Sheridan donna d'abord des soirées musicales; puis il composa pour vivre, et se fit auteur dramatique. Bien plus, il met en comédie la romanesque histoire de son mariage, et, pillant une autre pièce de théâtre qu'un poëte du temps avait composée sur le même sujet, il se fait à la fois le plagiaire de sa propre aventure et des plaisanteries publiées contre lui-même. Il y avait peu de dignité dans cette manière de tirer parti de tout et de prendre ses sujets si près de soi. (*On rit.*)

Mais la pièce étincelait d'esprit et de gaîté; la réputation de Sheridan s'accrut promptement; et, bientôt après, la charmante comédie de *l'École de la Médisance* attira la foule au théâtre de Drury-Lane, dont il devint directeur.

C'est au milieu de cette carrière théâtrale, que Sheridan connut l'illustre Fox, qui gouvernait l'opposition. La naissance de Fox, les habitudes d'une grande fortune perdue, ses affiliations aristocratiques, au milieu de la démocratie de ses doctrines, en faisaient une espèce de grand seigneur pour Sheridan : malheureusement Fox lui donnait l'exemple de la passion du jeu et des plaisirs.

Les deux amis (car ils furent amis du moment qu'ils se virent, leurs esprits s'entendirent d'abord ; tous deux avaient une franchise affectueuse et vive, je ne sais quoi de brillant, de facile, d'abandonné, qui n'excluait pas la vivacité du sarcasme, mais la rendait aimable), les deux amis jugèrent, au premier entretien, que la carrière naturelle de Sheridan était le parlement. Sheridan se sentait inspiré par le génie de Fox; et Fox voyait dans la verve spirituelle de Sheridan un secours puissant pour l'opposition. Sheridan n'était pas propriétaire. Il possédait une action sur le théâtre de Drury-Lane; ce n'était pas une base électorale admise par les lois. Je ne sais quel arrangement il fit; il engagea son action pour une autre propriété, et enfin il se fit éligible, et fut nommé.

Mais le grave aspect de la chambre des communes, tant de noms illustres, l'autorité de tant d'hommes vieillis dans les affaires, le langage même des discussions imposèrent d'abord à Sheridan, qui n'avait d'autre titre que l'amitié de Fox et sa comédie. Il passa deux ans sur les bancs de l'opposition, ne parlant pas, mais votant avec une ardeur extrême (*On rit*); au dehors de la chambre, il se

dédommageait ou se vengeait de son silence par
des pamphlets pleins d'amertume, et, dans la vivacité piquante de ses écrits, on pouvait apercevoir
que si jamais la facilité ou l'audace de parler lui
venait, nul orateur ne pourrait rivaliser avec ce
mordant et spirituel adversaire.

Enfin, le principal soutien de l'opposition était
ce Fox, que je n'ai plus besoin de vous faire connaître.

La révolution française, les premières théories,
les premiers actes qui la signalent, le renouvellement de tout l'ordre extérieur et politique d'un
grand pays, les violences, les attentats qui bientôt
s'y mêlent, tombaient au milieu de l'opposition
anglaise, comme une pierre de scandale, comme
un immense sujet de blâme et d'enthousiasme.

Pitt demeurait immobile. N'avait-il pas dès lors
l'ambition de se faire le chef et le défenseur des
rois de l'Europe, et, à leur tête, d'entreprendre
une lutte aussi longue que sa vie, contre ce grand
peuple qui allait déborder sur l'Europe? Mais, dans
la prévoyance de cette terrible épreuve, n'est-il
pas à croire qu'il songeait que la liberté du gouvernement britannique peut quelquefois affaiblir
son action, et qu'une guerre, pour être puissamment soutenue par l'Angleterre, a besoin d'être
nationale, voulue par l'Angleterre? Les traditions
de son illustre père étaient devant ses yeux, pour
lui dire que les efforts contre l'Amérique avaient
été anéantis par la puissance d'une opposition qui
sans cesse invoquait tous les sentiments généreux

au profit des *insurgés*, et qui, refroidissant le zèle
public pour une cause injuste, rendait la victoire
des soldats anglais impopulaire et aggravait la
honte de leurs défaites.

C'est par là, bien plus que par d'autres motifs,
qu'il faut expliquer la circonspection et la lenteur
de Pitt. Pour entreprendre ce qu'il voulait, il attendait qu'il y eût peu de monde prêt à le blâmer.
Il sentait que dans une lutte si terrible à soutenir
au dehors, l'opposition intérieure, si elle était trop
nombreuse, trop puissante, si elle conservait tous
ses chefs, serait mortelle au courage, à l'énergie
de l'Angleterre : et il ne voulait pas attaquer un
peuple en révolution, avec la moitié seulement des
forces d'un peuple libre.

Ainsi, la première pensée de ce grand homme
d'état fut de préparer et d'attendre la division du
parti whig, de faire que les contradicteurs de sa
politique fussent moins nombreux, et qu'une partie de ses adversaires venant à lui et l'invoquant
contre la révolution française, lui dît : « Prenez les
armes pour défendre notre opinion et la vôtre ; car
nous pensons comme vous sur ce grand débat. »

Ainsi, ce ne seront pas des épisodes oratoires,
que les scènes parlementaires dont je vais tout à
l'heure vous entretenir ; ce sont des faits historiques, curieux, nécessaires pour l'intelligence des
événements généraux de l'Europe.

En même temps, nous y verrons en présence ces
hommes célèbres, dont le génie s'est trop peu conservé dans les extraits de leurs discours. Nous tâ-

cherons de suppléer à ces inexactitudes, en nous
pénétrant au moins de la situation qui inspirait
leurs paroles, et en devinant par cette situation
quelle devait être l'énergie et la puissance de ces
paroles.

Dès l'année 1790, l'imagination de Burke et son
âme généreuse avaient été singulièrement émues
des violences, des iniquités qui s'étaient mêlées à
la régénération de la France. Quoiqu'il n'eût pas
été fort zélé pour l'abolition des lois répressives
rendues contre les catholiques en Irlande, cependant il avait éprouvé un vif sentiment d'indignation en voyant les rigueurs exercées contre l'Église
de France. Et puis, nous l'avons dit, ce whig inaccessible à toute séduction du pouvoir avait cependant, par le mouvement naturel de son imagination, une sorte d'attrait pour la grandeur, l'éclat
du rang, la majesté des souvenirs; il avait une
sorte de chevalerie dans la pensée : et les violences
démocratiques qui menaçaient une femme et une
reine blessèrent vivement son âme généreuse.
L'ouvrage qu'il publia à la fin de 1790 semblait
le premier manifeste des rois, dans le silence de
leurs armes encore immobiles. Cet ouvrage commença d'exciter en Angleterre la sympathie pour
de grandes infortunes. En même temps, toute cette
société aristocratique, puissante au nom de la liberté, se sentait inquiète pour ses pouvoirs, ses
priviléges, ses bourgs pourris, sa domination dans
le parlement. Tous ces intérêts se serrèrent l'un
contre l'autre à la voix de Burke.

D'une autre part, cet esprit de prosélytisme ardent qui caractérisa les troubles civils de France se manifestait en Angleterre avec une singulière et menaçante activité. Ce droit habituel de rassemblement, de discussion, qui s'exerçait en paix depuis cent années, prenait, sous l'inspiration de l'esprit français et des ardentes théories de la révolution, une énergie nouvelle. Ce n'étaient plus ces longues et lentes discussions des vieux *clubs* anglais; c'était quelque chose qui semblait emprunté à la flamme nouvelle de la France.

Pitt se taisait encore : ses expressions graves et discrètes marquaient à peine un dissentiment public. Le parlement s'était encore peu occupé de cette question; nulle idée de guerre contre la France ne semblait probable ni prochaine. Au contraire, la tradition politique tournait les idées anglaises vers un autre but. L'impératrice de Russie, ce colosse femelle que Sheridan, avec sa moqueuse et bouffonne éloquence, représentait un pied posé sur le rivage de la Baltique, et l'autre sur le rivage de la mer Noire, voulait étendre son bras jusqu'à Constantinople. Elle avait hâte de justifier l'inscription de Potemkin : *C'est ici le chemin de Byzance.* Elle ne songeait pas qu'à l'autre bout de l'Europe, il se faisait un mouvement qui dérangerait sa conquête. L'Angleterre était exclusivement préoccupée du soin d'arrêter les agrandissements de la Russie vers l'Orient, et regardait cette puissance comme seule menaçante pour la

liberté de l'Europe, sans croire encore qu'un autre
péril s'élevait du côté de la France.

En 1791, après la prise d'Ocksakow, Pitt proposa donc à la chambre un projet d'armement maritime pour faire respecter la neutralité de l'Angleterre entre la Russie et la Porte, ou plutôt pour
arrêter la Russie, en lui montrant la guerre prête
à protéger la Turquie. Dans les débats mémorables
qui suivirent le message royal, Fox fit éclater tout
son enthousiasme en faveur de la révolution et des
réformes politiques de la France. Il vanta le bonheur de la France et la sécurité qu'elle donnait
aux autres peuples par la sagesse de ses lois :

> J'admire, dit-il, la constitution nouvelle de la France, comme le
> plus glorieux monument de liberté que la raison humaine ait élevé
> dans aucun temps et dans aucun pays.

Burke ne contredit pas immédiatement ce magnifique éloge d'une révolution qu'il détestait. Il
semble que les deux anciens amis avaient longtemps évité de se rencontrer, ou plutôt de se heurter sur ce sujet nouveau qui préoccupait toutes
leurs pensées et divisait leur politique si longtemps
unanime et solidaire. Ils craignaient, on le sent,
de rompre publiquement cette longue et intime
alliance glorieuse à tous deux. Une fois Burke
s'était levé pour répondre à son ami; mais le cri
ministériel *aux voix,* poussé par habitude, l'avait
maladroitement empêché de parler.

Dans une autre occasion, dans le débat sur le
budget de l'armée, le dissentiment des deux amis
s'était manifesté, mais avec de grands égards et

une réserve mutuelle. Après avoir attaqué la nouvelle institution des gardes nationales de France,
et signalé le danger de cette puissance et de cet
exemple pour l'Angleterre, Burke avait dit :

Je regrette que mon honorable ami ait laissé échapper une expression de joie à ce sujet; j'attribue cette opinion de sa part à son zèle
reconnu pour la plus noble des causes, la liberté. C'est avec une
peine inexprimable que je suis séparé par la plus légère dissidence
de mon ami, de celui dont l'autorité devrait être toujours si grande
sur moi et sur tous les hommes éclairés :

> . . . . . quæ maxima semper
> Censetur nobis, et erit quæ maxima semper.

Ma confiance dans mon ami était si grande qu'elle était absolue. Je
ne rougis pas d'avouer une telle docilité; quand on a bien choisi
son guide, elle soutient au lieu d'affaiblir. Celui qui appelle à son
aide une intelligence égale à la sienne double sa force. Celui qui
trouve l'appui d'une intelligence supérieure s'élève en s'unissant à
elle; j'ai obtenu le bienfait d'une telle alliance, et je ne voudrais
pas m'en départir légèrement. Presque en toute occasion je serais
heureux que l'on reconnût mes propres sentiments dans les paroles
de M. Fox; je souhaiterais, comme un des plus grands biens pour
mon pays, que ce très-honorable gentilhomme y fût appelé au pouvoir, parce que je sais qu'il joint à son grand et mâle génie le plus
haut degré de cette modération qui est le meilleur contre-poids de
la puissance, et qu'il est un des hommes les plus sincères, les plus
dénués d'artifices, les plus bienveillants, désintéressé à l'excès,
d'une nature douce et indulgente, même pour les fautes, sans une
goutte de fiel dans toute sa personne. La chambre doit voir dans
mon empressement à remarquer une expression ou deux de mon
meilleur ami, avec quelle sollicitude je voudrais empêcher que les
troubles de France ne trouvassent quelque appui en Angleterre, où
des personnes malintentionnées recommandent, comme un modèle,
l'esprit violemment démocratique de la réforme française.

Après cette affectueuse précaution, il avait,
sans aucun ménagement, censuré les actes et l'esprit général de la révolution :

Je m'étonne, avait-il dit, que cette chose étrange, qu'on appelle

révolution en France, puisse être comparée aux glorieux événements de la révolution anglaise, et que la conduite de nos soldats
en cette occasion soit assimilée à la mutinerie de quelques-uns des
régiments français. Alors le prince d'Orange, prince du sang royal
d'Angleterre, était appelé par l'élite de l'aristocratie anglaise pour
défendre son ancienne constitution, et non pour niveler tous les
rangs. Vers ce prince ainsi appelé, les chefs de l'aristocratie qui
commandaient les troupes allèrent avec leurs soldats, comme vers
le libérateur du pays; l'obéissance militaire changea d'objet; mais
la discipline militaire ne fut pas un moment interrompue; cette
différence que j'indique dans la conduite de l'armée anglaise, je la
trouve dans toute la nation anglaise à la même époque. En fait, la
révolution anglaise et celle de France sont précisément l'opposé
l'une de l'autre, dans chaque circonstance particulière et dans le
caractère général de l'évènement. Chez nous, c'était une monarchie
légale essayant l'arbitraire; en France, c'était un monarque arbitraire commençant à légaliser son pouvoir : la première devait
trouver résistance; le second faveur et soutien, etc. Nous ne dé-
truisîmes pas la monarchie; peut-être même serait-il facile de
montrer que sa puissance fut augmentée. La nation conserva la
même hiérarchie, les mêmes privilèges, les mêmes franchises, les
mêmes règles de propriété, les mêmes subordinations, le même
système de lois, de revenus, de magistratures, les mêmes lords,
les mêmes communes, les mêmes corporations, les mêmes électeurs. L'Église ne fut pas affaiblie; ses richesses, sa splendeur, ses
rangs demeurèrent dans le même état.

Burke concluait de cette différence, que la
France, avec sa révolution universelle, retombait
dans le chaos de la barbarie, et qu'elle avait fait
une chose sans nom, comme les sorcières de Mac-
beth. Ce grand esprit ne remarquait pas assez la
nécessité de circonstances diverses, et les caractères nécessairement opposés d'une révolution
politique et d'une révolution à la fois politique et
sociale.

Fox, ému de ces violentes invectives contre
des principes qui lui étaient chers, mais plein de
respect pour son ami, répondit avec une grande

modération. Il déclara qu'il n'approuvait aucun
système violent, qu'il était également ennemi de
toutes les formes absolues de gouvernement, monarchie absolue, aristocratie absolue, démocratie
absolue, et qu'il était zélateur invariable d'une
constitution mixte, où les pouvoirs sont balancés ;
puis répondant par des expressions non moins
flatteuses aux éloges que Burke lui avait prodigués,
il ajouta :

Telle est mon admiration pour le jugement de mon très-honorable ami, telle est mon estime de ses principes, ma haute opinion
de ses lumières, tel est à mes yeux le prix inestimable de son amitié, que, si je mettais dans la balance, d'une part, tout ce que j'ai
recueilli de mes lectures politiques et de l'étude, tout ce que l'expérience du monde et des affaires m'a appris, et de l'autre, tout
ce que j'ai tiré des conseils et des entretiens de mon ami, je ne pourrais décider à qui je dois davantage.

Mais Sheridan, avec son amère vivacité, vint
aigrir ce débat paisible et mêlé de tant d'amitié :

Je diffère absolument, dit-il, de mon très-honorable ami sur
chaque mot qu'il a prononcé touchant la révolution française. Je la
trouve semblable à notre révolution, en ce sens, qu'elle a résulté
d'un principe aussi juste et d'une provocation aussi réelle.

J'admire les vues générales et la noble conduite de l'assemblée
nationale. Je ne conçois pas qu'on l'accuse d'avoir renversé les lois,
la justice et la fortune publique du pays. Quelles étaient ces lois ?
les mandats arbitraires du despotisme. Quelle était cette justice ? les
décisions partiales d'une magistrature vénale. Quel était ce revenu
public ? la banqueroute autorisée. L'erreur fondamentale de mon
très-honorable ami, c'est d'accuser l'assemblée nationale d'avoir
créé les maux qui existaient dans toute leur difformité à l'époque
de sa première réunion, etc., etc. Pour de tels maux, à quel remède fallait-il recourir, sinon à une réforme radicale de tout le
corps de la constitution ? Ce changement n'était pas seulement l'objet et le vœu de l'assemblée nationale ; c'était la demande et le cri
de toute la France, unie comme un seul homme et pour un seul
dessein.

Ensuite Sheridan réfuta vivement, et avec une
amère ironie, la comparaison que Burke avait
faite entre la France et l'Angleterre, à l'époque de
leurs révolutions. Burke se montra blessé de cette
réplique, et se plaignit que l'honorable gentilhomme avait cruellement défiguré ses paroles,
et avait tâché de le faire paraître un avocat du
despotisme; il déclara que dès lors l'honorable
gentilhomme et lui étaient séparés dans la politique.

Tel fut le premier signe de ce dissentiment profond qui devait plus tard diviser pour toujours les
deux chefs du parti whig. L'amitié de Sheridan fut
la première sacrifiée par Burke.

Mais il lui en coûtait bien plus de rompre avec
un ami de vingt ans, avec l'homme qu'il admirait
le plus, disait-il. Plusieurs mois se passèrent encore; Burke et Fox continuaient de se voir habi-
tuellement, se communiquaient leurs pensées,
s'éclairaient, se soutenaient l'un l'autre, dans les
objections qu'ils faisaient à Pitt. Ils blâmèrent d'un
commun accord le projet de guerre contre la
Russie; et par des raisons diverses, ils entravèrent
également les desseins réels ou apparents du ministre. Mais sous cette concorde dans l'opposition,
on pouvait apercevoir déjà l'affaiblissement de
l'amitié. Unis encore dans une hostilité commune,
ils ne l'étaient plus dans tous leurs sentiments; la
brèche était faite, et devait bientôt s'élargir.

. Une occasion, qui semblait étrangère à ce débat
de principes, le fit éclater dans toute sa force.

Les Anglais, pour se dédommager de la perte
des États-Unis, avaient eu soin de s'approprier le
Canada ; et, au milieu des loyales inquiétudes de
Pitt, pour la sûreté des trônes de l'Europe, il affermissait habilement la domination anglaise dans
cette nouvelle colonie. Éclairé par les anciennes
fautes de l'Angleterre, dans l'administration des
États-Unis, et par le grand exemple de son père lord
Chatam, il vint proposer au parlement un bill fort
sage, pour régler la situation de la colonie de Quebec. Il la divisait en deux provinces ; il établissait
un sénat et une assemblée populaire, l'*habeas corpus,*
les garanties du jury ; et il consacrait en même
temps le principe si longtemps réclamé par l'Amérique, qu'aucune taxe ne serait imposée sans le
consentement des états de la colonie.

C'est la discussion de ce bill, Messieurs, qui
rompit tout à fait la longue alliance de Fox et de
Burke, et manifesta sans retour leur divorce politique. Tel fut l'événement mémorable qui divisa
l'opinion anglaise, donna dès lors à Pitt l'appui
d'une immense majorité dans le parlement et dans
le pays, et lui permit de former ces grandes entreprises qui ont besoin d'être peu contredites. Je
vais rassembler quelques détails sur cette grande
scène parlementaire. En marquant une époque
historique, elle vous fera bien connaître l'éloquence politique et le caractère des hommes d'état
anglais. Nulle part, le naturel et l'émotion des sentiments privés ne se mêlèrent davantage à la gravité
d'un intérêt public.

Mais permettez-moi, avant de commencer ce
récit, d'emprunter à un écrivain ingénieux, alors
émigré en Angleterre, la vivante peinture qu'il a
faite de l'un des deux orateurs. Elle vous mettra
Burke sous les yeux; et vous concevrez mieux ensuite son éloquence, que je traduirai trop faiblement :

L'orateur que je désirais le plus entendre était le célèbre
M. Burke, auteur du *Traité du sublime,* et souvent sublime lui-même.
Il se leva enfin; mais, en le considérant, je ne pouvais revenir de
ma surprise. J'avais si souvent entendu comparer son éloquence à
celle de Démosthène et de Cicéron, que mon imagination, l'asso-
ciant à ces grands hommes, me le représentait, comme eux, sous
des traits nobles et imposants. Je ne m'attendais pas sans doute à
le voir, dans le parlement d'Angleterre, revêtu de la toge antique;
mais je n'étais nullement préparé à cet habit brun, si serré qu'il
semblait gêner tous ses mouvements, et surtout à cette petite per-
ruque ronde et bouclée qui, malgré tous mes efforts pour trouver
un objet de comparaison plus relevé, lui donnait l'extérieur d'un
bedeau de village. Nous sommes tellement dominés par les idées
accessoires, qu'il se passa quelque temps avant que cette impression
désagréable pût se dissiper.
Cependant Burke s'avança au milieu de la salle, contre l'usage
ordinaire; car on parle debout et découvert, mais sans sortir de sa
place. Pour lui, de l'air le plus simple, je dirai même le plus
humble, les bras croisés sur la poitrine, il commença son discours
d'un ton si bas, qu'à peine pouvais-je l'entendre; mais bientôt,
s'animant par degrés, il peignit la religion attaquée, les liens de la
subordination rompus, la société entière menacée dans ses fonde-
ments; et, pour montrer que l'Angleterre ne devait compter que
sur elle-même, il traça à grands traits le tableau politique de l'Europe; il peignit l'esprit d'ambition et de vertige qui animait la
plupart des gouvernements, l'insouciance coupable des autres, la
faiblesse de tous. Lorsque, dans cette grande revue, il en fut à
l'Espagne, cette monarchie immense, mais qui semblait tombée
en léthargie : « Que peut-on en attendre? s'écria-t-il ; l'Espagne est
une baleine échouée sur le rivage ! » L'assemblée entière était attentive et tous les regards fixés sur lui.

Tel est l'homme qui prend la parole pour dis-

cuter le bill de *Quebec*. Il en contredit quelques
dispositions ; il fait ressortir l'avantage des autres ;
il insiste sur les garanties sages et modérées qui
sont données aux libertés de cette colonie ; puis
en même temps, il pousse un cri de joie, en disant
qu'il n'y voit pas cette désastreuse et coupable déclaration des droits de l'homme qui a mis en feu
la France. Il remercie le ciel d'avoir préservé cette
colonie, en la donnant à l'Angleterre, d'être infectée par les doctrines contagieuses de sa métropole. A cette occasion, il retrace, avec une éloquente colère, les derniers événements de Paris,
et l'espèce de captivité que subissait Louis XVI
au milieu de son peuple. Ses expressions ardentes
et sévères agitent vivement l'assemblée.

M. Fox se lève :

Il semble, dit-il, que c'est un jour privilégié, où chacun peut
se lever et insulter tel gouvernement qu'il lui plaît. Quoique personne n'ait dit un mot sur les troubles de la France, mon honorable
ami vient de prendre la parole et de flétrir de gaîté de cœur ces
mémorables événements. Il aurait pu traiter, ce me semble, le
gouvernement de la Chine, ou celui de la Turquie, ou les lois de
Confucius, précisément de la même manière et avec autant d'opportunité. Chacun aurait aujourd'hui le même droit que mon honorable ami d'insulter les gouvernements de tous les pays anciens ou
modernes.

Burke reprit la parole avec cette promptitude,
cette facilité soudaine qui est la condition de l'é-
loquence politique. Il justifia l'opportunité de ses
reproches, en les aggravant. Il décrivit avec une
vivacité nouvelle l'anarchie qu'il reprochait à la
France, et dont il voulait, disait-il, préserver l'Angleterre. Il se laissa emporter à des expressions

violentes qui excitèrent des murmures et des cris
à l'ordre! sur les bancs des amis de Fox. Dans ce
moment, lord Sheffield se leva pour proposer, avec
une simplicité qui peut paraître un peu malicieuse,
de décider, par une motion d'ordre, que les *dis-*
sertations sur la constitution française et le narré des évé-
nements qui se passaient en France, n'étaient pas selon
l'ordre dans un rapport exact avec les clauses du bill de
Quebec, qui devait être lu une seconde fois, paragraphe par
paragraphe.

Fox appuya la proposition de manière à renouveler le combat, au lieu de le finir :

Je suis, dit-il, sincèrement affligé de sentir que je dois appuyer
une telle proposition : je le suis d'autant plus que mon très-honorable ami l'a rendue nécessaire en introduisant, avec si peu de
régularité, une discussion sans rapport avec le bill de Quebec.
Quant à la révolution française, je diffère entièrement de mon honorable ami. Nos opinions, je n'hésite pas à le dire, sont aussi
distantes que les deux pôles. Mais qu'importe cette différence d'opinions sur un point de spéculation théorique? et qu'a-t-elle à faire
avec la discussion positive qui nous occupe? Sur cette révolution
je tiens à mon sentiment, et je ne rétracte pas une syllabe de ce
que j'ai dit. Je pense que c'est un des événements les plus glorieux
de l'histoire du monde, etc. Si je différais de mon honorable ami
sur quelques points de l'histoire, sur la constitution d'Athènes et
de Rome, faudrait-il nécessairement que notre dissentiment fût
débattu dans cette chambre? Si je louais la conduite du premier
Brutus, si j'appelais l'expulsion des Tarquins un acte généreux et
patriotique, serait-il juste de dire que je médite l'établissement du
consulat dans mon pays? Si je répétais l'éloquent panégyrique de
Cicéron sur le meurtre de César, la conséquence serait-elle que je
suis venu ici, avec un poignard sur moi, pour tuer quelque grand
homme ou quelque orateur? Si vous dites qu'admirer une action
c'est vouloir l'imiter, montrez qu'il y a quelque analogie dans les
circonstances. C'était à mon honorable ami de prouver, avant d'accuser mes paroles, que l'Angleterre était précisément dans la situation de la France au moment de la révolution française; et alors,
quelque reproche calomnieux que dût m'attirer ma déclaration,

je serais prêt à dire que la révolution française devrait être imitée
par ce pays.

Mais, au lieu de chercher des différences d'opinions sur des sujets
qui heureusement ne sont pour l'Angleterre que spéculations et
théories, venons à un fait, à une application pratique, à la discussion du bill qui nous est présenté, et que l'on voie si mes objections à ce bill étaient républicaines et sur quel point je diffère de
mon honorable ami. J'ai appris de hautes et respectables autorités
qu'une petite discussion de grands événements, sans information
suffisante, ne faisait honneur ni à la plume de l'écrivain, ni aux
paroles de l'orateur. Si on décide que mon honorable ami doit continuer ses arguments contre la révolution française, je quitterai la
chambre; et quand un ami me fera dire que les articles du bill de
Québec vont être discutés, je reviendrai pour les débattre. Ce n'est
pas, de ma part, répugnance à écouter mon honorable ami, je l'ai
toujours écouté avec plaisir, excepté lorsque nul résultat profitable
ne peut suivre ses paroles; quand le moment de la discussion sera
venu, tout faible que je me sens, si je me compare à mon honorable ami que je puis appeler mon maître, et de qui je tiens tout
ce que je sais en politique, je serai prêt à défendre les principes
que j'ai avancés, même contre l'éloquence supérieure de mon honorable ami; je serai prêt à soutenir que les droits de l'homme,
tournés en dérision par mon ami comme de vaines chimères, sont
réellement la base de toute constitution raisonnable et de la constitution anglaise elle-même, comme le prouve le livre des statuts;
car si je comprends quelque chose au contrat originel entre le
peuple anglais et son gouvernement, tel qu'il est établi dans ce
livre, ce contrat est une reconnaissance des droits inhérents aux
peuples, en leur qualité d'hommes; de ces droits que nulle pres-
cription ne peut effacer, que nul accident ne peut détruire. Si de
tels principes sont dangereux pour la constitution, ces principes
étaient ceux de mon honorable ami, de qui je les ai appris durant
la guerre d'Amérique. Nous nous sommes réjouis ensemble des
succès de Washington; ensemble, nous avons donné des larmes à
la perte de Montgommery; c'est de mon honorable ami que j'ai
appris que la révolte d'un peuple entier ne pouvait pas être factice
et encouragée sous main, qu'il fallait qu'elle eût été provoquée.
Telle était, à cette époque, la doctrine de mon honorable ami, qui
disait, avec autant d'énergie que d'éloquence, qu'il ne saurait pas
lancer un bill d'accusation contre un peuple. Je regrette de le voir,
mon honorable ami a depuis lors appris à rédiger un pareil bill
d'accusation et à le surcharger de toutes les épithètes techniques
qui défiguraient notre livre des statuts, tels que malicieux, scélérat,
diabolique. Pour moi, instruit par mon honorable ami que la ré-

volte d'un peuple n'arrive pas sans provocation, je ne puis me défendre d'un sentiment de joie depuis que la constitution de la
France est fondée sur ces droits de l'homme qui servent de base à
la constitution britannique. Le nier, c'est faire un libelle contre la
constitution britannique ; il n'est pas un livre, pas un discours de
mon honorable ami, quelque éloquents que soient ses livres et ses
discours, qui puissent me faire abandonner ou affaiblir mon opinion.

Cette vive réponse, où l'amitié tempérait encore l'amertume, blessa la fierté de Burke. Il se
leva, et d'une voix grave et sévère, avec une émotion difficilement contenue, il reprit en ces mots :

Quoique j'aie été plusieurs fois interrompu et rappelé à l'ordre,
j'ai écouté M. Fox avec le calme le plus absolu, sans l'interrompre
une seule fois. Cependant il me semble que son discours est plus
irrégulier et bien plus éloigné de l'ordre que le mien. Ma conduite
publique, mes paroles, mes écrits ont été traduits et falsifiés en
termes amers et durs ; mes conversations confidentielles même
sont livrées à la chambre, et sont commentées pour faire ressortir
ma prétendue inconstance politique. Telles sont donc les marques
d'affection que je devais recevoir d'un ami que je croyais si chaud
et si sincère ? Fallait-il donc qu'après une intimité de vingt-deux
ans, sans la moindre provocation, sans le moindre motif, il me
blessât ainsi dans mes croyances les plus chères, et jusque dans les
confidences de mon amitié ! Je ne puis concevoir que M. Fox m'accuse d'avoir parlé légèrement, sans exactitude, sans informations,
sur des faits inconnus. N'a-t-il pas vu dans mes mains les livres, les
pamphlets, les récits qui nous font connaître tous les malheurs,
tous les crimes de la France ?

Ensuite Burke entre dans une vive réfutation
des principaux arguments de Fox ; il fait ressortir
de nouveau l'irremédiable désordre où est tombée
la France, et cet état violent et anarchique qui la
sépare, à ses yeux, de tout gouvernement fixe et
régulier ; puis, revenant aux détails mêmes du débat, il se plaint qu'on l'ait d'abord fatigué par des
interruptions, toutes les fois qu'il lui échappait

une expression trop vive, ou plutôt trop juste ; et
ensuite, qu'après cette artillerie volante des rap-
pels à l'ordre et des interruptions, on l'attaque
avec toute la puissance de M. Fox.

Je le sais, dit-il, dans notre carrière nous avons été divisés,
M. Fox et moi, sur plus d'un sujet : sur la réforme parlementaire,
sur le bill des dissenters, sur le mariage du roi ; mais jamais ces
dissidences d'opinions n'avaient un seul moment interrompu notre
fidèle amitié. A l'époque de la vie où je suis arrivé, il est peu raisonnable de provoquer des ennemis ou de donner à ses amis une
cause de rupture et d'abandon. Mais je suis si fortement, si inva-
riablement attaché à la constitution anglaise, que je ne puis hésiter.
Mon devoir public, ma prudence, mon amour de mon pays m'or-
donnent de m'écrier : Fuyez la constitution française ; séparez-vous
d'elle.

Fox, qui était ému de ces paroles, dit alors à
demi-voix, assez haut pour être entendu :

Mais ce n'est pas une rupture d'amitié. — C'est une rupture d'amitié, reprit Burke. Je sais ce qu'il m'en coûte. J'ai fait mon devoir
au prix de la perte d'un ami : notre amitié est finie.

Puis alors, avec cette véhémence d'imagination
qui le caractérise et que le goût de toutes les nations ne peut pas approuver, il apostrophe vivement Fox et Pitt comme deux illustres rivaux
qu'il conjure de se réunir pour le salut de l'Angleterre et de la civilisation. Et soit qu'ils se rencontrent dans l'hémisphère politique comme deux
météores enflammés, ou qu'ils s'avancent comme
deux frères unis, il les conjure de protéger la constitution anglaise. Puis, s'adressant à la puissance
divine qui lance une comète hors de son orbite,
il représente vivement la faiblesse et la misère des

mortels, qui n'ont de règle que l'expérience, et doivent laisser à Dieu les idées de perfection auxquelles ils ne sauraient atteindre.

L'orateur mêlait à ce langage pompeux, asiatique, irlandais, une émotion profonde; car cette froide assemblée du parlement d'Angleterre fut vivement touchée. On fut attendri jusque sur les bancs de la trésorerie; et, suivant le témoignage des contemporains, plusieurs personnes pleuraient.

Fox cependant se leva pour répondre; mais il resta plusieurs minutes sans pouvoir parler. De grosses larmes coulaient de ses yeux; son cœur semblait battre dans sa poitrine. Il était dans une convulsion de tristesse violente; et cependant, comme il était orateur encore plus qu'ami, il fait effort, et il va parler :

J'espère, dit-il, que les incidents de cette nuit n'ont pas tout à fait changé le cœur de mon honorable ami, quoi qu'il en puisse dire. Il me serait trop pénible de me séparer d'un homme auquel je dois tant; et malgré la sévère âpreté de ses paroles, je ne puis renoncer à l'estime et à l'amitié que je lui porte et qu'il me rendait; je ne puis oublier que, presque enfant, j'ai été accoutumé à recevoir des marques d'affection de mon honorable ami, et que cette amitié s'est accrue avec nos années. Il y a maintenant vingt-cinq ans que je le connais; il y a vingt ans que nous vivons ensemble familièrement, et que nous sommes dans la plus intime communication de vues, de pensées, d'espérances. J'espère qu'il voudra bien se souvenir de ces temps passés, et que, malgré quelques imprudentes paroles qui auraient pu le blesser, il ne croira pas que j'aie voulu intentionnellement l'offenser. C'est là toute mon espérance. Qu'il me permette de différer d'opinion avec lui, et qu'il ne prenne pas mon dissentiment pour un oubli de mon admiration et de mon amitié.

Et puis, il rentre dans la discussion, et il est

plus énergique, plus spirituel, plus amer, plus
blessant que jamais. Aussi, Burke se lève de nouveau :

La tendre affection, dit-il, que M. Fox a témoignée dans le commencement de son discours a été bien effacée par la suite et la fin
de ses paroles. Il a eu l'air de regretter avec une expression de tendresse et d'intérêt les durs procédés de cette soirée ; et je crains
bien que nos ennemis ne s'en souviennent toujours, au préjudice
de tous deux. Mais, sous ce masque de fausse douceur, il a recom-
mencé ses attaques avec plus de vivacité que jamais ; il m'a reproché d'avoir abandonné mes opinions ; il m'a accusé d'une misérable
inconstance, qui me rendrait indigne de cette amitié dont il parle ;
il a travesti mes opinions.

Et là, les récriminations deviennent plus amères.
Cependant ces hommes avaient beaucoup de cœur
l'un et l'autre. Fox avait peut-être plus d'abandon, plus de vive bienveillance, plus de cordiale
franchise ; mais son génie d'orateur l'emportait
même contre son ami. Burke avait plus de gravité
morale, plus de vertu sévère ; il était plus fait pour
une amitié vertueuse et respectée ; et par cela même,
il était plus disposé à la rompre avec hauteur et
inflexibilité, le jour où il se croirait blessé dans
les droits qu'elle lui donnait. Ainsi, c'est de son
côté que se montre la rigueur ; et c'est du côté de
Fox que sont les torts et les excuses.

Du reste, ce mémorable débat commence une
grande époque dans la situation de l'Angleterre et
dans la politique de Pitt. Pendant que les deux
amis se blessaient et se pleuraient l'un l'autre,
pendant que ces débats doubles et triples leur
donnaient le temps de se faire de mutuelles et

irréparables offenses, Pitt, impassible, regardait
cette lutte, et peut-être en jouissait; je suis tenté
de le croire, quand je vois l'art habile avec lequel
il se mêle à une altercation si vive et si touchante.
Ne croyez pas qu'il avertisse les deux amis de tout
ce qu'ils ont fait; ne croyez pas, comme l'a dit un
brillant historien, qu'il se hâte de tendre les bras
à Burke, et de l'enlever à l'opposition; non : il
semble demeurer impartial et presque indifférent;
il n'a pas l'air de prévoir les résultats de cette division; il prend la parole seulement pour une
question de forme, et dit avec un sang-froid imperturbable :

La chambre se trouve dans une situation singulière par rapport à
c débat. La question principale a été abandonnée. Il est difficile
de rentrer immédiatement dans la discussion des principaux articles.
Quant à l'incident qui a été élevé par le très-honorable lord Sheffield, il m'est impossible de dissimuler mon opinion. Je crois que
si le très-honorable préopinant s'est écarté de la discrétion, il ne
s'est pas écarté de l'ordre. La discrétion est relative à la question de
savoir jusqu'à quel point une discussion peut être introduite, quoique cette discussion ne soit pas en elle-même contraire à l'ordre.
Ce premier point ne regarde que les expressions dont a pu se servir
l'orateur. S'être écarté de l'ordre serait un tort plus grave. Je ne
crois pas que ce soit ici le cas. Je pense donc qu'il ne serait pas
juste de dire que le très-honorable préopinant se soit écarté de
l'ordre. Et, d'un autre côté, je crois à propos de retirer la motion
que lord Sheffield a proposée, pour qu'il soit décidé qu'on s'occuperait exclusivement du bill de Quebec.

Après ce petit discours si court, et si habilement
insignifiant, la séance fut levée. L'opposition de-
meura profondément et irréparablement divisée.
Le génie de Pitt vit arriver à ses côtés, pour le seconder et le servir, la brillante imagination de

Burke, ses grands talents, son autorité morale et
sa bonne foi. Quelle fortune pour un ministre tel
que Pitt, qui voulait dominer par la raison et la
confiance publique!

CINQUANTE-CINQUIÈME LEÇON.

Influence de la constitution politique sur l'éloquence judiciaire. — Éloquence judiciaire des Anglais. — Motifs de cet examen. — Procès politiques portés devant la chambre des lords. — Affaire de Hastings, gouverneur de l'Inde. — Discours de Sheridan à la chambre des communes
pour appuyer l'accusation. — Formes de la poursuite. — Discours de
Sheridan et de Burke devant la chambre des lords. — Procès civils et
criminels devant le jury. — Erskine. — Esquisse de ses opinions et de
sa vie.

MESSIEURS,

Nous sommes rentrés en Angleterre pour entendre de loin le retentissement terrible encore de la
révolution française. Nous avons assisté, dans la
chambre des communes, à ces premiers débats où
le nom de la France animait si vivement les orateurs. Ce nom, invoqué ou maudit, nous le re-
trouverions sans cesse dans la vie parlementaire
de Fox et de son rival. *La France!* ce fut là le cri
de guerre de Pitt et son prétexte de pouvoir. Le
spectacle continu de cette haine vous lasserait
plus qu'il ne vous offense. De trop longues analyses justifieraient le reproche que l'on m'a fait
d'une admiration complaisante et partiale pour le
génie de Pitt. Cependant, pour échapper à ce reproche, je ne veux pas tronquer, mutiler de si

grands souvenirs; je ne vous en tiens pas quittes; nous y reviendrons encore et longtemps.

Mais aujourd'hui, Messieurs, comme j'aime mieux manquer de méthode que de variété, je vais, par une digression naturelle, vous occuper d'un autre sujet que l'éloquence politique : nous parlerons de l'éloquence judiciaire, telle qu'elle se développe sous l'influence de la liberté.

Nulle part cette puissance de la liberté qui, fondée sur les lois, entretenue par les assemblées, vivante dans les mœurs, se mêle à tout dans un pays; nulle part cette âme et cette voix de la société politique n'agit et ne retentit avec plus de force que dans le débat judiciaire.

Entre les tribunaux d'un gouvernement absolu et ceux d'un état libre, la différence est incalculable. Une distance non moins grande sépare les tribunaux modernes des tribunaux antiques. Une chose vous a frappés dans les souvenirs de l'antiquité, c'est qu'aucune règle sévère et précise ne dominait la justice, c'est que la justice était la volonté du juge, emportée d'assaut par l'éloquence de l'orateur. Artifices, séductions, menaces, haine, envie, tout ce que la passion peut employer de forces et de levier contre la raison, telles étaient les armes naturelles du combat judiciaire.

Je ne parle que de l'antiquité républicaine, et non de ces temps de l'empire où il ne restait, à l'appui de l'innocence, ni liberté ni morale. Alors la défense était interdite comme une révolte; il n'y avait plus que l'éloquence de la délation, s'achar-

nant sur un malheureux accablé par le pouvoir et
par la loi. Sous l'empire même de Vespasien, le
sénat jugeait à mort des accusés sans défenseurs.

Au contraire, dans les états libres de nos temps
modernes, le caractère essentiel de la justice, c'est
d'assurer à l'accusé toutes les sauvegardes de la
défense et de la publicité, c'est de n'employer envers lui qu'un langage calme et modéré. Le devoir
de l'éloquence, c'est de présumer le juge impartial, de parler à sa raison, à sa conscience, et de
n'exciter en lui que l'amour de la vérité, ou du
moins que des passions généreuses et bienveillan-
tes. Nulle part le caractère ne se montre avec plus
d'éclat, et ce devoir n'est mieux rempli que dans
le barreau anglais : c'est là son titre de gloire. La
gloire de l'éloquence ne lui appartient pas au
même degré. D'autres peuples pourront à cet
égard surpasser les Anglais; mais cette haute impartialité, cette probité de conviction, ce calme
consciencieux du juge, des jurés, de l'*avocat de la
couronne*, cette dignité simple de la défense, ce sont
là des attributs inaliénables de la justice anglaise.

Dans une circonstance cependant, Messieurs,
ce langage modéré de l'*accusation*, ce respect de
l'accusé, qui distingue les tribunaux anglais, est
singulièrement altéré : c'est lorsque la passion
politique et parlementaire inspire et dirige le procès. Mais alors le tribunal est si élevé, les formes
si protectrices, que la violence passionnée de l'attaque laisse encore à la justice toute son impartialité majestueuse. Deux formes de justice existent

pour les Anglais : cette justice politique qui s'attache à certains prévenus, et qui, par l'organe de
la chambre des communes, les traduit devant la
chambre des lords; cette justice commune, populaire, naturelle, qui appartient à tout citoyen anglais, et lui assure le jugement impartial de douze
de ses égaux.

Il faut le dire, cette première, cette solennelle
justice, cette justice privilégiée, rendue par la
chambre des pairs et demandée par la chambre
des communes, elle n'est pas exempte de passions;
car c'est le zèle de parti qui presque toujours lui
donne naissance.

Ainsi, soit que, dans une crise violente de la
constitution anglaise, les voix âpres et menaçantes de la chambre des communes viennent demander la tête de Strafford, trop fidèle conseiller du
pouvoir arbitraire; soit qu'à une époque récente
de civilisation plus douce et de liberté paisible,
Fox, Sheridan, Burke coalisent leurs talents pour
dénoncer et poursuivre les injustices de Hastings,
gouverneur de l'Inde, il faut l'avouer, une passion, une partialité digne de Rome et d'Athènes,
une insidieuse véhémence sont les armes de l'accusation.

Nous commencerons par ces accusations solennelles poursuivies au nom des communes devant
la chambre des lords, et dont l'animosité rappelle
les débats judiciaires des républiques anciennes.

Le procès de Strafford, tout empreint des passions violentes du temps, est plutôt un acte san-

glant de révolution, qu'un exemple des procédés
de la justice, dans un pays libre. D'ailleurs, dans
cette cause mémorable, l'acharnement des accusateurs fut sans éloquence et sans génie. L'habileté
haineuse de Pym ne se retrouve plus aujourd'hui
sous la diffusion méthodique de ses longues dia-
tribes. Le temps a glacé cette argumentation pu-
ritaine. Dans ce débat, l'accusé, la victime, le
coupable peut-être, Strafford seul fut éloquent.
Mais nous ne voulons pas étudier en passant, et
comme un épisode oratoire, cette grande question
historique. Choisissons de préférence, dans l'é-
poque moderne, et régulièrement agitée qui nous
occupait tout à l'heure sous la domination parlementaire de Pitt, l'exemple d'un grand intérêt judiciaire débattu dans les deux chambres d'Angleterre. Arrêtons-nous au procès de Hastings. C'est
un monument curieux des mœurs et de la politique anglaise. L'ardeur et la solennité de l'accusation, les délits de l'accusé, les pièces mêmes du
procès, la lenteur de l'examen et l'indulgence partiale du jugement, tout est caractéristique et propre à l'Angleterre. Pour théâtre à de pareils débats, dans nos temps civilisés, il faut un pays à
qui la puissance maritime ait donné quelque chose
de l'esprit envahisseur des anciens Romains; un
pays qui, librement gouverné au dedans, tyran-
nise au dehors, et livre à d'avares gouverneurs ses
lointaines conquêtes. Il faut ce monde si riche de
l'Inde à piller et dévorer; et pour que l'intérêt national, malgré le talent des accusateurs, ait en-

touré et protégé le coupable, il faut ce dur égoïsme
d'un peuple commerçant et dominateur.

Aujourd'hui, les parjures, les rapines, les crimes qui ont affermi la puissance anglaise dans
l'Inde, ont disparu dans la grandeur de l'entreprise achevée. Quand on voit ce vaste continent,
ces cent millions d'hommes maintenus en repos et
en obéissance par les délégués d'une grande compagnie de marchands sous l'influence de l'empire
britannique; quand on voit cet ordre régulier qui
a succédé aux dominations absurdes et féroces des
princes mahométans, et relevé par un joug meilleur les paisibles habitants de ces climats; quand
on examine cette politique semblable à celle des
Romains, qui n'a pas violemment remué les coutumes, les usages, les lois des vaincus, n'a point
tourmenté leurs consciences; quand on pense que
toutefois ce vaste continent s'est progressivement
humanisé, qu'on a brûlé moins de femmes, que des
brames mêmes, éclairés par la raison de l'Europe,
ont écrit dans leur langue contre cette barbarie,
qu'une justice exacte a été assurée aux habitants
avec le maintien de leurs lois antiques, que ces
peuples se sont accoutumés à y mêler les formes
tutélaires des tribunaux anglais, que le code des
Hindous et quelques débris des lois mahométanes
soigneusement recueillis, ont été appliqués par des
jurés indiens; et qu'ainsi ce que la civilisation a
de plus favorable pour la liberté s'est introduit
parmi ces nations immobiles qui n'avaient pas
changé depuis quatre mille ans, on a certainement

besoin d'admirer ce grand ouvrage de la politique
et de la puissance européennes. Mais remontons un
peu dans le passé. Que de flots de sang répandus !
que de princes, mahométans, indiens, n'importe,
trahis, dépouillés, massacrés ! que de noires iniquités froidement commises ! Puis cette dérision
singulière de la fortune ! cet exemple, unique dans
l'histoire, d'une justice de conquérant, d'un brigandage à main armée exercé par une compagnie
de commerce qui ruine une province, confisque
un empire, afin de compléter le *dividende de ses so-
ciétaires.*

Tel fut longtemps le caractère de la domination
des Anglais dans l'Inde. Toutefois, malgré cette so-
lidarité qui attachait la nation aux intérêts de la
compagnie et l'enrichissait de ses exactions, plus
d'une réclamation humaine et courageuse s'était
élevée dans le parlement contre les injustices des
officiers anglais dans l'Inde. Déjà Clive avait été
accusé, Clive qui, pour son compte, intègre et
désintéressé, ce me semble, avait, au nom et au
profit de la compagnie des Indes, déployé toute la
rapacité d'un brigand. Mais souvenez-vous de
Cortès, si grand homme d'ailleurs ; quand vous
lisez la conquête du Mexique, écrite par des admirateurs, par des complices de Cortès, quand
vous lisez les lettres mêmes de Cortès, éloquentes
comme les récits de César, n'y trouvez-vous pas
mille aveux naïfs d'une cruauté avare et astu-
cieuse ? Un motif explique tout : l'idée que des
hommes païens et conquis étaient à peine des

hommes. C'était, sans doute, cette barbare idée
qui, effaçant d'une âme généreuse le sentiment du
juste, lui faisait croire que la justice et l'humanité n'étaient pas obligatoires envers de malheureux idolâtres.

Dans un temps plus civilisé, un sentiment de
même nature, le mépris pour des hommes ignorants et simples, a fait en partie les cruautés du
colonel Clive. Seulement, ces cruautés commises
en pleine civilisation, ces barbaries atroces exé-
cutées sans fanatisme, et mêlées à cette gloire de
philanthropie que réclame l'Angleterre toutes
les fois que cette gloire ne contrarie pas trop son
intérêt, forment un contraste plus révoltant et
plus odieux.

Clive accusé avait été défendu par sa hauteur
d'âme, par la fierté de ses réponses, enfin par sa
pauvreté, qui attestait que, s'il fût un vainqueur
impitoyable, il était un spoliateur incorruptible,
et que son avare fidélité avait enrichi la compagnie des Indes sans rien prendre pour lui-même.

Mais, quelques années après, une accusation
plus forte s'éleva contre un autre gouverneur de
l'Inde, dont la gloire militaire avait moins d'éclat,
et dont les violences étaient dénoncées par de
plus redoutables adversaires : ce fut le fameux
Hastings. Quels étaient ses délits? Je ne puis ex-
traire ici toutes les pièces de cet immense procès;
mais un ou deux faits suffiront pour en indiquer
le caractère.

Hastings, maître de l'Inde, au nom de la com-

pagnie, tenait sous son empire de petits princes
mahométans, de la race de ces Mogols dévastateurs
d'une moitié de l'univers; c'étaient le *raja de Bénarès*, le *raja d'Owle,* et vingt autres. Tous ces princes devaient payer un gros tribut à la compagnie;
telle était la première condition de l'alliance; et
puis, quand il y avait quelque *déficit* dans la caisse
de la compagnie, quand la récolte ou la vente du
coton avait été moins productive, on retombait
sur les alliés, et on leur demandait, sans formalités, un supplément d'impôt. On se servait d'eux
aussi pour exercer des extorsions indirectes sur
le peuple. Ils étaient d'abord employés comme instruments, puis comme comptables de la compagnie. On leur prenait leurs trésors; on les obligeait de prendre l'argent de leurs sujets, et on
leur reprenait cet argent, comme leur propre
trésor.

Hastings, à la fin de l'année, au moment où il
réglait ses comptes, vit qu'il lui manquait 50 millions. Alors il se mit en marche, avec quelques
centaines d'Anglais, vers la ville sainte, la ville
sacrée de Bénarès, afin de visiter un de ses alliés.

Sur l'ordre de trouver immédiatement les 50 millions, le fidèle allié se trouble, s'embarrasse, s'excuse. Avec une audace tout à fait à la Cortès,
Hastings s'aventure presque seul dans la ville de
Bénarès; et ces pauvres Hindous, si faibles, si indolents, si timides qu'ils soient, ont une velléité
de commencement de révolte. Mais bientôt les
sabres et les fusils anglais abattent toute rési-

stance. La forteresse et tous les trésors du *raja*
sont pillés. Mais les soldats anglais, malgré leur
discipline vantée, prétendirent avoir pillé cette
fois pour leur compte; et tous les trésors furent
perdus pour Hastings et pour la compagnie.

Il fallait cependant trouver les 50 millions
qui manquaient au *budget*. Hastings projette alors
de marcher vers un autre de ses alliés, le *raja*
d'Oude. Ce prince avait une mère et une sœur, les
princesses *Begoum*. Ces noms, un peu bizarres, ont
tant figuré dans le procès, qu'ils vont nous devenir familiers.

Retirées dans l'asile du Zennanah (ce sont les
harems de l'Inde), les *Begoum* avaient d'immenses
richesses, que l'imagination cupide des Anglais
grossissait encore.

Hastings accuse ces femmes timides d'avoir
conspiré contre la puissance anglaise et fomenté
la sédition de Bénarès. Sur ce prétexte, il charge
le propre frère, le propre fils de ces princesses,
le *raja d'Oude*, de les punir en son nom, de les dépouiller de leurs trésors. Des soldats anglais sont
donnés pour auxiliaires à ce fils envoyé contre sa
mère. Le *raja* partit pour cette honteuse mission.
Il s'empara sans obstacle de la ville et du palais
des princesses : mais le préjugé de l'Inde, auquel
les Européens mêmes s'étaient insensiblement ha-
bitués, arrêta les spoliateurs à la porte du Zennanah, plus inviolable encore que les sérails mahométans. Hastings alors fit saisir deux vieux
eunuques, confidents des *Begoum*, et les fit mettre

à la torture, jusqu'à ce que les princesses épou-
vantées aient livré leurs trésors. Cette expédition
rapporta 50 millions. Après s'être ainsi servi
du fils pour dépouiller la mère, Hastings se joua
cruellement de ce misérable allié et lui enleva ce
qu'il lui avait assuré par un traité, pour salaire
de son obéissance. Si ce mélange de fraude,
d'avarice et de lâcheté vous paraît moins odieux
encore que les cruautés inouïes du proconsul romain, songez à la différence des temps, au progrès de la civilisation et des mœurs, et vous avoue-
rez que le crime n'est pas moins grand.

Tels étaient, Messieurs, les faits que les orateurs
les plus éloquents de l'opposition anglaise dénon-
cèrent à la chambre des communes, pour être
poursuivis devant la chambre des lords.

Burke proposa d'abord l'accusation de Varren
Hastings, comme prévenu de haute trahison. Cette
motion, développée avec beaucoup d'éloquence
et soutenue par Fox, fit plus d'impression sur la
chambre des communes qu'elle n'eut de popularité dans le public. L'intérêt anglais, le zèle com-
mercial, le mépris pour les vaincus, la faveur naturelle pour les victorieux et les habiles, tout cela
protégeait et enveloppait Hastings. Les esprits ne
furent un peu échauffés, dans l'intérêt de la justice et de l'humanité, que par l'éloquence de Sheridan. Consultons les témoignages contemporains
sur l'effet immédiat de son discours.

Pendant cinq heures et demie, M. Sheridan, par une improvisation d'une beauté sans exemple, commanda l'attention et l'admira-

tion générale de la chambre qui était singulièrement nombreuse. Il unit à la force d'argumentation la plus convaincante, la plus lumineuse précision de langage, et le plus admirable mélange de gravité, de grâce, de plaisanterie, de pathétique, de colère. Tous les préjugés furent successivement vaincus par cette combinaison de tant de talents réunis. Les auditeurs furent tellement fascinés par l'éloquence, qu'au moment où M. Sheridan s'assit, la chambre entière, les députés, les pairs, les étrangers éclatèrent en un tumulte d'applaudissements, et, par une forme d'approbation inusitée dans la chambre, battirent plusieurs fois des mains. M. Burke déclara que l'on venait d'entendre le plus merveilleux effort d'éloquence, de logique et d'esprit réunis dont il y ait souvenir. M. Fox dit que tout ce qu'il avait jamais entendu, tout ce qu'il avait jamais lu, comparé à ce discours, s'évanouissait comme un nuage devant le soleil. M. Pitt reconnut que ce discours avait surpassé toute l'éloquence des temps anciens et des temps modernes, et qu'il offrait l'exemple de tout ce que le génie et l'art pouvaient fournir pour agiter et dominer les âmes.

Cette impression fut si vive, que la chambre restait dans une sorte d'éblouissement et de stupeur ; un ami de M. Hastings essaya vainement de faire entendre quelques mots et se rassit. Plusieurs membres déclarèrent que, venus avec une disposition favorable à l'accusé, leur esprit avait été comme éclairé d'une lumière irrésistible. Quelques autres demandèrent un intervalle avant de prononcer, se défiant de l'extrême puissance qui venait d'être exercée sur eux.

M. Fox et M. Taylor répondirent qu'il était peu convenable et peu parlementaire de retarder un vote à cause même de la forte conviction opérée dans les esprits.

Mais Pitt, qui n'était pas fâché de prolonger ce procès et aimait mieux voir l'ardeur éloquente de l'opposition s'épuiser sur le gouverneur de l'Inde que sur le ministère, appuya la demande d'ajournement avec des termes ingénieux et flatteurs pour l'amour-propre de Sheridan. Il déclara qu'avant de rien décider, il fallait se donner au moins le temps *de sortir du cercle de l'enchanteur.*

Voilà donc Sheridan très-satisfait de son triomphe, et la délibération remise. Enfin, la chambre

vota l'accusation : mais plusieurs années s'écou-
lèrent avant le jugement.

Malheureusement, cet admirable discours que
vous attendez, que vous voulez comparer avec les
éloges excessifs de Fox, de Burke, il est perdu, il
n'existe plus, il s'est évaporé. Sheridan, qui souvent travaillait avec un soin spirituel et minutieux,
Sheridan qui improvisait peu, improvisa cette fois :
c'est-à-dire une profonde étude avait mis sous ses
yeux tous les faits, tous les détails, tout le système
politique de l'Inde ; peut-être même avait-il pré-
médité les principaux points de son discours ; mais
le discours entier jaillit d'inspiration.

On peut le croire, avec cette vive et heureuse
nature, animée par la chaleur du débat, par l'électricité d'un grand auditoire, par l'action soudaine
qu'il exerçait et par cette puissante réaction de la
parole sur l'orateur lui-même, Sheridan s'emporta
bien au delà de ses premières pensées. Il dédaigna
ses notes et fut entraîné par le hasard de son génie.

Sheridan, le 7 octobre 1785, a donc été le plus
éloquent des hommes, au jugement de ses compatriotes et de ses rivaux. Il faut y croire de confiance, car nous ne pouvons le vérifier. De ce long
et admirable discours, il n'est resté qu'un faible
débris ; c'est un extrait inséré dans l'*Annual Regis-
ter,* extrait fort court en style indirect et sans couleur.

Je croirais que Sheridan fut lui-même embarrassé du prodigieux succès de son discours, qu'il
eut peur de sa gloire. Il était paresseux et distrait.

D'ailleurs, il savait sans doute que retoucher des paroles dites, corriger à froid la vive inspiration du moment, est un travail difficile, obscur et ingrat, qui donne autant d'impatience que l'on avait eu de verve : il l'abandonna. Peut-être fit-il bien. Il aurait eu beau raccommoder, embellir son discours accidentel, il n'aurait pu retrouver cette séduction immédiate, cette vive fascination que produit la parole, cet éblouissement volontaire, cette association des auditeurs au triomphe de l'orateur improvisant, ce partage de ses émotions, cette création commune, pour ainsi dire, qui met une sorte d'égoïsme dans leur enthousiasme. Tout cela meurt, disparaît sur le papier : il reste des beautés éteintes et des fautes visibles. Sheridan ne voulut pas publier ses paroles, et il les laissa se perdre pendant qu'elles étaient admirées.

Maintenant, essayerons-nous de conjecturer, par quelques faibles restes, ce que la parole primitive dut avoir d'original et de puissant?

Parmi les parcelles desséchées de son discours, voici un fragment où l'on sent vibrer l'âme de l'orateur. Par une rencontre assez remarquable, on tâchait de justifier Hastings à peu près comme Cicéron rapporte qu'on défendait Verrès. On disait : Oui! il a opprimé les sujets de l'empire; oui! il a dépouillé de vieilles princesses de l'Inde qui gardaient des trésors inutiles; il a fait mettre à la torture quelques esclaves fidèles; mais c'est un esprit supérieur; c'est un grand général :

Boni imperatoris nomen objicitur.

Sheridan repousse cette apologie avec la même vigueur de raisonnement et de moquerie que Cicéron opposait aux admirateurs du talent militaire de Verrès :

Pour apprécier, dit-il, la force d'une telle défense, il suffit de considérer en quoi réside cet imposant caractère de grandeur et de génie. Ne doit-on pas seulement le reconnaître dans de grandes actions dirigées vers de grandes fins? C'est là que je place la grandeur véritable. Il y a, je le sais, une autre espèce de grandeur d'esprit, qui consiste à exécuter hardiment une mauvaise action et à poursuivre avec audace un but odieux ; mais les actions de Hastings n'ont ni l'un ni l'autre de ces caractères, pas même le dernier. Je ne vois rien de grand, de fort, de hardi dans ses mesures et dans son esprit. Au contraire, il a poursuivi le but le plus coupable par les moyens les plus vils ; il a toujours tyrannisé, ou trompé, ou menti ; il a été tour à tour Denys le tyran et Scapin. Autant on pourrait comparer le rampement tortueux d'une vipère au vol droit de la flèche, autant on peut comparer la basse duplicité et l'ambition sanguinaire de Hastings à la générosité hardie d'un grand dominateur. Je ne vois dans tout ce qu'il a fait qu'une masse hétérogène de qualités contraires, et rien de grand que ses crimes, et ceux-ci rabaissés encore par la petitesse de ses motifs, etc., etc.

Sheridan continue cette vive attaque par un sarcasme qui m'étonne dans la bouche d'un Anglais ; car ce sarcasme peut aller plus loin que Hastings, et atteindre presque la nation entière dans ses habitudes et son génie :

Je me souviens d'avoir entendu dire à un savant et honorable gentilhomme, M. Dundas, qu'il y avait dans la constitution et dans la forme de la compagnie des Indes quelque chose qui communiquait à toutes ses opérations les principes sordides de son origine, quelque chose qui mêlait à l'administration politique et même aux entreprises les plus hardies la mesquine avidité d'un brocanteur et l'audace d'un pirate. Ainsi, dans leurs transactions militaires et civiles, on voit les membres de la compagnie envoyer des ambassadeurs qui mettent à l'enchère, et des généraux qui font le commerce. Nous avons vu une révolution faite par déposition de témoins assermentés. Une ville est assiégée pour le payement d'*une lettre de change*, un prince détrôné pour établir la *balance d'un compte*. C'est ainsi qu'ils ont fait un gouvernement qui unit à la majesté dérisoire d'un sceptre sanglant les petits trafics d'un marchand, et qui, tenant un gourdin dans sa main gauche, vide les poches de sa main droite.

Cette bouffonnerie véhémente, ces dérisions des guerres commerciales et de la domination mercantile des Anglais, voilà le passage le plus curieux qui nous reste de ce discours si vanté! Sheridan avait dignement terminé par une invocation éloquente à la justice des communes :

Vous ne pouvez, disait-il, concevoir quelle serait la joie de ce peuple délivré; vous ne pouvez entendre les cris d'allégresse qu'un vote de cette chambre ferait pousser dans ce vaste continent de l'Inde. Que la Grande-Bretagne montre sa force aux nations; qu'elle étende son bras au delà des mers, et que, par un signe de sa volonté, elle sauve de la destruction tant de millions d'hommes éloignés d'elle. Croyez-vous que les bénédictions de ce peuple sauvé se dissiperont dans l'air? Non : c'est le ciel même qui deviendra votre débiteur ; c'est lui qui recevra les acclamations de gratitude et de reconnaissance, les prières et les bénédictions de ce peuple entier. C'est dans cette confiance, monsieur l'orateur, que je demande que Warren Hastings soit accusé devant la chambre des pairs. J'ai dit.

Ce procès, qui n'est que politique devant la chambre des communes, ce projet d'accusation qui, adopté par elle, n'est qu'une sentence morale portée sur Hastings, va devenir un vrai débat judiciaire en arrivant à la barre de la chambre des lords. Ici, permettez quelques détails nécessaires.

La chambre des communes nomma, suivant l'usage, un comité pour diriger et soutenir l'accusation qu'elle avait décrétée. Ce comité choisit des orateurs pour porter la parole devant les pairs. Les principaux furent Sheridan et Burke.

Après un délai fort long, la chambre des pairs
se réunit dans la grande salle de Westminster.
Sheridan paraît à la barre pour exposer l'accusation au nom des communes d'Angleterre.

Vous savez que, dans la pratique anglaise, rien
n'est plus rare que de pareilles accusations. Le
droit d'accuser les ministres, par exemple, est écrit
dans la loi, mais ne s'exerce presque jamais. C'est
là même que vous pourrez reconnaître le grand
sens de Mirabeau et l'interprétation ingénieuse et
vraie qu'il donnait à la constitution anglaise dans
sa réponse à Mounier. Avant que la chambre des
communes ait résolu l'accusation, avant que le
comité soit nommé, avant que les *directeurs* de l'accusation soient choisis, avant que l'accusation arrive à la chambre des pairs, et que la chambre des
pairs soit assise pour juger, un ministre est tombé,
remplacé, oublié. Si Hastings avait été ministre,
probablement accusé de son vivant, c'est-à-dire
du vivant de son ministère, il aurait cessé d'être
poursuivi après sa chute. Mais, gouverneur de
l'Inde, ce n'était pas un intérêt d'ambition, une
rivalité de pouvoir qui lui avait suscité des adversaires; ses torts n'étaient pas expiés par la fin de
sa mission; sa présence en Angleterre les rappelait
et animait ses accusateurs.

Ce fut Sheridan qui porta le premier la parole
à la chambre des pairs. Un immense et brillant
auditoire était réuni, une grande attente excitée.
Sans doute, quelque partialité se conservait en faveur de Hastings, surtout dans les hommes de la

cour, qui croient toujours leur cause intéressée
au maintien et à la défense des abus du pouvoir.
Cependant le souvenir du mémorable discours de
Sheridan à la chambre des communes, le préjugé
d'une décision de cette chambre, la lumière déjà
répandue sur l'administration tyrannique de l'Inde
favorisaient le talent de l'orateur.

Le second discours de Sheridan a été beaucoup
moins vanté que le premier. Cependant il faut vous
dire le jugement de Burke : ce sera une leçon de
modestie pour vous. Si quelque jour vous êtes
orateurs, membres d'une assemblée, vous saurez
d'avance ce qu'il faut penser des éloges de parti,
et quelle admiration complaisante se prodiguent
entre eux les rivaux politiques.

Après le plaidoyer de Sheridan, Burke déclara

Que de tous les genres d'éloquence connus dans les temps anciens
ou modernes, de tous les exemples qui pouvaient offrir la subtilité
du barreau, la dignité du sénat, l'austérité de la chaire, rien n'é-
tait comparable au discours que la chambre venait d'entendre dans
la salle de Westminster ; que jamais orateur sacré, jamais écrivain
célèbre ne s'était élevé au niveau, soit de cette pureté de sentiments, soit de cette variété de connaissances, de cette force d'imagination, de cette piquante justesse d'allusion, de cette beauté de
style, de cette énergie de langage ; enfin que, depuis l'éloquence
jusqu'à la poésie, il n'était pas un genre, pas une forme de talent
dont il ne fût possible de trouver le plus parfait modèle dans quelque partie de ce discours, qui avait fait une trop vive impression
sur les esprits de la chambre, pour être jamais oublié.

Ce symétrique et accablant éloge m'embarrasse
un peu ; car, cette fois, nous avons le discours
presque entier, les paroles mêmes de Sheridan,
prises sur le fait et en partie conservées.

Vous savez, il est vrai, ce que pensaient les anciens de ces infidèles reproductions de la parole : *Aliud est bona actio; aliud, bona oratio;* « autre chose un bon discours parlé; autre, un bon discours écrit. » Les défauts du discours écrit sont presque les mérites de la parole improvisée. Que de fois le vice de l'expression soudaine est corrigé par la vérité de l'accent! Que de fois les répétitions, les superfluités du langage accidentel paraissent naturelles, heureuses, nécessaires! Et puis, quand cela tombe sur le papier, rien n'est plus froid. Aussi Fox, abordé par un homme qui se félicitait d'avoir recueilli son discours sans omettre un seul mot, répondait : « Si vous avez écrit tout ce que j'ai dit, tant pis; cela doit faire un mauvais discours à lire. »

Mais si cette épreuve est une pierre de touche dangereuse pour la gloire littéraire d'un orateur, c'est un excellent moyen d'apprécier ce qui est en lui et de reconnaître ce qu'il a de naturel, de vérité, de vivacité.

Je vais tâcher de remarquer rapidement moins les beautés que les effets du discours de Sheridan. Obligé de lutter contre lui-même, de répéter, pour obtenir la condamnation, ce qu'il a dit pour obtenir l'accusation, il se transforme, il se renouvelle. Il a changé de langage; il parle sous une autre inspiration; il est plus grave, plus modéré, plus judiciaire.

Dans un début majestueux, plein du respect de la constitution et de la loi, il renonce à cette animosité d'accusateur qu'il avait montrée devant la chambre des communes; il détermine admirablement le devoir du juge et la nature de la conviction qui doit l'éclairer. Il n'y a peut-être que l'Angleterre où de telles paroles soient naturellement inspirées par les lois du pays. Elles rappelleront quels sont aux yeux d'un Anglais les vrais caractères de l'évidence judiciaire :

Vos seigneuries, j'en ai la confiance, ne croiront pas que, si je demande une réparation nécessaire pour l'honneur anglais, je veuille pour cela que l'on fasse un exemple sur le prévenu, sans avoir la preuve complète et légitime de sa culpabilité. Non, milords, nous le savons bien ; c'est la gloire de la constitution anglaise, que ni le bruit de la commune renommée, ni le caractère d'un homme quel qu'il soit, ni l'ascendant et le pouvoir d'un accusateur, ni l'intérêt moral et politique, ni même la secrète conviction de culpabilité, que le juge peut renfermer dans son sein, n'autorisent une cour anglaise à rendre sentence, pour toucher un cheveu de la tête, ou effleurer la propriété, la réputation, la liberté du plus pauvre sujet qui respire l'air de cette équitable et libre contrée. Nous savons, milords, que la culpabilité légale n'existe pas sans la preuve légale, et que la règle qui définit l'évidence est autant la loi du pays que celle qui définit le crime. Nous savons enfin qu'il faut non-seulement la réalité du crime et la conviction du juge, mais encore des preuves extérieures et des preuves morales tellement évidentes, que cette conviction, le juge ne puisse la refuser.

Ainsi, ce n'est pas la conscience vague, spontanée du jury, qui fait la règle du jugement; c'est la conscience éclairée par des preuves régulières, évidentes. Le juré qui croit instinctivement ne doit pas être satisfait, et doit s'abstenir de condamner, jusqu'à ce qu'il croie légalement. La conviction même ne lui suffit pas sans la démonstration.

Sheridan reprenait ensuite la vive peinture des violences arbitraires de Hastings. Les principaux

agents du gouverneur sont mis en scène par l'imagination dramatique de l'orateur. D'éloquentes
descriptions retracent les coutumes de l'Inde, et
nous transportent sous ce beau ciel d'Orient, au
milieu de ces peuples indolents et timides, opprimés
par l'impitoyable activité des Anglais. Ici, l'orateur vous montre le palais d'un prince indien,
idole sans pouvoir, chargé d'or et de diamants,
proie facile offerte à l'avidité du gouverneur; ailleurs, il décrit ces retraites de femmes de l'Inde,
espèce de sanctuaire où elles sont plutôt *enchâs-
sées* que captives, et d'où elles ne sortent jamais,
même avec un triple voile. Il montre ces saints
asiles profanés par la rapacité de Hastings. C'est
la chaleur accusatrice et l'imagination pathétique
de Cicéron dans les *Verrines;* c'est la même abondance de paroles vives et pittoresques. Rien de
plus rare dans l'éloquence anglaise, qui veut surtout avoir raison et sembler impartiale. Mais,
dans ce procès, Sheridan a rassemblé toutes les
formes de l'éloquence, depuis l'invective antique
jusqu'à cette religion de la loi, ce respect des
droits de l'accusé, qu'il exprime d'abord.

Il restait un argument, une excuse en faveur de
Hastings, la nécessité, la raison d'état. Après
avoir essayé de défendre ses actes, on finissait par
dire qu'il avait été forcé d'agir ainsi. Sheridan répond avec ce mélange de colère et d'ironie où
surtout il excelle :

Nécessité d'état, dira-t-on? Non, milords : la nécessité d'état,
cet impérieux despote, garde encore quelque générosité. Sa démar-

che est hardie, ses volontés rapides, sa main terrible et saisissante. Mais ce qu'elle fait, milords, elle l'avoue ; elle dédaigne une autre justification que ces grands motifs qui ont placé le sceptre de fer dans ses mains. Mais une nécessité d'état qui fraude, escroque, qui cherche à se tapir derrière les pans d'une robe de juge ; une nécessité d'état qui tâche de tirer de quelques propos et de quelques rumeurs subalternes sa pitoyable justification ; non, milords, ce n'est pas là une nécessité d'état ; arrachez-lui son masque, et vous ne verrez qu'une basse et vulgaire avarice, qu'un misérable péculat, qui se cache sous de fastueux déguisements et diffame l'honneur public au profit d'une fraude particulière. S'il y avait dans cette circonstance quelque nécessité d'état, essentielle au salut de l'Angleterre, si quelque grand homme étendant les conquêtes de l'Angleterre, si quelque amiral portant au loin la vengeance et la gloire de l'Angleterre, était forcé à quelque acte de violence pour nourrir ceux qui versent leur sang pour la Grande-Bretagne ; si un général défendant une forteresse, et là, renfermé comme un aigle dans son aire, était obligé, pour le salut de ses troupes, d'user de quelque violence passagère, justifiée par le succès, croyez-vous que les communes d'Angleterre viendraient l'accuser pour un tel acte de nécessité ? croyez-vous que je porterais la parole ? Non.

Vous voyez que Sheridan faisait ses réserves.

Cette éloquente accusation se prolongea pendant trois jours, sans amener de jugement. Le procès fut encore remis. Longtemps après, Burke à son tour porta la parole avec non moins de véhémence et de solennité. Le nom seul de Burke excite l'attente et prépare l'admiration. Sans doute aussi cet homme, que nous voyons, emporté par un sentiment excessif de pitié généreuse, lancer anathème sur tout un peuple, devait trouver dans son âme une vive indignation contre la tyrannie d'un proconsul.

Cependant son discours, qu'il a recueilli lui-même, est loin de remplir l'attente du lecteur. Ce n'est plus une improvisation, et ce n'est pas un

discours écrit. Une sorte d'exagération qu'on a
prise quelquefois pour du génie, et qui nous paraît
de l'emphase, altère ce que l'indignation de l'orateur a de plus énergique et de plus vrai.

Cette éloquence de Burke, qu'on a faussement
égalée à celle du plus célèbre écrivain de notre
époque, a trop de pompe et de lenteur pour le débat judiciaire.

Quelques morceaux d'apparat, qui brillent dans
son discours, paraîtraient aujourd'hui froids et
hyperboliques. Il y règne une sorte de monotonie
fastueuse et un faux sublime d'images. Je n'en
donnerai pour exemple que la péroraison même
de l'orateur :

Milords, les communes attendent l'issue de cette cause avec un
tremblement d'inquiétude. Il y a vingt-deux ans qu'elles y sont
occupées ; et de ces vingt-deux ans, sept ont été employés au jugement. Elles regardent les intérêts les plus chers du pays comme engagés dans le procès. Elles sentent que l'existence de la constitution même en dépend. La justice de vos seigneuries s'élève et domine
dans le monde ; mais elle domine au milieu d'un vaste amas de ruines qui l'entourent dans tous les coins de l'Europe. Si vous affaiblis-
sez la justice, et par là les liens de la société, l'autorité si bien tempérée de cette cour, qui, je m'en fie à Dieu, durera jusqu'à la fin
des temps, recevra une blessure fatale que le temps ne pourrait
guérir. Milords, ce n'est pas la criminalité du prisonnier, ce n'est
pas le droit des communes à demander jugement contre lui, ce n'est
pas l'honneur et la dignité de cette cour, ce n'est l'intérêt de
plusieurs millions d'hommes qui seul réclame votre justice. Quand
les flammes dévorantes auront détruit ce globe périssable et qu'il
aura disparu dans les abîmes de la nature, d'où il a été appelé à
l'existence par son grand créateur, alors, milords, quand toute la
nature, les rois, les juges mêmes répondront de leurs actions, alors
paraîtra ce qui précède la création même, je veux dire l'éternelle
justice ; c'était l'attribut du Dieu de la nature avant la création des
mondes. Il restera près de lui quand les mondes périront ; et la

partie terrestre de cette justice confiée à vos soins est maintenant remise solennellement dans vos mains par les communes d'Angleterre. J'ai achevé.

N'y a-t-il pas là, Messieurs, malgré la grandeur réelle de la situation et des souvenirs, une sorte d'emphase, et de *bombast,* pour me servir d'une expression anglaise, difficile à traduire, mais intelligible par le son?

Voilà, Messieurs, les plus célèbres monuments de l'accusation politique chez les Anglais. On y retrouve la partialité haineuse, ou l'indignation civique de l'antique forum, mais avec moins de grandeur et de simplicité. Le barreau britannique nous offre une autre éloquence judiciaire où éclatent davantage les plus beaux attributs de la liberté moderne. Cette éloquence, c'est celle qui, s'interdisant toute passion, ne s'adresse qu'à la conscience du jury. Elle n'est pas cependant étrangère à la politique : car la politique se mêle à tout, dans un état libre. Les procès de liberté de la presse, la défense des accusés pour crimes d'état, lui offrent de grandes occasions; et plus d'une fois les libertés publiques de l'Angleterre ont paru triompher dans la déclaration particulière d'un jury.

Un homme, dans le barreau anglais, vers la fin du dernier siècle et jusqu'à nos jours, a souvent illustré son nom par des causes et des succès semblables. En m'écoutant, vous avez nommé Erskine, chancelier et pair d'Angleterre.

Rarement, vous le savez, un habile avocat de-

vient un grand orateur politique. Les deux talents ne s'excluent pas, sans doute; nous en avons
sous les yeux une preuve éclatante. Mais rien n'est
plus variable, à la fois plus étendu et plus limité
que ce don de la parole. Déplacez tel orateur, il
n'est plus le même. Les Anglais l'ont souvent remarqué. A la faveur de la vie politique commencée chez eux de si bonne heure, ils ont éprouvé
que la meilleure préparation pour la tribune
était la tribune même. Les grands intérêts du pays,
saisissant d'abord un esprit jeune et plein de force,
le forment bien mieux à l'éloquence que ne peut
faire une profession souvent occupée d'intérêts
privés et subalternes.

On remarquait encore, à ce sujet, que la méthode du législateur diffère beaucoup de celle du
jurisconsulte. L'un doit s'élever à la théorie de la
loi, tandis que l'avocat même le plus éclairé abuse
souvent des incertitudes et des imperfections de
la loi pour faire triompher sa cause. Le talent de
l'orateur politique veut quelque chose de plus impartial et de plus vaste, un regard jeté sur tous
les intérêts du pays à la fois, tandis que le coup
d'œil de l'avocat, si net et si rapide, est nécessairement restreint et partial. Mais, en Angleterre
comme en France, à ces raisonnements on peut opposer d'illustres exemples. Romilly et Brougham
ont passé avec éclat du barreau à la chambre des
communes.

Erskine, le premier des orateurs du barreau anglais, n'eut pas tout à fait la même gloire. Sa vie

heureuse et pleine par le travail et le succès, nous
le montre d'abord enseigne de vaisseau, puis officier, ensuite avocat, député des communes, ministre, enfin, membre de la chambre des lords. Il
porta dans le barreau, encore assujetti aux traditions de la routine, un caractère de talent original
et nouveau. Mais, conduit par sa réputation de
grand avocat à la chambre des communes, paraissant tard, pour l'Angleterre du moins, au milieu
de cette élite d'hommes politiques, il fut inférieur,
il fut éclipsé. On honora beaucoup son caractère,
sa fidélité dans ses amitiés, sa défense inébranla-
ble des principes constitutionnels. Son éloquence
eut peu d'éclat et de pouvoir.

C'est donc sa supériorité dans le barreau qui fait
encore aujourd'hui son titre. Mais ce n'est pas seulement parce qu'il fut un avocat habile, éloquent,
mais parce qu'il porta dans la plaidoirie l'intégrité
du juge, et le zèle le plus éclairé, le plus opiniâtre
pour la liberté civile et politique.

A l'époque où les malheurs de la France, où les
violences, les crimes qui avaient souillé sa liberté
naissante produisaient dans l'âme des Anglais une
sorte de repoussement et d'indignation, à cette
époque où, par la force réprimante, quelquefois
excessive, que la liberté trouve en elle-même, les
jurés anglais, le public anglais poursuivaient avec
une rigueur singulière tout complice présumé des
opinions de la France, Erskine, calme, impassible, se montra le défenseur constant des accusés
politiques; c'est ainsi qu'il plaida pour un homme

dont il n'aimait point les doctrines irréligieuses et
violemment démocratiques, mais dans lequel il
crut voir la liberté de la presse attaquée, Thomas
Payne. Dans une autre occasion, lorsqu'une apologie de Hastings, pleine de récriminations et d'insultes contre la chambre des communes, était
poursuivie devant le jury, Erskine, préférant à
tout la liberté de la presse, défendit, au préjudice
de ses propres amis, l'avocat imprudent du gouverneur de l'Inde.

Enfin, la liberté de la presse est redevable à
Erskine de sa plus belle garantie; ce fut lui qui
revendiqua le plus puissamment les droits du jury
contre la doctrine arbitraire de lord Mansfield;
ce fut lui qui, dans la défense du doyen de Saint-
Azaph, fit ressortir le principe tutélaire de la
double autorité du jury, et de sa compétence sur
l'intention comme sur le fait. S'il fut condamné,
il vit, deux ans après, un bill du parlement faire
de son opinion la loi du pays. Et lorsque, plus
tard, le succès de ses amis politiques, la faveur
publique, le crédit de son nom, l'élevèrent à une
grande dignité, quand il devint pair du royaume,
grand seigneur, il prit des armoiries, selon l'usage;
mais dans ses armes il mit pour écusson ces mots :
Les droits du jury. Telle est cette vie, partout consé-
quente avec elle-même, d'un grand citoyen anglais; tel est Erskine, dont le caractère est trop
pur et trop noble pour que son éloquence ne doive
pas encore nous occuper.

CINQUANTE-SIXIÈME LEÇON.

Digression apologétique. — Quelques détails encore sur les procès politiques. — Circonstances du procès de lord Melville. — Caractère du barreau anglais. — Causes principales plaidées par Erskine devant le jury. — Alliance remarquable, dans cet orateur, de l'esprit de liberté et du sentiment religieux. — Sa défense des *Droits de l'homme* de Thomas Payne. — Son accusation contre l'*Age de raison* du même auteur. — Autre procès de liberté de la presse. — Affaire de Napoléon contre Pelletier. — Mackintosh, avocat de Pelletier. — Portrait de cet orateur célèbre. — Citation. — Résultat du procès.

MESSIEURS,

Avant de reprendre l'examen qui doit nous occuper, il faut que je me défende, que je me justifie. Mon plaidoyer ne sera pas long.

On m'a récemment adressé une lettre amère et bien écrite pour me reprocher une admiration aveugle, une partialité, on disait presque une servilité envers M. Pitt. Je regrette qu'il se trouve encore, dans quelques personnes qui font partie de cet auditoire, des préjugés que, je l'avoue dans ma bonne foi, je croyais éteints par la réflexion et le temps. L'auteur de cette lettre, persuadé que mes éloges de Pitt sont une espèce d'apostasie de pays et de principes tout à la fois, signale ce ministre comme un homme pervers, un scélérat politique, un Borgia nouveau. Prenant des libelles pour des autorités, il affirme que la mort violente de tel souverain est l'œuvre de Pitt, que tel meurtre fut payé par lui, telle révolution irrésistible et toute-puissante dirigée par sa main, tel attentat de cette révolution consommé par ses ordres. Je pensais que ces paradoxes de la haine contemporaine avaient disparu. Je me trompais. Tout ce que je puis dire maintenant, c'est qu'une étude des monuments originaux, peut-être aussi attentive que celle de mon rigoureux contradicteur, m'a convaincu que, si Pitt portait au plus haut degré l'égoïsme du sentiment anglais, s'il détestait encore plus les victoires de la France que les crimes de la révolution, s'il n'eut pas cette philanthropie, cette générosité de sentiments que nous aimons, que nous admirons, cependant il montra, dans ce poste si corrupteur et si difficile de premier ministre d'un grand empire, une probité politique assez rare. Cet homme, qui a gouverné vingt années sans qu'une action coupable puisse être notoirement démontrée contre lui, n'est pas indigne que son nom soit répété avec estime devant un auditoire français. D'ailleurs, Messieurs, quel a été mon but dans cette digression sur l'Angleterre? Ce n'était pas l'apothéose de Pitt, ce n'était pas de préconiser un grand caractère étranger. Ce sont les principes mêmes de la liberté civile et politique dont j'ai voulu montrer la salutaire puissance par l'exemple d'un pays et d'un homme. C'est la liberté légale, c'est le gouvernement consti-

tutionnel que j'ai loués dans le panégyrique d'un
homme qui leur devait sa force et sa gloire. Permis à vous, permis à moi de ne pas avoir de prédilection pour M. Pitt; mais je crois impossible de
nier ses rares talents, et de ne pas avouer, avec
madame de Staël, qu'il tenait à la liberté au moins
par son génie, qu'il avait besoin d'elle, comme
elle avait besoin de lui. Au milieu de ces luttes
orageuses et régulières d'une liberté appuyée sur
la loi, il a paru un des plus grands athlètes de la
parole, il a été le ministre dirigeant de l'Europe;
il a montré tout à la fois la supériorité du génie
parlementaire sur les conseils des rois absolus, et
la force d'un état libre contre un peuple en révolution. Parlant de l'éloquence moderne, pouvais-
je oublier un si grand exemple? pouvais-je méconnaître le génie d'un homme qui a régné par la
parole, ce qui vaut mieux, quoi qu'on en dise,
que de régner par la censure et par le sabre?
Voilà mon excuse. (*Applaudissements.*)

Je reviens maintenant, Messieurs, aux discussions du barreau britannique. Je cherche le caractère de l'éloquence anglaise appliquée à ces débats
qui tiennent de la liberté politique et du droit civil.
Ce caractère ne se retrouve pas seulement dans les
procès solennels jugés devant la chambre des lords;
il appartient à beaucoup de débats portés devant
les tribunaux anglais, c'est-à-dire devant le jury.

Ces grandes causes politiques, ces grandes accusations de ministres sont très-rares; c'est l'*ul-
tima ratio* qui, presque toujours, est prévenue ou

évitée par une chute accidentelle ou une retraite volontaire.

Dans les quarante années qui nous précèdent, parcourant les annales judiciaires du parlement anglais, je ne trouve, avec le procès de Hastings, qu'une seule cause politique, celle de lord Melville. Quelques détails rattacheront ce fait particulier à la politique générale.

Un des caractères de Pitt avait été d'attirer, de soumettre à lui les hommes qui, supérieurs dans les affaires, n'ont pas cependant le haut génie du gouvernement, et dont l'habileté a besoin d'un chef et d'un guide. Pitt se servait d'eux, les laissait parler à côté de lui, après lui, les faisait sous-ministres, ministres, et gouvernait. Un des plus habiles de ces hommes d'état auxiliaires était Dundas, depuis lord Melville. Savant et célèbre avocat d'Écosse, il avait été conduit à la chambre par sa réputation d'orateur, et s'était aussitôt distingué par le talent politique et cette ambition un peu secondaire, mais active et décidée, qui l'appelait au gouvernement. Il avait suivi M. Pitt dans ce débat sur la *régence* dont je vous ai naguère entretenus. Il en fut récompensé par plusieurs fonctions importantes, entre autres, celle de trésorier général de la marine, place qu'avait occupée lord Chatam.

Dans le gouvernement anglais, si vanté, il y avait alors de grands et singuliers abus : la comptabilité n'était pas fort régulière, ni aussi nettement ordonnée que dans d'autres pays moins

libres. On sait les dilapidations du père de Fox,
lord Holland. Il mourut sans avoir éclairci ses
comptes.

Lord Melville, dans sa place de trésorier général de la marine, n'eut pas une administration
moins suspecte et moins embrouillée. Les revenus de cette place s'augmentaient autrefois de diverses remises, indemnités, placements facultatifs
des fonds de l'état, toutes choses obscures et favorables aux illégalités du preneur. En 1782, un
bill du parlement, voulant remédier à ces abus,
avait modestement réduit à quatre mille livres sterling les appointements du trésorier-général de la
marine. Il paraît que lord Melville ne se contenta
point de cette réforme; et on l'accusait d'avoir,
pendant seize ans d'administration, de 1784 à
1800, éludé la décision de la chambre, qui or-
donnait que les fonds de la marine fussent dépo-
sés à la banque, sans pouvoir en sortir jamais
que pour une application immédiate et expresse à
quelque partie du service de la marine. On peut
s'étonner, sans doute, qu'une règle si positive ait
été si longtemps violée sans réclamation. Quoi
qu'il en soit, la chambre prit enfin connaissance
de cet abus.

Un comité nommé pour l'examen de l'amirauté
établit, dans son rapport, que lord Melville avait
souvent retiré de la banque les fonds du service de
la marine pour les employer provisoirement à des
spéculations particulières, à des achats de rentes
et d'actions de la compagnie des Indes; que, de

plus, des sommes considérables avaient été entièrement détournées du service de la marine, sans
que lord Melville voulût rendre compte de leur
emploi, bien qu'il déclarât en avoir usé pour le
service de l'état, mais dans des circonstances trop
délicates pour être révélées au public.

Voilà donc un procès politique, qui n'est au
fond qu'un procès d'argent. Rien de plus triste
pour un homme d'état !

Un membre de la chambre, Withbread, s'emparant de ce rapport, pressa la chambre d'en admettre les conclusions. Pitt prit d'abord la parole
pour défendre son malheureux collègue. En avouant
de graves irrégularités, il expliqua comment un emploi provisoire des fonds de la marine, une attri-
bution de ces fonds à d'autres services publics,
avait pu quelquefois être nécessaire et tolérée. Il
soutint qu'il n'était pas prouvé que l'abus eût été
poussé plus loin, et qu'au lieu d'un usage diffé-
rent, mais toujours au profit de l'état, on se fût
permis un usage personnel, et au profit du trésorier général. Il conclut à demander une nouvelle
enquête, et la question préalable sur la motion
primitive. Quelques orateurs, parmi lesquels était
Canning, parlèrent dans le sens du ministre; mais
Fox, mêlant l'indignation et le sarcasme, repoussa
leurs raisonnements avec une vivacité qui peut
donner l'idée de l'outrageuse liberté des débats
britanniques :

J'ai l'espoir, j'ai la confiance, dit-il, qu'une intègre et nombreuse
majorité dans cette chambre marquera du sceau de sa réprobation

une si monstrueuse et si impudente culpabilité. Mais, allèguent quelques personnes, les dépositions ne sont pas d'une évidence légale. Je le nie. Si une accusation était décrétée contre lord Melville et ses associés, ces dépositions pourraient être produites contre eux à la barre des lords. En vérité, j'éprouve une forte répugnance à entrer dans les pénibles détails de la conduite d'un homme avec lequel j'avais eu autrefois quelques relations passagères. Dieu le sait, ce n'étaient que des relations d'hostilité! Mais, après les résultats de l'enquête, je serais honteux de moi-même si j'appartenais au même ordre de société que cet homme.

La chambre se divisa. Deux cent seize voix furent pour la question préalable, et deux cent seize la rejetèrent. Dans ce partage, le président se déclara contre l'avis du premier ministre; et lord Melville fut poursuivi. Ces anecdotes, en même temps qu'elles servent à l'intelligence de l'histoire judiciaire du parlement, ont pour objet de vous montrer que cette puissance singulière de Pitt n'était pas une dictature sans condition. Ce premier ministre, si puissant, n'aurait pu protéger le plus habile et le plus zélé de ses associés contre un soupçon déshonorant. Il essaye de le défendre avec réserve; et bientôt il cède.

Quelques jours après cette première épreuve de l'improbation parlementaire, Pitt annonça lui-même à la chambre des communes qu'il avait conseillé au roi d'éloigner lord Melville. Il semblait exprimer en même temps le désir que tout fût terminé par cette disgrâce. Mais les accusateurs persistaient dans l'intention de poursuivre.

L'effort et l'ascendant de Pitt se réduisit à procurer à son ancien collègue l'honneur d'une poursuite devant la chambre des lords. Un grand nombre de membres des communes voulaient que, prévenu de concussion, lord Melville fût renvoyé devant les tribunaux ordinaires, devant le jury.

Vous seriez tentés de croire que, dans un état si anciennement gouverné par des formes de liberté, il devait exister à cet égard un ordre invariable et nécessaire : il n'en est pas ainsi. Une première résolution de la chambre des communes avait ordonné au procureur général de la couronne de poursuivre devant la cour du banc du roi. Pitt obtint de la chambre que cette résolution fût changée en un renvoi devant la cour des pairs; mais il allégua surtout des motifs de convenance et d'égards pour l'infortune d'un homme tombé de si haut. Il se fonda sur les opérations politiques et secrètes que lord Melville avait prétextées, et dont la chambre des lords devait être meilleur juge qu'un tribunal ordinaire. Ces raisons et l'influence du ministre l'emportèrent. L'accusation fut portée à la barre de la chambre des lords. Lord Melville se justifia médiocrement et fut absous; mais il resta déchu de ses emplois, accablé sous le poids de cette humiliante incertitude qui avait divisé la chambre des communes.

Voilà le seul grand procès politique depuis le procès de Hastings. Il est curieux par les circonstances techniques et judiciaires, beaucoup plus que par l'éloquence des débats. Laissons lord Melville absous par la chambre des pairs; tenons-le, s'il le faut, pour excellent comptable, et passons à d'autres sujets.

J'ai nommé le grand avocat anglais du dernier siècle, Erskine; j'ai dit que son talent avait été surtout inspiré par des causes qui se rattachaient aux institutions libres de l'Angleterre. Cette influence de la liberté légale sur l'éloquence judiciaire, cet intime rapport de la constitution politique d'un pays avec l'existence des tribunaux, n'est nulle part plus apparente que dans la vie oratoire d'Erskine.

Une réflexion sur laquelle je ne serai pas désavoué, c'est qu'il n'est pas dans la vie civile de profession plus honorable, plus naturellement généreuse que celle du barreau. Même sous le pouvoir arbitraire, lorsque tous les esprits sont courbés, sont abattus, lorsqu'une servilité, qui atteint d'abord les agents immédiats de l'autorité, s'étend sur des hommes que leur situation, que leur fortune semblent laisser indépendants, c'est dans la profession du barreau que vous trouvez liberté, fermeté, courage. Cela tient au devoir essentiel, à la nature même de la profession; c'est un instinct d'état. Un avocat, c'est un défenseur; et ce mot renferme tout : résistance à l'oppression, habitude et besoin de réclamer contre l'injustice, libre examen et langage hardi. Durant les oppressions diverses qui ont agité de grands pays, c'est dans les avocats que vous avez trouvé fidélité à toutes les infortunes, zèle pour toutes les victimes. Sous les gouvernements tyranniques, ils ont été plus d'une fois les seuls représentants du courage civil; sous les gouvernements libres, où ce

courage civil devient un droit, au lieu d'être une
vertu, leur place est belle encore. Aussi, en Angleterre, nulle profession n'est plus honorée; elle
conduit aux plus grands honneurs, à moins que,
par un juste orgueil, et quelquefois par un calcul
d'intérêt, un avocat ne préfère sa profession à
tout. Vous avez appris, par le curieux dialogue
de Loysel, qu'au xve et au xvie siècle il y avait en
France une sorte de communauté entre l'ordre
judiciaire et le barreau. Rien n'était plus fréquent
et plus approuvé que de voir un avocat célèbre,
blanchi dans l'exercice de sa profession, passer
au rang des juges. Le même usage se conserve
en Angleterre. Les juges, vous le savez, y sont
très-peu nombreux; le jury supplée; mais ils sont
magnifiquement rétribués par l'état. Cependant
un avocat anglais refuse souvent d'accepter une
place de juge, parce que les avantages de cette
haute dignité, quelque grands qu'ils soient, sont
de beaucoup inférieurs à ceux d'un avocat célèbre.

Souvent aussi un avocat devient tout d'abord
président d'une cour de justice; car, dans la rigueur des principes anglais, loin d'avoir une série
successive d'avancements judiciaires à proposer à
l'émulation, on évite même d'élever un juge à la
dignité de président; on préfère choisir un homme
qui n'était qu'avocat : tant il a semblé que l'indépendance morale, la consciencieuse inviolabilité
d'un juge serait effleurée, si, même dans sa carrière, une chance d'ambition lui était ouverte, si
une seule tentation lui était permise!

La loi anglaise, vous le savez, est une étude infinie, un docte chaos : point de code fait tout
d'une pièce, uniforme, systématique; d'anciennes
et nombreuses coutumes, une longue série de statuts, une immense jurisprudence, une procédure
très-épineuse. Mais, par cela même que la législation est moins faite, la science du jurisconsulte
est plus haute. L'avocat anglais est obligé de porter ses recherches dans ce vaste dédale; aussi on
vante en général son érudition. De plus, cette habitude des pensées politiques, cet esprit parlementaire que répand la liberté de la presse, agit avec
plus de force sur des hommes accoutumés par devoir à méditer les lois. Les meilleurs avocats anglais réunissent, dit-on, à une grande variété de
connaissances un talent remarquable pour comprendre et discuter les questions les plus compliquées du droit public.

Cependant, je ne crains pas de le répéter, telle
est cette prodigieuse difficulté de la vie parlementaire, qu'il est infiniment rare qu'un avocat anglais, parvenu à la chambre des communes après
un long exercice de sa profession, se place au niveau de ces hommes qui, dès l'âge de vingt ans,
sont dévoués exclusivement à la vie politique.

A cette indépendance de caractère, à cette variété de connaissances que l'on reconnaît dans les
avocats anglais, Erskine, le premier peut-être,
joignit la pureté du goût littéraire à l'éclat de l'é-
locution. Il y avait quelque chose d'un peu rude
et pédantesque dans tous les monuments de la

plaidoirie anglaise, jusqu'au milieu du dernier
siècle. C'était une continuation de notre vieux
barreau du xvie siècle, sans la même vigueur et la
même puissance. Mais Erskine est un esprit poli,
classique et philosophique, pénétré de toutes les
idées modernes, dans ce qu'elles ont eu de plus
juste et de plus étendu. Si nous louons les Anglais,
j'imagine qu'Erskine avait prodigieusement loué
les Français. C'est un élève de Montesquieu. Les
doctrines, les idées, les expressions de l'*Esprit des Lois*
éclairent et animent son éloquence. Il doit à Montesquieu ce qu'il y a de plus élevé dans ses discours.

Maintenant, à cet homme d'un rare talent, il
fallait des occasions. Les procès civils, les procès
pécuniaires prêtent rarement à l'éloquence ; et dans
les usages anglais, beaucoup de causes, même importantes pour les mœurs, se résolvent en procès
pécuniaires. Le scandale a son tarif. L'indignation
morale et l'intérêt romanesque aboutissent à une
question d'indemnité. Cette nature de procès civils, qui forme une tache dans la civilisation et la
jurisprudence anglaise, nous ne saurions même
l'indiquer clairement, quoiqu'elle ait fait souvent
briller l'habileté des avocats.

Restent deux ordres de débats judiciaires d'un
intérêt élevé : les procès de liberté de presse, les
procès politiques devant le jury. Dans les temps
ordinaires, lorsque le pays est paisible, cette occasion disparaît. Mais dans les dernières années du
xviiie siècle, l'action des troubles civils de France
avait un puissant contre-coup sur l'Angleterre. Ce

prosélytisme ardent, premier caractère de la révolution française, cette ambition de tout renouveler, cet apostolat politique avait trouvé nécessairement en Angleterre des partisans parmi les
mécontents, les spéculatifs, les réformateurs, les
ambitieux, enfin toutes ces classes d'hommes qui,
par des motifs divers, ont le désir de l'agitation et
du changement. Ainsi, dans les années 1791, 1792
et suivantes, vous voyez l'Angleterre se couvrir
de clubs. Animés d'un esprit nouveau, ils se pas-
sionnaient pour toutes les théories de la tribune
française; ce que notre révolution pouvait avoir
de violent et d'injuste, ils le voyaient en perspective à leur manière; ils le recouvraient de gloire,
d'héroïsme, de liberté, et ils semblaient impatients d'appliquer les mêmes expériences à leur
pays. Les anciennes idées d'émancipation catholique, de réforme parlementaire, de plaintes contre
les bourgs pourris, les réclamations contre l'abus
des taxes, se transformaient en déclaration des
droits de l'homme. Cette puissante tribune française, qui jetait des flammes, était regardée de
loin avec enthousiasme par une foule d'hommes
qui commençaient à prendre en dégoût les institutions trop paisibles de leur pays. Des sociétés publiques ou secrètes s'étaient formées et correspon-
daient avec celles de France. Mais à cette vue,
presque toute l'aristocratie anglaise, noble et com-
merçante, qui d'abord avait approuvé les principes de la réforme française, s'était violemment
portée à l'autre extrémité; et de même que l'on

voyait des ferments de discorde et de révolution
dans le peuple, on voyait dans les hautes classes,
qui sont si puissantes en Angleterre, un dégoût
violent, une haine injuste contre tout principe de
liberté, au dehors du moins; car l'idée ne leur venait pas d'arracher ces principes de leur propre
pays. Mais ils les regardaient, en France et sur le
continent, comme un danger terrible qui allait les
atteindre et les dévorer; et cette violence, cet
emportement injurieux qui remplit l'ouvrage de
Burke, cette fureur éloquente dont il se passionnait au seul nom des idées que lui-même auparavant avait si souvent proclamées, ce n'est que
l'expression de l'inquiétude mêlée de haine qui
avait saisi la société anglaise et la majorité des
deux chambres.

Ces institutions si favorables à la liberté, cette
indépendance du jury, ce droit de pétition, cette
toute-puissance du parlement n'étaient plus des
sauvegardes démocratiques; c'étaient, au contraire, des appuis pour l'aristocratie anglaise,
et de fortes barrières contre l'esprit nouveau.
Toutes les fois qu'un homme était accusé de communication avec les novateurs de France, toutes
les fois que ses écrits semblaient révéler une sorte
d'attrait pour les doctrines qui régnaient en
France, une sorte de complicité théorique avec
les auteurs de cette révolution menaçante, les
jurys anglais prononçaient les *verdicts* les plus sévères. Il semblait que dans ce pays, où il y a moins
de magistrature officielle, chacun se faisait magis-

trat pour défendre cet ordre public qui se confiait
à lui. Ce zèle avait ses abus, ses excès, et pouvait
avoir sa tyrannie. Les actes du pouvoir politique
étaient animés de la même passion. Le parlement
avait passé un bill portant qu'il existait en Angleterre une conspiration pour renverser les fonde-
ments de la société; en vertu de cet acte, plusieurs
sujets du royaume étant arrêtés sans les garanties
habituelles de la loi anglaise, le parlement, par
un second bill, autorisa leur emprisonnement prolongé.

Voilà quelle était cette espèce de passion publique qui animait tous les esprits pour la défense de
l'ordre social menacé par le voisinage et les com-
motions de la France. De touchants spectacles ex-
citaient encore ces défiances et ces animosités de
la peur; elles se nourrissaient de l'attendrissement
pour de grandes infortunes. L'Angleterre était
comme une île de refuge, ouverte à tous les hommes qui fuyaient le sol brûlant de la France, où
ils avaient perdu leurs biens, leurs enfants, leurs
parents immolés sur l'échafaud. Cette hospitalité
envers les proscrits, cette vue journalière de leurs
malheurs irritait d'autant plus contre les théories
de la France. Le noble, le riche, le propriétaire
anglais étaient saisis d'une crainte vindicative,
moins par pitié pour les victimes que par un retour sur eux-mêmes, et sur les terribles effets du
déchaînement populaire.

Dans cette situation, la conduite d'Erskine fut
belle; il était le partisan zélé des principes démo-

cratiques; il était un whig véritable. En même
temps il était attaché avec un dévouement sérieux
aux principes de la monarchie anglaise et aux vérités du christianisme. Dans le bouleversement
fondamental de 1793, lorsque tout avait été détruit en France, trône, mœurs, justice, religion;
lorsque le christianisme avait été aboli autant qu'il
peut l'être, c'est-à-dire pour peu de temps et sans
successeur, l'âme d'Erskine avait partagé cette indignation qu'éprouvait Burke. Pour lui aussi, ces
hommes de sang qui, à la place de la liberté,
avaient établi le plus épouvantable despotisme et
la plus détestable inquisition, ces sophistes absurdes et féroces qui avaient, par une apothéose doublement sacrilége, couronné la déesse de la Raison,
ces hommes qui avaient envoyé sur l'échafaud tant
de prêtres, de vieillards, de femmes, convaincus
d'une même innocence, ces hommes qui avaient
fait tant de crimes, que l'on ne peut plus ni accuser ni oublier, lui étaient odieux, exécrables; mais
en même temps il ne descendait pas à cette faiblesse
de certains esprits, que la haine des crimes commis au nom d'une opinion irrite et acharne contre
les principes généreux qui sont l'âme de cette opinion; il n'allait pas, comme Burke, renier, blas-
phémer les premières espérances, les premières
théories de la révolution française, parce qu'elles
étaient tombées dans les mains de quelques hommes qui les avaient souillées et ensanglantées. Non,
il restait intrépidement, l'expression n'est pas trop
forte, au milieu de l'animadversion de l'esprit

anglais, il restait intrépidement attaché à ces premiers principes, à ces premières espérances; il
était l'imperturbable défenseur de la liberté de la
presse, du droit de pétition et de toutes les doctrines sacrées qui avaient fait la gloire de l'Angleterre. Au contraire, plus ces doctrines, repro-
duites d'abord par les immortelles réformes de
l'assemblée constituante, étaient dépravées par la
convention, plus il les invoquait avec force, et il
croyait que c'était par la liberté qu'il fallait lutter
contre la tyrannie démagogique. Son nom et son
rare talent lui donnaient, à cet égard, une grande
influence en Angleterre; et lorsque, à la suite des
actes du parlement, les procédures commencèrent
contre ces hommes qu'on avait d'abord arrêtés arbitrairement, l'autorité morale et le talent d'Erskine étaient nécessaires pour combattre avec quelque succès non-seulement le préjugé du pouvoir,
mais le préjugé national même, qui accablait les
prévenus de tout le poids de la publique indignation.

Car, remarquez-le, Messieurs, la liberté dans
un état forme une espèce de pouvoir collectif qui
souvent déploie, pour sa propre défense, une force
et une ardeur que l'administration la plus énergique et la plus concentrée ne saurait avoir. Il fallait le courage civil d'Erskine pour lutter contre
cette unanime colère des jurés anglais empressés
de déclarer coupable toute participation, même
chimérique, aux théories de la France.

Une des occasions les plus importantes où

Erskine obtint cette influence, c'est le procès de
Thomas Hardy. Cet homme s'était fait le secrétaire
d'un club de réformateurs séditieux ou spéculatifs,
qui correspondait avec quelques démocrates français. Il était l'ami d'Horne Tooke, célèbre par ses
écrits de grammaire et ses pamphlets politiques.
Arrêté d'abord en vertu d'une loi d'exception rendue par le parlement contre diverses sociétés politiques, Thomas Hardy, après une détention assez
longue, fut traduit avec plusieurs autres devant
le jury. On produisait contre Thomas Hardy des
pièces nombreuses, des lettres aux affiliés du club,
des plans de réforme politique et une chanson sé-
ditieuse. Il avait, en effet, beaucoup écrit, beaucoup parlé; mais, enfin, il s'agissait de savoir si
cet homme était criminel de haute trahison au
premier chef, s'il avait conspiré, s'il avait pu
conspirer le renversement de la constitution anglaise et la mort du roi d'Angleterre, s'il méritait
de perdre la tête, parce qu'il avait été absurde dans
quelques-uns de ses écrits, et qu'il avait reçu des
confidences coupables ou folles. Telle était la cause
qu'Erskine entreprit de défendre. Son plaidoyer
est un chef-d'œuvre dans le système de la défense
moderne : rien n'est donné à la passion; ce ne sont
pas là des juges comme les juges de l'antiquité,
dont l'orateur effraye, bouleverse l'esprit, et contre
lesquels il emploie tous les ressorts des passions
humaines.

Non! la vérité, l'évidence, le respect scrupuleux
des institutions anglaises, la liberté, l'intérêt de

l'Angleterre, voilà les seuls arguments d'Erskine.
Il n'essaye pas un moment d'émouvoir ou de passionner ses juges, ou du moins il ne leur présente
que cette noble, cette pure passion de la vérité
cherchée par elle-même, cette joie de l'évidence
qui absout, ce doute religieux, ce doute sacré
dans le cœur du juré, toutes les fois que la plus
manifeste conviction ne vient pas l'assaillir de sa
lumière.

Nous ne pouvons suivre ici l'admirable méthode
qui préside à ce discours, ni retracer l'art infini
de l'orateur pour discuter les charges, apprécier
les témoignages, combattre les préjugés, atténuer
enfin la terrible présomption qui naissait des *bills*
du parlement. C'est le chef-d'œuvre d'une dialectique sincère et convaincante.

En combattant les alarmes excessives qu'inspirait la révolution française, il ne veut pas cependant trop rassurer son pays. Il promène aussi
ses regards sur les trônes ébranlés; mais il fait
sortir de ce spectacle des conseils de modération
et de liberté pour l'Angleterre. Il invoque au secours de l'accusé ce qui faisait son péril, et s'arme
des désordres et des violences de l'anarchie, pour
le recommander à la protection des lois anglaises,
si favorables aux accusés. Rien de plus vrai, de
plus élevé que ce mouvement d'éloquence :

A l'époque où d'autres nations sont prêtes à renverser leur gouvernement, que votre sagesse fasse sentir aux sujets britanniques
l'excellence du nôtre : tirons le bien du mal. Les habitants dispersés
de tous les lieux du monde fuiront vers nous comme vers un asile
sacré; chassés de leur patrie pour n'avoir pas cédé à des réformes

nécessaires, victimes de leur folle obstination à souffrir que la corruption suivît son cours jusqu'à la ruine entière de la société, en touchant nos rivages, ils connaîtront le prix de la sécurité et quelles sont les lois qui la donnent; ils liront ce jugement, et votre décision fera palpiter leurs cœurs ; ils se rediront l'un à l'autre, et leur voix retentira jusqu'aux extrémités de la terre : Puisse la constitution anglaise durer à jámais ! c'est le sanctuaire encore subsistant des opprimés ! Ici, et seulement ici, le sort de l'homme est en sûreté. L'autorité, établie pour les fins de la justice, peut s'armer contre elle; la chambre des communes elle-même peut rendre une déclaration qui préjuge le crime; on peut employer toute espèce d'artifices pour tromper les opinions du peuple : ce qui, dans un autre pays, serait la perte inévitable de l'accusé, dans cette Angleterre libre et éclairée, ne fera pas tomber un cheveu de la tête de l'innocent. Le jury fixera ses yeux sur la loi comme sur l'étoile polaire qui doit le diriger ; il ne voudra pas, dans sa prudence, donner l'exemple du désordre, et prononcer un *verdict* de censure contre l'autorité ; mais, d'une autre part, il ne se fera pas l'instrument d'un sacrifice politique; il délivrera un homme innocent et sincère des pièges de l'injustice. Quand votre *verdict* sera prononcé, tel sera le jugement du monde; et si, parmi nous-mêmes, il se trouvait quelques hommes ennemis du gouvernement, rien ne sera plus capable de regagner leurs cœurs. Ils diront : Si nous avons perdu notre juste influence dans le parlement, il nous reste encore une ancre de miséricorde pour retenir le vaisseau au milieu des efforts de la tempête; nous avons encore, grâce à Dieu, une bonne administration de la justice, appuyée sur l'indépendance des juges, sur les droits des jurys et sur l'intégrité d'un barreau prêt, dans tous les temps et en toute occasion, à se porter en avant pour la défense du dernier homme de l'Angleterre traduit en jugement devant les lois du pays.

Une portion nombreuse du public témoignait un vif intérêt à l'accusé, et n'éprouvait pas, pour les doctrines de la révolution française, la même haine que l'aristocratie anglaise. L'éloquence d'Erskine, toute grave et modérée qu'elle était, enflamma les esprits; le calme de l'audience fut troublé; ce mouvement se communique au dehors; un peuple immense s'était amassé aux por-

les; une sorte de sédition d'enthousiasme avait
commencé. Alors Erskine eut un des plus beaux
triomphes qui puissent être réservés à l'homme de
bien éloquent. Les juges le pressèrent d'aller lui-
même apaiser cette foule menaçante; il sortit,
harangua le peuple, l'engageant à se confier à la
justice du pays, et lui rappelant avec gravité que
la sûreté de tout Anglais reposait à l'abri des lois
inestimables de l'Angleterre, et que tout effort
pour intimider et violenter ces lois, non-seulement serait un affront à la justice publique, mais
un danger pour la vie des accusés.

Cette foule immense se dispersa, et un silence
respectueux succéda tout à coup à cette commotion qui épouvantait la ville de Londres.

Quand le calme fut entièrement rétabli, les
jurés prononcèrent leur verdict de *non coupable.*
Mais, chose digne de remarque, et qui honore
doublement le sage patriotisme d'Erskine, en sau-
vant la vie d'un accusé, il servit la paix publique.
Ce débat solennel, cette défense si ferme et si heureuse de quelques hommes que la conscience
même de leurs complices ne pouvait trouver entièrement innocents, ce grand exemple de l'indulgente équité des lois anglaises devint, comme
Erskine l'avait éloquemment prédit, une salutaire
leçon et une espèce de manifeste sur l'excellence
de la constitution attaquée par les réformateurs.
Cette fièvre de nouveautés s'arrêta. Les procès
criminels cessèrent; et une justice tellement impartiale, qu'elle rendait à la liberté des hommes

dénoncés par un bill du parlement, et à demi convaincus, satisfit et calma le pays, plus que toutes
les rigueurs légales ne l'auraient effrayé.

Ce beau succès éleva très-haut la réputation et
la popularité d'Erskine. Une autre cause célèbre
vint l'augmenter encore. Vous savez, Messieurs,
que Thomas Payne, d'abord apologiste zélé de
l'émancipation de États-Unis, puis partisan outré
de toutes les réformes, ayant passé en France, y
devint membre d'une assemblée trop fameuse. Il
avait publié, sous le titre de *Droits de l'homme*, une
véhémente réfutation de l'ouvrage de Burke. Tous
les principes de la souveraineté populaire, toutes
les doctrines les plus hautaines de la démocratie,
étaient exposés dans cet ouvrage avec une sorte de
rudesse violente et familière.

Cependant, lorsque son livre fut dénoncé, Erskine vit dans cette cause le principe de la liberté
de la presse à défendre.

Ce principe veut que le délit, et non l'erreur,
soit puni. Les théories générales, les abstractions
politiques, même les plus téméraires et les plus
fausses, lorsqu'elles n'offrent pas le caractère direct de la sédition et de l'outrage, ne tombent pas
dans le domaine de la loi : car si la loi proscrivait
le paradoxe, elle menacerait bientôt même la pensée. Telle était depuis longtemps la maxime des
Anglais. Mais l'exemple terrible de la France, ces
théories traduites si vite en attentats et en crimes,
cette intime alliance du système et de l'action,
avaient puissamment réagi sur la doctrine des ju-

risconsultes anglais; et à la vue du bouleversement
de ce grand pays, dans la terreur d'un danger
semblable, ils invoquaient la condamnation des
doctrines, comme celle des crimes. Erskine, ré-
sistant à cette prévention de l'inquiétude publique, se présenta pour défendre le livre de Thomas
Payne, dont il ne partageait point les opinions.

Malgré l'autorité morale et le rare talent d'Erskine, malgré l'adresse de sa défense et l'art avec
lequel il reproduisait les passages analogues des
plus célèbres publicistes et de Burke lui-même,
qui, dans des temps plus paisibles, avait énoncé
les mêmes théories de liberté trouvées si coupables
dans Thomas Payne depuis que la France avait
tenté de les mettre en œuvre, le livre de Payne fut
condamné tout d'une voix.

Dans les rangs même d'une portion des whigs, le
zèle d'Erskine et sa défense des *Droits de l'homme*
furent frappés de défaveur. Depuis longtemps
chancelier du prince de Galles, protecteur-né de
l'opposition légale, il perdit cette charge qu'il
avait méritée par une longue fidélité politique.

Ici, Messieurs, vous allez juger, par un fait
moins connu, le caractère moral et la conscience
religieuse d'Erskine.

Erskine avait défendu, au prix de sa fortune et
de ses alliances politiques, la cause de Thomas
Payne, c'est-à-dire le droit illimité de discussion
politique.

Deux ans après, un nouvel ouvrage du hardi
démocrate est publié en Angleterre. Après avoir

attaqué par ses audacieuses théories le principe
des monarchies européennes, Thomas Payne attaquait le christianisme. Absent, et protégé par une
déplorable élévation, il était à l'abri des coups de
la justice anglaise; son livre seul pouvait être atteint par la vindicte publique. L'accusation de ce
livre était une profession de principes, et non pas
une attaque contre l'auteur lui-même. Ce même
Erskine, qui avait réclamé, en défendant le livre
des *Droits de l'homme,* la liberté absolue de la discussion politique, attaqua l'abus de la discussion
religieuse.

Ici, remarquons en passant les procédés de la
loi anglaise. Le livre de Thomas Payne circulait.
Le grand jury, c'est-à-dire la chambre d'accusation, formée des principaux propriétaires, déclare
qu'il y a lieu de poursuivre l'ouvrage. Erskine
alors publie un discours à l'appui de la poursuite,
en son propre nom, et comme citoyen anglais. Il
y reconnaît que toute discussion générale, abstraite, des principes d'un culte, doit être libre,
qu'elle résulte de la liberté même de la presse;
mais que toute diffamation violente et injurieuse
d'un culte doit être interdite et punie. J'aime à
faire connaître cette doctrine d'un esprit supérieur, parce que dans plusieurs occasions, et par
quelques absolutions éclatantes, la sagesse des tribunaux français l'a reproduite et consacrée.

Permettez-moi de vous citer la fin de ce plaidoyer mémorable; rien ne montre mieux ce caractère de l'orateur, qui n'est pas l'accusateur officiel

ou le défenseur intéressé de toutes les causes,
mais une personne indépendante, ayant sa conviction, sa foi, son autorité morale :

Messieurs, il est encore une considération, une seule qu'il m'est
impossible d'omettre, parce que j'avoue qu'elle m'affecte profondément. L'auteur de ce livre a écrit avec force en faveur de la liberté
publique ; et cette dernière production que j'accuse a été, pour ce
motif, plus promptement répandue, surtout parmi ceux qui s'é-
taient attachés à ses premiers ouvrages. Cette circonstance, Messieurs, rend une attaque publique, de la part d'un tel écrivain,
contre toute religion révélée, infiniment plus dangereuse. Le sentiment religieux et moral du peuple anglais est l'ancre de salut qui
peut maintenir l'état au milieu des tempêtes qui agitent aujour-
d'hui le monde. Si la masse du peuple était détournée des principes
de la religion, fondement de cette humanité et de cette bienveillance qui a été si longtemps notre caractère national, au lieu de
m'associer, comme je l'ai fait plusieurs fois, à des plans de réforme
politique, je fuirais dans le coin le plus reculé du monde pour
éviter de telles agitations, et je supporterais non-seulement les
abus et les imperfections qui se mêlent à notre sage gouvernement,
mais le plus mauvais gouvernement de la terre, plutôt que d'aller
entreprendre une œuvre de réformation avec une multitude affranchie de tous les liens du christianisme, et qui n'aurait d'autre idée
de l'existence de Dieu que celle qu'on peut recueillir de l'observation de la nature, comme l'entend M. Payne, sans promesse de
récompense à venir, pour animer le bon à la poursuite glorieuse
de la prospérité humaine, sans menace de châtiment pour effrayer
le méchant qui voudrait la détruire à sa naissance.

Je n'ai pas d'objection à la controverse la plus étendue et la plus
libre sur les points fondamentaux de la religion chrétienne ; et
quoique la loi ne le permette pas, je ne redoute point les raisonnements du déiste contre l'existence du christianisme même, parce
que, suivant les paroles de son divin auteur, s'il vient de Dieu, il
survivra. Je ne redoute pas un livre de raisonnements ; mais je ne
saurais souffrir un livre d'outrages, etc., etc.

Messieurs, je ne puis finir sans exprimer ma vive douleur de
toutes les attaques essayées contre le christianisme par des écrivains
qui se donnent pour les premiers promoteurs des libertés civiles du
monde. Sous quels autres auspices que ceux du christianisme les libertés du monde, anciennement perdues, ont-elles été reconquises ?
Quel autre zèle que celui des chrétiens fervents a consacré les libertés
anglaises ? Et même, de nos jours, sous quelle autre sanction la liberté

et le bonheur sont-ils répandus dans les régions les plus éloignées
de la terre? Quelle œuvre de civilisation, quelle grande communauté sociale cette sauvage religion de la nature a-t-elle jamais
établie? Nous voyons, au contraire, les peuples qui n'ont eu pour
se diriger d'autres lumières que celles de la nature, enfoncés dans
la barbarie, ou esclaves sous des gouvernements arbitraires, tandis
que, sous la dispensation chrétienne, le monde avance lentement,
mais toujours plus éclairé à chaque pas, selon les prophéties de
l'Évangile, et marchant, je le crois, pour dernier terme, vers un
bonheur universel et éternel. Chaque génération de la race humaine
ne voit se dérouler qu'un petit nombre d'anneaux de cette chaîne
mystérieuse; mais en faisant chacun notre devoir dans la condition
qui nous est départie, nous sommes sûrs de remplir l'objet de notre
existence. J'en ai la confiance, vous ferez le vôtre aujourd'hui.

Noble et touchant langage! Un préjugé ou un
faux prétexte semble supposer que les doctrines
de libertés sont ennemies de ces principes qu'Erskine vient d'exprimer avec tant de force et d'éloquence; mais c'était, au contraire, dans l'alliance
intime du sentiment religieux et de l'esprit de liberté que l'éloquent orateur trouvait à la fois la
force et le pathétique de ses raisonnements. Sans
cesse vous le verrez, dans ses discours, s'adresser
non pas simplement à la justice, à la probité, mais
à ce qu'il appelle le christianisme des jurés.

Cette union des idées de perfectibilité sociale
et des principes du christianisme caractérise le
talent d'Erskine. Elle est pour lui la source d'un
pathétique grave et doux. C'est le Fénelon des
avocats. Au milieu de l'âpreté des discussions judiciaires, encore exaspérées par les animosités
politiques, Erskine, philanthrope et chrétien,
porte une sorte de sérénité persuasive. Il est au
premier rang de ces vrais apôtres de l'humanité

qui, en Angleterre, ont appuyé sur l'esprit de
l'Évangile toutes les idées de réforme[1] et de liberté
politique.

Parlons encore de procès, Messieurs. Ce n'est
plus cette éloquence tempérée d'Erskine dont je
vais vous occuper. Il s'agit d'une cause singulière
qui fut plaidée avec toute la vivacité du sarcasme.

L'accusé était un émigré français, écrivain politique, qui, loin de son pays, vivait du travail
assidu de sa plume, et faisait à Londres un journal violent et satirique. La partie plaignante était
le général de l'armée d'Italie, le conquérant passager de l'Egypte, le premier consul de la république française, dans la suite empereur des Français, roi d'Italie, protecteur de la confédération
du Rhin.

C'était sans doute un remarquable hommage à
la puissance des lois anglaises, que ce recours
porté devant un jury étranger par le vainqueur
de l'Europe, par l'homme qui, en France même,
avait détruit l'action politique du jury et l'indépendance de la presse.

La plainte avait pour objet une ode satirique
publiée dans l'*Ambigu*, journal de Pelletier, et divers morceaux où l'on insinuait, par des allusions historiques, qu'un usurpateur n'avait pas
de droit à la vie plus qu'au trône, et que le cou-

---

[1] On n'a point parlé ici du plaidoyer mémorable d'Erskine pour Hatfield.
Cité et analysé dans un ouvrage de madame de Staël, ce discours est trop
connu.

rage de qui voudrait le tuer serait un acte de justice publique.

L'*attorney* général exposa l'accusation dans un
plaidoyer qui se compose surtout de citations.
Avec un zèle médiocre pour le plaignant, il n'eut
pas de peine cependant à établir le délit d'outrage
et de provocation au meurtre.

La défense de Pelletier avait été recherchée,
demandée par un orateur du plus beau talent, sir
James Mackintosh, qui d'abord avait vivement
approuvé les principes de la révolution française,
et les avait défendus contre Burke, dans un livre
intitulé : *Vindiciæ gallicanæ, ou Apologie de la révolution française, et de ses admirateurs anglais.* Bientôt
après, indigné des attentats de la révolution victorieuse, Mackintosh avait modifié ses premières
opinions, s'était rapproché de Burke et du gouvernement. C'est lui qui, dans la suite, a rempli
de grandes fonctions judiciaires à Bombay dans
l'Inde, et y a fait respecter et chérir le nom anglais. Il a depuis revu son pays, et reparu avec
éclat dans les rangs de l'opposition. C'est une imagination brillante et facile animée par un cœur généreux. C'est un défenseur et un ornement du
parti de la liberté, un de ces hommes qui ont réclamé avec éloquence l'émancipation catholique,
et lutté contre l'esprit militaire et despotique de
lord Castelreagh. Mackintosh, homme de lettres
et de goût autant qu'il est orateur politique, pro-
met depuis longtemps une histoire du règne de
Georges III ; mais il semble que cette facilité heu-

reuse de la tribune ne le suive pas dans le cabinet, et qu'il ait moins d'ardeur pour écrire que de talent pour parler.

Pour un tel orateur, dans tout l'éclat de la jeunesse et du talent, c'était une heureuse fortune de faire indirectement comparaître devant un jury anglais le vainqueur de l'Europe, et de lui répéter, par le privilége de la défense, à peu près les mêmes choses dont il se plaignait.

Si ce plaidoyer de Mackintosh n'était qu'un pamphlet contemporain, je ne vous en parlerais pas. Mais un homme si distingué ne pouvait se borner à ce facile mérite. De hautes considérations, des vues sages et élevées sur la liberté politique et sur la longue crise de l'Europe se mêlent à l'amertume habile de son discours. Ce n'est pas simplement l'ouvrage d'un orateur; on sent le publiciste et l'ami sincère de son pays.

L'art oratoire, que je suis bien loin de refuser aux Anglais, et que je trouve, au contraire, si remarquable sous la simplicité de Pitt ou de Fox, n'est nulle part plus brillant et plus pompeux que dans ce plaidoyer. C'est un travail classique pour l'élégance. On reconnaît un écrivain paré, jusqu'au luxe, de tous les ornements de l'éloquence antique, mais éloquent lui-même.

Mais ce qui me frappe surtout, et ce que je préfère, c'est le point de vue élevé auquel l'orateur ramène tout le débat. Le premier consul était peu favorable à la liberté de la presse. Il ne la souffrait pas chez lui; il la détruisait ailleurs. A la marche

qu'il suivait, on pouvait croire que successivement il s'emparerait de tous les états de l'Europe;
et comme il établissait son gouvernement et ses
principes dans tous les pays dont il s'emparait,
insensiblement il n'y aurait pas eu dans le monde
un lieu où la parole eût été libre plus qu'à Paris.
Il était jeune, vivant de cette vie puissante, infatigable, qui pouvait suffire à tant d'entreprises et
user la résistance de tant de peuples. A la vérité,
il y avait une paix provisoire entre la France et
l'Angleterre; mais le sentiment, l'instinct de l'Europe était la longue durée de la guerre. Malgré la
confiance que les Anglais avaient dans leur île,
dans leurs vaisseaux, dans leurs lois, dans leur liberté, dans leurs armes, en songeant à cette guerre
viagère qu'ils avaient devant les yeux, plus d'une
inquiétude pouvait les saisir. C'est à cette crainte
naturelle que s'adresse Mackintosh; il montre que,
par les victoires de la révolution, la liberté avait
beaucoup perdu en Europe; que tant de petits
états, autrefois protégés par la tolérance des rois,
Genève, la Suisse, la Hollande, où la liberté de la
pensée et de la presse se conservait au moins comme
un objet de commerce, n'existaient plus, et qu'elle
n'avait plus que l'Angleterre. Ce n'était pas là un
argument d'avocat, mais une prévoyance de publiciste qui devait être partagée par l'auditoire :

Ces faibles états, dit-il, ces monuments de la justice de l'Europe,
l'asile de la paix, de l'industrie, des lettres, les tribunes de la raison publique et le refuge des innocents opprimés et de la vérité
proscrite, ont péri avec ces anciens principes, qui étaient leur
unique sauvegarde. Ils ont été engloutis par cette terrible commo-

tion qui a ébranlé les lieux les plus reculés de la terre; ils sont détruits; ils ont disparu pour jamais.

Un seul asile de libre discussion est encore inviolable, il est encore un petit coin de l'Europe où l'homme peut librement exercer sa raison sur les plus graves intérêts de la société, où il peut hardiment publier son jugement sur les actes des plus orgueilleux et des plus puissants despotes. La presse anglaise est libre encore; elle est gardée par la libre constitution que nous ont transmise nos aïeux; elle est gardée par les cœurs et les bras des Anglais. Et je n'hésite pas à dire que si elle doit succomber, elle ne succombera que sous les ruines de l'empire britannique. C'est une imposante considération, Messieurs; tout autre monument de la liberté européenne a péri; cet ancien édifice, élevé par la sagesse et la vertu de nos pères, est encore debout; il est debout, grâce à Dieu, solide et entier; mais il est debout seul, et de toutes parts entouré de ruines. Dans ces circonstances extraordinaires, je le répète, je dois considérer ce débat comme le commencement d'une longue suite de luttes entre le plus grand pouvoir du monde et la seule presse libre qui subsiste en Europe; et j'ai la confiance que vous vous considérerez vous-mêmes comme les sentinelles avancées de la liberté, ayant aujourd'hui à soutenir le premier combat que le droit de libre discussion livrera contre le plus formidable ennemi qu'il ait jamais rencontré.

Après une longue et vive discussion plus injurieuse qu'historique, l'orateur revenait encore à ce premier argument :

Devant cette cour où nous sommes réunis, Cromwell renvoya deux fois l'auteur d'une satire contre sa tyrannie, pour le faire convaincre et punir comme libelliste; et dans cette cour, presque à la vue de l'échafaud dégouttant du sang de son souverain, sous le cliquetis des baïonnettes qui avaient chassé le parlement avec outrage, deux jurys successifs délivrèrent le courageux satirique et déboutèrent le procureur général de l'usurpateur. Alors même, Messieurs, quand toute loi et toute liberté étaient foulées aux pieds d'un brigand militaire; alors même, quand cette infortunée contrée, triomphante au dehors, mais esclave au dedans, ne voyait d'autre avenir qu'une longue succession de tyrans, montant au trône à travers les meurtres; alors même l'indomptable esprit de la liberté anglaise survivait dans les cœurs des jurés anglais; cet esprit, je m'en fie à Dieu, n'est pas éteint; et si quelque moderne tyran espérait, dans l'ivresse de son insolence, intimider un jury anglais, il lui dirait : « Nos ancêtres ont bravé les baïonnettes de Cromwell; nous ne craindrons pas les tiennes. » *Contempsi Catilinæ gladios; non pertimescam tuos.*

Si nous sommes condamnés à la cruelle punition de survivre à notre patrie, si, dans les conseils impénétrables de la Providence, cet asile privilégié de justice et de liberté, ce noble ouvrage de la vertu et de la sagesse humaine, est destiné à la ruine, ce qui, je le dis sans préjugé national, serait le coup le plus dangereux pour la civilisation ; au moins emportons avec nous, dans notre triste exil, la consolation de n'avoir pas violé les droits de l'hospitalité ; de n'avoir pas arraché de l'autel le suppliant qui implorait protection, victime volontaire de sa loyauté et de sa conscience.

Le procureur général reprit la parole avec beaucoup de force et de simplicité. Il cita surtout les passages qui, qui en rappelant les noms de César et de Romulus, avaient eu pour objet d'exciter à l'imitation d'un assassinat :

Je crois, dit-il, que pour l'acquit de mon devoir, il m'est impossible de ne pas établir que de tels écrits ont, relativement aux magistrats d'une contrée étrangère, une tendance odieuse et meurtrière. Je crois que vous aussi, pour l'acquit de votre devoir, sans souvenir du passé, sans crainte d'aucune injure à venir, vous devez rendre la justice rigoureusement. Votre verdict doit réprouver tout projet de meurtre et d'assassinat. Considérez combien de tels projets seraient dangereux s'ils n'étaient pas déshonorés et découragés dans ce pays libre ; car ils peuvent exciter des représailles qui porteraient sur les têtes qui nous sont les plus chères et les plus respectables. Messieurs, j'ai la confiance que votre verdict fortifiera les relations par lesquelles les intérêts de cette contrée sont liés à ceux de la France, et qu'il fera éclater dans tous les lieux du monde la conviction de la pureté de la magistrature anglaise, et de l'impartialité de toutes ses décisions.

Les jurés déclarèrent Pelletier coupable. Mais, quelques mois après, la guerre éclata de nouveau entre la France et l'Angleterre ; et le plaignant, qui avait dû être médiocrement satisfait de toute cette procédure, de toute cette plaidoirie, et qui, sans doute, en se faisant traduire le discours de Mac-

kintosh, s'était impatienté de voir un avocat si
hardi contre un conquérant, eut recours aux
armes au lieu des tribunaux ; et à la journée
d'Austerlitz, et à quelques autres journées, il obtint sentence contre la liberté de l'Europe. (*Applaudissements.*)

CINQUANTE-SEPTIÈME LEÇON.

Dernières considérations sur l'éloquence politique des Anglais. — Côté moral de cette éloquence. — Influence de la tribune sur le progrès social et le triomphe des principes de tolérance et d'humanité. — Abolition de la traite des noirs. — Rôle de M. Pitt dans cette grande question. — Commencement de l'émancipation catholique. — Autre point de vue sous lequel apparaît M. Pitt. — Sa situation et son caractère dans la grande guerre de l'Europe. — Sa retraite momentanée des affaires. — Sa rentrée au pouvoir; sa mort. — Courte administration de M. Fox. — Disparition successive des hommes les plus célèbres du parlement.

MESSIEURS,

Il me reste à résumer et à finir l'histoire de la tribune anglaise dans le dernier siècle et jusqu'aux commencements du nôtre. Il faut voir vieillir et mourir ces hommes dont nous avons entendu les premières paroles. Ce n'est point, Messieurs, par une partialité étrangère que je prolonge cet examen; mais, je vous l'ai dit, j'éprouve une impuissance absolue à retracer ici les horribles et grands spectacles de la France dans les convulsions de la *terreur*.

Quelque chose de trop violent, de trop sanguinaire est attaché alors à la parole; ce n'est plus de l'art ou du génie; c'est un protocole de meurtre, souvent absurde autant que féroce.

Aucun des instruments naturels du raisonnement et de la persuasion n'est plus en usage; on
est hors de la loi du bon sens, comme de l'humanité. Les contradicteurs sont frappés de mort;
les persécuteurs, les oppresseurs de la parole sont
tués à leur tour : la tribune est l'escalier de l'échafaud. Il y a dans cette terrible loterie de vengeance
et de mort, dans cette peur implacable qui fait
tant de victimes, un état de société si extraordinaire que l'on ne peut en tirer d'exemple pour un
autre temps. Les âmes forcenées par la haine ou
le péril étaient montées à un langage qui devient
ailleurs presque incompréhensible, et paraît froid
à force de fureur. L'histoire, l'histoire expressive
et morale peut sans doute trouver là d'énergiques
tableaux, de solennelles instructions. Au milieu
du tumulte de ce grand peuple, de cette marche
impétueuse aux frontières, de ce choc des factions
intérieures, elle peut faire retentir, comme un cri
d'alerte et de mort, la voix de cette tribune sanglante. Mais que signifierait cette voix, isolée du
récit complet des événements?

Au contraire, lorsque la société gouvernée par
la tribune, agitée par elle, est cependant régulière
et forte, lorsqu'elle vous offre cette puissance morale de l'homme sur l'homme, sans que la force
matérielle et brutale vienne intervertir l'action de
la pensée, alors l'étude des monuments de l'éloquence est instructive, féconde; elle est l'histoire
même; elle en est du moins la plus belle partie.
Ce n'est pas ma faute si cette condition se retrouve

surtout en Angleterre. Protégés par leurs vaisseaux, par leur île, par leur liberté, contre la
victorieuse contagion des principes de la révolution française, les Anglais, attentifs aux boule-
versements de l'Europe, présentent dans les fortes
et paisibles délibérations de leur parlement, un
des plus grands spectacles de la civilisation moderne. La parole y paraît habile et prévoyante. Elle
éclaire, elle contient, elle gouverne. Que si l'é-
goïsme des Anglais semble exploiter avec un art
profond les malheurs des autres peuples, si, après
avoir ameuté les rois, dans cette guerre qu'ils ali-
mentent avec le sang de l'Europe et les trésors de
l'Inde, ils se retirent loin de l'incendie qu'ils ont
allumé; en morale, en politique nationale, on
peut s'en indigner. Mais si vous cherchez un exemple des forces de l'esprit humain, telles qu'elles se
manifestent et se développent dans un état libre,
sans anarchie, nul spectacle plus imposant, nul
mélange plus remarquable d'habileté et de puissance ne peut attacher les méditations de l'historien, de l'orateur, du citoyen. L'action de l'éloquence sur une société politique est là, sous la
forme qui convient à nos temps modernes. C'est
une leçon applicable; c'est l'image d'un gouvernement libre et régulier.

Je m'arrête donc, Messieurs, à ce sujet. Combien d'importantes leçons viennent là se mêler,
pour nous, à des souvenirs qui contristent le
sentiment national! La politique, d'ailleurs, n'y
paraîtra pas toujours égoïste et cruelle dans son

habileté. Nous y retrouverons aussi les traces de
ce progrès social qui naît de la liberté même.

Si quelque chose ajoute au prix de ces gouvernements libres et publics, appuyés sur la tribune,
et qui s'adressent à l'intelligence éclairée des hommes, c'est que, dans la lutte des passions contemporaines, au milieu des vues ambitieuses et inté-
ressées que cette politique ne se refuse pas plus
que les autres, il y a cependant toujours quelque
but honorable qu'il faut avouer, qu'il faut poursuivre aux yeux du monde. C'est une expiation
que la publicité exige du pouvoir dans les états
libres; c'est un hommage, c'est une dette que la
politique de tribune paye à la conscience humaine.
Tout gouvernement libre a souvent besoin d'être
un gouvernement moral; tout gouvernement dont
les desseins sont annoncés et débattus à haute voix,
fût-il ambitieux, injuste, a besoin de donner quelque satisfaction à l'humanité, et de proclamer,
d'accomplir quelque réforme sage et généreuse.
Dans un gouvernement où tout est public, où tout
est discuté, et librement contredit, il n'est pas
possible que l'intérêt, la cupidité, ou même les
préjugés d'un patriotisme étroit et égoïste, soient
exclusivement entendus, et que la vérité, la justice n'aient pas leur heure et leur jour.

Voyez cette Angleterre si profondément passionnée pour ses intérêts propres, et qui les com-
prend si bien; cette Angleterre ambitieuse par nécessité (car son existence est liée inséparablement
à sa grandeur; elle a besoin de dominer les mers,

pour être en sûreté chez elle) : à diverses époques
sa tribune a proclamé des maximes généreuses,
cosmopolites, qui semblaient contrarier sa politique. D'abord l'intérêt, le préjugé populaire,
l'égoïsme mercantile luttaient contre cette nouveauté, la repoussaient, la reléguaient parmi les
rêves de la philanthropie; puis l'action de la publicité, quelques voix éloquentes, quelques ambitions habiles qui s'emparaient de cette vérité,
quelque circonstance heureuse qui la rendait
moins redoutable pour le préjugé ou l'intérêt du
pays, la faisaient insensiblement dominer dans les
esprits, et finissaient par la réaliser dans les lois.

A la fin du dernier siècle, vous voyez fermenter,
au milieu de l'Angleterre, de nouvelles idées de
philanthropie tolérante et libérale, que l'on croyait
opposées aux intérêts les plus directs du gouvernement et du public anglais.

L'une de ces réformes, c'était l'abolition *du trafic
des noirs,* auquel l'Angleterre se livrait sans scrupule depuis tant d'années; l'autre, c'était l'émancipation des catholiques, ce grand acte qui vient
de s'accomplir sous nos yeux, après deux siècles
de tyrannie, et cinquante ans de réclamations inutiles. La *traite des noirs,* l'Europe chrétienne, l'Europe civilisée, l'Europe philosophique avait laissé
subsister cette barbarie; et le progrès même de la
marine et du commerce n'avait fait que l'accroître.
Quelques réflexions mordantes et profondes de
Montesquieu, quelques épigrammes humaines de
Voltaire, quelques véhémentes déclamations de

Raynal n'avaient point effacé cette honte de la
civilisation moderne. Elle se maintenait puissante
et protégée; elle s'appuyait sur les préjugés de
l'intérêt, les plus enracinés de tous. La traite des
noirs semblait indestructible. Nul pays, comme
a dit quelque part M. Pitt, *n'avait mis plus avant
que l'Angleterre la main dans ce crime;* et cependant
telle est la mauvaise action commune à tout un
peuple, tel est le crime lucratif, dont l'abolition
fut obtenue par la tribune anglaise, vers la fin
du xviii siècle.

Ici, Messieurs, avant de livrer vos âmes aux impressions que doit exciter le langage des orateurs
qui préparèrent cette amélioration dans le sort
d'une partie de l'espèce humaine, il faut discuter
une objection. On a dit : Cette philanthropie de l'Angleterre était un calcul d'intérêt, un instrument
de guerre et de destruction. Lorsque, du milieu
des troubles de la France, quelques flammèches
de ce feu terrible qui embrasait la métropole furent tombées sur Saint-Domingue, lorsque de
toutes parts la révolte éclatait contre *les blancs,* les
Anglais, impitoyables jusqu'alors, s'avisèrent
d'une tardive humanité. Pour offrir un motif de
plus aux meurtriers, pour compléter et rendre
irrévocable la perte de cette malheureuse colonie
de Saint-Domingue, dont ils enviaient l'ancienne
prospérité, ils se donnèrent le facile mérite de proclamer la destruction de l'esclavage, l'égalité des
races, l'émancipation des noirs, la proscription
d'un commerce impie, sacrilége. Ils furent humains

à la vue du Cap incendié, et pour la ruine des malheureux colons échappés aux premiers coups des nègres, dont la fureur se ranima par l'hypocrite sanction que la sage Angleterre semblait donner à leurs vengeances.

Il serait triste, Messieurs, qu'une de ces belles actions que je n'attribue pas au génie propre d'un peuple, mais à la puissance salutaire de la publicité, il fallût la rayer des annales de l'Angleterre, et l'expliquer seulement par un odieux calcul.

Là, comme ailleurs peut-être, une part de mal s'est mêlée à un grand bien ; là, comme souvent dans le cœur de l'homme, un mauvais motif s'est caché dans le coin d'une belle action ; mais imputer tout à la perversité d'un calcul inhumain, je ne puis l'admettre.

N'oublions pas, Messieurs, l'esprit général du dernier siècle, et son caractère dominant sous ses formes diverses. Bien que la France, dont j'ai si soigneusement retracé l'influence, ait une part incalculable dans le renouvellement du monde à cette époque, bien que cette philosophie, d'abord sceptique, puis ardemment philanthropique de la fin du xviii⁰ siècle, ait agi dans le monde entier, son action n'était pas unique. Une autre force, que la France ne soupçonnait pas assez, qu'elle croyait avoir abolie, se conservait encore : c'était celle du christianisme libre. A peine les colonies anglaises avaient-elles échappé au joug de la métropole, à peine ces riches et puissantes contrées étaient-elles devenues maîtresses d'elles-mêmes,

assujetties seulement à l'Évangile et à leurs assemblées nationales, qu'un nouveau principe de progrès, de réformation morale se développa dans les
âmes. Les *quakers*, cette secte que l'on voit poindre au milieu de la révolution de Cromwell, et dont
il ne fit rien, parce qu'ils n'étaient pas des hommes
de révolution sanglante, ces quakers, dès longtemps transplantés dans l'Amérique, et profitant
de l'émancipation qui venait d'être conquise par
elle, firent entendre avec plus de force les pures
maximes de l'Évangile, si longtemps méconnues
par le monde chrétien.

Dans les états de l'Amérique du Sud, ils réclamaient l'abolition de l'esclave des noirs. Faisant
ce que les prédicateurs ne font pas toujours, ils
commencèrent par eux-mêmes la réforme qu'ils
conseillaient aux autres. Les colons de la Virginie
attachés à la secte des quakers affranchirent leurs
esclaves.

Cet exemple rapporté en Angleterre eut, dès
les années 1784 et 1785, une singulière influence
sur les esprits et sur les mœurs. La secte des *métho-
distes*, qui commençait à s'élever, adopta vivement
l'espérance d'une amélioration pour le genre humain et d'un grand acte de justice. Des foules de
pétitions furent adressées au parlement; des pré-
dications éloquentes retentirent dans les temples;
deux universités, celles d'Oxford et de Cambridge,
jusque-là séparées par une violente opposition politique, se réunirent pour demander d'une voix
commune l'interdiction d'un trafic odieux,

Veuillez remarquer ces dates, qui sont une apologie de l'Angleterre. Dès l'année 1786, avant
qu'on pût prévoir l'incendie de Saint-Domingue,
avant la grande commotion qui ébranla la France,
l'abolition de la *traite des noirs* était une doctrine,
une espérance chère aux philanthropes anglais.
C'était ce que réclamaient les hommes pieux, les
sectaires ardents, les esprits élevés, les spéculatifs,
tous ces amis de l'humanité qui marchent en
avant, blâmés d'abord, et, plus tard, suivis de
la foule.

En 1789, cette demande prit un caractère plus
pressant, plus grave. Un homme de bien qui doit
être aimé de toutes les nations, et pour lequel les
partialités patriotiques doivent disparaître devant
l'hommage qui est dû à sa vertu cosmopolite, Wilberforce adopta avec ardeur cette cause; il se fait
l'apôtre de ce grand acte de justice, il sollicite la
fin de cette inconcevable barbarie : M. Fox, avec
son éloquence, sa vivacité d'imagination, se porte
pour l'auxiliaire, pour l'allié de Wilberforce. Dans
Wilberforce, c'était le sentiment chrétien, le zèle
méthodiste, c'était tout à la fois la pureté de l'évan-
géliste et la chaleur du sectaire, qui inspiraient
l'éloquence. Chez Fox, au contraire, c'étaient
des idées plus générales, plus humaines, plus ter-
restres, si vous voulez, et qui répondaient davantage à l'esprit français. Mais, quoi qu'il en soit,
et en partant de points différents, l'homme pieux
et le philosophe, le sectaire et le sceptique se réunissaient dans cette réclamation généreuse.

Pitt parut d'abord froid, silencieux, réservé.
Cependant il renvoya les pétitions à l'examen du
conseil privé, et engagea la chambre des communes à décider que, l'année suivante, elle considé-
rerait cette grande question. En effet, Messieurs,
la question était bien grave pour un peuple commerçant, si l'on songe que les vaisseaux du commerce anglais exportaient chaque année, de la
côte d'Afrique, près de quatre-vingt mille esclaves, et les vendaient, soit aux colonies britanniques, soit aux colons étrangers, aux Danois, aux
Français, aux diverses nations, à qui leurs plantations imposaient la nécessité de cet odieux secours.

Faut-il, Messieurs, être en doute de la parfaite
sincérité de M. Pitt? Eh quoi! en 1789, il nous
paraît encore froid, incertain sur cette grande
question. Son humanité n'est pas éveillée; et puis
trois ans après, lorsque vient ce grand désastre de
Saint-Domingue, alors c'est lui dont la voix retentit par-dessus toutes les voix; c'est lui qui,
dans la chambre des communes, est plein de sensibilité, d'indignation, d'éloquence; c'est lui qui,
plus passionné pour la justice, pour la liberté,
pour l'humanité, que les orateurs de l'opposition
eux-mêmes, veut qu'à l'instant, sans ajournement,
sans délai, on déclare l'abolition de cet infâme, de
cet odieux trafic, qu'il a supporté si longtemps.

Il n'en est pas moins intéressant d'examiner,
comme un progrès inévitable d'un gouvernement
libre, cette grande décision d'un peuple et d'un

parlement si habilement occupé de ses intérêts
commerciaux, et qui semble tout à coup prêt à
les sacrifier.

Dans les occasions où le génie oratoire de Pitt
était enchaîné par sa politique, vous l'avez vu singulièrement calme, impassible. Faut-il croire que,
s'il est pathétique sur les mêmes questions qu'il
avait traitées d'abord avec une si froide réserve,
son émotion était un calcul? ou plutôt, n'est-il
pas vraisemblable que des questions d'humanité,
d'abord négligées par l'indifférence naturelle du
pouvoir, au milieu des distractions d'un si vaste
empire, se montrant à lui tout entières, après un
mûr examen, son âme enfin s'émut, et que cette
éloquence était sincère, quoique tardive, quoique arrachée et longtemps refusée, pour ainsi
dire.

J'aurais peine à supposer que toutes les émotions
auxquelles cet homme si grave, si sévère, si purement, si exclusivement ministre, se livre tout
à coup, sont des ornements d'éloquence, et des
leurres pour la pitié publique. Je conçois plutôt
que, lorsqu'il eut pénétré par une étude sérieuse
dans toutes les horreurs de la question de la traite,
il s'indigna, et fut à bon escient pénétré d'une pitié profonde. Remarquons-le d'ailleurs, Messieurs,
son discours offre, dans la forme même, un trait
caractéristique de sincérité.

Comment est-il conçu? Lorsque Fox avait traité
la même question, son âme généreuse s'était tout
de suite saisie de tous les points de vue qu'elle

offrait dans l'intérêt de la justice, de la dignité
humaine. Fox avait vu cette odieuse déprédation
d'hommes arrachés à leur pays, pour être les
victimes d'un esclavage sans limites, sans règle.
Il avait trouvé là un double avilissement pour l'espèce humaine, par la misère des esclaves et la dé-
pravation des maîtres; il s'était écrié que tout ce
qu'on racontait de l'horrible barbarie des plan-
teurs et de l'impitoyable cruauté des capitaines de
vaisseaux *négriers*, tout cela était vrai, devait être
vrai, parce qu'il y a dans le pouvoir illimité, dans
le despotisme du maître, quelque chose qui rend
l'homme fou, et par là même atroce sans but et
sans fin. Commentant l'histoire à l'appui de cette
profonde vérité morale : Quand je vois, avait-il
dit, passer sur le trône des Césars tous ces mons-
tres qui se succèdent, qui ne sont ni de la même
famille, ni du même sang, qui sont seulement du
même pouvoir; quand je les vois tous également
atroces; quand je vois un Héliogabale barbare
comme Néron, un Domitien atroce comme Cara-
ralla, quelle conséquence puis-je en tirer, sinon
qu'il y a, dans le pouvoir absolu, illimité, sans
règle, sans barrières, une frénésie toute faite qui
tourne la tête humaine, une folie qui rend l'homme
sanguinaire?

Cet admirable raisonnement de Fox était l'expression naturelle d'un esprit généreux épris
d'un zèle ardent pour le bonheur, pour la liberté
de l'esprit humain.

La marche du discours de Pitt est différente. Il

paraît profondément ému en commençant son discours. Je crois qu'il est ému. La longue séance,
ou plutôt la longue veille du parlement s'était
prolongée jusqu'à quatre heures du matin ; la patience et l'attention la plus forte semblaient haras-
sées. C'est alors que Pitt prend la parole :

A cette heure du matin , je crains d'être trop épuisé pour entrer
suffisamment dans une si grave question ; mais si je n'ai pas assez
de force pour y suffire, je sens cependant avec une telle énergie la
grandeur de l'intérêt qui nous occupe, que j'ai besoin d'en déchar-
ger mon cœur.

Puis, s'emparant des aveux échappés de tous
les côtés de la chambre sur l'horreur de ce commerce et sur la nécessité d'y apporter quelque réforme, il ajoute ces paroles :

Le point à débattre maintenant parmi nous, c'est seulement l'é-
poque et la forme de cette abolition. J'en félicite cette chambre,
j'en félicite ce pays, j'en félicite le monde entier. La question en
elle-même est gagnée ; la sentence est prononcée ; cette malédiction
du genre humain, cet odieux trafic a été vu par la chambre tel
qu'il était réellement , et cette tache honteuse, ce stigmate imprimé
sur le caractère national a disparu, ou va bientôt disparaître pour
jamais.

Alors, avec un ordre admirable, une précision
singulière, une infinie variété de détails, dans un
discours de deux heures, il parcourt toute l'organisation du système colonial, il examine l'état de
la population, la somme du travail, l'activité plus
grande attachée au travail des mains libres, les
ressources étrangères qui peuvent utilement suppléer à l'action des esclaves, la possibilité que
tout à la fois la population et le produit s'accrois-

sent par un régime de libre culture. C'est seulement lorsque toutes ces considérations d'économie politique, de bon ordre social, d'intérêt bien
entendu ont frappé l'assemblée, qu'il se livre à
ces mouvements de justice et de sensibilité qu'il
avait si longtemps tenus en réserve..

Dans ce contraste entre les deux discours, vous
voyez la différence de ces deux génies : l'un exclusivement préoccupé par les grandes pensées de
justice, par le bien spéculatif; l'autre, lors même
qu'il obéissait à un sentiment généreux, attentif
surtout à l'intérêt immédiat de l'Angleterre. Pitt
conçoit la justice, il l'aime, il la préfère; mais il
aurait reculé devant elle, si pour y arriver il avait
fallu passer par-dessus les avantages du pays : ministre avant tout, et Anglais avant d'être philanthrope. Mais ce sérieux, cette gravité pratique et
positive, ce zèle exclusif pour l'intérêt de son
pays, tout cela n'empêche pas cependant que son
âme n'éclate aussi en nobles et généreux sentiments, lorsque enfin, pour lui, l'heure est arrivée
de s'y livrer, non pas seulement en sûreté de conscience, mais en sûreté de profit pour l'Angleterre.
Ne négligeons pas ce monument curieux de l'éloquence de Pitt.

Après un examen détaillé de la constitution et
de toutes les ressources économiques des colonies
anglaises, après avoir établi l'opportunité, l'utilité même de la suppression de l'esclavage, Pitt
saisit le point de vue moral de cette grande question. C'est alors seulement que, tranquille sur

l'intérêt de l'Angleterre, il adopte le principe
d'humanité dans toute sa plénitude, sans restriction, sans retard :

Je viens à l'Afrique maintenant, dit-il : c'est là que je m'arrête,
et c'est là que mes honorables amis ne me paraissent pas porter
leurs principes assez loin. Pourquoi le commerce des esclaves doit-
il être aboli ? parce que c'est une incurable injustice. Dès lors, l'argument n'est-il pas cent fois plus fort pour une abolition immédiate
que pour une suppression graduelle ? En laissant cet odieux trafic
se prolonger un jour de plus, mes honorables amis n'affaiblissent-
ils pas, n'abandonnent-ils pas leur propre raisonnement ? Si l'iniquité de ce commerce doit le faire abolir enfin, pourquoi ne serait-
il pas aboli maintenant ? pourquoi laisser une injustice durer une
heure de plus ? De tout ce que j'entends au dehors de la chambre,
il est manifeste pour moi qu'une conviction générale existe sur l'iniquité de ce trafic. Quelques hommes ont été conduits, par cette
évidence même, à la supposition que le commerce d'esclaves n'aurait jamais commencé sans une irrésistible nécessité. Cette nécessité
que l'on a conclue de l'injustice même a produit une sorte d'acquies-
cement au maintien d'un si grand mal. Les hommes en sont venus
à le compter parmi ces maux nécessaires que l'on regarde comme
le partage des créatures humaines, et qui tombent sur quelque pays
ou sur quelques individus de préférence à d'autres, par les dispen-
sations impénétrables de la Providence. L'origine du mal dans le
monde est sans doute une question au delà de l'intelligence humaine, et la volonté de Dieu qui le souffre, un mystère dont nous
ne pouvons nous enquérir. Mais, quand il s'agit d'un mal moral,
et que ce mal est en nous, ne croyons pas que nous puissions ac-
quitter notre conscience par cette manière générale, pour ne pas
dire impie, d'écarter la question en la renvoyant à la Providence.
Si nous voulons y réfléchir un moment, nous verrons qu'il n'y a de
mal nécessaire que celui qu'on ne pourrait éloigner sans un mal
encore plus grand. Je le demande maintenant, quel peut être ce
mal plus grand qui prédominerait le mal dont il s'agit ? Je ne sache
pas qu'il ait existé mal, je n'imagine pas qu'il puisse exister de
mal plus grand, que d'arracher annuellement soixante ou quatre-
vingt mille personnes de leur terre natale, par les efforts combinés
des nations les plus civilisées, habitantes de la partie la plus éclairée
du monde ; et cela, sous la sanction des lois d'un peuple qui s'appelle le plus libre et le plus heureux de tous. Si ces misérables
créatures étaient convaincues de quelque crime avant leur enlèvement, devrions-nous prendre sur nous l'office de bourreau ?... Mais

si nous faisons pis encore, si nous induisons ces hommes à nous vendre leurs frères, ne sommes-nous pas assurés que par des brigandages, par des guerres injustes, par des condamnations iniques, ils tâcheront de se procurer un nombre croissant de victimes en proportion avec nos demandes? Pouvons-nous être en doute si les guerres d'Afrique sont leurs guerres ou les nôtres? Pour moi, je n'hésite pas à dire que ce sont les armes anglaises, mises dans la main des Africains, qui propagent sur cette terre le ravage et la désolation.

Alors Pitt se livre à un enthousiasme qui vous étonnera dans un ministre des finances. Il ne lui suffit pas de repousser par la logique et l'ironie tous ces sophismes usés, tous ces lieux communs hypocrites d'une barbare cupidité : que les nègres, à tout prendre, étaient encore plus misérables, dans leur propre pays; que, d'ailleurs, ils étaient si stupides et si grossiers, qu'ils ne sentaient pas le mal qu'on leur faisait; qu'ils s'habituaient à l'esclavage et au travail des plantations; qu'ils étaient traités moins durement qu'on ne croyait; enfin, que c'était une véritable humanité de les enlever d'Afrique, où leurs compatriotes les auraient tués, et de les emporter à fond de cale, pour les vendre à des Européens qui avaient intérêt à les conserver vivants. Après avoir fait justice de tous ces mauvais prétextes d'une détestable action, et de toutes ces excuses inventées après le crime, il interpelle gravement la chambre, et dit avec une admirable éloquence :

Il fut un temps qu'il est bon de rappeler quelquefois à la mémoire de nos compatriotes, temps de barbarie, où des sacrifices humains étaient, dit-on, offerts dans cette île; alors, et c'est ce que je veux remarquer aujourd'hui, le commerce des esclaves était pratiqué parmi nous. Les esclaves, comme nous pouvons le lire

dans l'*Histoire de la Grande-Bretagne*, par Henry, étaient autrefois
un article établi de nos exportations. « Un grand nombre d'hommes,
dit-il, étaient emportés, comme des animaux, de la côte de la
Grande-Bretagne et exposés en vente sur le marché de Rome. » On
ne voit pas distinctement par quel moyen on se les procurait : mais
il y avait certainement une ressemblance assez grande entre la situation de nos ancêtres et celle des malheureux indigènes d'Afrique.
L'historien nous dit que l'adultère, la sorcellerie, les dettes étaient
les principales causes qui fournissaient d'esclaves le marché de
Rome ; qu'à ce nombre on ajoutait encore les prisonniers faits à la
guerre, et quelques malheureux qui, après avoir perdu tous leurs
biens au jeu, avaient joué leur propre corps et ceux de leurs femmes
et de leurs enfants. Chacune de ces causes est indiquée, presque
dans les mêmes termes, comme étant aujourd'hui une source d'esclavage en Afrique. Ces faits, et un ou deux exemples de sacrifices
humains fournissent la prétendue preuve que l'Afrique est frappée
d'une naturelle incapacité pour la civilisation ; qu'il y aurait enthousiasme et fanatisme à la croire capable d'acquérir jamais les connaissances et les mœurs de l'Europe ; que la Providence n'a jamais
voulu l'élever au-dessus de l'état de barbarie ; que la Providence
l'a irrévocablement condamnée à être seulement une pépinière
d'esclaves pour les Européens libres et civilisés.

Admettez ces principes, en les appliquant à l'Afrique ; et je serais
curieux de savoir pourquoi l'on n'aurait pu les appliquer aux anciens Bretons encore barbares. Pourquoi quelques sénateurs romains,
raisonnant sur les mêmes principes que quelques-uns des honorables
membres de cette assemblée, et désignant les Bretons barbares,
n'auraient-ils pas dit avec une égale hardiesse : « C'est un peuple
qui n'arrivera jamais à la civilisation ; c'est un peuple destiné à
n'être jamais libre ; un peuple, sans l'intelligence nécessaire pour
la pratique des arts utiles ; abaissé par la main de la nature au-dessous du niveau de la race humaine, et créé pour faire une fourni-
ture d'esclaves au reste du monde ? » D'après les principes que nous
avons entendus, cela ne pouvait-il pas se dire aussi bien et avec
autant de vérité de la Grande-Bretagne, à cette époque de son histoire,
que nous pouvons le dire aujourd'hui des habitants de l'Afrique ?

Nous sommes, il y a longtemps, sortis de la barbarie. Nous avons
presque oublié que nous fûmes autrefois des barbares. Nous sommes
parvenus à un état de société qui présente le plus saillant contraste
avec tous les traits dont un Romain aurait pu jadis nous caractériser, et que nous appliquons maintenant à l'Afrique. Il ne manque
plus qu'une chose pour achever le contraste et pour nous justifier
aussi de l'imputation d'agir, même à cette heure, comme des barbares. En effet, nous continuons encore, à cette heure, le barbare

trafic des esclaves; nous le continuons en dépit de nos grands et
incontestables droits à la civilisation. Nous fûmes autrefois aussi
obscurs parmi les nations de la terre, aussi sauvages dans nos coutumes, aussi corrompus dans nos mœurs, aussi dégradés dans
notre intelligence, que le sont aujourd'hui les malheureux Africains.
Mais, dans le cours d'une longue suite d'années, par une progression lente, et d'abord presque insensible, nous sommes devenus
riches d'une diversité de biens, favorisés sans mesure de tous les
dons de la Providence, incomparables dans le commerce, éminents
par les arts, plus avancés qu'aucun autre peuple dans les recherches
de la philosophie et de la science, et comblés de toutes les bénédictions de la société civile.

Nous sommes en possession de la paix, du bonheur et de la liberté; nous sommes sous la conduite d'une religion douce et bienfaisante; nous sommes protégés par des lois impartiales et par la
meilleure administration de la justice : nous vivons sous un système
de gouvernement que notre heureuse expérience nous autorise à
proclamer le meilleur et le plus sage que l'on ait jamais imaginé.
Nous aurions été pour toujours exclus de tous ces biens, s'il y avait
quelque vérité dans les principes que plusieurs membres de la
chambre ont établis pour l'Afrique. Si ces principes étaient vrais,
nous aurions dû languir, jusqu'à cette heure, dans le misérable
état de brutalité et de dégradation où l'histoire atteste que nos ancêtres furent plongés. Si les autres nations avaient appliqué à la
Grande-Bretagne le raisonnement que quelques sénateurs de cette
île appliquent maintenant à l'Afrique, les siècles auraient passé,
sans nous tirer de la barbarie; et nous, qui jouissons des bienfaits
de la civilisation anglaise, des lois anglaises et de la liberté anglaise, nous serions en ce moment peu supérieurs, soit pour la
morale, soit pour les connaissances, aux grossiers habitants des
côtes de la Guinée.

Enfin, cet éloquent discours, qui ne serait
qu'une déclamation, s'il n'avait pas produit un
bien durable, se termine par un mouvement d'enthousiasme presque poétique :

Si nous écoutons la voix de la raison et du devoir, si nous obéis-
sons cette nuit à leurs conseils, quelques-uns d'entre nous pourront
vivre assez pour contempler le revers du spectacle dont nous dé-
tournons aujourd'hui les yeux avec honte et regret. Nous pourrons
voir les naturels d'Afrique engagés dans les paisibles travaux de

l'industrie et dans les soins d'un commerce légitime ; nous pourrons voir les rayons de la science et de la philosophie poindre sur cette terre qui, dans une époque plus tardive encore, pourra briller d'une pleine lumière.... Alors nous pourrons espérer que l'Afrique enfin, après toutes les autres parties du monde, recevra, vers le soir, ces félicités qui sont descendues sur nous avec tant d'abondance à une heure plus matinale de l'univers. Alors l'Europe, profitant de cette amélioration et de ce bonheur, recevra une juste compensation de sa générosité, s'il faut appeler générosité de ne plus retenir ce continent sous les ténèbres qui, dans d'autres régions plus favorisées, ont disparu si vite.

. . . . Nos primus equis oriens afflavit anhelis :
Illic sera rubens accendit lumina vesper.

Malgré ces belles promesses d'une imagination philanthropique, malgré l'ascendant du premier ministre, la mesure ne fut adoptée qu'avec un amendement, et sous la réserve d'une exécution graduelle et successive. Toutefois c'est de cette époque, de ce discours, que commence la réforme de cette grande cruauté de la civilisation. Depuis, le même principe a passé dans les lois des autres peuples; et l'interdiction de ce commerce impie, infâme, s'est renouvelée, sans être malheureusement assez sévère et assez efficace. Plus de trente ans après Pitt, des voix éloquentes et généreuses ont invoqué les mêmes principes, ont dénoncé presque les mêmes barbaries à la tribune des chambres françaises. Tel est le succès tardif de ces missions d'humanité. Les générations passent; de nouveaux talents s'élèvent pour plaider la même cause. Le mal s'adoucit; et le bien tout entier s'accomplira dans l'avenir. Honneur à M. Pitt, pour avoir commencé.

C'était, Messieurs, au milieu de cette poursuite

paisible d'un but salutaire pour l'humanité, que
le ministre anglais se préparait à la guerre la plus
terrible qui ait agité l'Europe. Ici nous passerons
vite. Il n'y a pas d'époque dans l'histoire de son
pays, que l'on aime à entendre maudire. Ce parlement d'Angleterre, qui était la tribune de l'Europe et l'arsenal des rois coalisés, ne retentissait
que d'imprécations contre la France. Nous écar-
terons les invectives, et chercherons seulement les
traces de génie.

L'habile lenteur de Pitt avait obtenu ce qu'elle
voulait. Elle avait irrévocablement divisé l'opposition anglaise. Pour combattre un peuple dont la
force était doublée par une révolution, elle avait
attendu que toute l'Angleterre fût unie, resserrée
par la crainte et la haine.

C'est ainsi que Pitt déclara et qu'il commença
la guerre, avec l'appui du vœu national et d'une
immense majorité dans les deux chambres. Cependant quelques voix éloquentes qui représentaient
l'opposition demandaient incessamment une paix,
une trêve. Pitt demeurait inflexible à tous les
raisonnements et même aux souffrances intérieures de son pays. Il s'était dit que cette France
si forte, et rendue furieuse, il fallait la lasser,
l'épuiser dans une guerre plus longue que ne
serait son ardeur. L'opposition affaiblie, et sans
popularité, répétait inutilement que cette guerre
acharnée centuplait les forces, ou du moins les
efforts de l'ennemi; qu'un peuple en révolution
est d'autant plus redoutable, qu'on lui offre la

guerre au dehors, et qu'on le consumerait bien
mieux, en le laissant à lui-même, au lieu de le
distraire de l'anarchie par le péril et par la victoire.

Les deux opinions étaient éloquemment défendues, et les chances des armes venaient souvent
appuyer la dernière. Combien de fois l'opiniâtre
constance de Pitt reçut-elle le démenti de la défaite! combien de fois vit-il ces coalitions, qu'il
avait si laborieusement formées, se briser, se dissoudre sous le coup de foudre d'une victoire!
Alors, renfermé dans son île, il attendait, il amon-
celait une guerre nouvelle. Il réveillait les craintes; il sollicitait les haines; il soldait, il enrégi-
mentait les peuples, et il redescendait encore sur
ce champ de bataille où son armée européenne
avait été vaincue. Dans le point de vue impartial
et désintéressé, qui nous est facile aujourd'hui,
on est frappé du génie de cet homme, d'autant
plus que ce n'est point à la faveur du pouvoir absolu qu'il obtient ces grands résultats. Il n'est pas
despote ou général. Battu au Nord, il ne peut pas
traverser son empire silencieux, et aller chercher
une victoire au Midi. Il est vaincu; les alliés de
l'Angleterre ont fui, ont traité; des milliers d'Anglais sont tombés sur le champ de bataille; il faut
qu'il rende compte de tout.

Il a des adversaires éloquents, implacables; il a
contre lui les reproches, l'humiliation de son
pays, tant de trésors prodigués en vain, de subsides donnés d'avance, et dépensés par une défaite

avant d'être votés : et cependant sa fermeté, son
génie, son éloquence lui donnent à lui, ministre
accusable et fragile, toute l'audace, toute la stabilité d'un despote longtemps vainqueur. C'est
ainsi qu'au milieu des troubles de l'Irlande, d'une
détresse générale, d'une révolte de la flotte, on
le voit suffire à tout et diriger l'Europe.

La supériorité de cet homme éclate pour nous
dans toute sa politique, indépendamment du blâme
qui peut s'attacher à ses actes. Remarquons-le encore : cet effroi de la révolution française, cette
haine des crimes qui la souillaient, Pitt n'essaya
jamais d'en abuser contre les principes éternels de
liberté. Tout le parti sur lequel il s'appuyait, cette
aristocratie anglaise, si hautaine, ces déserteurs
du parti whig n'avaient que des paroles d'impréca-
tion pour les premiers auteurs, pour les promoteurs généreux de la réforme française. Rien n'é-
tait collectif et implacable comme leur haine. Dans
leur propre pays même, si une tradition de liberté, qu'aucun préjugé ne pouvait détruire, les
empêchait de mettre violemment la main sur les
droits publics, et de les briser comme des choses
profanées par l'abus qu'on en faisait ailleurs, cependant toute impartialité avait disparu des procès
politiques. Les bills du parlement étaient des actes
d'accusation ; la liberté individuelle était suspendue. L'homme à qui cette disposition ardente des
esprits remettait entre les mains un si grand
pouvoir, ne s'en servit jamais pour aucun intérêt
personnel d'orgueil ou de vengeance. Son langage

même n'avait pas ce caractère d'àpreté que l'on
retrouve dans Windham, dans Burke. Il était
grave et modéré. Je n'en citerai qu'un exemple :
c'est une mémorable anecdote parlementaire.

Les convulsions violentes et sanguinaires de la
France semblaient apaisées. Un gouvernement à
la fois moins menacé et moins cruel régnait sur
elle; cependant la guerre durait encore; une sorte
d'interdit était jeté sur ce pays par les puissances
de l'Europe. Les hommes qui avaient pris part aux
premiers troubles de la France, quoique victimes
eux-mêmes de l'anarchie, restaient en butte aux
soupçons et aux rigueurs. Trois membres de l'assemblée constituante, également célèbres, également honorables, le général Lafayette, MM. de
Pusy et de Maubourg, avaient été saisis hors de
France par les soldats de la Prusse, et jetés dans
un cachot d'Olmutz, de cette forteresse d'Olmutz,
espèce de Bastille européenne pour les vaincus et
les malheureux défenseurs des plus nobles causes
qui aient été soutenues en Europe. C'était là que,
sur la recommandation de la Russie, avaient été
soigneusement gardés plusieurs de ces courageux
Polonais qui avaient fait d'impuissants efforts pour
l'indépendance de leur pays. Là, près du généreux
Français qui avait acquis tant de gloire en Amérique, une femme, modèle de vertu et de tendresse
conjugale, avait obtenu la faveur d'une captivité
commune : elle était enfermée, avec sa fille, dans
la prison de son époux.

Toutes les âmes généreuses ressentaient un vif

intérêt pour cette infortune, qui semblait continuer les proscriptions, au moment où elles commençaient à cesser en France. Le bruit devait en
retentir dans le parlement britannique.

Un Irlandais, le général Fitz-Patrick, avait, dès
l'année 1794, réclamé vivement; mais la haine et
la terreur qu'inspiraient les désordres et les victoires de la France étaient encore trop récentes.
On avait peur de la pitié, comme d'une faiblesse
qui vous livrerait à l'ennemi. Burke, dans l'ardeur de sa conversion nouvelle, dans son indignation devenue impitoyable à force de pitié, s'é-
tait élevé avec une inexorable véhémence contre
toute réclamation, et avait fait taire les orateurs.
Cependant la captivité s'était prolongée, les rigueurs ne s'étaient pas affaiblies. Cette femme,
d'un dévouement si noble et si tendre, partageant
une dure captivité, ajoutait un intérêt de plus au
malheur du généreux proscrit.

Le général Fitz-Patrick renouvela, dans la
chambre des communes, la demande d'une intervention en faveur des trois prisonniers d'Olmutz.
Son discours élégant et noble ne s'adressait qu'à
l'honneur national, ne réclamait que la justice,
sans récrimination politique.

L'impétueux Windham, alors ministre de la
guerre, qui avait été whig si ardent, et qui, par
cela même, était tory si passionné, Windham se
lève et veut répondre; mais Pitt, qui prévoyait sa
colère, prend la parole. Son langage est calme et
bienveillant; il s'accuse presque, il regrette de ne

pouvoir adopter ce qu'on lui propose; les expressions d'estime, d'intérêt tombent de sa bouche; il
voudrait tout concilier; et cependant il trouve des
raisons invincibles pour ne rien faire. Le débat
se prolonge. Fox répond avec un peu d'amertume.
Wilberforce se lève; ardent ami de la liberté,
l'irréligion française l'a ramené vers le pouvoir.
Whig et *méthodiste*, il soutient le ministère de Pitt,
par attachement à l'ordre social; mais, dans son
alliance désintéressée, il conserve la générosité de
ses premiers principes. En ce moment il paraît
favorable à la motion de Fitz-Patrick; il propose
une intervention, dont il laisse la forme au choix
du ministère. Fitz-Patrick accepte l'amendement
proposé. Windham fait encore un signe, pour
obtenir la parole; mais l'*orateur* évite de l'apercevoir; le débat continue. Enfin, dans un intervalle,
Windham s'est levé, et avec cette vivacité colère,
avec ces expressions injurieuses, spirituelles, avec
ce mélange de logique et d'inconséquence qui le
caractérisent, il se moque de la philanthropie de
Wilberforce, allié actuel du ministère; il se moque plus amèrement du zèle généreux de Fitz-Patrick; il prend en main la cause des persécuteurs;
il trouve des excuses à toutes les violences; il parodie la pitié la plus légitime; il demande pourquoi le même intérêt ne s'attache pas à tant d'autres victimes politiques, à Collot-d'Herbois, par
exemple, à ce pauvre Collot-d'Herbois; puis alors
avec une verve bouffonne, il fait un tableau pathétique des malheurs présumés de Collot-d'Her-

bois; il décrit la Guyane; il s'indigne du mauvais
climat et du séjour insalubre de cette colonie; il
s'attendrit ironiquement : puis il devient sérieux,
dur, implacable; il s'élève contre les hommes qui,
bien ou malintentionnés, dit-il, ont pris part au
commencement des grands troubles civils; il s'irrite contre ceux que leur intérêt même, leur naissance, leur fortune n'a pas retenus dans le parti
du pouvoir; il leur dit anathème; il souhaite
qu'ils épuisent le calice jusqu'à la lie. Après ces
dérisions amères, ces bouffonneries, ces insultes,
il se rasseoit paisiblement. Fox se lève. Je ne re-
dirai pas ici tout son discours. Je ne m'arrêterai
qu'à la réfutation de cette maxime dure et fausse
de Windham, qui réprouve les mécomptes de la
vertu, et calomnie ses revers, plus qu'il ne s'indigne contre les crimes, qui ne fait aucune part aux
intentions, et ne juge que le succès. Après une
amère allusion à la désastreuse entreprise de Qui-
beron, dirigée par Windham :

Eh quoi! dit Fox, quelque corrompu, quelque intolérant, quel-
que oppressif, quelque ennemi des droits et du bonheur de l'humanité que soit un gouvernement; quelque vertueux, quelque modéré, quelque patriote, quelque humain que soit un réformateur,
celui qui *commence* la réforme la plus juste doit être dévoué à la
vengeance la plus irréconciliable? S'il vient après lui des hommes
indignes de lui, qui ternissent par leurs excès la cause de la liberté,
ceux-là peuvent être pardonnés : toute la haine de la révolution cri-
minelle doit se porter sur celui qui a *commencé* une révolution vertueuse? Ainsi, le très-honorable secrétaire de la guerre pardonne
de tout son cœur à Cromwell, parce que Cromwell n'est venu qu'en
second, qu'il a trouvé les choses préparées, et qu'il n'a fait que
tourner les circonstances à son profit. Mais nos grands, nos illustres
ancêtres, Pym, Hampden, le lord Falkland, le comte de Bedfort,

tous ces personnages à qui nous sommes accoutumés à rendre des honneurs presque divins, pour le bien qu'ils ont fait au genre humain et à leur patrie, pour les maux dont ils nous ont délivrés, pour le courage prudent, l'humanité généreuse, le noble désintéressement avec lequel ils ont poursuivi leurs desseins; voilà les hommes qui, suivant la doctrine de cette soirée, doivent être voués à une exécration éternelle. Jusqu'ici nous trouvions Hume assez sévère, lorsqu'il dit qu'Hampden est mort au moment favorable pour sa gloire, parce que, s'il eût vécu quelques mois de plus, il allait probablement découvrir le feu caché d'une violente ambition. Mais Hume va maintenant nous paraître bien doux auprès du très-honorable secrétaire de la guerre. Selon ce dernier, les hommes qui ont noirci, par leurs crimes, la cause brillante de la liberté, ont été vertueux, en comparaison de ceux qui voulaient seulement délivrer leur pays du poids des abus, des fléaux de la corruption et du joug de la tyrannie. Cromwell, Harrison, Bradshaw, l'exécuteur masqué qui a fait tomber la tête de l'infortuné Charles Ier, voilà les objets de la tendre commisération et de l'indulgence éclairée du très-honorable secrétaire de la guerre. Hampden, Bedfort, Falkland, tués en combattant pour leur roi, voilà les *criminels* pour lesquels il ne trouve pas encore assez de haine dans son cœur, ni assez de supplices sur la terre. Le très-honorable secrétaire nous l'a dit positivement: pour ces rois et pour ces ministres absolus, Collot-d'Herbois est bien loin de mériter autant de haine et de vengeance que Lafayette.... Après m'être étonné d'abord de cette proposition, je commence à la concevoir. En effet, Collot-d'Herbois est un infâme, est un monstre; Lafayette est un grand caractère et un homme de bien. Collot-d'Herbois souille la liberté, il la rend haïssable par tous les crimes qu'il ose revêtir de son nom; Lafayette l'honore, il la fait chérir par toutes les vertus dont il la montre environnée.

Ces épisodes oratoires ne doivent pas nous détourner du grand spectacle que présente cette époque; c'est toujours Pitt qui la remplit tout entière. En 1800, des propositions de paix sont faites à l'Angleterre par le nouveau gouvernement de France. Pitt les combattit dans le parlement. Le temps me manque ici pour reproduire son discours; mais je l'indique à votre attention, comme

un monument historique. Les événements y sont
jugés dans le point de vue patriotique d'un Anglais, mais avec ce reste de haute impartialité dont
un homme de génie ne peut se défaire. L'homme
qui s'était saisi du pouvoir en France est appré-
cié sans colère, sans insulte, avec un secret respect et une visible terreur pour la supériorité et
l'activité de son génie. Mais cet homme, par cela
seul que l'orateur le juge ainsi, il le croit incapable de la paix. Dans deux pages, politiquement
et historiquement admirables, il fait résulter la
nécessité de la guerre, la passion de la guerre, et je
dirai presque le droit de la guerre, pour cet homme,
de la situation où il est placé, et du besoin qu'il a
d'assurer et de compléter sa fortune. Il le regarde,
il le représente comme une puissance fatale, poussée toujours devant elle, et qui doit marcher et
grandir jusqu'à sa chute; et il attend cette chute.
Mais la politique prévoyante et obstinée d'un
homme ne pouvait se communiquer à tout un
peuple; elle ne pouvait tenir contre les coups re-
doublés des événements qui venaient briser toutes
les ligues et déconcerter tous les plans.

C'était au commencement de 1800 que Pitt parlait ainsi; en même temps, il cherchait à ménager des forces nouvelles pour la lutte si longue à
laquelle il dévouait son pays et lui-même. Cette
unité à laquelle il avait ramené les partis, il voulut l'établir dans les éléments de la monarchie britannique. Il supprima le parlement d'Irlande, et
réunit entièrement cette île à l'Angleterre. Une

conséquence naturelle de l'acte d'union, c'était
sans doute l'émancipation catholique. Pitt la dési-
rait : il était digne de l'accomplir. Mais elle était
réservée à une autre époque. Remarquez-le, Messieurs; cette Angleterre, dont la puissance et la
liberté même semblaient fondées sur des oppressions partielles, chaque fois qu'elle a besoin de
trouver un surcroît de force, elle détruit une injustice, elle reconnaît un droit. Veut-elle se préparer pour quelque grande lutte, ce n'est pas une
liberté qu'elle supprime; c'est une liberté qu'elle
élève comme une colonne de plus pour soutenir
l'édifice.

Après avoir réuni l'Irlande à l'Angleterre, Pitt
songeait à préparer l'émancipation des catholiques. Mais ces coups de hache de la victoire faisaient sauter en éclats tous les plans du ministre.
La bataille de Marengo brise la coalition. Pitt,
alors, descend du ministère; il n'en tombe pas, il
se retire. La paix qu'il a repoussée, il la croit provisoirement nécessaire, inévitable; mais il laisse
à des hommes inférieurs, à des sous-ordres de son
génie, le soin de la faire et de la signer à sa place.
Il était sûr qu'elle ne serait pas longue : ce fut la
paix d'Amiens.

Dans l'intervalle, Fox vint en France et fut ac-
cueilli par le premier consul. Savez-vous l'idée
qu'il emporta de ses entretiens? Que le premier
consul était un jeune homme enivré de sa grande
situation, étourdi de ses prodigieux succès, qui
voulait rester là, et souhaitait passionnément le

maintien de la paix; que l'on avait été bien coupable de contrarier une intention si sincère.

Une fois, revenant de dîner à la nouvelle cour,
Fox était singulièrement frappé de l'enthousiasme
du jeune consul pour le bien de l'espèce humaine,
et de ses projets de réunir les deux mondes, de
rapprocher l'*homme blanc* et l'*homme noir*, et de fonder les bases d'une paix perpétuelle. Sans faire
tort à la sagacité de l'homme d'état anglais, j'imagine qu'il fut dupe, et qu'il y avait dans la politique instinctive du jeune conquérant un désir de
flatter le philanthrope auquel il parlait, et de le
bercer d'espérances selon son cœur.

Pitt était moins confiant. Loin de croire à la durée de la paix, il redoutait pour l'Angleterre une
invasion, qui peut-être ne fut jamais sérieusement
projetée. Cette crainte d'un pareil homme est un
grand hommage au génie du guerrier. Cependant, au premier signe de Pitt, ce ministère qu'il
avait laissé là, comme son chapeau, disait-on, se
retira. Pitt remonta, par droit de conquête, à
cette place qu'il avait déjà occupée dix-huit ans,
et aussitôt la guerre est rallumée. L'art et la politique ramassent de tous côtés des soldats pour
commencer cette dernière campagne de l'Europe
contre la France, du vivant de Pitt au moins.
Mais, encore une fois, le bras de fer du conquérant brisa toutes les forces de la coalition.

Les subsides anglais étaient dévorés; l'Angleterre pliait sous le poids d'une dette énorme. La
confiance dans l'habileté du ministre était ébran-

lée devant de tels désastres. L'âme altière de Pitt
ne résista pas à cette nouvelle tromperie de ses
espérances. C'est en 1803 que la paix de Pres-
bourg fut signée. Quelques mois après, Pitt n'existait plus. Ce n'est pas de la goutte qu'il est mort;
c'est de chagrin. Il ne put résister à ce dernier
démenti qu'il recevait. Son patriotisme et son orgueil furent également désespérés. Il mourut sans
douter de la sagesse de ses premières vues; il y
croyait fermement; il les léguait à d'autres : mais
il éprouvait un cruel mécompte, une amère douleur de ne pas assister lui-même au succès de ses
desseins, et de s'en remettre à l'avenir et à d'autres mains.

Cette grande scène du parlement d'Angleterre
se dégarnit et semble se fermer en quelques années. Tous ces personnages qui avaient paru avec
tant d'éclat s'en vont l'un après l'autre. Singulier
éloge, tout à la fois, d'une constitution et d'un
homme! Ce que cet homme avait commencé par
son audace d'esprit, par son génie tenace et entreprenant, tout cela sera continué et achevé par
l'esprit du pays, pour ainsi dire, par la tradition
qui remplacera l'homme supérieur et régnera
pour lui. C'est la gloire des états libres. Ils font
naître le génie, et ils peuvent s'en passer et vivre,
en quelque sorte, de la pensée publique.

J'ai dit que cette scène du parlement britannique, si riche, si éclatante de talents, devint dé-
serte. Pitt meurt à quarante-sept ans, consumé
par les travaux et les chagrins du grand rôle qu'il

avait commencé si jeune. Son rival Fox, qui depuis
vingt-quatre ans luttait pour ressaisir le pouvoir,
arrive enfin à ce but : le voilà ministre. Il trouve
les embarras qu'avait légués l'exécution même des
grands desseins de son prédécesseur, cette dette
immense, cette guerre commencée ; il veut faire
une guerre de plus, une guerre à la Prusse pour
la défense des états de Hanovre. Mais au milieu de
ses projets à peine ébauchés, et avant qu'on eût
pu juger si son génie politique égalerait son éloquence, il meurt. Sheridan lui survécut quelques
années ; mais pour languir au-dessous de lui-même,
dans la décrépitude prématurée du talent. Rien ne
dévore comme la tribune. Elle consume par l'agitation véhémente de la parole, les impatiences de
l'amour-propre, et les inquiétudes ou les mécomptes de l'ambition : la vie politique dans un état libre, c'est l'émotion irritante de la parole ajoutée
à tout l'accablement des affaires. Cette vie eût tué
Richelieu dix ans plus tôt.

Un moment secrétaire d'état avec Fox, Sheridan ne fut plus rien après lui. Le brillant Sheridan
perdit tout, non-seulement sa fortune ; il avait
commencé par là ; non-seulement le pouvoir ; il
n'était pas fait pour le garder ; mais il perdit sa
popularité. Et, j'ai peine à le dire, il échoua dans
une élection. Sa misère devint si grande, qu'il allait être arrêté sur son lit de mort. Son médecin
fut obligé de le sauver des huissiers, en déclarant
qu'il ne pourrait être transporté vivant jusqu'à la
prison. On regrette que cette générosité prétendue

des Anglais ne se soit pas trouvée là, et que vingt
mille souscriptions ne soient pas venues protéger
le lit de mort de ce Sheridan qui avait fait tant
rire le public à ses comédies, et qui s'était fait
tant applaudir au parlement.

L'aîné de tous ces hommes illustres, Burke, les
avait depuis longtemps précédés dans la tombe.
Ses derniers jours avaient été empoisonnés d'une
amère douleur. Il avait élevé, avec les soins les
plus tendres, un fils qui annonçait le plus rare talent pour les lettres et la tribune. Une mort prématurée lui enleva ce jeune homme, déjà nommé
membre de la chambre des communes. Le jour où,
après cet inconsolable malheur, il reparut pour la
première fois dans le parlement, Fox s'approcha
de lui : malgré leur vieille animosité, souvent aigrie par de nouveaux dissentiments, malgré les
blessures réciproques qu'ils s'étaient faites, Fox le
voyait si malheureux, qu'il voulait redevenir son
ami. Mais Burke détourna les yeux, refusant de
recevoir les consolations d'un homme qu'il n'aimait plus. Bientôt il se retira tout à fait du parlement; il ne voulut plus d'une célébrité qu'il ne
pouvait transmettre à son fils; et peu de temps
après, Burke n'était plus.

Ainsi, cette brillante pléiade du parlement britannique s'éteignit. Ces quatre hommes diversement célèbres, qui avaient charmé, dominé leurs
concitoyens, qui avaient régné sur l'opinion, ou
guidé le pouvoir, les voilà disparus. Après eux,
resta l'esprit même du pays, la puissance de la

constitution; puis s'élevèrent des hommes qui s'appelaient leurs élèves, et qui, déjà, sont eux-mêmes remplacés presque tous. Vingt ans suffisent dans cette active et dévorante carrière pour renouveler tous les personnages. Burke, Pitt, Fox furent enlevés avant la vieillesse, comme nous avons vu disparaître, plus vite encore, Camille Jordan, de Serre et le général Foy. (*Applaudissements.*)

CINQUANTE-HUITIÈME LEÇON.

Retour à la littérature française. — Nouveau caractère qu'elle reçoit de
la révolution. — Son rôle dans nos troubles civils. — Les deux Chénier.
— Détails sur leurs premières années. — Dissentiment des deux frères.
— Mort d'André Chénier. — Justification de son frère. — Talent neuf et
original d'André Chénier. — Ses principaux essais. — Caractère distinctif de sa poésie.

MESSIEURS,

Je ne voudrais pas terminer ce trop long tableau
littéraire du xviiie siècle par des souvenirs étrangers
à notre pays. Mes digressions n'étaient que des pa-
rallèles instructifs ou honorables pour la France.
Il est temps de les finir. Au nom de l'éloquence,
je vous ai presque conduits au greffe des tribunaux anglais. Je vous ai retenus bien longtemps à
la chambre des communes. J'ai fatigué votre attention de tous les détails de la stratégie parlementaire, et je vous ai fait admirer les naturelles inspirations des grands orateurs britanniques. Ce que je
cherchais là, comme ailleurs, c'étaient les lettres
dans leur acception variée; c'étaient le talent, le
génie appliqués aux intérêts civils de la société.
Mais si cette sérieuse et dernière vocation des
lettres prédomine dans les états libres, elle est

bien loin d'exclure toutes les autres formes brillantes de la pensée spéculative et de l'imagination. La tribune politique enrichit les lettres, moins par le surcroît nouveau d'une forme éloquente que par le mouvement général et l'allure franche et libre qu'elle communique aux esprits. Tout pays qui conserve, ou qui voit s'élever des assemblées délibérantes, renferme une source de rajeunissement moral. Il nous reste, Messieurs, à suivre et à marquer ce résultat en France, dans les années de la révolution française. Il nous reste à examiner l'influence que cette révolution profonde, qui n'était pas un changement de pouvoir, mais un bouleversement de société, devait exercer sur l'imagination dans le présent et dans l'avenir.

Était-ce un trouble ou une régénération qu'elle devait apporter à la pensée? Devait-elle la rendre un moment folle et violente? ou la laisser longtemps féconde et agitée de grands souvenirs? Enfin, quels hommes ont paru faits pour la gloire des lettres, ont montré ou promis du génie, au milieu de cette tourmente destructive? En est-il quelqu'un dont nous puissions entrevoir l'immortalité à travers le crêpe funèbre des proscriptions civiles? En est-il quelqu'un dont nous puissions reconnaître et suivre, à la trace de son sang, jusqu'à l'échafaud, qui lui enlevait la vie et la gloire? Il en est, hélas! et dans cette longue histoire du génie français que je vous raconte, je ne puis supprimer de tels noms. Il y aurait bien mauvaise grâce dans une conve-

nance politique qui craindrait ces tragiques souvenirs.

Je rentre au milieu de la France encore toute
passionnée et toute sanglante ; je n'écoute pas les
cris bruyants de sa tribune ; je me garde, ou je dédaigne d'étudier sous les vains rapports de l'art ces
paroles qui étaient des actions terribles et toutes-
puissantes.

Mais y avait-il des lettres alors? Y avait-il des
poëtes, des hommes qui se livraient au plaisir de
l'imagination pour elle-même, ou plutôt qui la
faisaient servir à la défense de l'infortune, à l'anathème du crime? Je vais rappeler des noms qui ont
été souvent signe de contradiction entre les hommes, et que, tour à tour, la partialité contemporaine a exaltés ou flétris, a chargés d'apothéoses
ou de calomnies.

Nous l'avons dit, dans ce travail des esprits qui
précéda l'emportement des troubles civils, les imaginations s'étaient élancées vers tout à la fois; elles
embrassaient des espérances de progrès illimités
dans les sciences ; elles rêvaient le renouvellement
du monde des idées avant de mettre la main à la
réforme du monde social. Mais lorsque 1789 ar-
riva, et qu'il remit au peuple tout pouvoir de changer et de détruire, alors cette activité réelle fit disparaître ces rêves de l'imagination solitaire, ces
ambitions du génie spéculatif. On se mit à l'œuvre, et l'on n'écrivit plus que pour agir. Cependant quelques hommes nés pour les arts, au milieu
de cette violente préoccupation, gardaient l'in-

stinct de leur vocation, même en se mêlant à cette
activité politique que personne ne pouvait éviter
ni s'interdire; ils étaient encore poëtes, écrivains,
rêveurs, métaphysiciens, philosophes.

Ce célèbre et infortuné Condorcet, quelques
jours avant l'époque où, proscrit par la tyrannie
décemvirale, il errait sans asile, portant sur lui
son gage d'affranchissement, le poison, Condorcet écrivait encore des pages animées d'un enthousiasme calculateur, dans lesquelles, s'appuyant sur
toutes les théories de la science, il apprécie la perfectibilité indéfinie de l'espèce humaine, et rêve
un progrès continu de sagesse, de justice, de bonheur, au milieu de tous les délires de la force et de
la tyrannie.

D'autres esprits conservaient des illusions semblables, entretenues par l'imagination. De leurs études continuées au milieu de tant de périls, du grand
spectacle que ce renouvellement du monde donnait aux hommes, devait sortir une littérature nöu-
velle, dont l'influence se prolongera sur l'avenir.
La poésie, la philosophie morale, les études historiques devaient recevoir de ce terrible renouvellement des esprits un caractère nouveau.

Parmi les poëtes de cette époque, il en est deux,
portant le même nom, issus du même sang, et qu'on
ne peut séparer : ce sont les deux Chénier. Une
tristesse uniforme se répand sur leurs destinées si
différentes. Un intérêt particulier s'attachait à leur
naissance, à leur éducation, à leurs premières années. De plus cruels souvenirs ont fait oublier cet

intérêt. Fils d'un homme savant, qui passa la plus grande part de sa vie dans les consulats d'Orient, ils étaient nés tous deux à Constantinople, d'une femme belle et spirituelle, d'une Grecque. Oui, cette femme était spirituelle. Il est resté d'elle des pages élégantes, ingénieuses, où le goût français, qu'elle avait appris de son mari, est animé par je ne sais quelle grâce asiatique. Ce sont deux *lettres* sur les mœurs de son pays, deux lettres dont le sujet offre un contraste analogue à celui de sa propre destinée, d'abord brillante, heureuse, puis désolée par les regrets. L'une de ces deux lettres a pour objet les danses de la Grèce moderne. Madame Chénier se chargeait d'apprendre à un savant de France les vicissitudes et les formes diverses de cet art ingénieux transmis de l'antiquité, et soigneusement conservé par les jeunes filles qui dansent sur les bords de la mer Noire et dans les îles des Princes. Avec une érudition locale et féminine, relevée par l'étude de la poésie antique, elle explique, elle décrit *la candiote*, *l'arnaute*, *le balaristo*; et dans les chants modernes qui accompagnent ces danses symboliqnes, elle retrouve, à peine altérés, les souvenirs de la fable et de l'histoire, les noms d'Ariane et d'Alexandre. C'est la dissertation la plus gracieuse qu'on puisse lire.

L'autre lettre est consacrée au récit des cérémonies funèbres dans la Grèce chrétienne, encore toute remplie des débris poétiques de ses anciennes mœurs. C'est une vive et touchante esquisse de ces peintures qu'a tracées, de nos jours, avec plus de

détail, le docte et ingénieux Fauriel. On y voit
des exemples, alors inconnus, de ces myriologues,
de ces chants improvisés par le deuil des femmes
grecques sur le tombeau d'un frère, d'un époux,
d'un fils, et tout pleins de douleur et de poésie.

Élevés d'abord sous les yeux de ce père ingénieux, savant, et de cette mère brillante d'imagination, de grâce, les deux Chénier devaient être poëtes; c'était pour eux tout à la fois une impression du
premier âge et un don de naissance. J'aurai peine
à juger leurs écrits. Ce n'est pas que ma préférence
hésite; mais tant de souvenirs touchants se lient
au nom de ces deux poëtes, tant de graves pensées
et de questions délicates sur le goût se présentent
à la fois, que j'éprouve une confusion d'idées qui
sera trop sensible dans mes paroles.

Envoyé de Constantinople en France, André
Chénier, l'aîné des deux frères, fut placé dans un
collége de Paris. Son goût vif pour les arts, son
instinct de l'antiquité, comme d'une patrie, se
montrèrent d'abord. En apprenant la langue grecque alors très-négligée de nos savants, il semblait
se souvenir des jeux de son enfance et des chants
de sa mère. Il fit des progrès rapides dans toutes
les études classiques. A quatorze ans, plus instruit
que tous ses compagnons, il était poëte; il tradui-
sait Anacréon et Sapho, et rendait avec grâce la
douceur et la passion de ces chants nationaux pour
lui. Au sortir du collége, il entra dans la vie militaire qui convenait peu à son humeur libre et
rêveuse. Il la quitta, et se livra de nouveau à de

fortes études, à la méditation assidue des chefs-d'œuvre antiques, retenant son talent pour le fortifier, et ne se hâtant pas d'écrire.

Son frère, plus jeune que lui, se précipita plus vite vers la renommée littéraire. Après des études incomplètes et rapides dans le même collége, après quelque séjour dans une garnison, emporté par l'ardeur de la célébrité, il se jette dans cette carrière de la tragédie, si haute et pourtant si fréquentée, qui semblait alors, par la multitude des concurrents et la facilité des succès, une continuation immédiate de la rhétorique. Il fait sa tragédie d'*Azémire*, jouée et même applaudie, je crois, à Fontainebleau. Puis, esprit supérieur, il s'aperçoit, dans son succès, de tout ce qui manque à son talent ; il recommence de sérieuses études, au moins sur l'école française. Une ambition ardente lui impose trois ans de retraite, pendant lesquels tout va changer en France.

Il préparait sa tragédie de *Charles IX* pour cette époque nouvelle, que son frère ne salua pas d'abord avec moins d'ardeur. Les voilà donc tous deux contemporains, spectateurs animés des mêmes événements, le plus jeune accroissant à la hâte sa célébrité, l'autre commençant la sienne. Parlons d'abord d'André Chénier ; c'est justice : il avait la préséance de l'âge ; il a eu celle de l'échafaud. La destinée de ces deux frères offre d'ailleurs un tragique intérêt. En repoussant avec horreur les traditions de la calomnie, on voit en eux un lamentable exemple du malheur des révolutions. L'un

d'eux se dévoue lentement à l'étude de l'art : sa
gloire est obscure; son imagination est à la fois
studieuse et passionnée; et quand ce grand renouvellement de 1789 arrive, il en est saisi vivement.
Les premiers vers connus d'André Chénier sont
un hymne d'enthousiasme et de joie sur la fameuse séance du Jeu de paume; c'est l'inauguration pindarique de la révolution sociale. Les premières tragédies célèbres de Marie-Joseph Chénier
sont des tragédies partiales, comme il le dit lui-
même, tout empreintes de la véhémence des passions nouvelles : c'est *Charles IX*, *Henri III*; ce
sont des pièces qui, flétrissant d'un légitime op-
probre les vieux forfaits de la souveraineté absolue,
étaient, surtout à l'époque où elles parurent, de
menaçantes allusions pour une souveraineté affaiblie et tombante. Cette voie commune d'enthousiasme et d'ardeur pour la réformation sociale, où
s'étaient précipités les deux frères, ils ne la suivirent pas longtemps du même pas, ni avec le même
cœur. André Chénier était de la race de ces hommes généreux que l'on voit paraître au commencement des révolutions, qui se passionnent avec
une courageuse candeur pour toutes les nobles
idées de liberté, de réparation, de justice; qui les
réclament, au péril de tous leurs intérêts; et puis
qui, lorsque les révolutions s'avancent ou s'éga-
rent, lorsque les réformes demandées par des âmes
généreuses, et souvent repoussées par d'imprudentes résistances, sont tombées dans des mains bru-
tales et violentes, s'indignent, se séparent, devien-

nent transfuges du plus fort, et désertent vers le
parti des vaincus et des opprimés.

Ainsi, quand la révolution fut souillée, quand
des meurtres ensanglantèrent des théories, alors
son âme fut saisie d'indignation. Cependant cette
émotion de sa pitié ne devint pas une réaction de
sa raison ; il ne rejeta pas les principes généreux
et libres qu'il avait d'abord embrassés ; il les retint avec la même énergie ; il les professa avec la
même éloquence ; mais il sépara les assassins des
réformateurs. Et ainsi, se dévouant presque à une
double haine, il continuait de proclamer toutes
les théories de liberté, et d'attaquer avec une vertueuse colère tous les promoteurs d'anarchie. C'est
une voie d'honneur et de courage ; ce n'est pas
celle d'une longue vie, dans les temps de révolution.

Son frère était-il, au fond de l'âme, plus timide
ou plus violent ? Ce qu'il fit bien au delà pour le
parti républicain, était-ce un emportement de sa
passion ou un sacrifice de sa faiblesse ? Je ne veux
pas le juger sévèrement. Je regretterais d'insulter
une de ces ombres au profit de l'autre ; elle m'en
désavouerait. Ce n'est que la leçon morale que nous
cherchons ici. Nous ne dirons que ce qui tient au
développement du génie qui s'élève, quand l'âme
s'épure.

Tandis que, par des écrits polémiques, André
Chénier signalait sa haine contre des tyrans démocrates, et qu'en silence son imagination toute
grecque se répandait dans des poésies d'une grâce

ravissante, son frère obtenait la célébrité bruyante
du théâtre, devenu le tumultueux écho des passions politiques. Les lettres le conduisirent à la
tribune. Poëte tragique et patriotique, au milieu
de ce drame épouvantable d'une révolution, il
devint orateur. Il survécut à des temps affreux
qui le menaçaient lui-même. Il vit plus tard sa
gloire littéraire s'accroître. Son frère fut plus
heureux : il ne fut que victime ; il porta, jeune,
sa tête sur l'échafaud, où il n'avait fait monter
personne.

Cependant, Messieurs, il ne faut pas que ce parallèle, dont la vérité seule est assez sévère, de-
vienne injuste pour multiplier des contrastes.

Celui des deux Chénier qui avait pour lui la
célébrité de la tribune, les applaudissements du
théâtre, et qui semblait emporté, égaré par les
passions violentes du temps, qui même fut associé
à l'acte le plus coupable de cette époque, son âme
cependant conservait et manifesta plus d'une fois
des sentiments généreux. Lorsque l'auteur applaudi de *Caïus Gracchus* faisait entendre ces paroles : *Des lois, et non du sang*, ce peu de mots pro-
noncés était un effort de courage. A une époque
moins menaçante, lorsqu'une sorte de controverse
publique s'établit entre les deux frères sur le club
trop fameux qui fit trembler les assemblées comme
les trônes, on doit remarquer l'extrême modération de Marie-Joseph Chénier. On s'aperçoit qu'il
craint le danger du débat, et qu'il voudrait émous-
ser la vivacité des coups qui lui sont portés à lui-

même, pour ne pas exposer la main qui les porte.
Enfin, dans ces jours atroces, où les premiers
héros de la réformation civile étaient depuis longtemps poursuivis, où Barnave et tant d'autres
avaient péri, où les premiers persécuteurs même
étaient déjà victimes, lorsque André Chénier fut
jeté dans les cachots, son frère s'intéressa vivement
pour lui. C'était trop peu sans doute; mais lui-
même alors, dans son rapport pour exclure les
restes de Mirabeau du Panthéon, ayant osé ne pas
nommer l'idole immonde qu'on substituait au
grand orateur, se trouvait, pour ce courage de ré-
ticence, exposé au supplice : loin de pouvoir protéger, il avait à peine le crédit de vivre encore
quelques jours. Le Tibère de l'anarchie l'avait désigné, du haut de la tribune, par une de ces allusions, présage de mort. Il ne paraissait plus dans
l'assemblée décimée. Cependant, poëte encore, il
chantait les glorieuses victoires que la révolution
opposait aux crimes de ses chefs, et qui servaient
à leur puissance; et ce n'était pas de sa part un
calcul de crainte, mais un effort de zèle pour son
frère. On le vit souvent, auprès de Méhul, le célèbre musicien, méditant avec lui les paroles et
l'air de ce *Chant du Départ,* qui fut entendu à la
journée de Fleurus. Il espérait que cette offrande
poétique, tout animée de passions républicaines,
plairait à l'impitoyable orgueil des décemvirs, et
rachèterait la vie de son frère. Il espérait obtenir
à ce prix la grâce d'une si chère victime. Il ne l'obtint pas.

Après plusieurs mois de captivité, André Chénier, avec trente-huit coupables comme lui (il y avait dans le nombre un autre poëte, Roucher, auteur des *Mois*), André Chénier fut traduit devant le tribunal de mort. Il était accusé d'un crime bien étrange, d'avoir conspiré son évasion de prison et le renversement de la république. Ramené dans son cachot jusqu'au supplice, ses dernières pensées furent toutes de poésie et d'enthousiasme. Il faisait encore des vers à l'instant où l'échafaud l'appelait. Il y a peu de vers inspirés si près de la mort. La voix du poëte, dans cette horrible attente, resta ferme et sonore :

Comme un dernier rayon, comme un dernier zéphyre
    Anime la fin d'un beau jour,
Au pied de l'échafaud j'essaye encor ma lyre.
    Peut-être est-ce bientôt mon tour;
Peut-être, avant que l'heure, en cercle promenée,
    Ait posé sur l'émail brillant,
Dans les soixante pas où sa route est bornée,
    Son pied sonore et vigilant,
Le sommeil du tombeau pressera mes paupières ;
    Avant que de ses deux moitiés,
Ce vers, que je commence, ait atteint la dernière,
    Peut-être en ces murs effrayés
Le messager de mort, noir recruteur des ombres,
    Escorté d'infâmes soldats,
Remplira de mon nom ces longs corridors sombres.

   . . . .

Il était huit heures du matin ; on appela André Chénier, et la pièce n'a pas été achevée. Monté sur le tombereau fatal, il se trouva près de Roucher, esprit généreux, cœur droit, enthousiaste

partisan des premières réformes politiques de la
France. Moins jeune que son compagnon de supplice, Roucher tenait plus à la vie cependant : il
était heureux époux, heureux père. La veille de
ce jour, il avait, pour dernier souvenir, envoyé
son portrait à sa femme et à sa fille, avec ces vers
touchants :

> Ne vous étonnez pas, objets sacrés et doux,
> Si quelque ombre funeste obscurcit mon visage;
> Lorsqu'un savant crayon dessina cette image,
> L'échafaud m'attendait, et je pensais à vous.

Quand les deux poëtes furent près l'un de l'autre, Roucher s'arma du même courage; ils s'en-
tretinrent de leurs travaux, de leurs anciennes
espérances. André Chénier avait beaucoup de pensées de gloire; il se frappa plusieurs fois sur le
front, en disant : « Et pourtant il y avait là quelque chose! » Puis les deux amis récitèrent entre
eux la première scène d'*Andromaque* :

> Oui, puisque je retrouve un ami si fidèle.

C'est ainsi qu'ils arrivèrent à l'échafaud.

Ce meurtre de plus fut consommé trois jours
avant le 9 thermidor.

Maintenant, a-t-il fallu que la partialité politique empoisonnât la douleur du frère qui survivait,
en lui reprochant le crime de la *terreur?* Depuis
cette fatale époque, souvent la haine de parti, souvent la polémique jeta sur Chénier ce calomnieux

souvenir. Écoutez sa défense. Aujourd'hui je ne
dirai que cela de son talent :

> . . . . On m'ose accuser !
> Moi, jouet si longtemps de leur lâche insolence,
> Proscrit pour mes discours, proscrit pour mon silence,
> Seul, attendant la mort, quand leur coupable voix
> Demandait à grands cris *du sang, et non des lois!*
> Ceux que la France a vus ivres de tyrannie,
> Ceux-là même, dans l'ombre armant la calomnie,
> Me reprochent le sort d'un frère infortuné,
> Qu'avec la calomnie ils ont assassiné !
> L'injustice agrandit une âme libre et fière.
> Ces reptiles hideux, sifflant dans la poussière,
> En vain sèment le trouble entre son ombre et moi :
> Scélérats ! contre vous elle invoque la loi.
> Hélas ! pour arracher la victime aux supplices,
> De mes pleurs chaque jour fatiguant vos complices,
> J'ai courbé devant eux mon front humilié ;
> Mais ils vous ressemblaient : ils étaient sans pitié.
> Si, le jour où tomba leur puissance arbitraire,
> Des fers et de la mort je n'ai sauvé qu'un frère
> Qu'au fond des noirs cachots Dumont avait plongé,
> Et qui, deux jours plus tard, périssait égorgé,
> Auprès d'André Chénier avant que de descendre,
> J'élèverai la tombe où manquera sa cendre,
> Mais où vivront du moins et son doux souvenir,
> Et sa gloire, et ses vers dictés pour l'avenir.
> Là, quand de thermidor la septième journée
> Sous les feux du Lion ramènera l'année,
> O mon frère ! je veux, relisant tes écrits,
> Chanter l'hymne funèbre à tes mânes proscrits.
> Là, souvent tu verras, près de ton mausolée,
> Tes frères gémissants, ta mère désolée,
> Quelques amis des arts, un peu d'ombre et des fleurs ;
> Et ton jeune laurier grandira sous mes pleurs.

Cependant une fatalité déplorable donnait un
prétexte, un argument à la calomnie. Vers le temps

même où la cruauté des inquisiteurs populaires
allait atteindre André Chénier, son frère venait
d'achever une tragédie de *Timoléon*; et, dans cette
tragédie, le sauvage et faux héroïsme d'un frère
immolant son frère à la liberté de son pays, était
exalté par le poëte : bien plus, un démenti était
donné à l'histoire.

Dans le beau et pathétique récit de Plutarque,
au milieu de l'hésitation que lui-même éprouve à
condamner Timoléon, vous voyez cependant la
nature satisfaite et vengée par la peinture éloquente de cette mère, qui ne pardonne point au
frère assassin de son frère et libérateur de son pays,
qui le repousse, qui le maudit, et le fait douter de
son prétendu héroïsme, en lui opposant les anathèmes d'une mère.

Chénier avait effacé ce trait de caractère authentique, selon l'histoire et selon la nature. Dans
sa fable tragique, Timoléon, s'éloignant de Co-
rinthe, après son horrible victoire, était embrassé
et presque félicité par sa mère. N'abusons pas cependant de ces apparences : elles sont fausses et
trompeuses. A l'époque où Chénier achevait *Timoléon*, il prodiguait à son frère les soins de la
plus inquiète amitié. Il lui avait ménagé un asile
qui semblait assuré.

Enfin, cette tragédie de *Timoléon*, loin d'être une
flatterie ou une excuse pour les assassins déma-
gogues, était pleine des mêmes cris de justice et
de pitié qui les avaient offensés dans *Caïus Gracchus*. Aussi fut-elle frappée d'interdiction, et le

manuscrit même saisi. Elle n'était pas une apologie
des proscriptions politiques; elle était censurée
par les proscripteurs.

Dans cet ouvrage, Chénier s'était trompé comme
poëte; il avait fait mentir, par une fausse exaltation tragique, le cœur de cette mère qu'il mettait
sur la scène. Mais il trouva dans le cœur de la
sienne une justification invincible, à mes yeux.
Cette femme, qui avait élevé l'enfance de ses deux
fils, qui leur avait communiqué l'amour des arts,
et dont l'âme fut déchirée par la mort cruelle de
l'un d'eux, elle garda pour celui qui survivait l'affection la plus tendre. Elle resta constamment près
de lui, bénissant avec amour ses soins et son respect filial. Elle savait donc bien qu'il n'était pas
la cause de son malheur, puisqu'elle n'en voulait
être consolée que par lui. Chénier s'est trompé
comme poëte; mais il est irréprochable et comme
fils et comme frère : j'en suis sûr; j'en jure par le
cœur de cette mère. (*Applaudissements.*)

Je regrette que ces dates fatales nous fassent
sortir de l'émotion paisible des lettres. L'étude de
l'art semble froide en présence de ces cruels souvenirs.

Où en étais-je tout à l'heure? et que me reste-
t-il dire? Je voudrais apprécier le génie d'André
Chénier. Le premier caractère qui frappe dans ce
poëte, c'est un goût singulier de l'antiquité, une
manière neuve de la sentir et de la rendre.

La littérature du xviie siècle avait admirablement
saisi la beauté du style grec et du style romain,

dans ce qui tient à la pureté de l'expression, à la justesse de l'image. Mais la vérité des mœurs, la naïveté du sentiment avaient beaucoup perdu. On en sait la cause, et il n'est pas besoin de chicaner la gloire de ces grands hommes.

Cette puissante étiquette du siècle de Louis XIV, cette préoccupation dominante des usages de la cour, avaient souvent altéré la vérité du pinceau de Racine. Admirateur si éclairé des Grecs, Racine n'aurait pas osé traduire la simplicité de Théocrite ; et cependant Théocrite est lui-même l'élève d'une littérature savante qui remonte à la simplicité, par système.

Au XVIIIe siècle, la poésie, toute artificielle lorsqu'elle était sérieuse, et n'étant vraie que dans les choses peu poétiques, le scepticisme et l'ironie, n'avait pas connu le beau simple de l'antiquité ; elle le dédaignait. Voltaire lui-même pensait sur Homère et sur Théocrite, à peu près comme Fontenelle ; il les trouvait rudes et grossiers.

Quant aux classiques du second ordre, imitateurs d'imitations successives, ils avaient, malgré le goût et le talent de La Harpe, un sentiment très-peu vrai de la poésie antique ; et dans les littératures étrangères, ce qui, sous des formes diverses, offre un caractère hardiment original leur échappait ou les blessait.

A la fin du XVIIIe siècle, de Saint-Pierre avait seul rendu à la prose française un coloris nouveau, par la simplicité et par une réminiscence naïve du goût antique ; c'était l'œuvre de son génie, de

ses malheurs et de ses études. André Chénier fit
la même chose dans la poésie. C'est un solitaire
plein d'imagination et de goût, qui se sépare de
son temps, tout à la fois par instinct et par réflexion, et qui est poëte autrement qu'on ne pouvait l'être autour de lui. Sa vie moins distraite
que celle de son frère, plus méditative, plus re-
pliée sur elle-même, lui donna quelque chose de
plus rare et de plus élevé. Jeune, il avait erré en
Angleterre; il y avait vécu trois ans pauvre et
obscur, dans un isolement dont il a peint la tristesse. Il s'y pénétra du génie de cette littérature
originale et forte, qui doit plaire en proportion
de la liberté des esprits; et la rudesse du goût anglais se mêla pour lui à la perfection de l'élégance
antique. Il sentit Shakspeare comme il aimait la
poésie grecque.

Il y avait une grande dissidence de goût entre
les deux frères. Étrange caprice de notre esprit!
Nous restons parfois obstinément attachés à une
seule des idées qui dépendaient d'un système,
quand nous avons rejeté ou brisé tout le système.

Marie-Joseph Chénier, novateur illimité dans
l'ordre politique, était presque timide dans les lettres. Hardi à renverser un trône et une société tout
entière, il eût craint de violer les bienséances de
l'ancienne littérature monarchique. Ses tragédies,
pour la forme, la pompe, le langage, sont jetées
dans le moule connu. L'allusion en est violente et
passionnée; la poésie faible et sans couleur. Si
l'on excepte *Tibère*, œuvre tardive d'une inspira-

tion vengeresse, le théâtre de Chénier ne paraîtra qu'une imitation affaiblie des anciens modèles, imitation où il n'y avait de nouveau que ce qui était passager.

Au contraire, André Chénier, qui s'arrêta bien avant son frère dans la carrière des innovations politiques, avait bien plus d'audace de poëte et d'écrivain. Las du faux goût d'élégance qui affadissait la littérature, il méditait à la fois la reproduction savante et naturelle des formes du génie antique, et l'application de ce langage aux merveilles de la civilisation moderne. C'est ainsi qu'il voulait chanter la découverte du nouveau monde, et célébrer, sous le titre d'*Hermès*, les grands progrès des sciences naturelles. En même temps il s'essayait à renouveler les grâces naïves de la poésie grecque dans de courtes *élégies*, admirable mélange d'étude et de passion, où la simplicité a quelque chose d'imprévu, où l'art n'est pas sans négligence, et parfois sans effort, mais qui respirent un charme à peine égalé de nos jours.

Enfin, cette muse ambitieuse de gloire, éprise de pensées nouvelles, puisait au cœur généreux d'André Chénier une verve de malédiction et de haine, qui peut remplacer les ïambes perdus d'Archiloque. Revoyons quelques-unes des pages où sont gravées, avec le plus d'éclat, les pensées de ce poëte enlevé si tôt. Un caractère auquel ne peuvent guère échapper les grands écrivains d'une seconde, d'une troisième époque, l'esprit de système, inspirant jusqu'à la simplicité, se retrouve

dans les écrits d'André Chénier. Il a commencé
par la critique; témoins les fragments de ce poëme
de *l'Invention*, où il donne la théorie de ses nouveautés poétiques. Ce précieux essai renferme les
vues les plus justes sur l'audace légitime du talent,
sur les routes véritables de l'invention, sur cette
espèce de fidélité infidèle qui s'attache aux derniers
imitateurs des premiers modèles. Il ne méconnaît
pas la gloire des grands génies de la France; mais
il leur souhaite de vrais imitateurs, c'est-à-dire
des imitateurs qui ne leur ressemblent pas. C'est
la doctrine de La Fontaine, si original en se
croyant disciple des anciens.

Il me faut du nouveau, n'en fût-il plus au monde.

. Quoiqu'il fût aisé de choisir, dans les essais di-
dactiques d'André Chénier, des vers pleins d'art
et de goût, dignes des plus sévères modèles, son
charme est surtout dans ces pièces inventées d'après
les Grecs, dans ces idylles retrouvées, où l'imagination seule s'est donné l'émotion immédiate et
pittoresque d'un temps qui n'est plus; tels sont
l'Aveugle, le Jeune malade. Enfin, ce charme se retrouve, plus grand encore peut-être, dans l'émotion intime du poëte, attendri sur le sort de *la
Jeune captive*.

Bien qu'André Chénier soit un poëte habile, ce
qu'il est surtout, c'est un poëte ému. Son art est
plein de candeur. Il est une part de ses œuvres que
la gravité de cet auditoire ne permet pas de rappeler. Rien, dans notre langue, ne surpasse la

douceur gracieuse et passionnée de ses élégies.
C'est la seule idée qu'il nous soit permis d'en donner ici. Je ne puis vous lire, même, cette idylle si
pure, *le Jeune malade,* où les plus charmants souvenirs de la Grèce, l'ardeur de la tendresse d'une
mère, le désespoir et la joie de l'amour sont re-
tracés avec une grâce sans égale et une ineffable
harmonie. Les vers les plus mélodieux de Lamar-
tine ont reçu, peut-être, l'inspiration de cette
poésie, et ne l'ont point effacée. Et puis n'oublions
pas cette autre idylle qui, comme l'*Aristonoüs* de
Fénelon, semble une page d'un manuscrit grec,
mais traduite par quelque chose de mieux qu'un
moderne, cette touchante et sublime idylle de
l'*Aveugle* :

« Dieu, dont l'arc est d'argent, dieu de Claros, écoute !
O Sminthée-Apollon, je périrai sans doute,
Si tu ne sers de guide à cet aveugle errant. »

C'est ainsi qu'achevait l'aveugle en soupirant,
Et près des bois marchait, faible, et sur une pierre
S'asseyait. Trois pasteurs, enfants de cette terre,
Le suivaient, accourus aux abois turbulents
Des Molosses, gardiens de leurs troupeaux bêlants.
Ils avaient, retenant leur fureur indiscrète,
Protégé du vieillard la faiblesse inquiète ;
Ils l'écoutaient de loin ; et, s'approchant de lui :
« Quel est ce vieillard blanc, aveugle et sans appui ?
Serait-ce un habitant de l'empire céleste ?
Ses traits sont grands et fiers ; de sa ceinture agreste
Pend une lyre informe, et les sons de sa voix
Émeuvent l'air et l'onde, et le ciel et les bois. »
Mais il entend leurs pas, prête l'oreille, espère,
Se trouble, et tend déjà les mains à la prière.

« Ne crains point, disent-ils, malheureux étranger ;
(Si plutôt sous un corps terrestre et passager
Tu n'es point quelque dieu protecteur de la Grèce ,
Tant une grâce auguste ennoblit ta vieillesse !)
Si tu n'es qu'un mortel, vieillard infortuné,
Les humains, près de qui les flots t'ont amené,
Aux mortels malheureux n'apportent point d'injures.
Les destins n'ont jamais de faveurs qui soient pures.
Ta voix noble et touchante est un bienfait des dieux,
Mais aux clartés du jour ils ont fermé tes yeux.
. . . .
. . . .
— Des marchands de Cymé m'avaient pris avec eux.
J'allais voir, m'éloignant des rives de Carie ,
Si la Grèce pour moi n'aurait point de patrie ,
Et des dieux moins jaloux , et de moins tristes jours :
Car jusques à la mort nous espérons toujours.
Mais pauvre, et n'ayant rien pour payer mon passage,
Ils m'ont, je ne sais où , jeté sur le rivage.

— Harmonieux vieillard, tu n'as donc point chanté?
Quelques sons de ta voix auraient tout acheté. »

Et puis ce vieillard chante ; il chante longtemps ;
il chante admirablement : c'est Homère.

Enfin, lorsque André Chénier fut jeté dans les
épreuves, quand le cœur lui battait fort, et autrement que pour des illusions poétiques, son génie,
qui semble élégiaque, prenait une mâle vigueur
pleine de colère et de mépris. Tels sont ces vers
improvisés au moment où il apprit qu'un homme
d'exécrable mémoire, Collot-d'Herbois, proposait
de fêter le crime de ces soldats étrangers, à la solde
de la France, qui s'étaient révoltés contre leur chef,
et l'avaient égorgé par servilité pour la démocratie
toute-puissante. Ces vers sont une amère ironie ;

André Chénier se charge de faire le dithyrambe
de la fête donnée aux assassins :

> Salut, divin triomphe! entre dans nos murailles :
>   Rends-nous ces guerriers illustrés
> Par le sang de Désille et par les funérailles
>   De tant de Français massacrés.
> Jamais rien de si grand n'embellit ton entrée :
>   Ni quand l'ombre de Mirabeau
> S'achemina jadis vers la voûte sacrée,
>   Où la gloire donne un tombeau ;
> Ni quand Voltaire mort et sa cendre bannie
>   Rentrèrent aux murs de Paris,
> Vainqueurs du fanatisme et de la calomnie
>   Prosternés devant ses écrits.
> Un seul jour peut atteindre à tant de renommée ;
>   Et ce beau jour luira bientôt;
> C'est quand tu porteras Jourdan à notre armée,
>   Et Lafayette à l'échafaud !

Faut-il l'entendre encore pleurant et honorant
Charlotte Corday, ou décrivant, avec une familière et horrible énergie, les boucheries de la terreur :

> Quand au mouton bêlant, la sombre boucherie
>   Ouvre ses cavernes de mort,
> Pauvres chiens et moutons, toute la bergerie
>   Ne s'informe plus de son sort.
> Les enfants qui suivaient ses ébats dans la plaine,
>   Les vierges aux belles couleurs,
> Qui le baisaient en foule, et sur sa blanche laine
>   Entrelaçaient rubans et fleurs,
> Sans plus penser à lui, le mangent, s'il est tendre.
>   Dans cet abime enseveli
> J'ai le même destin. Je m'y devais attendre.
>   Accoutumons-nous à l'oubli.

Oubliés comme moi, dans cet affreux repaire,
   Mille autres moutons comme moi,
Pendus aux crocs sanglants du charnier populaire,
   Seront servis au peuple-roi.
Que pouvaient nos amis? Oui, de leur main chérie,
   Un mot à travers ces barreaux,
A versé quelque baume en mon âme flétrie,
   De l'or peut-être à mes bourreaux....
Mais tout est précipice. Ils ont eu droit de vivre.
   Vivez, amis; vivez contents.
En dépit de Bavus soyez lents à me suivre.
   Peut-être, en de plus heureux temps,
J'ai moi-même, à l'aspect des pleurs de l'infortune,
   Détourné mes regards distraits;
A mon tour aujourd'hui mon malheur importune.
   Vivez, amis; vivez en paix.

Quelle voix de poëte!

Je n'ai point rappelé les beaux vers d'André Chénier, qu'un illustre écrivain fit connaître à la France. Mais relisons, pour dernier hommage à la mémoire de ce poëte, les vers sur *la Jeune captive*. Ils lui furent inspirés par l'intérêt le plus tendre qui ait préoccupé, et peut-être un peu troublé ses derniers moments.

Le grave Tertullien raconte que, même au milieu de cette captivité sainte où, dans le IIe siècle de notre ère, la cruauté d'un préteur plongeait tant de chrétiens, il se conservait quelque chose des faiblesses humaines et des passions profanes, et que la prison des martyrs même vit naître plus d'une fois des sentiments que la mort expiait, sans les détruire. Ainsi, dans les cachots de la *terreur*, parmi tant de victimes réunies, plus d'une fois les

âmes furent touchées d'une autre inquiétude,
d'une autre émotion que la crainte de mourir.

Les vers d'André Chénier s'adressaient à une
personne jeune, d'un nom illustre et d'une rare
beauté. Ils respirent un charme de passion et de
douceur naïve, qui en fait un des chefs-d'œuvre
de la poésie moderne; c'est la plus pure des élégies tendres; c'est un style dont la richesse, pleine
de symboles et d'images, a quelque chose de riant
et de nouveau comme la jeunesse :

> L'épi naissant mûrit de la faux respecté;
> Sans crainte du pressoir, le pampre tout l'été
>   Boit les doux présents de l'aurore :
> Et moi, comme lui belle, et jeune comme lui,
> Quoique l'heure présente ait de trouble et d'ennui,
>   Je ne veux point mourir encore.
>
> . . . .
> . . . .
>
> L'illusion féconde habite dans mon sein.
> D'une prison sur moi les murs pèsent en vain;
>   J'ai les ailes de l'espérance.
> Échappée aux réseaux de l'oiseleur cruel,
> Plus vive, plus heureuse, aux campagnes du ciel,
>   Philomèle chante et s'élance.
>
> Est-ce à moi de mourir? tranquille, je m'endors,
> Et tranquille je veille; et ma veille aux remords,
>   Ni mon sommeil ne sont en proie.
> Ma bienvenue au jour me rit dans tous les yeux.
> Sur des fronts abattus, mon aspect dans ces lieux
>   Ranime presque de la joie.
>
> Mon beau voyage encore est si loin de sa fin!
> Je pars, et des ormeaux qui bordent le chemin
>   J'ai passé les premiers à peine.

Au banquet de la vie à peine commencé,
Un instant seulement mes lèvres ont pressé
　　La coupe en mes mains encor pleine.

Je ne suis qu'au printemps; je veux voir la moisson;
Et comme le soleil, de saison en saison,
　　Je veux achever mon année.
Brillante sur ma tige et l'honneur du jardin,
Je n'ai vu luire encor que les feux du matin,
　　Je veux achever ma journée.

. . . .
. . . .

Ainsi, triste et captif, ma lyre toutefois
S'éveillait; écoutant ces plaintes, cette voix,
　　Ces vœux d'une jeune captive,
Et secouant le joug de mes jours languissants,
Aux douces lois des vers, je pliais les accents
　　De sa bouche aimable et naïve.

. . . .
. . . .

Voilà quel fut ce poëte, plein d'art et de génie,
dans ses ouvrages inachevés, exprimant avec une
merveilleuse douceur les sentiments les plus délicats de l'âme, et capable de l'indignation la plus
énergique et le mieux vengeresse.

Vous voyez qu'il était de la famille des grands
poëtes : c'est ce mélange de tendresse et de colère,
cette vivacité d'âme qui fait peindre *Françoise de
Rimini* et les cercles de l'enfer. Mais le Dante, proscrit par les fureurs civiles, avait eu le temps, dans
l'exil, d'achever son ouvrage. André Chénier,
pris si vite par l'échafaud, ne laissa voir que l'espérance d'un beau génie.

CINQUANTE-NEUVIÈME LEÇON.

Influence de la révolution sur la littérature. — Causes et durée de cette
influence. — Caractère littéraire de Chénier. Ses tragédies. — De l'inspiration immédiate des événements; en quoi trompeuse parfois. —
Seconde époque de la vie et du talent de Chénier. — Sa tragédie officielle de *Cyrus*. — Sa situation sous l'empire. — Ses derniers ouvrages
plus énergiques et plus vrais. — Sa tragédie de *Tibère*. — Beautés de
cet ouvrage. — Graves objections. — Résumé.

MESSIEURS,

Je vais chercher encore ce qui restait de goût
pour les arts et d'imagination littéraire après le
renversement social de la France. Je vais remuer
ces cendres si fécondes, pour y découvrir aussi
l'étincelle de vie poétique. En effet, ce lieu commun qui est une vérité, cette alliance tant rappelée entre les lettres et l'état des mœurs, n'est nulle
part plus marquée, plus visible que dans les grandes crises de la société. Lorsque les années se succèdent sans agitation, sans secousse qui réagisse
sur l'esprit d'un peuple, on conçoit que si les
lettres, en général, reçoivent l'influence de cette
paisible uniformité, le génie se fasse une vie solitaire et indépendante, et s'inspire de lui-même,
bien plus que des impressions monotones d'une
foule asservie. Mais lorsque la foule devient puis-

sance active, et qu'à son gré elle change, bouleverse, renouvelle, alors cette action de la société
sur les lettres, de l'opinion commune sur le talent
individuel, paraît dans toute sa force.

Ainsi ne nous étonnons pas que toute une littérature nouvelle, dont l'enfantement dure encore, soit née du contre-coup et du souvenir de
la révolution française. Ne nous étonnons pas que,
suspendue d'abord, et comme interceptée par un
pouvoir absolu, dominateur, étourdissant, elle se
ranime sous une influence de liberté. C'est le même
mouvement qui se règle et se prolonge; c'est ce
même besoin d'une littérature plus expressive,
plus populaire, qui fasse plus d'usage de la vérité, qui s'effraye moins de ce qu'elle a parfois de
grossier. C'est toujours la substitution du Forum
à la pompe des cours et à l'élégance de l'étiquette.
Cette rapide substitution a ses écarts, ses erreurs;
mais on ne peut douter qu'à l'avenir, elle ne laisse
une trace profonde dans toutes les œuvres de l'esprit français. Puissiez-vous avoir une littérature
de génie! Mais, certes, vous aurez une littérature
de liberté, moins scrupuleuse dans son langage,
moins polie dans ses formes, brusque, familière,
capricieuse. Je n'y ai pas de regret; car ce n'est
pas la correction sévère de Port-Royal, mais l'élégance sophistique du xviiie siècle, que nous quit-
tons pour ces vives et nouvelles allures. Voltaire
dit, quelque part, que les Anglais n'ont point de
goût, que, chez eux, le peuple est le grand maître de la langue, comme dans Athènes; mais que,

sous un ciel moins heureux, il n'a pas la même
délicatesse d'organes. Par cette influence démocratique, résultats des lois et des mœurs, vous verrez également, parmi nous, la littérature élégante,
ou ce qui vaut moins, la littérature traditionnelle,
académique, s'affaiblir, s'effacer, et tous les caprices, tous les hasards de l'imagination indépendante applaudis, favorisés par la curiosité, par
l'instinct public.

C'est donc à cette époque si novatrice en tout
genre, à ces années de troubles et de puissance,
à ces années de destruction et de création, qu'il
faut faire remonter le premier changement de
l'esprit littéraire, et cette révolution du goût, cachée d'abord sous tant d'autres, et maintenant si
manifeste.

Certes, les troubles de l'Angleterre ont été pour
quelque chose dans la naissance du génie de Milton. Si l'Angleterre fût restée paisible sous le gou-
nement de Charles Ier, ou seulement agitée de quelques controverses religieuses, ce génie de Milton,
qui, nourri de la poésie italienne et de la Bible,
avait répandu tant de charme sur l'*allegro* et *le pen-
seroso*, ne se fût point élevé à cette puissance d'inspiration originale et sombre qui caractérise *le
Paradis perdu*. La plus belle moitié du *Paradis perdu*
a été dictée par la révolution anglaise. Ces fureurs
théologiques du long parlement, ces éloquences
mystiques et populaires qui enflammaient les esprits, on ne les lit guère, on ne le recherche pas
dans les collections volumineuses du temps. Une

barbarie fastidieuse se mêle à l'énergie profonde
et passionnée de ces discours. Mais où l'esprit in-
fernal et sublime qui les animait a-t-il passé? Dans
le Paradis perdu. La verve fanatique de ces temps
durs et cruels, Milton en a fait le langage de son
Pandémonium. Sans le savoir peut-être, il a co-
pié son enfer sur les passions de la guerre civile;
et dans ce sujet merveilleux, dans cette poésie extraordinaire, fantastique, il est inspiré par son
siècle autant que par la Bible.

Quoique la révolution française ait été bien autrement novatrice, plus destructive, et partant
plus féconde, comme ces fléaux du monde physique qui sèment la vie sous les ruines, quoiqu'elle
ait plus puissamment agi sur les esprits, qu'elle ait
eu un retentissement plus lointain et plus durable,
elle n'a cependant pas éveillé un génie tel que
Milton.

En France, les lettres mêmes étaient devenues
l'instrument universel de la révolution; comme
elles avaient dominé la cour, elles ameutaient le
peuple. Par là même elles se confondirent avec la
politique, elles en eurent littéralement le langage,
au lieu d'en recevoir l'inspiration; elles se chargèrent de ces violences triviales, de ces exagérations faciles et vulgaires, qui faisaient incessamment retentir la tribune. A cette époque, où les
esprits étaient si profondément remués, où la
chance du génie semblait multipliée par l'effort
universel, vous seriez étonnés de voir combien le
génie proprement dit, ce génie vivace et durable,

que le temps inspire, mais qui est fait pour l'éter-
nité, combien il a manqué, combien il est absent.
Ainsi, tandis que les lettres occupaient souvent
la tribune, et la remplissaient de déclamations,
de lieux communs traditionnels, laissées à elles-
mêmes, elles n'avaient aucune énergie, aucune
originalité. Elles étaient l'écho monotone du même
cri populaire.

André Chénier, qui vous a touchés par son malheur, et par ses vers, est un phénomène à part,
au milieu de cette tempête civile; rien d'animé et
de nouveau comme lui ne s'élève autour de lui.
Son frère est loin de cette originalité naïve. Esprit
ardent, passionné, coupable par sa passion, il n'a
pas trouvé la véhémence du génie dans cette colère
politique qui l'emporta si loin. Non, il est correct,
facile, il a les formes du goût; c'est l'impétuosité,
la verve, le désordre, si l'on peut parler ainsi,
qui lui manquent. Ses premiers ouvrages, ses tragédies, espèce de pamphlets joués sur un théâtre,
trouvant tout un public en colère, pour les entendre, pour les commenter, excitèrent un prodigieux enthousiasme. Elles sont maintenant sur le
papier, froides et décolorées; vous n'y trouverez
pas même ces hyperboles de la haine, ces expressions ardentes, ces *monstra orationis*, comme parle
Cicéron; ce sont des tragédies faites d'après les règles et sous l'inspiration de Voltaire, un peu meilleures, je le crois, que celles de La Harpe, mais
également dénuées de force et de nouveauté.

C'était une chose nouvelle pour la forme, de

mettre sur cette scène française, si longtemps
soumise à l'étiquette du goût et de la censure tout
à la fois, un cardinal, le cardinal de Lorraine,
Charles IX et sa cour, une reine comme Médicis,
un ministre comme L'Hôpital. Mais la nouveauté
des costumes et des personnages ôtée, approchez,
prenez ces scènes, lisez-les : c'est la régularité
pompeuse de notre tragédie; rien de simple, de
familier; nulle naïveté de fanatisme, nulle vérité
de crime ne vous transporte dans ce siècle et dans
cette cour. Le langage de tous les acteurs du
drame est d'une élégance uniforme; c'est ainsi
que Chénier fait parler le chancelier de L'Hôpital,
qui n'était pas alors à la cour de Charles IX, qui
ne devait pas, qui ne pouvait pas s'y trouver encore; la vraisemblance dramatique l'en chassait,
comme l'histoire. Il avait fallu trois ans d'absence
de ce grand homme de bien, pour que la cour,
où il avait habité, devînt le théâtre d'un tel crime.
Mais passons sur cette inexactitude : ce chancelier
de L'Hôpital, ce personnage, demi-gaulois, demi-
romain, cette longue barbe blanche qui imposait
aux jeunes courtisans, cet homme d'une conscience si ferme, qui avec ses expressions fortes et
familières troublait Catherine de Médicis, et la
faisait hésiter sur une mauvaise action, que fait-il
dans le drame de Chénier? il parle bien; il parle
élégamment; il ressemble un peu au Burrhus de
Racine; ce n'est pas le chancelier de L'Hôpital re-
trouvé, ressuscité, rhabillé devant le public.

Le talent de Chénier était bien loin d'avoir, en

originalité, ce que son esprit politique avait en
audace et en violence. Deux natures dans cet
homme : l'une régulière, timide, et l'autre,...
vous la connaissez. Cette observation peut, sous
le rapport de l'art, s'appliquer à presque tout le
théâtre de Chénier. Deux caractères y dominent :
l'imitation des formes convenues et l'allusion
contemporaine. Mais l'allusion contemporaine ne
fait pas vivre les ouvrages; elle leur ôte, en durée,
ce qu'elle leur donne en vogue; l'art ne l'interdit
pas; mais il veut des beautés plus intimes; l'allusion contemporaine est à la vérité ce que le costume est aux personnages; il faut qu'on puisse
l'ôter, ou qu'elle tombe par le temps, et qu'il reste
une vérité qui se fasse reconnaître et admirer toujours. Mais dans les premiers ouvrages de Chénier,
tout ce qui n'est pas allusion contemporaine manque de nerf et de chaleur.

Nous ne craignons pas d'appeler productions
froides ces tragédies qui répondaient aux passions
les plus violentes, et étaient soutenues par elles.
Ce fut, au contraire, lorsque Chénier n'eut plus
ce secours, lorsqu'il retomba sur lui-même, privé
de ce parterre de tout un peuple en émeute, qu'il
mit dans ses ouvrages une empreinte plus vigoureuse. Ce fut alors que son talent s'éleva. Lorsqu'il
était aidé, porté par l'entraînement populaire, le
poëte travaillait peu ses drames; il prenait la colère
de parti pour cette verve intérieure, durable. De
belles tirades, répandues dans *Henri VIII*, dans
Charles IX, suffisaient à l'enthousiasme du moment,

et donnaient une gloire bruyante, comme les acclamations qui suivent l'orateur populaire. Aidé
par les mêmes passions, Chénier parut un grand
poëte lyrique, lorsqu'il célébrait les victoires et les
violences qui signalèrent la révolution. Écho des
passions de la foule, il semblait un Tyrtée. En re-
lisant ces poésies alors si puissantes, on serait
étonné de les trouver faibles et languissantes,
maintenant qu'il n'y a plus de fanatisme politique
pour les animer.

Mais tout va changer dans l'état, et le contre-
coup de ce changement se retrouvera dans les destinées du talent, comme dans la situation des
particuliers. A ce désordre si longtemps déchaîné
va succéder une régularité despotique et minutieuse; ce ne sera plus le niveau de l'égalité, mais
la main du conquérant qui fera plier toutes les
têtes; l'anarchie est remplacée par l'ordre et le silence. Ces talents, qu'avait emportés le mouvement
populaire, sont réduits à travailler pour eux-
mêmes, à s'irriter, à se taire, à souffrir. Mais ce
n'est pas dans le bruit et le feu de la révolution
parlementaire, que Milton avait composé son beau
poëme; il était alors trop distrait du génie par la
passion; il n'avait pas ce retour de l'âme sur elle-
même, cette méditation vigoureuse et féconde; il
amassait, sans le savoir, ce qui devait l'inspirer
plus tard; il recevait tout ce que son temps lui
donnait; il entassait confusément toutes ces émotions de liberté, de fanatisme et de vengeance qui
avaient rempli les dix années de la révolution an-

glaise. Et puis, à quelle époque écrivit-il? dans
un temps où toutes ses espérances étaient amèrement démenties, où il était rejeté loin de la vie
active à laquelle il s'était mêlé si hardiment, et où
une sorte d'anathème le séparait du commerce des
hommes. Il a rappelé lui-même, dans des vers sublimes, le premier trouble et la terreur qu'il
éprouva pendant les fêtes qui célébraient le retour
d'un gouvernement qu'il avait combattu et insulté.
Il se représente tel que le divin Orphée, déchiré
par les Bacchantes. Ce fut de ces cruelles épreuves
et de cette vie triste et solitaire qu'il reçut la dernière inspiration : ce fut alors qu'il fit *le Paradis
perdu*. Sans la révolution, sans le spectacle et la
complicité de ses fureurs, il n'eût pas rassemblé
les fortes émotions qui animèrent son génie; sans
l'humiliation et la défaite de son parti, sans la retraite où il se condamna, il n'eût pas eu ce recueil-
lement profond, cette poésie intérieure de l'âme,
cette réminiscence lointaine qui, par cela même,
devient créatrice.

A Dieu ne plaise que je veuille arranger les choses pour le mieux, et dans une espèce d'utopie,
faite après coup, disposer les événements tout exprès pour le génie de Milton; mais on ne peut nier
que ces vicissitudes de la vie du poëte, cette activité violente, puis cette solitude triste et forcée,
ce recours à lui seul, n'aient dû puissamment agir
sur son imagination.

Chénier, que la nature n'avait pas fait pour tant
de gloire, subit aussi de pénibles épreuves, dont

la trace se retrouve dans son talent. Dans ce pays
où avaient régné les assemblées populaires et les
hommes sortis de leur sein, on vit s'élever un général; et ce général rétablit successivement une
religion, un trône, une noblesse, tout ce que la
révolution avait fait disparaître. Les hommes qui
avaient renversé l'ancien édifice social, et qui se
tenaient debout sur ses ruines, tombèrent à leur
tour, comme des espèces de rois de l'anarchie, dé-
trônés par la victoire. Rien ne pouvait offrir un
mécompte plus cruel, que cette monarchie relevée
par un homme sorti de la république, que ces
orateurs, que ces poëtes, que ces enthousiastes
de la liberté, réduits à chanter l'inauguration d'un
empereur. Beaucoup de personnes s'y résignèrent
avec une grande facilité. Il y avait dans l'esprit
de Chénier quelque chose de plus intraitable et
de plus ferme; mais il était embarrassé de plus
d'un souvenir : regret de la part qu'il avait prise
aux troubles civils, admiration prématurée pour
un conquérant, démentie par l'indignation contre
un souverain absolu; haine de ce pouvoir, et besoin d'y trouver une sauvegarde, toutes ces pensées diverses tourmentaient Chénier. Il redoubla
d'efforts, et ses meilleurs ouvrages, ceux qui lui
mériteraient une partie de la renommée que la
passion contemporaine lui avait décernée, ce sont
ceux qu'il a faits sous *l'empire,* dans l'amertume
de sa haine et de sa longue impuissance; et cependant ce pouvoir qu'il n'aimait pas, il avait commencé par vouloir le chanter. Dans le théâtre

posthume de Chénier, le premier ouvrage qui se
présente, c'est une tragédie de *Cyrus*. Et quelle est
cette tragédie de *Cyrus*? Un symbole, une allégo-
rie de l'avénement d'un moderne fondateur d'empire. Mais dans cette flatterie officielle, Chénier
n'avait pas répudié ses propres maximes; en com-
mettant une faiblesse dont il avait un peu de honte,
il voulait la compenser, la démentir, à l'instant
même où elle lui échappait. Cette tragédie de *Cyrus*, où le conquérant français est intronisé sur la
scène, était en même temps remplie de préceptes
hardis sur les droits des peuples et sur la liberté
publique, qu'il ne faut pas manquer d'affermir,
sans doute, le jour où l'on couronne un conquérant.

Qu'arriva-t-il de là? D'une part, tout ce qu'il y
avait encore de passions vives dans les jeunes esprits se souleva contre l'apothéose du conquérant; et d'autre part, les partisans, ou même les
agents du pouvoir nouveau, se blessèrent de ces
maximes insolentes qui venaient là racheter les
compliments que le poëte décernait au vainqueur.
Les jeunes étudiants d'une école savante, animés
de l'esprit que leur avaient légué les premières années de la révolution victorieuse, vinrent outra-
geusement siffler la nouvelle pièce; et les émissai-
res du pouvoir souverain sifflèrent aussi; la pièce
tomba tout à la fois sous les coups de ceux dont
elle flattait le pouvoir.

Le mécompte du poëte, le sentiment amer de sa
faiblesse inutile et mal reçue le tournèrent de nou-

veau vers les études solitaires, qui devaient mûrir
et fortifier son talent. Jusque-là Chénier, avec une
facilité singulière, une mémoire active et tenace,
un goût pur et varié, n'avait pas fait cependant
ces fortes études qui donnent au talent la vigueur
et le coloris. Ses études sur la poésie ne remon-
taient pas beaucoup au delà des auteurs classiques,
qui sont dans notre langue, qui sont nos anciens.
Mais, alors, il fit à peu près comme Alfiéri. Il re-
commença, dans un âge mûr, des études sévères;
il se rapprocha des Grecs; il médita l'antiquité; et
cet homme qui, lorsqu'il pouvait tout dire, lorsqu'il lui fallait des vers aussi animés que les passions d'un peuple en révolution, nous avait paru
un poëte assez pur, mais faible, plus tard, lorsque
la tribune et le théâtre lui furent interdits, lorsqu'il n'eut plus pour inspiration que l'étude et ses
souvenirs, il s'anima d'une verve nouvelle; et son
style, à l'école des anciens, prit une vigueur de
correction et d'enthousiasme.

Ces lieux communs philosophiques, paraphra-
sés en vers un peu languissants, firent place à des
traits expressifs de vérité historique, et à cette
diction forte et sévère, qui a placé une des tragédies posthumes de Chénier au rang des meilleures
productions de notre siècle.

Voyons quel était l'état de son âme lorsqu'il travaillait ainsi. Surprenons ces rancunes de républicain et de poëte, qui, le ramenant sur lui-même,
le forçaient de trouver en lui ce qu'il avait de
mieux pour se venger. *Fœcundum concute pectus.*

Doué d'un talent facile, Chénier, poëte tragique, s'était exercé dans la satire, dans l'épître; et
ses ouvrages en ce genre rappelaient agréablement
la manière de Voltaire; mais on n'y trouvait pas
cette verve que la colère lui donna, pendant sa
longue disgrâce. L'inspiration qu'il reçut alors est
bien autrement vive et poétique. Lisez ces vers
longtemps inédits et difficiles à publier, *la Prome-
nade*. A la vue de Saint-Cloud, séjour du conquérant, du héro., du despote, pour lequel il avait
fait plusieurs odes, et même entrepris, je crois,
un poëme épique, le poëte s'écrie :

Saint-Cloud! je t'aperçois; j'ai vu, loin de tes rives,
S'enfuir sous les roseaux tes Naïades plaintives;
J'imite leur exemple, et je fuis devant toi :
L'air de la servitude est trop pesant pour moi.
A mes yeux éblouis vainement tu présentes
De tes bois toujours verts les masses imposantes,
Tes jardins prolongés qui bordent ces coteaux,
Et qui semblent de loin suspendus sur les eaux :
Désormais je n'y vois que la toge avilie
Sous la main du guerrier qu'admira l'Italie.
Des champêtres plaisirs tu n'es plus le séjour :
Ah! de la liberté tu vis le dernier jour!
Dix ans d'efforts pour elle ont produit l'esclavage!
Un Corse a des Français dévoré l'héritage!
Élite des héros au combat moissonnés ,
Martyrs avec la gloire à l'échafaud traînés,
Vous tombiez satisfaits dans une autre espérance!
Trop de sang, trop de pleurs ont inondé la France!
De ces pleurs, de ce sang un homme est héritier!
Aujourd'hui dans un homme un peuple est **tout** entier!
Tel est le fruit amer des discordes civiles.
Mais les fers ont-ils pu trouver des mains serviles?
Les Français de leurs droits ne sont-ils plus jaloux?
Cet homme a-t-il pensé que, vainqueur avec tous,

Il pourrait, malgré tous, envahir leur puissance ?
Déserteur de l'Égypte, a-t-il conquis la France ?
Jeune imprudent, arrête : où donc est l'ennemi ?
Si dans l'art des tyrans tu n'es pas affermi....
Vains cris ! plus de sénat ; la république expire ;
Sous un nouveau Cromwell naît un nouvel empire.
Hélas ! le malheureux, sur ce bord enchanté,
Ensevelit sa gloire avec la liberté.
Crédule, j'ai longtemps célébré ses conquêtes ;
Au forum, au sénat, dans nos jeux, dans nos fêtes,
Je proclamais son nom, je vantais ses exploits,
Quand ses lauriers soumis se courbaient sous les lois,
Quand, simple citoyen, soldat du peuple libre,
Aux bords de l'Éridan, de l'Adige et du Tibre,
Foudroyant tour à tour quelques tyrans pervers,
Des nations en pleurs sa main brisait les fers ;
Ou quand son noble exil aux sables de Syrie
Des palmes du Liban couronnait sa patrie.
Mais, lorsqu'en fugitif regagnant ses foyers,
Il vint contre l'empire échanger ses lauriers,
Je n'ai point caressé sa brillante infamie ;
Ma voix des oppresseurs fut toujours ennemie ;
Et, tandis qu'il voyait des flots d'adorateurs
Lui vendre avec l'état leurs vers adulateurs,
Le tyran dans sa cour remarqua mon absence :
Car je chante la gloire, et non pas la puissance.

(*Applaudissements.*)

Ah ! Messieurs, le poëte, le tyran, tout a disparu. Ne prenons plus parti dans cette querelle ; mais, sauf les *Naïades plaintives*, admirons cette verve correcte, cette plénitude de sens et cette vigueur d'expression qui anime maintenant la poésie de Chénier ; c'est un autre homme, c'est un autre poëte.

Suivons ailleurs cette heureuse transformation de son talent ; voyons si cette amertume de la li-

berté perdue, cette colère longtemps étouffée qui
s'exhale contre la tyrannie, cette éloquence d'une
émotion mélancolique, solitaire, animeront avec
autant d'énergie une grande œuvre poétique, une
composition théâtrale. L'ouvrage de Chénier, qui
fait son titre de gloire, et dans lequel l'étude, le
talent, la passion propre de l'auteur ont produit
cette originalité à laquelle il ne s'était pas élevé
jusque-là, vous l'avez nommé, c'est la tragédie de
Tibère.

Cette tragédie est composée dans un système
étroitement régulier. L'étiquette rigoureuse qui,
sous l'ancienne monarchie, avait dominé le théâtre français, s'y conserve avec plus de scrupule
que ne l'aurait voulu la vérité. L'imitation de Tacite y paraît éloquente; mais elle n'est pas complète encore. Le *Britannicus* de Racine n'avait pas
reproduit tout ce que les paroles même de Tacite
pouvaient offrir ou inspirer. La pièce de Chénier
est composée avec une discrétion sévère, une re-
tenue poétique, qui n'atteint pas à la perfection de
Racine, et ne sait pas y substituer des beautés hasardeuses et nouvelles.

Je m'explique : un Anglais, non pas Shakspeare,
mais Ben-Johnson, avec cette liberté de son théâtre, qui ne donne pas de génie, mais qui prévient
la langueur et l'ennui, fait un drame de Séjan. Il
met sur la scène tout ce que Tacite lui donne, et
même ce qui manque au texte mutilé de Tacite,
mais ce que l'ordre du récit faisait aisément pré-

voir et suppléer. Il récite, il met en action la fameuse lettre arrivée de Caprée :

. . . . . Verbosa et grandis epistola venit
A Capreis.

Le sénat est assemblé au grand complet. Séjan
vient prendre place; c'est le favori, le confident
de l'empereur, c'est presque l'empereur, pendant
que Tibère est à Caprée. Tout le monde s'empresse,
le salue, l'admire. La lecture de la lettre commence. Une insinuation défavorable semble désigner Séjan; l'inquiétude se peint dans tous les
regards; on hésite entre l'abandon et l'enthousiasme; la même insinuation se renouvelle. Quelques sénateurs détournent la tête et s'éloignent;
un mot de faveur et de confiance succède. Tout le
monde se rapproche avec respect; la même épreuve
recommence. Enfin, par une vicissitude habilement ménagée, par des révolutions successives,
qui agitent tout le sénat, on arrive jusqu'au moment où les expressions de la lettre étant claires,
accablantes, irrévocables, la lettre d'ailleurs étant
finie, et ne pouvant plus se démentir elle-même,
tout le monde se lève, et un cri de haine et de mort
éclate contre Séjan.

En admettant la liberté de la scène anglaise,
la faculté et l'habitude de faire paraître un grand
nombre de personnages, vous concevez tout ce
qu'il y a de dramatique dans un tel spectacle, qui
n'est que l'histoire elle-même.

Le goût sévère de Chénier, les habitudes poétiques dans lesquelles il était élevé, et qu'il retenait comme les traditions inviolables, ne lui auraient pas permis de tenter rien de semblable. Ainsi, dans sa belle tragédie de *Tibère*, rien ne vous fait voir et sentir les grandes scènes des funérailles de Germanicus retracées par Tacite; rien ne vous introduit dans le vœu du peuple, ne vous fait assister à ses agitations, à ses souvenirs qui couvaient sous la servitude imposée par Tibère. Les expressions les plus vives de l'historien sont conservées sans doute avec un art admirable, mais conservées en récits, et industrieusement transportées dans une suite de conversations éloquentes, où l'on rappelle ce que Tacite avait mis sous les yeux.

Que Chénier ait altéré les faits historiques, cela n'est pas une objection. L'histoire appartient au poëte, comme l'argile au potier. Il peut la transformer, la modifier, en jeter une partie, pour ainsi dire, et animer le reste; il le peut; tout dépend du succès.

Tacite, dans son admirable récit, qu'avait-il voulu? Fixer les yeux des hommes sur la profonde scélératesse de Tibère, la vertueuse magnanimité d'Agrippine, et l'abjection où était tombé le sénat romain. Voilà les trois personnages véritables de son drame : Tibère, Agrippine, le sénat, symbole vivant de la bassesse publique. Du lit de mort de Germanicus, l'historien suit Agrippine jusqu'à Rome, vers laquelle il retrace ainsi son lamentable départ :

At Agrippina, quamquam defessa luctu, et corpore ægro, omnium tamen quæ ultionem morarentur intolerans, ascendit classem

cum cineribus Germanici, et liberis; miserantibus cunctis, « quod
fœmina, nobilitate princeps, pulcherrimo modo matrimonio inter
venerantis gratantisque aspici solita, tunc ferales reliquias sinu
ferret, incerta ultionis, anxia sui, et infelici fœcunditate fortunæ
toties obnoxia.

Agrippine, malgré l'accablement de la douleur et de la maladie, im-
patiente de tous les obstacles qui retardaient sa vengeance, monte sur
la flotte avec les cendres de Germanicus, et ses enfants; tout le monde
s'attendrissait de voir cette femme, naguère la première en noblesse,
dans la splendeur du plus beau mariage, accoutumée à paraître au milieu
du respect et des acclamations, et aujourd'hui pressant contre son sein
des reliques funèbres, incertaine de sa vengeance, inquiète d'elle-même,
et, par sa malheureuse fécondité, tant de fois vulnérable aux coups de
la fortune.

Pardonnez-moi d'avoir traduit d'abord ces paroles incomparables! Vous en voyez tout le pathétique et toute la tragédie.

Après ce funèbre augure des calamités d'Agrippine, Tacite continue :

Nihil intermissa navigatione hiberni maris, Agrippina Corcyram
insulam advehitur, litora Calabriæ contra sitam. Paucos dies ibi
componendo animo, violenta luctu et nescia tolerandi.

Agrippine, ne laissant pas interrompre son voyage par l'hiver, aborde
à l'île de Corcyre, située en face des rivages de Calabre. Là, elle emploie
quelques jours à remettre son âme forcenée par le deuil, et incapable de
se contenir.

Voilà cette Agrippine toute passionnée de désespoir, implacable par vertu comme par orgueil, et
prête à braver tous les périls pour satisfaire aux
mânes de son époux!

C'est ainsi qu'à travers les gémissements du peuple, elle arrive jusqu'au palais de Tibère, avec les
cendres de son époux, pour demander vengeance
contre Pison, empoisonneur de Germanicus, et
confident de l'empereur. Et d'abord, Messieurs,

était-il impossible de conserver quelque chose de
ce tableau tout vrai et tout vivant? Ne pouvait-on
voir Agrippine à Brindes? Tacite avait donné des
couleurs incomparables : ce silence lugubre et prudent de tout un peuple, ce scrupule qu'il a sur
l'expression de son amour et de sa douleur, puis
sa résolution vaincue par la présence d'Agrippine.
C'étaient là des peintures originales qui manquent
dans le poëte moderne. Tacite est inépuisable. Il
multiplie toutes les images de deuil autour d'A-
grippine et contre Tibère :

> Dies, quo reliquiæ tumulo Augusti inferebantur, modo per silen-
> tium vastus, modo ploratibus inquies.

> Le jour où les restes de Germanicus furent portés au tombeau d'Au-
> guste, parut tantôt dépeuplé par le silence, tantôt tumultueux et trou-
> blé par les pleurs.

Mais tout cela n'est que l'avant-scène du drame
écrit par l'historien. Tibère avait préparé un faux
accusateur pour dénoncer Pison; il sent que cette
douleur, cette indignation publique demandent
une expiation. Il se résout dès lors à abandonner
le misérable, dont il s'est servi pour commettre
un crime. Un des satellites de Séjan est chargé de
poursuivre l'empoisonneur de Germanicus.

Enfin Tibère paraît dans le sénat. Son langage
est empreint de cette hypocrisie profonde qui faisait hésiter même la bassesse : tant l'expression
de sa douleur était forte! tant celle de sa colère
était naturelle! Il y avait lieu cependant de douter
de sa douleur et de sa colère.

Cependant ces récits pathétiques, ces peintures si vives ne suffisaient pas pour offrir une tragédie fortement liée, progressive, retardée par des incidents, et précipitée par une catastrophe. Il a donc fallu que le poëte fît des efforts d'invention, d'autant plus que les limites étroites du cadre où il se renfermait lui refusaient la riche variété de ces grandes scènes données par l'histoire. Je doute que ces inventions soient heureuses. Ma critique est une conjecture, une recherche expérimentale sur le goût. Il imagine, par exemple, de donner à Pison de vifs remords et des élans de générosité républicaine. Un confident de Tibère, un homme choisi par Tibère, doit éprouver un ressentiment et un désespoir profond d'être abandonné par le maître pour lequel il avait fait un crime. Il peut vouloir se venger en s'avouant coupable et en dénonçant son complice : mais des remords, et surtout des sentiments de liberté dans son cœur, j'ai peine à les concevoir. Une invraisemblance plus marquée, plus incontestable, c'est la transformation du caractère d'Agrippine. Vous avez vu, dans Tacite, Agrippine, son admirable pureté d'âme ; mais, en même temps, sa hauteur inflexible et sa haine vengeresse. Croirait-on que, dans la tragédie du poëte français, Agrippine se laisse approcher par Cneius, par le fils de ce Pison abhorré, qu'elle s'entretient avec lui de ses malheurs et de l'empoisonnement de son époux, que, dans une sympathie de haine commune contre Tibère, elle accepte ses confidences, et qu'elle lui rend les

siennes; et qu'enfin, émue par la piété filiale et la
douleur vertueuse de ce jeune homme, elle lui dit :

> Tu l'emportes, Cneius, etc., etc. ?
> Lève-toi : de Pison que la faute s'oublie !
> Avec Germanicus je le réconcilie.
> Il osa le combattre ; il pourra le bénir.
> Nos guerriers se tairont : je cours les prévenir.

Certes, Messieurs, dans les mœurs antiques,
dans les mœurs romaines, avec le caractère et la
douleur d'Agrippine, il y a là une étrange altération de la vérité ! Où donc est cette énergie d'une
haine si juste? Qu'est devenu ce devoir de vengeance qui avait amené Agrippine du fond de l'O-
rient? Il s'agissait bien d'une de ces péripéties de
générosité théâtrale, tant rebattues dans les pièces
vulgaires. L'intérêt ici, c'était là vérité ; c'était
Agrippine inconsolable et inflexible. Agrippine
supporter la présence d'un fils de Pison! complo-
ter avec lui le pardon et le salut de son père! Jamais.

Suivant Tacite, Pison, après avoir paru deux
fois devant les sénateurs, accablé par le silence
hostile et la cruelle indifférence de Tibère, se
donna la mort.

On avait vu, dit Tacite, dans les mains de Pison, des papiers qu'il
ne publia pas. Ses amis répétèrent que c'étaient des lettres de Tibère
et des ordres contre Germanicus, et qu'il avait résolu de les produire devant le sénat et d'accuser l'empereur, mais qu'il fut amusé
par les promesses de Séjan; que, du reste, il ne se tua point lui-
même, et fut assassiné dans sa prison.

Quoi qu'il en soit, le procès ne continue pas;

Tibère s'informe et se plaint de cette mort. Il rend
au fils de Pison les biens paternels, et distribue
aux accusateurs des récompenses, des sacerdoces,
des dignités. La vengeance de Germanicus est
achevée, tant bien que mal; et il ne reste plus
qu'à trouver l'occasion de faire périr sa veuve et
ses enfants. Voilà l'histoire, voilà la vérité, voilà
Tacite.

Le poëte moderne a cherché dans son génie une
autre combinaison. Après une scène très-élo-
quente, où les deux complices se sont heurtés, et
où Tibère a craint les révélations de Pison, Séjan,
par l'ordre de Tibère, excite une sorte d'émeute;
et pendant qu'il va pour réprimer cette émeute,
Pison se trouve tué. Mais le fils de Pison dénonce
et le crime de son père et le crime de l'empereur,
et se frappe au milieu du sénat. Je le dis en toute
humilité, ce dénoûment, compliqué et sanglant,
est moins tragique, je le crois, que l'histoire.
L'effet original et terrible, ce n'est pas que Tibère
soit convaincu en face; c'est plutôt que Tibère
triomphe, que la conscience de tous les témoins
sache son crime, mais que la servitude publique
ait l'air de ne pas le voir, de ne pas le croire. Peut-
être faut-il alors qu'une violence trop forte ne soit
pas faite à la bassesse publique, que le crime ne
soit pas tellement montré qu'elle ne puisse détourner la tête, ne pas le reconnaître; mais que ce
crime se perde dans une sorte d'obscurité mystérieuse. On peut donc, Messieurs, exprimer plus
d'un doute sur le plan qu'a suivi le poëte, et sur

les altérations qu'il a fait subir à l'histoire, sans augmenter le pathétique de la scène.

Voyons maintenant quelques-unes des beautés fortes et savantes dont il a semé cet ouvrage.

D'abord et surtout, ce sont des beautés de style; ce sont, comme dans *Britannicus,* mais à un degré inférieur, des coups de crayon de Tacite, habilement reproduits. L'imitation est souvent expressive et passionnée. Le poëte a senti pour son compte ce qu'il emprunte à l'histoire. Combien cependant il est encore loin de l'admirable coloris de Racine, et de cette pureté énergique et sévère qui règne dans *Britannicus!*

Voyez, par exemple, cette imitation d'un trait célèbre de Tacite :

> Naguère, il m'en souvient, le nom de république
> A, jusque dans sa cour, effrayé l'oppresseur,
> Quand, des derniers Romains et la veuve et la sœur,
> La nièce de Caton, cette illustre Junie,
> A leurs mânes sanglants fut enfin réunie.
> Devant l'urne funèbre on portait ses aïeux :
> Entre tous les héros, qui, présents à nos yeux,
> Provoquaient la douleur et la reconnaissance,
> Brutus et Cassius brillaient par leur absence.

Vous reconnaissez le *præfulgebant Cassius, atque Brutus, eo ipso quod effigies eorum non visebantur.* Mais votre goût, sans que je le dise, vous avertit que cette expression, *provoquaient la douleur et la reconnaissance,* n'est pas de la langue de Racine.

Ailleurs Chénier retrace le magnifique tableau de l'arrivée d'Agrippine. Mais où cette imitation est-elle placée? dans la bouche de Séjan, du com-

plice de Tibère, de l'implacable ennemi d'Agrippine! Mais, alors, ce récit n'est qu'un ornement,
qu'une espèce de rapport pompeux que Séjan vient
faire à l'empereur. L'intérêt d'un récit s'augmente
par l'émotion de celui qui raconte. Ici, toutes les
teintes de tristesse, si fortement marquées dans la
narration de Tacite, contrastent trop, suivant
moi, avec l'indifférence ou la haine de Séjan. Dra-
matiquement, ce récit adressé à Tibère est poignant
et cruel. Mais devait-il être fait par Séjan? et l'accent ému des paroles de Tacite n'est-il pas détruit
et profané par un tel organe? Au reste, Messieurs,
dans toute la pièce, une foule de traits énergiques
de Tacite sont rendus avec un rare bonheur. Quels
beaux vers que ceux où sont exprimés les dégoûts
de Tibère sortant du sénat, et ayant des nausées
de toutes les bassesses qu'il vient d'entendre!

> Mais que sont désormais les pères de l'état?
> Un fantôme avili qu'on appelle sénat.
> O lâches descendants de Dèce et de Camille!
> Enfants de Quintius! postérité d'Émile!
> Esclaves accablés du nom de leurs aïeux,
> Ils cherchent tous les jours leurs avis dans mes yeux,
> Réservent aux proscrits leur vénale insolence,
> Flattent par leurs discours, flattent par leur silence;
> Et craignant de penser, de parler et d'agir,
> Me font rougir pour eux, sans même oser rougir.

Parmi les grands effets dramatiques de cette tragédie, on a remarqué surtout ce tête-à-tête de Tibère et de Pison, ce terrible entretien où l'empereur avait à répondre à l'homme qu'il laisse accuser
pour un crime qu'il lui a commandé. La situation

est forte, originale, impossible historiquement.
Tibère n'a pas reçu en audience le complice qu'il
abandonnait. Mais la supposition admise, quelle
vigueur dans cette scène!

TIBÈRE.

Je n'ai vu qu'un devoir à César imposé,
Et dont il faut subir les lois inexorables.

PISON.

César, faut-il aussi punir tous les coupables?

TIBÈRE.

Sur des preuves, sans doute. Ainsi le veut la loi.

PISON.

César sera puni.

TIBÈRE.

Qui l'accuserait?

PISON.

Moi,

Ses ordres à la main. Je les ai.

TIBÈRE.

Téméraire!

Vous les avez gardés?

PISON.

Je connaissais Tibère.

Enfin, mêlant la critique à l'admiration, je reviens au dénoûment de l'ouvrage, à la dernière
scène. Elle est sans doute d'un grand effet théâtral :
Tibère, le sénat, Agrippine et le fils de Pison en
présence. Mais de cette violence faite au caractère
principal, à celui d'Agrippine, sort l'incident le
plus singulier et le plus faux. Lorsqu'on annonce
au sénat la mort de Pison, lorsque l'empereur se
croit en sûreté par la disparition de son complice,

lorsque le sénat, dans un silence hébété, attend ce
qu'il faut décider, ce qu'il faut croire, Cneius désespéré, ayant avoué le crime de son père, Agrippine tout étonnée défend la mémoire du meurtrier
de son époux. Cette confusion est vraiment étrange
dans un tel sujet.

TIBÈRE.

D'un crime, je le sais, Pison fut incapable.

CNEIUS.

Vous vous trompez, César, mon père était coupable.

AGRIPPINE.

Cneius, après sa mort, osez-vous l'outrager !

CNEIUS.

Écoutez, Agrippine, avant de me juger.

Que de cet imbroglio bizarre sorte l'affreuse vérité ; que le jeune Cneius révèle le double crime de
Tibère, l'emprisonnement de Germanicus et l'assassinat de l'empoisonneur, que l'on entende alors
Agrippine s'écrier : *Quel abîme!* il n'y en a pas moins
quelque chose d'insoutenable dans cette situation.
Elle ferait souffrir le bon sens du spectateur ; elle
détruit le grand caractère d'Agrippine ; elle dément
la nature et l'histoire. Dans l'histoire, Agrippine
ne doute pas un moment que le crime n'ait été
consommé par Pison et ordonné par Tibère. Sa
conviction était dans sa douleur. C'est là ce qui
rend sublimes, et son voyage à Rome, et sa poursuite devant le sénat de Tibère.

Il y a, dans cette transformation du rôle et de la
passion primitive d'Agrippine, un défaut de vérité
qui altère le grand effet du cinquième acte.

Je ne répéterai pas ce que j'ai dit sur le mystère
dont Tacite entoure le crime de Tibère, sur ce silence de la peur, qui me semble plus tragique et
plus terrible que les cris accusateurs de Cneius.
Les paroles de Cneius n'en sont pas moins dramatiques, éloquentes. Cneius se frappe avec le poignard qu'il a retiré de la blessure de son père ; et,
s'adressant à Tibère, selon l'usage un peu trop fréquent sur notre théâtre, de maltraiter les tyrans
en face, il s'écrie :

> Tyran profond, mais vil, honte et fléau de Rome,
> Éclipsé dans ta cour par l'ombre d'un grand homme,
> Quand, de tes attentats ministre infortuné,
> Pison par son complice expire assassiné,
> Tu m'offres des trésors teints du sang de mon père !
> Garde pour un Séjan les faveurs d'un Tibère.
> . . . .
> Un autre aura l'honneur de venger tes victimes ;
> Séjan respire encor ; tu puniras ses crimes :
> J'ai vécu, je meurs libre ; et voilà mes adieux.
> Il est temps de placer Tibère au rang des dieux.

Voilà sans doute l'accent tragique ; on le retrouve presque toujours dans cette pièce. La déclamation s'y mêle rarement. Je souhaiterais que Chénier eût fait plusieurs tragédies semblables ; et
celle-ci doit assurer à son nom une gloire durable.

SOIXANTIÈME LEÇON.

État des lettres dans les années qui suivirent la révolution. — **Entrave au**
mouvement des esprits. — Littérature critique et traditionnelle. —
Travail remarquable de Chénier sur cette époque. — Talents originaux
diversement influencés par le souvenir de la révolution. — Madame
de Staël. — M. de Maistre. — Traits généraux du caractère et du talent
de madame de Staël. — Ses premières années. — Supériorité de son
génie. — But élevé de tous ses ouvrages. — Sa lutte contre l'esprit despotique de l'empire.

MESSIEURS,

Vous avez pu le remarquer, cette longue his-
toire du xviiie siècle, que je conte depuis trois ans,
est cependant fort incomplète. J'ai souvent oublié,
abrégé, omis. Je ne cherche, je ne saisis que les
points de vue littéraire qui tiennent soit à l'histoire
de l'éloquence et à l'influence des lettres sur les
esprits, soit aux progrès de la société et aux révolutions du goût. C'est dans ce cadre limité que
nous avons eu tant de sujets à parcourir. Aujour-
d'hui que nous approchons du terme et que je
puis m'écrier : *Italiam! Italiam!* je me garderai bien
de vous arrêter sur tous les souvenirs littéraires
que présente la fin du xviiie siècle.

Attentif à marquer, dans la révolution sociale
de la France, les nouveaux éléments qui se prépa-

rèrent pour la pensée, les nouvelles inspirations
que reçut le talent, j'ai montré cette poésie originale et savante dans André Chénier, philosophique et hardiment satirique dans son frère. Faudrait-il également ramener sous vos yeux tant de
noms connus et d'ouvrages presque récents? Essayerai-je d'assigner, par une subtile analyse de
quelques-uns de ces talents intermédiaires, l'influence diverse de deux époques? Dirai-je que Delille, artiste ingénieux, poëte spirituel et symétrique, brillant imitateur des grâces de l'ancienne
société, prit, au milieu de la proscription, de plus
sublimes accents pour promettre l'immortalité au
juste, et en menacer le coupable? Dirai je que,
plus tard, revenant de l'exil, et sur le déclin de
l'âge, il porta dans ses poëmes trop nombreux
une vigueur de coloris, supérieure à l'élégant artifice de ses premiers vers, mais toujours trop dénuée de naturel et de sensibilité? Rappellerai-je
qu'un poëte, laborieusement original, et quelquefois d'une rare élégance, Lebrun s'anima, dans
nos troubles civils, d'une verve, ou d'une frénésie
guerrière et patriotique? On le sait, et je n'aime
pas à répéter ce qu'on a cent fois dit, mieux que
moi, avant moi, à côté de moi. Ce jugement sur
les écrivains qui, nés dans le xviiiᵉ siècle, ont commencé l'époque présente, et coloré leur talent
d'une double lumière, je le trouve habilement exprimé dans le *Tableau de la littérature,* de Chénier.
Là, cet esprit amer et véhément s'est élevé à l'impartialité; il a secoué ses préjugés de parti, ses

haines littéraires; il a été juste envers tout le
monde, à une grande exception près.

Séparé de Delille par le plus profond dissentiment politique, animé contre lui par les épigrammes même dont il l'avait souvent poursuivi, cependant il loue avec enthousiasme l'auteur du
poëme de l'*Imagination*, et de tant d'autres ouvrages où l'art des vers, sans être assez varié, est
porté à un degré trop méconnu de nos jours. Ce
même Chénier, qui avait quatre ou cinq haines
accumulées contre La Harpe, qui le haïssait pour
leurs anciennes rivalités théâtrales avant 1789,
pour leur division politique, pour sa conversion
religieuse, qu'il appelait une apostasie, enfin pour
tant de critiques amères et injurieuses qu'il en
avait reçues, eh bien, dans une occasion solennelle, il rend à La Harpe la justice la plus sérieuse
et la plus éclairée. Il lutte pour son ennemi contre le jugement partial de ses propres amis; et dans
une belle et judicieuse analyse, il démontre la supériorité du *Cours de littérature*.

Nous ne reviendrons pas sur ce jugement ni sur
beaucoup de renommées contemporaines assez
bien appréciées par Chénier, pour que la révision
du procès soit superflue : *omnia jam vulgata*. Nous
nous attacherons seulement à quelques talents
originaux qui ont fortement marqué la nouvelle
direction de l'esprit français dans la littérature,
la philosophie et la politique.

Ici viennent s'offrir de singuliers contrastes entre la grandeur des troubles civils et les nouvelles

occupations des esprits. Au milieu de cette société
qui sort de ses ruines, et qui se reconstitue, avec
des formes encore républicaines, sous la main despotique d'un conquérant, vous voyez la controverse littéraire prendre une grande part de l'attention publique. Ces passions politiques qui, après
avoir fermenté dans la littérature de tout un siècle,
avaient fait une si terrible explosion, elles disparaissent, se cachent, se dissimulent sous quelque
intérêt spéculatif de critique et de littérature. A
ces théories qui avaient ébranlé le monde, à ces
débats gigantesques de la tribune, succèdent des
dissertations sur le goût. Nos plus jeunes auditeurs
ne s'en souviennent pas. Mais il y a vingt ans,
cette nation conquérante, maîtresse au dehors
des destinées de l'Europe, semblait n'avoir d'autre
discussion permise, d'autre exercice public de la
pensée, que la controverse sur la prééminence littéraire du xviiᵉ ou du xviiiᵉ siècle, sur le bon et le
mauvais style. C'était la part que le maître avait
faite à l'activité des esprits sous son empire. On y
reconnaît sa politique.

Lorsque, par exemple, un esprit hardi et colère
comme Chénier, un homme qui avait embrassé
avec violence tous les intérêts de la révolution,
s'occupait paisiblement à rédiger un long rapport
sur les prix décennaux, et là, suivant l'instruction
officielle, faisait un inventaire exact des grands et
des petits poëmes, des tragédies, comédies et autres ouvrages de l'époque, et déclarait enfin, au
nom de l'Institut, les divers degrés de mérite de

tant de productions, et les titres de celles qui mé-
ritaient la couronne littéraire promise par décret
impérial, croyez-vous qu'il n'y eût dans tout cela
qu'une protection un peu trop administrative pour
les arts de l'imagination? non, il y avait tout un
calcul de gouvernement; il y avait le souvenir et
la crainte de ce prodigieux pouvoir que les lettres
avaient exercé sur la France; il y avait cette sagacité qui, connaissant aussi bien le passé qu'elle
n'avait pas vu, que le présent qu'elle exploitait,
avertissait le maître qu'une littérature, dont les
hardiesses spéculatives avaient changé le monde
social, devait être régularisée, cadastrée, couron-
née, si l'on veut, mais soumise. C'était un système
assez semblable à cette hiérarchie poétique et officielle de la Chine, où une série d'examens bien
soutenus, et de *compositions* rédigées d'après les
anciennes règles du gouvernement et du goût,
conduisent un homme à tous les honneurs.

Le républicain Chénier, l'énergique et libre
écrivain, était réduit à s'enfermer dans ce cadre
étroit, et à servir ce plan d'organisation littéraire.
Il pesait une à une pour le concours, il classait
avec ordre beaucoup de renommées, dont nous
n'avons rien à dire, parce que vingt années ont été
pour elles une postérité lointaine qui les a vues disparaître. Remarquable par le mérite du style, cet
ouvrage de Chénier manque trop d'une vérité assez sévère. Il atteste les entraves dont le pouvoir
absolu chargeait le talent tout en paraissant l'ho-
norer.

Mais à côté de cette littérature officielle que le
conquérant voulait établir, comme une distraction
à ses conquêtes, et pour empêcher le public de
songer à mal, il s'élevait une autre littérature plus
libre, plus fière, qui gardait le souvenir des
grands débats par lesquels la France avait été divisée. C'est véritablement celle qui est neuve et
féconde, celle qui est née de la révolution et doit
agir sur la postérité. Les dissentiments profonds,
les haines de parti que laissent après eux de longs
troubles civils, se retrouvent tout entiers dans
cette littérature; ils en sont l'âme et la physionomie. Par là elle aura sans doute un côté temporaire et périssable; mais elle n'est pas factice
comme celle qui, sous le niveau d'une timide régularité, se bornait à des imitations du passé. Je
ne parle pas ici des vivants, Messieurs. Mais revenons à ma pensée.

Cette littérature indépendante, née du contre-
coup de la révolution partiale, passionnée, sincère, je ne la signalerai que dans deux écrivains
célèbres. Là je chercherai l'influence que l'esprit
nouveau, ou le retour systématique vers l'esprit
ancien, espèce d'innovation rétrograde, qui suit
les troubles civils, avait exercée sur deux talents
originaux. Je la chercherai dans la littérature,
dans l'analyse philosophique et dans la politique
spéculative. Ces deux noms sont inégalement connus en France. L'un vous est plus familier, vous
inspire plus d'attrait et de confiance. Pour moi, je
ne les compare pas. L'un de ces talents me heurte

et me repousse par le caractère général de ses
maximes; l'autre a toute mon admiration, me séduit, m'intéresse, me gagne le cœur; mais ma
préférence, ma sympathie, ma complicité d'opinion ne ferme pas mes yeux sur l'originalité que
l'on a pu mettre à défendre d'autres doctrines.
Vous avez l'enthousiasme de votre âge pour le génie
de madame de Staël, pour ce talent si spirituel, si
élevé, si généreux, qui avait énergie d'homme et
grâce de femme, qui mêlait à tant d'imagination
une raison fine et profonde, et était toujours emportée par de nobles instincts de bonté, de justice,
de liberté, de courage. Les premières et les plus
pures espérances de la réforme sociale n'eurent
jamais de plus éloquent interprète : ses écrits in-
téressent le présent et l'avenir.

L'autre talent, dont je dois vous entretenir, se
compose à la fois d'une imagination forte et d'une
mauvaise humeur très-véhémente. C'est aussi le
spectacle de la révolution qui a fait naître ou excité ce talent. C'est le dégoût, l'horreur des scènes
ou folles ou sanglantes, qui l'ont fait violemment
rebrousser vers les doctrines les plus dures et les
plus serviles du pouvoir monacal, et de l'ancien
pouvoir arbitraire. Ce prédicateur de servitude est
un esprit indépendant et hasardeux. Ce soutien
systématique de l'inquisition avait tout ce qu'il
fallait pour devenir hérétique. Cet homme capricieux, ardent, dédaigneux, réclamant par orgueil
la servitude des intelligences, vous le savez, c'est
M. de Maistre.

L'influence diverse des troubles civils sur le talent se retrouve à plusieurs époques de l'histoire.
La révolution d'Angleterre nous offre l'exemple
d'un homme qui, parti de points très-opposés,
arrive, sous une autre forme, au même résultat
que M. de Maistre. Hobbes était naturellement un
esprit libre et sceptique. L'horreur profonde pour
la révolution anglaise le transforme en partisan
du pouvoir absolu. Comme l'anarchie était venue
par l'influence religieuse, il repousse à la fois la
religion et l'anarchie, et ne veut que le despotisme
politique. M. de Maistre, d'une imagination ardente et mystique, a été témoin d'une révolution
violente et cruelle; il l'a vue naître et se développer sous un principe d'irréligion; il a vu l'anarchie s'appuyer sur le mépris des croyances religieuses. Plein de ces souvenirs, il invoque aussi
le despotisme; mais ce n'est pas celui de l'autorité
civile : il la méprise comme trop faible. Son recours est au despotisme religieux, à la théocratie.
Ce pouvoir religieux, il veut l'élever au-dessus de
tout gouvernement civil, et de toute liberté d'examen; il veut asservir à la fois les intelligences et
les trônes, la liberté et les rois.

Vous le voyez, sans introduire dans les lettres
une sorte de fatalisme rationnel, sans supposer
que les événements de chaque siècle obsèdent tout
homme de génie, et le forcent à marcher dans certaines voies, à parler suivant un certain formu-
laire, il est impossible de méconnaître ces influences de la société sur les esprits, sur les plus

grands esprits, sur ceux qui ont l'air de mener les autres hommes.

M'arrêtant à cette littérature philosophique, particulièrement inspirée par la révolution française, j'ai choisi, pour personnifier les opinions diverses, deux noms, deux talents éclatants. Ici j'éprouve plus d'un scrupule et d'une gêne d'esprit. L'histoire contemporaine est, dit-on, impossible à écrire avec une entière véracité; la *critique* contemporaine, c'est-à-dire l'histoire des esprits, ne l'est pas moins. Lorsqu'on a vu, entendu, admiré quelque rare talent, cette froide et rigoureuse fidélité, qui jugerait sans aucune complaisance, sans aucune séduction de souvenir, me paraît bien difficile. D'une autre part, l'impartialité complète de la pensée est une chimère. Vous, qui jugez des talents opposés, pouvez-vous assez vous défaire de vous-mêmes, pouvez-vous assez vous débarrasser de votre esprit dont vous vous servez au moment même, pour ne pas sentir une préférence en faveur des opinions qui vous ressemblent, qui sont une partie de vous-mêmes? Il est donc possible que je sois partial.

L'auteur de *Corinne* et de *l'Allemagne*, je l'ai connue; je l'ai vue tout animée de cette vie puissante : et de ce feu de génie qui brillait dans ses moindres entretiens, et qui lui donnait une nature de supériorité que l'on ne peut oublier ni retrouver. Cette personne vraiment admirable, dont les écrits, quelque talent qu'on y reconnaisse, ne sont qu'une épreuve affaiblie d'elle-même, réunissait

plusieurs formes d'esprit et d'originalité. Elle appartenait à deux époques ; et avant tout, elle était
elle-même. Élevée dans le xviii⁰ siècle, dans ce
temps où l'esprit était la seule affaire, sa rare intelligence avait reçu l'éducation la plus hâtive.
Toute petite, tout enfant, avec ses grands yeux
noirs étincelants d'esprit, elle était là, dans le salon
de son père, homme de talent, philosophe, ministre ; elle prenait part à tout. Elle conversait avec
les premiers esprits du temps : c'était M. Thomas,
un peu trop emphatique, et majestueux même
dans les petites choses, mais enfin homme rare,
ingénieux, muni d'une immense lecture et de cette
érudition antique à laquelle le xviii⁰ siècle avait
trop renoncé. Penseur actif et laborieux, Thomas
était parfois un peu subtil et déclamateur ; mais il
méditait beaucoup et étudiait tout. Là aussi était
Raynal, esprit facile, irrégulier, qui, dans ses livres, faisait un amalgame singulier de statistique
et de verve déclamatoire ; qui rassemblait une
foule de détails précieux, et alors nouveaux, sur
les colonies et le commerce, et y mêlait tour à tour
de sages maximes de liberté et de virulentes apostrophes aux peuples et aux rois. Là venait l'illustre Buffon. Là se réunissaient encore des écrivains
d'un vrai mérite, célèbres dans leur temps : Marmontel, poëte oublié, littérateur instruit et ingénieux ; Champfort, si piquant par ses mots et ses
écrits ; puis ces brillants auxiliaires de la littérature ; ces associés libres des académies, pour ainsi
dire ; ces gens d'esprit qui n'écrivaient pas, et n'en

avaient peut-être que plus d'esprit. Ceux-là composaient dans les salons. Un bon mot, un agréable récit, une controverse, quelquefois calculée d'avance, mais vivement soutenue, voilà leurs ouvrages. Souvent le bon mot, l'ingénieux paradoxe était répété par l'auteur dans diverses maisons; c'étaient les éditions successives du livre. (*On rit.*)

On le conçoit sans peine, ce mouvement de conversation, cette joute des amours-propres, cette active circulation des idées devaient être comme autant de soufflets de forge qui attisaient le feu d'une jeune intelligence. Il est tout simple que, douée d'une vivacité merveilleuse, et toujours excitée, mademoiselle Necker ait montré, dès l'âge de douze ans, plus d'esprit que tous les gens qui faisaient de l'esprit auprès d'elle.

Si le xviiie siècle avait duré toujours, si ce *far niente* littéraire qui enchantait et occupait Paris eût pu se prolonger cinquante ou soixante ans, madame de Staël fût restée le plus brillant esprit de son temps. On eût vanté l'inimitable vivacité de ses paroles. Elle eût écrit avec talent; mais elle n'eût pas été ce qu'elle sera pour l'avenir. Après cette éducation d'esprit, de grâces et de frivolité, voilà que tout à coup on arrive devant l'œuvre si sérieuse d'une révolution sociale. L'esprit de madame de Staël passe à une nouvelle école. Elle débute par l'enthousiasme. Fille d'un ministre célèbre et d'abord populaire, cette jeune femme, dont l'esprit concevait et animait tout, combien ne devait-elle pas se plaire à cette gravité nouvelle des entretiens

excités par la tribune de l'assemblée constituante!
On sent dans ses ouvrages avec quel ravissement
son imagination et son amour-propre ont joui de
cette vie intellectuelle, brillante, active, imprudente. Quand elle raconte, avec une éloquence
naïve, le bonheur de vivre en 1789, d'être agité
chaque jour par l'émotion de tant de nobles espérances, et le spectacle de tant de changements, de
voir enfin se réaliser tant de spéculations et de
vœux philosophiques, on sent, à la vivacité de ses
paroles, après tant d'années, combien le cœur a dû
lui battre, et combien ses expressions, au moment
même, devaient être inspirées. Seulement cela ne
saurait durer longtemps. Cette *lune de miel* des révolutions, cette première joie, ce premier enthousiasme est bientôt remplacé par une vertueuse indignation, par des craintes, par des dangers
inévitables. La gloire de M. Necker est renversée;
des réformes salutaires et glorieuses sont suivies
de tumultes démocratiques, de vengeances impitoyables. Alors cette âme si vive et si généreuse se
replie sur elle-même.

Au brillant spectacle de civilisation qu'offrait
l'ancienne France a succédé l'anarchie grossière et
la violence. Cette société élégante et spirituelle
qui faisait la conversation dans Paris est dispersée
par la terreur. Ainsi la rare intelligence de madame de Staël, qui, d'abord agacée, excitée par
l'éducation la plus ingénieuse, s'était animée plus
tard d'un vif enthousiasme, mûrit dans la réflexion et le malheur. Ce sont, Messieurs, ces di-

verses épreuves senties par une âme mobile et
passionnée, qui servirent à former l'originalité de
ce grand talent spirituel et grave, enthousiaste et
sensé. C'est ainsi que, dans cette brillante élève
des entretiens du xviiie siècle, dans cet esprit tout
exalté de spéculations généreuses, vous trouverez une force de raison et un sérieux capable de
comprendre et d'exposer les conditions d'un état
libre, mieux que ne l'ont fait des publicistes célèbres. C'est dans cette variété d'éducations morales,
unie à cette nature si rare, que je trouve la source
de tant d'ouvrages opposés, les *Lettres sur Rousseau*,
la *Défense de la Reine*, *Corinne*, *l'Allemagne*, et ce livre
qu'on aurait peine à croire sorti de la main d'une
femme, les *Considérations sur la révolution française*.
Une dernière épreuve lui restait à subir : c'était la
lutte contre un pouvoir non pas cruel, mais ombrageux, impatient de toute liberté de penser et
régulièrement tyrannique.

Madame de Staël avait fui avec horreur, et non
sans péril, l'anarchie sanglante de la France. Dans
sa retraite, le cœur brisé de douleur, devenue incapable de tout travail qui ne fût pas un effort d'indignation et de pitié, elle publia, comme femme
et comme mère, une défense de la reine Antoi-
nette. Le génie n'écrivit jamais rien de plus touchant que cette admirable et inutile prière. Je
craindrais d'en affaiblir l'effet sublime par une
citation incomplète et épisodique. On y verrait
combien cette personne si prodigieusement spirituelle, qui prenait si facilement à l'espérance, sen-

tait la douleur et le malheur d'autrui ; mais ce fut le seul ouvrage, et nous en louons son génie, qu'elle eut alors la force d'écrire.

Enfin des jours meilleurs se lèvent. A un gouvernement massacreur, comme l'appelait Napoléon, succède un pouvoir faible, souillé, bizarre, encore anarchique et mêlé de violences, mais qui ne faisait plus couler de sang. Madame de Staël reparut en France, et elle y fonda de nouveau l'esprit de société. Après ces temps de rudesse et de cruauté, où l'anarchie avait un peu ressemblé à la barbarie, elle ramena l'influence de l'esprit et l'influence des femmes. Ces anecdotes tiennent à l'histoire ; et quand, sous ce gouvernement précaire et tyrannique, tantôt si débile, tantôt faisant des coups d'état, comme tout le monde, on nous raconte l'influence extraordinaire exercée par une femme, fille d'un ministre proscrit, il faut voir là le retour de cette puissance de l'esprit indigène en France, et d'autant mieux accueillie qu'elle avait été longtemps exilée par le fanatisme politique. A ce début d'un nouveau gouvernement, à cet essai d'ordre encore mêlé de beaucoup de désordre, succède, par un coup de violence, un pouvoir plus sérieux, plus régulier, qui voudra l'ordre complet, mais à son profit, et qui s'achemine au despotisme avec l'ascendant de la force et de la popularité. Une révolution servile s'opère dans les esprits. On voit rapidement grandir le dominateur, devant lequel tout le monde va plier ; et ceux qui tiennent encore la tête haute et parlent libre-

ment ont déjà quelque chose d'étrange et de trop
hardi dans le silence universel.

Cet homme, au milieu de sa gloire et de sa force,
avait singulièrement peur de la liberté d'esprit, de
la réflexion et de l'examen. Il voulait une littérature qui ne songeât à rien de ce qui n'est pas la
littérature même, c'est-à-dire qui écrivît sans penser, une littérature qui ne fît pas de métaphysique :
c'était de l'idéologie; qui ne s'occupât ni de droit
public ni d'histoire : c'était de la faction. Aussi,
cette femme éloquente, admirée, qui, même avant
la révolution, avait jeté dans ses *Lettres sur Rousseau*
tant de vue neuves et hardies; qui, depuis, s'était
mêlée aux luttes politiques et avait souvent agi
sur l'opinion, était pour lui quelque chose de menaçant. Il la redouta bientôt au point de la per-
sécuter.

Le pouvoir de l'esprit est comme tous les autres
pouvoirs; on ne saurait y renoncer. Madame de
Staël ne voulait pas abdiquer cet empire qu'elle
avait exercé sur l'élite de la société. Être éloignée
de Paris lui semblait un supplice, un affreux exil :
le conquérant le savait. Au prix de quelques louan-
ges, il lui aurait vendu, peut-être, un *permis* de
séjour; mais l'âme élevée de madame de Staël ne
pouvait flatter une gloire qui marchait au despotisme; et la vive sagacité de son esprit ne lui laissait pas la ressource de se faire illusion, comme
tant d'autres. Elle se taisait obstinément dans ses
ouvrages, et ne se taisait pas dans son salon. Elle
avait une facilité merveilleuse à dire des mots spi-

rituels et profonds que tout le monde répétait, et
qui gâtaient l'opinion, disait le maître. Dans un
temps de domination nouvelle, lorsque, chaque
jour, la révolution ou l'ancienne royauté renvoyait au bercail du pouvoir absolu quelques bre-
bis égarées, une plaisanterie, qui embarrassait un
dévouement de la veille, ou qui pouvait découra-
ger une conversion du lendemain, heurtait vivement celui auquel s'adressaient toutes les conver-
sions et tous les dévouements ; c'étaient chaque
jour blessures nouvelles.

Cependant madame de Staël n'écrivait plus que
sur la *critique;* elle faisait son ouvrage de la *Littérature chez les anciens et chez les modernes.* Y avait-il là
de quoi blesser le premier consul ? pourquoi s'of-
fensait-il de ce livre ? était-ce par zèle pour les
doctrines classiques ? tenait-il absolument à la
prééminence de Racine sur Shakspeare? était-il
personnellement intéressé à la gloire de Boileau ?
Non; mais ce caractère politique et raisonneur
que les troubles civils avaient laissé dans les esprits, et que Bonaparte voulait détruire, il le
voyait avec dépit, sous la plume de madame de
Staël, s'introduire même dans la critique littéraire. En effet, que cherchait madame de Staël
dans ce livre? l'influence des lettres sur l'indépendance des esprits, et réciproquement l'influence
des institutions libres sur le progrès des lettres.
Son but était de montrer que l'indépendance est
mère du génie, et que tout ce qui profite à la liberté profitera bientôt à l'imagination, au talent,

à l'enthousiasme. Ce n'est pas tout : elle voyait l'esprit français rebuté, fatigué des tentatives hasardeuses qu'il avait faites, et prêt à retomber dans l'ornière du passé et du pouvoir absolu. A cette langueur publique, elle opposait le système et l'espérance de la perfectibilité progressive. Dédaignant la servilité, comme elle détestait la violence, flétrissant les crimes de la révolution, sans renier ses principes, elle excitait les âmes à mieux espérer de l'avenir, et à chercher, dans les progrès des mœurs sociales et des institutions, le plus heureux emploi des facultés de l'homme.

Ces inductions littéraires déplaisaient fort au conquérant; il aimait mieux remonter vers le siècle de Louis XIV. Il ne craignait pas Louis XIV. Il trouvait les idées de pouvoir absolu qui avaient servi ce monarque, bonnes pour celui qui s'asseyait à la même place. Il avait répugnance pour ces doctrines de progrès social, qui avaient commencé la révolution et pouvaient la continuer. Il voulait qu'elle fût arrêtée en lui. Toute cette littérature expérimentale et nouvelle lui paraissait une espèce d'insurrection.

Dans quelques pages de son livre, madame de Staël agaçait, pour ainsi dire, l'amour-propre du conquérant, et lui montrait les récompenses de la gloire dans un état libre :

Il n'est pas vrai qu'un grand homme ait plus d'éclat, en étant seul célèbre, qu'environné de noms fameux qui le cèdent au premier de tous, au sien. On a dit, en politique, qu'un roi ne pouvait pas subsister sans noblesse ou sans pairie. A la cour de l'opinion, il faut aussi que des gradations de rangs garantissent la suprématie.

Qu'est-ce qu'un conquérant opposant des barbares à des barbares,
dans la nuit de l'ignorance? César n'est si fameux dans l'histoire
que parce qu'il a décidé du destin de Rome, et que dans Rome
étaient Cicéron, Salluste, Caton, tant de talents et tant de vertus
que subjuguait l'épée d'un seul homme.

Le César moderne trouvait plus sûr de ne pas
laisser pousser ces Caton, ces Salluste, ces Cicéron.

Derrière Alexandre s'élevait encore l'ombre de la Grèce. Il faut,
pour l'éclat même des guerriers illustres, que le pays qu'ils asser-
vissent soit enrichi de tous les dons de l'esprit humain. Je ne sais si
la puissance de la pensée doit détruire un jour le fléau de la guerre;
mais, avant ce jour, c'est encore elle, c'est l'éloquence et l'imagination, c'est la philosophie même qui relèvent l'importance des
actions guerrières. Si vous laissez tout s'effacer, tout s'avilir, la
force pourra dominer; mais aucun éclat véritable ne l'environnera;
les hommes seront mille fois plus dégradés par la perte de l'émulation que par les fureurs jalouses dont la gloire, du moins, était
encore l'objet.

Ces coquetteries indépendantes ne séduisaient
pas le despote. Il s'indignait d'une liberté même
abstraite et spéculative; il ne pouvait pardonner,
surtout à madame de Staël, les pages sur l'éloquence politique et ces conseils d'indépendance
adressés au tribunat, qui n'était pas trop hardi,
et que cependant on devait bientôt éliminer.

Là commence cette lutte du pouvoir contre
l'opinion. Elle fut consommée par l'asservissement
de toute liberté d'écrire, et par la persécution de
madame de Staël et d'un autre illustre écrivain.

Voilà, Messieurs, le point de vue anecdotique
et politique de cet ouvrage. Aujourd'hui, ce qui
faisait l'allusion contemporaine d'un tel écrit, ces
conseils détournés, ces protestations généreuses,

cachées sous des expressions piquantes, ces théories de goût qui sont des conseils de dignité et de
courage, ont encore un vif intérêt. Cette femme
illustre n'avait pas, ne pouvait avoir toute l'érudition nécessaire pour le vaste sujet qu'elle s'était
proposée. Jeune encore, dans une vie brillante,
souvent troublée par le malheur ou distraite par
le monde, avait-elle soigneusement étudié toutes
les littératures de l'antiquité et des temps modernes? Ses plus habiles censeurs ne l'avaient pas fait
non plus. Qu'il y ait dans son ouvrage des inexactitudes, qu'elle ignore quelquefois les faits ou les
plie à des vues systématiques, je le crois. Dans
une critique ingénieuse, on lui reprocha d'avoir
donné à la littérature latine, sur la littérature
grecque, une supériorité peu fondée; d'avoir dit
sans motif que la littérature latine était née de la
philosophie; d'avoir supposé qu'elle fût en progrès
lorsqu'elle était en décadence : peu m'importe.

Madame de Staël s'est peut-être trompée sur
quelques points. Parfois elle a sacrifié l'un de ses
principes à l'autre. Au nom de la *perfectibilité,* par
exemple, elle affirme qu'il y a, dans Quintilien,
beaucoup plus d'idées justes et fines sur l'art oratoire que dans Cicéron. Elle oublie que l'action de
la liberté est plus instructive encore que l'action
du temps, et que Cicéron s'était formé dans le Forum, Quintilien dans une école. Et puis, je crois
qu'elle avait peu lu Quintilien.

Quel homme avait alors assez étudié pour faire
une histoire systématique et complète de l'alliance

des lettres avec l'esprit national dans l'antiquité?
Cet ouvrage de madame de Staël, l'érudition en
est souvent douteuse, insuffisante; mais tout ce
qui est de l'auteur dans son livre, tout ce qui
n'est pas étudié, tout ce qu'elle a pensé est plein
de vivacité, de force, de vérité même. Ainsi, elle
marque admirablement quelques grandes différences sociales entre l'esprit de l'antiquité et l'esprit moderne. Elle les voit, les conçoit par une
sorte d'*intuition*. Elle a surtout compris et exprimé
avec une haute supériorité le caractère de la réforme chrétienne au milieu de l'ancien monde.

Cette idée même de la perfectibilité, que l'on a
voulu combattre par l'expérience et par la raillerie, deux arguments commodes pour les esprits
légers, elle la discute avec beaucoup de vraisemblance et de force. Certainement, elle ne prétend
pas qu'au viiie et au ixe siècle on vécût mieux et
qu'on fît des vers plus spirituels que du temps
d'Auguste et d'Horace; mais elle dit que la nature
humaine, multiple, perfectible par beaucoup de
côtés, avait gagné pour le sentiment moral; que
certaines cruautés de la civilisation antique avaient
été abolies par l'influence du christianisme au milieu même de l'ignorance du moyen âge; que, dans
cette fermentation, sous ce fumier de barbarie, il
s'était déposé des germes nouveaux; que dès lors
il s'était ébauché de grandes découvertes anonymes
qui appartiennent à l'esprit de ces temps grossiers;
qu'ainsi, le genre humain ayant couvé longtemps,
on vit aux xve et xvie siècles, éclore tous ces mer-

veilleux produits de l'intelligence; on vit ce soudain essor, ce grand armement de l'esprit humain,
entreprenant à la fois tant de routes nouvelles,
agrandissant le monde, et s'élevant à la liberté religieuse et politique. Depuis, on a répété ces choses
exprimées alors par madame de Staël avec autant
de nouveauté que d'éloquence.

Sur la littérature anglaise et sur la littérature du
Nord, madame de Staël jeta également, dans ce
premier ouvrage, beaucoup de vues ingénieuses.
Shakspeare jusque-là n'avait jamais été jugé avec
autant d'enthousiasme et d'esprit. Ce qu'elle dit
sur le goût n'a rien, au fond, d'excessif. Qui doute
que le goût ne varie, qu'il n'y ait dans le goût une
partie mobile et changeante? Mais cette portion
de beauté poétique, oratoire, qui tient au développement des sentiments les plus intimes et les
plus délicats du cœur de l'homme, elle ne change,
elle ne se dément pas. De même que le bon moral
n'est pas faux, il n'y a pas un beau à la fois moral
et poétique qui soit passager. Toute cette théorie
du goût, qui rattache incessamment l'étude des
lettres à la dignité de l'âme humaine, madame de
Staël l'expose admirablement. C'est la grande innovation qu'elle porta dans la critique; c'est la
noble originalité de son ouvrage, d'ailleurs si spirituel, et quelquefois si vrai.

Un pouvoir ombrageux se tint pour offensé de
ce livre, et exila l'auteur à quarante lieues de Paris. Là, madame de Staël fit ce roman de *Delphine*,
qui réunit à la finesse de l'observation morale tant

de verve éloquente. Mais, vous le savez, nous ne
parlons jamais ici de romans.

Cependant la colère du chef de la France contre
madame de Staël s'était accrue par de nouveaux
griefs. M. Necker, dans le loisir de la solitude,
avait publié un ouvrage politique, où il jugeait
avec prévoyance et liberté quelques actes du gouvernement français. Madame de Staël n'observait
pas toujours ce ban de quarante lieues qui lui était
imposé, et qui rappelait si bien les exils arbitraires
de l'ancienne cour. D'ailleurs elle inquiétait du
voisinage de son esprit l'ombrageuse fierté du
maître. Ennuyée de cette tyrannique petitesse, madame de Staël quitte la France et fait un premier
voyage én Allemagne. Elle fut ramenée en Suisse
par une vive douleur, la perte de son père, dont
la gloire était pour elle une conviction et un culte
qui anima toute sa vie.

Accablée de ce cruel chagrin et découragée par
l'asservissement progressif de la France, madame
de Staël parut renoncer à la littérature politique.
Le premier consul était empereur, sacré par le
pape, et reconnu par les rois du continent. Sa
grandeur s'élevait si haut que nulle main n'y pouvait plus atteindre. Tout le monde était du parti
de sa fortune, et s'habituait à trouver qu'on aurait
tort de le contredire. Madame de Staël, voulant se
reposer par l'impression paisible des arts, partit
pour l'Italie, ce pays de distraction et de loisir.
Ce voyage lui inspira *Corinne*, œuvre originale et
touchante, qui tient du roman, du poëme et du

traité philosophique. On y retrouve ce caractère
de son génie, d'exceller surtout dans la peinture
du monde et du cœur humain, de sentir et d'exprimer la vie sociale, mieux encore que le spectacle de la nature et des arts. Mais quel intérêt
neuf et profond dans le principal personnage de
ce drame éloquent! quel charme attaché à cette
fiction poétique, qui semble parfois la confidence
d'une âme supérieure, et l'histoire de ses propres
tourments! que de ravissants contrastes! quelle
vivacité d'émotions et de langage! L'alliance de
l'imagination et du génie méditatif donne à cet
ouvrage une originalité qui ne passera point.

Rien dans ce livre ne touchait au monde politique. *Corinne* était tout idéale. Cependant, s'il faut
en croire une anecdote, le dominateur de la France
fut tellement blessé du bruit que faisait ce roman,
qu'il en composa lui-même une critique insérée
au *Moniteur*. Il y blâmait vivement l'intérêt répandu
sur Oswald, et s'en fâchait, comme d'un défaut de
patriotisme. On peut lire cette critique amère et
spirituelle. Cependant le public ne fut pas du même
avis.

Madame de Staël était revenue en France, mais
toujours à quarante lieues de Paris, quelquefois
s'avançant jusqu'à Auxerre, et puis forcée de se
replier vers son exil. Ce fut alors qu'elle s'occupa
d'un ouvrage qui semblait à l'abri des défiances du
pouvoir : c'était un voyage philosophique et littéraire, une description de la société en Allemagne,
une analyse des monuments les plus célèbres de la

poésie et de la philosophie allemandes. Or, l'Allemagne n'est pas libre ; alors elle l'était moins encore.
Comment donc l'admiration pour la littérature
d'un peuple savant, rêveur, méditatif, mais chez
lequel il n'y avait ni tribune, ni discussion indépendante, pouvait-elle réagir contre le système de
soumission et de silence que le maître de la France
voulait imposer à l'Europe? Cependant cet ouvrage l'offensa singulièrement. Il avait été soumis
à la censure, et la censure avait fait son devoir ;
elle avait ôté plusieurs témérités, c'est-à-dire elle
avait affaibli une préférence donnée à l'*Iphigénie*
de Goëthe sur l'*Iphigénie* de Racine ; elle avait sup-
primé une phrase où l'auteur disait de l'Allemagne
privée de liberté, « que c'est un temple auquel il
manque un faîte et des colonnes. »

Cependant, au moment où l'ouvrage mutilé,
revisé, approuvé, était enfin imprimé et près de
paraître, un ordre subit fait détruire tous les exem-
plaires et exile l'auteur de France. Je me trompe ;
une grande partie de l'Europe était France alors ;
et madame de Staël fut seulement exilée près de
Genève. Mais cet exil limité, qui la retenait encore
sous le joug commun, ne lui semblait que plus
pénible et plus menaçant. De cette retraite, elle
médite bientôt un exil plus lointain, une fuite qui
l'affranchisse. C'était une dernière lutte que l'indépendance de la pensée, représentée par une
femme de génie, avait à soutenir contre un vainqueur si puissant. Je laisserai les admirateurs les
plus éclairés du conquérant juger s'il y avait, de

sa part, sagesse et bon calcul. Retirée dans un châ-
teau près de Genève, madame de Staël n'écrivait
plus; elle parlait à peu de monde; car la contagion
de la disgrâce s'était étendue autour d'elle. Mais
elle pensait encore, et il paraît que cela blessait
une autorité trop jalouse. On venait quelquefois
auprès d'elle avec un zèle administratif qui se retrouve à toutes les époques; on l'engageait à faire
sa paix; on la priait de saisir une grande occasion
qui s'offrait : par exemple, de célébrer la naissance
du roi de Rome. Elle répondait : « Tout ce que je
puis pour lui, c'est de lui souhaiter une bonne
nourrice; » et ces mots téméraires répétés, recueillis, arrivaient par estafette et blessaient profondément. Elle prit donc le parti de fuir, de disparaître, de sortir de ce cercle du Dante qui recu-
lait sans cesse, et qui allait bientôt s'adosser à
Moscou. Elle veut partir d'avance, aller plus vite
qu'une armée française.

Dans un livre charmant, le plus naturel de ses
ouvrages, celui qui lui ressemble le mieux, les
Dix années d'exil, elle peint naïvement la situation
de son âme en ce moment décisif. Elle voyait cette
main de fer qui s'étendait partout, et elle craignait
de rester en deçà. Ainsi, en 1812, pendant que
cette armée, composée de vingt peuples, se rassemblait, que les rois alliés étaient là qui attendaient le lever du conquérant, un matin, madame
de Staël paraissant se disposer à faire une prome-
nade dans les limites permises, un éventail à la
main, monte en voiture, et part de *Copet* pour

l'Angleterre, en passant par la Russie ; car les autres chemins n'étaient pas sûrs. Elle traverse l'Allemagne, la Pologne, gagne la Russie qui allait
être le champ d'une si épouvantable guerre et d'un
si prodigieux renversement de fortune, et arrive
à Moscou. Les Mémoires contemporains diront
l'influence que ses paroles eurent alors sur les résolutions d'Alexandre. Elle est quelque chose,
cette puissance de la pensée, proscrite par la force.
Non-seulement elle dépose dans l'avenir contre
une gloire oppressive, mais elle peut, dans le présent, la traverser, la combattre, lui susciter de
fatales résistances, inspirer à ses ennemis l'audace
de se sauver par la guerre.

Sans discuter des souvenirs mêlés de tant de
douleurs patriotiques, on peut croire que cette
femme, par la hardiesse de son esprit, la fermeté
de sa prévoyance et la verve de haine qui l'animait
contre le conquérant, fut fatale à ses desseins.

Cependant la puissante armée avait débouché de
la Pologne et marchait, marchait vers Moscou.
Désastreux souvenir! deuil public de la France!
reproche éternel à l'imprudence du conquérant!

Madame de Staël était partie d'un port de la
Russie pour la Suède; son passage n'y fut pas sans
puissance. Il y avait là sur le trône un soldat de la
France républicaine, un roi fait nouvellement,
qui cherchait à séparer sa fortune de celle du conquérant. L'animosité de madame de Staël, le génie
qu'elle mettait dans sa haine, agirent puissamment
sur la conduite que tint le nouveau roi.

Après une fuite si longue à travers l'Europe, où elle laissait partout quelques traces de ses conseils et de son génie, elle arrive en Angleterre. Cette existence agitée avait achevé de communiquer à son talent ce caractère d'originalité, et, si cette expression m'est permise, d'*étrangeté*, que la critique lui a quelquefois reproché.

Française par l'esprit (car jamais personne depuis Voltaire, et autrement que Voltaire, n'eut plus de cet esprit qui séduit et qui charme en France), cette espèce de divorce avec son pays, en haine du pouvoir qui le gouvernait, le goût des littératures étrangères, d'abord invoquées par elle comme une forme d'opposition, l'enthousiasme pour l'Angleterre, pour les mœurs, les idées, la liberté des Anglais, la rendirent quelquefois sévère et même injuste pour la France.

Mais le savoir et les lettres n'offrent qu'un intérêt secondaire, à moins qu'on ne les rattache intimement au progrès social et à la liberté d'un peuple. C'est l'effort constant, c'est la gloire de madame de Staël.

Une prévention naturelle ferait croire qu'un esprit de femme, un esprit ardent, ingénieux, romanesque, a dû porter beaucoup d'illusion dans la politique. Mais sa préférence même pour l'Angleterre, qui lui inspira une phrase que je voudrais rayer de ses écrits, la retint toujours dans les maximes d'une liberté sage et praticable. Ses ouvrages politiques, et c'est un point de vue qui nous occupera dans la prochaine séance, sont donc aussi remarquables par la vérité que par l'éclat du talent. A vrai dire, ce n'est pas le génie anglais dont madame de Staël fait l'apothéose; c'est le bienfait de deux siècles de liberté qu'elle célèbre et qu'elle offre à l'émulation de tous les peuples. Par là, ses écrits sont au nombre de ceux qui répondent le mieux à l'esprit de notre temps et ont contribué à le faire naître. En littérature, en politique, plusieurs des idées nouvelles, ou des nobles vœux de madame de Staël, sont aujourd'hui des vérités reconnues et des faits accomplis.

Dans la philosophie, elle ne resta pas esclave des doctrines sceptiques du XVIIIe siècle; mais elle ne se sauva pas à l'extrémité opposée. Sa pensée fut religieuse, sans être mystique.

Dans la politique, elle fut éloquemment émue, indignée de ce qui avait souillé la liberté; mais elle resta fidèle à la liberté, à cette foi des nobles âmes; elle eut le sentiment le plus énergique des institutions qui conviennent à un pays agité par de longs troubles civils. A cet égard, son influence fut grande et salutaire; car c'est un des caractères de cette femme extraordinaire, que jamais pour elle l'influence active ne se sépara des succès du talent.

Dans nos vicissitudes, au milieu de ces révolutions qui se renversaient l'une l'autre, elle restait généreuse, bienveillante, secourable; elle disait elle-même que son salon, où l'Europe était admise, était l'hôpital des partis vaincus. On y trouvait réunis les hommes les plus opposés. L'épreuve fut

grande et ne se reverra plus. Vous savez qu'à une
époque dont le souvenir s'éloigne, il est venu en
France des hôtes très-importuns, des souverains
étrangers étonnés de leur victoire.

Quand on songe à ce temps où la fortune de la
France était couverte d'un crêpe, où l'on pouvait
douter de l'avenir, où l'on ne savait pas que de
tant de maux, de tant d'incertitudes sortiraient
des institutions puissantes et libres, il faut louer
madame de Staël d'avoir alors employé tout ce
qu'elle avait d'ascendant et d'éloquence, à relever
le génie français, à célébrer ce grand peuple qui
n'était pas vaincu dans la défaite de son chef, enfin
à lui souhaiter, à lui prédire une liberté digne de
sa gloire. (*Applaudissements.*)

SOIXANTE ET UNIÈME LEÇON.

Caractère politique de l'ouvrage de madame de Staël sur l'Allemagne. —
En quoi opposé au despotisme. — Perfectibilité sociale plus vraie que
la perfectibilité littéraire. — Les *Considérations sur la révolution
française.* — Du reproche de partialité fait à cet ouvrage. — Grandes
beautés historiques. — Sagacité politique. — Élévation du sentiment
moral. — De la doctrine opposée. M. de Maistre. — Liaison systématique de ses livres. — *Les Soirées de Saint-Pétersbourg.* — Jugement
sur cet ouvrage.

MESSIEURS,

J'ai commencé l'analyse d'un grand talent, dont
l'influence se prolonge sur toute la littérature contemporaine, et tient à ce renouvellement des esprits qui devait surtout nous occuper. Je n'ai pas
dissimulé ma partialité ; c'est une partialité tout
à la fois d'opinion et de personne. J'ai écouté souvent cette voix si animée, si éloquente ; j'ai assisté
au mouvement de cette imagination puissante et
rapide, qui s'emparait des esprits avec une force
indicible, et jetait dans le moindre entretien tant
d'éclat et de lumière. C'est une sorte de prestige
qui brille pour moi sur les pages du livre. Je crois
l'entendre parler encore en lisant ses écrits.

Mais, comme cette partialité se fonde sur la plus
juste admiration, elle n'ôtera rien à la vérité de mes
paroles. Le rare talent de madame de Staël, gêné

par le temps où elle a vécu, s'est, plus d'une fois, renfermé dans la critique, cette occupation des littératures vieillies, qui les termine et les résume plus souvent qu'elle ne les rajeunit. Mais la partie la plus sérieuse et, suivant moi, la plus originale et la plus haute de ses écrits, est toute politique, et tout appliquée aux intérêts contemporains.

Analyser *l'Allemagne* serait une tâche difficile; car ce livre n'est lui-même qu'un extrait, un commentaire fait avec génie. L'unité d'un tel travail est dans l'âme de l'auteur, dans cette verve continue et variée qui se prête à l'étude de tant de créations diverses. On admire ce regard pénétrant jeté sur toute la littérature d'un pays, cette intelligence profonde, cette vive sensibilité qui porte dans l'analyse tout l'intérêt de la passion et toute la nouveauté de l'inspiration.

L'enthousiasme de l'auteur pour la littérature allemande, alors si peu connue en France, est-il exagéré, est-il surtout exclusif, comme on l'a dit souvent? madame de Staël, dans le dégoût que lui inspirait le pouvoir absolu qui pesait sur la France, n'est-elle pas injuste envers notre gloire littéraire? Non. Elle ne méconnaît pas, elle sent vivement les beaux génies de la France. Mais elle blâme une froide régularité qui survit au génie; elle oppose à ces stériles traditions la richesse et les essais de l'imagination étrangère.

Cette poésie du Nord, un peu studieuse, comme le fut celle d'Alexandrie, avec quelle vivacité madame de Staël la reproduit et l'interprète! Ne vous

y trompez pas, l'Allemagne est encore plus spirituelle dans son livre qu'elle ne l'est en elle-même.
A cet égard, les préférences excessives de l'auteur
seraient rachetées et, pour ainsi dire, démenties
par son talent même. C'est ce coloris brillant de
l'esprit français, jeté sur l'élégance un peu laborieuse de l'art germanique, c'est l'imagination vive
et juste de madame de Staël qui nous plaît encore
dans cette description rapide et pittoresque de
l'Allemagne littéraire. En laissant à ces talents
étrangers qu'elle met en scène leurs physionomies
originales, elle les anime du feu de ses paroles.

En 1808, le maître de la France, alors au faîte
de sa prospérité, répondait aux touchantes prières
d'Auguste Staël, qui sollicitait le retour de sa mère
à Paris, et promettait qu'elle ne s'occuperait plus
de politique : « Bah ! de la politique, n'en fait-on
pas en parlant de morale, de littérature, de tout
au monde ? »

Cela est vrai ; quand l'oppression existe, penser,
c'est protester. Le conquérant n'en disait pas assez : on fait de la politique, surtout avec la littérature ; car la littérature, c'est l'âme humaine tout
entière, développée, montrée. Les intérêts de la
société, les passions contemporaines, le sentiment
de la liberté, ou la gêne du pouvoir, se retrouvent
sans cesse dans la pensée de l'écrivain. Ainsi ce livre de *l'Allemagne,* où il n'est, en apparence, question que du génie poétique de Schiller et de Goëthe, que de la petite cour de Weimar, qui n'aurait
pas pu mettre deux mille hommes en campagne

pour attaquer le conquérant, que de Schelling,
et de la philosophie transcendante et rêveuse, si
peu offensive pour l'homme occupé des intérêts
actifs, ce livre de *l'Allemagne,* cet enthousiasme de
l'indépendance littéraire, cet apothéose du devoir, cette ardeur de spiritualisme étaient, dans la
réalité, une indirecte et continuelle protestation
contre le système de gouvernement qui dominait
la France, et s'étendait par contre-coup sur l'Europe. Le dominateur ne s'y méprenait pas. En effet, ce n'était pas la force violente qui était son
arme habituelle. Le maintien de l'ordre, l'application régulière des lois qu'il avait faites, l'éloignement de toute cruauté inutile, le goût même de la
justice, formaient les caractères généraux de son
gouvernement. Mais le despotisme sur les volontés, l'abaissement des caractères dans l'état social,
en même temps que l'exaltation du courage sur les
champs de bataille, c'étaient là aussi les principes
et les appuis de son pouvoir.

L'ouvrage de madame de Staël, tout animé d'une
sorte d'indépendance morale, respirant la haine de
l'intérêt personnel, l enthousiasme pour les nobles
sacrifices, pour la liberté, au moins spéculative,
pour la liberté de l'âme, soumise à la seule loi du
devoir, choquait les maximes politiques du conquérant. Si ces doctrines-là s'étaient répandues,
les séductions du pouvoir se seraient affaiblies; il
eût été réduit à la force, et la force était son ar-
rière-garde. Il ne s'en servait pas d'abord. Il aimait
mieux gagner que menacer,

Madame de Staël terminait son livre par ces belles paroles :

O France! terre de gloire et d'amour, si l'enthousiasme un jour s'éteignait sur votre sol, si le calcul disposait de tout, et que le raisonnement seul inspirât même le mépris des périls, à quoi vous serviraient votre beau ciel, vos esprits si brillants, votre nature si féconde? Une intelligence active, une impétuosité savante, vous rendraient les maîtres du monde; mais vous n'y laisseriez que la trace des torrents de sable, terribles comme les flots, arides comme le désert!

Cela voulait dire : Vous avez des armées de six cent mille hommes admirablement conduites; vous avez une garde invincible; vous avez une puissance d'action et de commandement que rien n'égale; vous avez mis l'ordre dans le despotisme; votre administration tient dans sa main toutes les forces de la France; au dehors, quand elle prend possession d'un pays, elle le règle et le civilise : mais, avec tout cela, vous avez détruit toute indépendance nationale ou privée, proscrit la volonté, le courage civil et tous les sentiments qui font les peuples libres et grands.

Mais l'allusion contemporaine qui ne serait qu'une malignité du talent contre le pouvoir, ne suffirait pas pour intéresser l'avenir. Il faut qu'elle ait une vérité durable. C'est la beauté, c'est le caractère de ce livre. Ce qui était une opposition momentanée contre le règne tout-puissant de la force et de l'intérêt reste encore une noble instruction pour les temps de liberté et de progrès. La passion qui règne dans ce livre, et qui l'anime d'un même esprit, dans la diversité des sujets et

des formes, c'est le sentiment moral. L'étude des
lettres et de l'art y prend le caractère de ce qu'il y
a de plus élevé parmi les hommes, la vertu et la
liberté.

Cette forme d'ouvrage, où madame de Staël
portait tant d'enthousiasme et de supériorité, n'é-
tait pas cependant son choix de prédilection.

Élevée au milieu de l'éclat du monde et des
épreuves d'une révolution, trouvant dans le sentiment le plus vif de son âme, sa piété filiale, un
intérêt qui la ramenait sans cesse à la politique, ce
qui plaît surtout à madame de Staël, et ce qui développe le mieux son génie, c'est la peinture de la
vie sociale. Cette personne renommée pour son
imagination excelle par le sentiment de la réalité.
Que, ressuscitant les fêtes du moyen âge, elle
montre Corinne au Capitole, qu'elle retrace avec
une admirable vivacité le tableau de la vie poétique et l'idéal de l'enthousiasme, les esprits froids
peuvent blâmer l'éclat de ses couleurs; mais tout
le monde admirera la peinture qu'elle fait d'une
petite ville d'Écosse. Là, par l'expressive vérité des
détails, un sujet insipide devient original.

La même force d'imagination suivait l'auteur de
Corinne dans ses écrits sur le gouvernement. Mais,
en politique, l'imagination ressemble bien à l'illusion. Malgré cette double utopie à laquelle madame
de Staël était exposée comme publiciste spéculatif
et comme femme, un caractère singulier de précision et de vigueur, un grand bon sens se reconnaît dans ses écrits politiques.

On l'a remarqué spirituellement : si madame de
Sévigné, dans sa frivolité de femme de cour, a parfois
des instincts sérieux de raison indépendante, et s'é-
lève même à la politique par l'austère théologie de
Port-Royal, madame de Staël, dans une vie toute
autre, et dans les habitudes toutes politiques de
son esprit, revient sans cesse à des pensées de
femme. Le même trait ineffaçable se retrouve dans
cette héroïne de nos troubles civils, qui écrivit
avec tant de talent, et mourut avec tant de courage. Madame Roland, cette femme stoïque et républicaine, a remarqué et décrit, au milieu des plus
grands périls, le noble maintien et la grâce élégante d'un des orateurs de la Gironde, avec le
même soin que, dans ses *Mémoires*, l'ambitieuse
et politique Anne Comnènes dépeint minutieuse-
ment les manières, le costume et la grâce guerrière
de Bohémond, fils de Guiscard.

La prédominance du talent politique, la vive
intelligence des intérêts sociaux, forment, dans
madame de Staël, un caractère distinctif auquel
nous devons nous arrêter. C'est par là, d'ailleurs,
que son génie aura le plus d'influence sur la littérature de l'époque présente et de l'avenir.

Si la perfectibilité littéraire est chose fort douteuse, il n'en faut pas conclure que le progrès social et politique soit également un paradoxe, et
une prétention de l'orgueil contemporain. On conçoit très-bien que l'expression des sentiments naturels, une fois enlevée par de vives imaginations
dans le premier développement d'un idiome jeune

et vigoureux, soit difficilement surpassée par le travail industrieux et réfléchi d'une littérature savante. Aussi, sans proscrire les accidents heureux qui envoient, à toutes les époques, des hommes de talent, en admettant même que certaines formes politiques rendent, à cet égard, la chance meilleure, on ne peut espérer, dans les arts de l'imagination, un progrès qui ne soit souvent interrompu par l'épuisement et la décadence. Mais l'existence sociale admet une foule de combinaisons secondaires, où l'expérience vaut beaucoup, où les idées d'un homme, mises au bout des idées d'un autre homme, produisent un progrès inévitable et continu. On n'a pas surpassé l'imagination du Dante et du Tasse; et nul doute que même l'Italie ne soit, de nos jours, gouvernée avec infiniment plus d'ordre et de justice qu'au xive ou au xvie siècle. Cependant la civilisation trouve dans ce pays de puissants obstacles. Mais l'action seule du temps, le perfectionnement impossible à éviter, a produit cette prééminence d'une époque sur l'autre, pour la vie sociale, sans la produire pour le génie. Combien ce résultat n'est-il pas plus rapide et plus marqué lorsque le mouvement social est secondé par les institutions et les lois?

Le principe de la perfectibilité politique, dans nos sociétés modernes, n'est donc pas une théorie, mais un résultat de l'expérience. Voyez l'Irlande, catholique il y a cent cinquante ans; voyez-la, jusqu'à la fin du dernier siècle, courbée sous le poids de tant d'oppressions et d'incapacités rigoureuses, auxquelles on ne pouvait toucher, et que le peuple anglais appuyait par des séditions; voyez-la maintenant affranchie, du consentement de tous, par le chef du parti tory, qui, si longtemps, avait maintenu et préconisé cette servitude : rien n'atteste mieux la puissance de la raison humaine et le chemin qu'elle fait à la longue dans le monde. « La raison, disait Montesquieu, finit toujours par avoir raison. » Dans ce mot piquant est toute la théorie de la perfectibilité sociale; l'épreuve est quelquefois longue, mais le résultat infaillible.

C'est à la défense de ce beau système, ou plutôt de cette vérité, que l'illustre auteur de *l'Allemagne* a consacré son génie.

Les *Considérations sur la révolution française* ne sont, sous la forme philosophique et narrative, qu'une exposition des progrès de l'esprit humain dans l'ordre politique, un tableau des premières réformes, des malheurs qui les suivent, du pouvoir absolu qui en hérite, les détruit ou les détourne à son profit; enfin des espérances d'ordre et de liberté qui sortent de la chute de ce pouvoir et qui doivent se perpétuer dans l'avenir. Peut-être madame de Staël, par un paradoxe de piété filiale, a-t-elle limité d'abord l'étendue de ce grand sujet. En rendant une impartiale justice aux nobles intentions et au talent de Necker, on ne peut, je crois, placer sous ses auspices cette mémorable histoire du renouvellement d'un peuple. Il n'est pas assez grand homme, personne n'est assez grand homme pour recevoir une pareille dédicace. La

physionomie de M. Necker ne peut prédominer
sur cette vaste série d'événements qu'il n'a pas di-
rigés. Mais cette illusion d'un sentiment respectable, qui semble d'abord restreindre le cadre de
l'ouvrage de madame de Staël, n'altère pas l'admirable sagacité de ses jugements. Elle assigne les
causes de la révolution avec une grande pénétra-
tion. Elle en exprime les résultats nécessaires et
prodigieux avec une énergie que peu de grands
écrivains ont égalée. On admirera surtout la manière dont elle a caractérisé l'homme auquel on
ne contestera pas d'avoir eu sur le monde l'action
la plus puissante. Je ne dis pas que ce soit l'impartialité absolue de l'histoire qui ait présidé à cette
partie de l'ouvrage. Pour moi, je tiens beaucoup
à l'impartialité; j'ai même été accusé d'en faire
trop d'estime, et surtout trop d'usage; mais je la
conçois et je l'exige surtout dans le jugement d'une
époque éloignée.

L'historien qui vient alors, comme un organe
de la justice publique, remuer les pièces d'un
vieux procès, qui les discute, les déchiffre, les
explique l'une par l'autre pour en tirer la vérité,
serait en contradiction avec sa tâche, s'il montrait
ombre de partialité. Son mérite, c'est une égale
intelligence de toutes choses, une égale disposition à haïr ou à aimer, suivant la vérité même
des faits, indépendamment de toute préférence,
de toute pensée systématique : il est faux et inutile s'il est partial; il se dégrade s'il fait servir
au triomphe d'une opinion actuelle l'interpréta-

tion de vieux faits qui dormaient en repos, et ne savaient pas qu'on les évoquerait un jour pour appuyer des paradoxes et des intérêts du moment. Mais l'auteur contemporain, s'il n'était pas un peu partial, je douterais qu'il fût assez sensible à l'impression des choses. Plus son âme avait de vivacité, plus son intelligence avait de force, plus il a dû sentir le contre-coup des événements et des hommes, avec un surcroît d'émotion qui demeure dans ses tableaux. La véhémence de ses expressions, la partialité de son langage est l'indice de sa véracité. Si je le trouvais tout à fait impartial, je me dirais qu'il a voulu lutter contre lui-même; je me dirais qu'il a voulu retravailler ses impressions du moment et remonter au rôle d'historien; j'aurais peut-être moins de foi en lui, par cela même qu'il serait plus exact. Cette foule de faits et d'inductions, que le temps seul déroule, qui ne peuvent exister pour les contemporains écrivant à l'heure même, viendront cinquante ans plus tard. L'entière impartialité, c'est l'œuvre de l'historien racontant à loisir le passé, mais non la vertu du spectateur qui, fortement agité par ses impressions de joie, d'indignation, de crainte, raconte ce qu'il a vu, ce qu'il a souffert en le voyant.

Ainsi la postérité recueillera plus d'instruction sur l'homme et sur le siècle, dans les vives peintures, dans les impatiences généreuses, dans les spirituelles ironies de madame de Staël, qu'elle n'en aurait trouvé dans le récit le plus habilement compassé pour paraître impartial. C'est, je crois,

la plus belle partie des *Considérations sur la révolution française.* Ce n'est pas, sans doute, le tableau
complet d'un règne qui embrasse, dans son cours
si plein et si rapide, tant de faits militaires et civils ; mais c'est le point de vue de ce règne tel qu'il
apparaissait aux yeux de la morale et de la liberté.
C'est une anticipation sur le jugement de l'avenir.
Jamais l'éloquence de l'auteur ne fut plus neuve
et plus animée. Les pages où elle peint le mouvement de la cour nouvelle qui se forme, la chute
précipitée de tout le monde vers une commune
obéissance, sont dignes de Tacite ; elle atteint jusqu'à lui sans chercher à le suivre. Quelques-unes
des formes expressives, dont l'historien antique
s'était servi, renaissent là, sous une même émotion de colère et de génie. Un autre passage non
moins admirable, c'est celui où, s'arrêtant à considérer le conquérant au faîte de la gloire, avec
cette cour de rois, ce cortége de peuples, cette alliance impériale, elle cherche, dans un vice de sa
nature morale, le côté faible de sa puissance :

> Il ne fallait encore, à cette époque, à Bonaparte, qu'un senti-
> ment honnête, pour être le plus grand souverain du monde : soit
> l'amour paternel, qui porte les hommes à soigner l'héritage de
> leurs enfants ; soit la pitié pour ces Français qui se faisaient tuer
> pour lui au moindre signe ; soit l'équité envers les nations étran-
> gères, qui le regardaient avec étonnement ; soit enfin cette espèce
> de sagesse naturelle à tout homme, au milieu de la vie, quand il voit
> s'approcher de lui les grandes ombres qui doivent bientôt l'envelop-
> per. Une vertu, une seule vertu ; et c'en était assez pour que toutes
> les prospérités humaines s'arrêtassent sur la tête de Bonaparte. Mais
> l'étincelle divine n'existait pas dans son cœur.

Éclat des couleurs historiques, énergie du sen-

timent moral, partialité qui sert à l'expression,
et qui ne nuira pas à la vérité pour l'avenir, voilà
quelques caractères de cet ouvrage.

On peut y relever des exagérations de louange
ou de blâme envers les hommes ; mais, nulle part,
n'éclate davantage cet amour du bien, cet espoir
du progrès qui animait quelques orateurs politiques de nos temps modernes. Madame de Staël y
mêle un mouvement de confiance religieuse. C'est
le même sentiment que je vous signalais dans un
homme qui lui était inférieur par le talent, mais
égal par l'âme, dans Erskine. Le xviiie siècle avait
méconnu et rejeté ce caractère; il supposait une
alliance utile entre le scepticisme et le zèle de la liberté, une complicité nécessaire entre la religion et
le pouvoir absolu. Madame de Staël est un des grands
talents qui ont protesté, avec le plus de force,
contre ce faux commentaire, appuyé malheureusement sur trop de faits. Plus elle avançait dans la
vie, plus son âme devenait grave, religieuse, unissant la tolérance et le zèle. La fin de son ouvrage
est une réfutation éloquente d'un *mandement* dont
je ne veux pas rappeler ici les doctrines ennemies
de toute liberté civile. Mais c'est au nom du christianisme qu'elle les combat. Il y avait, dans cette
vive imagination, un double enthousiasme, ou
plutôt tous les enthousiasmes à la fois. Mais le
point de repos pour cette âme si active, l'espérance où elle s'appuyait, c'était la liberté politique
et l'amélioration morale. Pourquoi la vie lui a-t-
elle manqué dans cette noble tâche de seconder,

par l'apostolat du talent, le mouvement public d'un peuple vers des institutions qui relèvent et l'éclairent ? Jamais le caractère des écrits de madame de Staël n'avait été si bienfaisant, si pur, que dans les dernières années de sa trop courte carrière. Son génie s'élevait encore, et elle allait mourir. Une grande renommée lui survit, et doit se lier aux nouvelles destinées de la France.

Pendant cette même période, un autre talent, doué de force et d'originalité, trouvait, dans le spectacle des troubles civils qui avaient agité et formé l'âme de madame de Staël, un prétexte à des inductions bien différentes. A côté de cette philosophie religieuse et amie de la liberté, s'élevait une autre philosophie théocratique et despotique ; elle était inspirée par la haine de toutes les violences irréligieuses et antisociales qui avaient tourmenté la France ; elle se réfugiait dans le pouvoir absolu ; elle prenait le contre-pied de tout ce qui avait été dit, fait et pensé en France depuis un siècle. Nous avons déjà nommé l'organe, l'hiérophante de cette philosophie, M. de Maistre.

En rapprochant les ouvrages de ces deux écrivains, on peut voir le double contre-coup de la révolution française sur les esprits énergiques. Ici, complète adoption des principes de liberté, en les soumettant à la loi morale du devoir ; haine invariable du despotisme militaire et civil, du despotisme sous toutes les formes, haine renforcée par le spectacle même de la tyrannie multiple des comités et des clubs, espoir et confiance dans l'avenir : là, haine aveugle contre toute espèce de liberté, justification théorique du pouvoir absolu, proscription de toutes les idées qui avaient pu avancer l'indépendance de l'homme, proscription des principes mêmes de justice et d'humanité qui avaient précédé les violences de la révolution, anathème sur les lettres et les sciences, regret de l'ignorance du moyen âge, apothéose de l'inquisition et de la tyrannie.

Je ne tire, Messieurs, aucune induction personnelle de ces emportements de la pensée abstraite, ou de ces paradoxes de la mauvaise humeur. J'admets que le comte de Maistre, ancien noble piémontais, et, après l'occupation de son pays, réfugié à la cour de Saint-Pétersbourg, avait, dans le caractère, les qualités les plus nobles, comme il avait, dans l'esprit, beaucoup de force : mais il s'agit en ce moment des doctrines.

Vous savez, par Alfieri et par l'histoire, que, de tous les pays despotiquement gouvernés, le Piémont était un de ceux où le droit de propriété, l'indépendance personnelle, la faculté d'aller et de venir, de garder son bien ou de le vendre, était le plus complétement entravée par le régime absolu. Noble et magistrat, M. de Maistre, malgré les lumières de son esprit, s'était habitué de bonne heure à cette forme de royauté. Puis les violences, les coups d'état populaires, enfin l'envahissement de son pays, l'irritèrent contre les principes de la réforme française. Ses méditations et sa vie se continuèrent à Saint-Pétersbourg, loin des exemples et

des habitudes d'un pays libre. En 1792, sous le titre de *Considérations sur la France*, il avait publié un
livre amer, éloquent, plein de prophéties telles
que la prévoyance de la haine en sait faire; dans
lequel, calculant d'avance les crimes futurs par
les violences actuelles, il menaçait la révolution
des fureurs où elle devait être inévitablement entraînée.

Plus tard, il fit paraître un ouvrage sur le *principe générateur des constitutions sociales*. Là, on sent
que cet esprit amer et véhément, dégoûté des pa-
rodies tyranniques jouées au nom de la souveraineté populaire, se réfugie dans un régime despotique suspendu à une chaîne qui remonte dans les
cieux. Pour lui, le *principe générateur des constitutions*,
c'est le pouvoir absolu des prêtres, c'est la puissance de tout faire, appuyée sur l'infaillibilité. Vous
apercevez ici cette antithèse entre les opinions, ce
contraste violent dont je vous ai parlé. S'il y a quelque chose qui vous jette à mille lieues du principe
de la perfectibilité sociale, de l'espérance que l'administration des états s'améliore, s'adoucisse, c'est
le principe non pas d'un premier pacte, mais d'une
première imposition du pouvoir souverain faite à
l'espèce humaine, et sous laquelle à tout jamais elle
doit plier la tête. Dans ce système, loin que la
perfectibilité soit en avant, la perfection est en arrière; et l'on doit supposer que, plus on se rapproche de cette source du pouvoir absolu, plus on
arrive à la vérité des gouvernements. Aussi les
modèles, les autorités produites par le comte de

Maistre, ce sont les lois de *Menou*, ce sont tous les codes des Indous, ce sont les maximes de ces nations doublement immobiles par le servage théocratique et par l'indolence du climat, et qui sont trois ou quatre mille années avant de faire un sous-amendement dans leurs lois.

Ce n'est pas, Messieurs, qu'une grande vigueur, non de raison, mais de raisonnement, ne se mêle à l'exposition de cette théorie; ce n'est pas que le style de l'auteur, énergique, passionné, colère, tout à la fois impatientant et amusant, ne donne un singulier attrait à la lecture de ses livres. Mais ce qui nous occupe, c'est la vérité, et nous ne pouvons la voir dans un système démenti par l'expérience et par le bon sens.

Quoi qu'il en soit, cette manière de voir et de comprendre la politique avait tourné l'esprit subtil et vigoureux de M. de Maistre vers les études métaphysiques, et ces études s'étaient confondues pour lui avec la plus haute théologie, telle qu'il l'imaginait du moins. Il a réuni ces divers éléments de ses méditations dans un ouvrage célèbre : les *Soirées de Saint-Pétersbourg*. Il les a réalisés sous une autre forme plus pratique, dans son livre non moins célèbre du *Pape*. Enfin il en a fait une application particulière et locale dans son livre de l'*Église gallicane*. Ainsi, dans un petit nombre d'ouvrages, cet esprit capricieux et puissant a fait ce que de plus grands génies n'ont pas eu le courage d'achever. Il a suivi, complété, épuisé son propre système. Il l'a considéré d'abord dans l'ordre le

plus élevé d'abstraction, puis il l'a suivi dans une
application théologique, puis dans une application
universellement sociale, puis dans une application
particulière au gouvernement religieux et civil de
son pays d'adoption littéraire, la France.

Nous ne parlons ici que du système et de la per-
sévérance de l'auteur. Nous n'envisageons que
l'enchaînement de ses idées passant par des épreuves successives; mais n'oublions pas, sans faire
tort à la puissance du paradoxe et de l'esprit de
parti, que le coloris ardent et capricieux de l'auteur, l'éclat de son imagination sont de beaucoup
dans sa renommée. Il a quelque chose de hasardeux, d'entreprenant, de novateur. C'est un mélange singulier de routine et de subtilité, d'immo-
bilité et de mouvement. C'est par des paradoxes
qu'il raffermit les vieilles idées; c'est avec une
sorte de verve aventureuse et démocratique qu'il
défend la théocratie; c'est enfin avec toute la véhémence d'un pamphlet politique qu'il appuie les
doctrines de soumission et de silence universel.
Ainsi le génie de son siècle perce tout entier dans
l'anathème qu'il prononce contre son siècle; c'est
avec l'esprit, les passions, avec les formes politiques du xix⁰ siècle qu'il le répudie, qu'il l'accable
sous sa colère, sous son mépris des sciences et de
l'esprit modernes.

Venons au détail soit des beautés philosophiques et morales disséminées dans ce livre, soit
des erreurs étranges auxquelles se laisse emporter
l'auteur.

M. de Maistre, qui du reste était un homme du
monde, mélange de courtisan et de militaire, érudit avec grâce, plus curieusement qu'exactement
érudit, M. de Maistre avait un frère plus spirituel
encore que lui peut-être, l'auteur d'un petit ouvrage philosophique, mélancolique, sérieux, railleur, appelé *Voyage autour de ma chambre,* et d'une
nouvelle originale et touchante, *le Lépreux de la cité
d'Aost.* Malgré son goût pour les études métaphysiques, et l'austérité de ses doctrines, M. de Maistre portait dans son style beaucoup d'agrément
et de vivacité pittoresque. Cependant, il em-
prunta quelquefois la plume de son frère. C'est à
celui-ci qu'appartient le gracieux prologue des
Soirées de Saint - Pétersbourg; cette charmante description d'une navigation sur la *Néwa,* dans une
nuit d'été :

Rien n'est plus rare, mais rien n'est plus enchanteur qu'une belle
nuit d'été à Saint-Pétersbourg, soit que la longueur de l'hiver et la
rareté de ces nuits leur donnent, en les rendant plus désirables,
un charme particulier, soit que réellement, comme je le crois,
elles soient plus douces et plus calmes que dans les plus beaux
climats.

Le soleil qui, dans les zones tempérées, se précipite à l'occident,
et ne laisse après lui qu'un crépuscule fugitif, rase ici lentement
une terre dont il semble se détacher à regret. Son disque, environné de vapeurs rougeâtres, roule, comme un char enflammé,
sur les sombres forêts qui couronnent l'horizon ; et ses rayons, ré-
fléchis par le vitrage des palais, donnent au spectateur l'idée d'un
vaste incendie.

Les grands fleuves ont ordinairement un lit profond et des bords
escarpés qui leur donnent un aspect sauvage. La Néwa coule à
pleins bords, au sein d'une cité magnifique ; ses eaux limpides touchent le gazon des îles qu'elle embrasse, et dans toute l'étendue de
la ville elle est contenue par deux quais de granit, alignés à perte
de vue....

Mille chaloupes se croisent et sillonnent l'eau en tous sens : on voit de loin les vaisseaux étrangers qui plient leurs voiles et jettent l'ancre. Ils apportent sous le pôle les fruits des zones brûlantes, et toutes les productions de l'univers. Les brillants oiseaux d'Amérique voguent sur la Néwa, avec des bosquets d'orangers : ils retrouvent en arrivant la noix du cocotier, l'ananas, le citron, et tous les fruits de leur terre natale.

Mais, enfin, que fait M. de Maistre sur cette belle rivière? il converse, en bateau, avec un membre du sénat de Saint-Pétersbourg et un jeune Français, qu'on désigne par le titre de *Chevalier*. L'entretien, repris en d'autres lieux, pendant plusieurs soirées, fait passer sous nos yeux de grands problèmes métaphysiques, dont M. de Maistre donne la solution, suivant le caprice de sa verve et de son humeur.

Le sujet principal, c'est le gouvernement temporel de la Providence. Dans le choix de cette question et la manière de la traiter, se retrouve encore le contre-coup de la révolution française. Je vois une imagination ardente et méditative, fortement émue de toutes les grandes catastrophes qui avaient bouleversé l'Europe, depuis trente ans, de ces prodigieuses victoires, de cette impitoyable anarchie, de ce pouvoir dominateur, qui semblait s'élever sans terme. A la vue de tant d'événements, M. de Maistre réfléchit sur la manière dont va le monde; il reprend cet ancien problème :

> Sæpe mihi dubiam traxit sententia mentem,
> Curarent superi terras, an nullus inesset
> Rector, et incerto fluerent mortalia casu.

Ce n'est pas qu'il hésite; sa foi dans la Providence est entière : mais il cherche à expliquer
l'action de la Providence d'une manière nouvelle,
en supposant qu'elle a tout son développement,
même dans cette vie. C'est, au fond, une *variante*
de *l'optimisme* chanté par Pope.

M. de Maistre combat les arguments tirés contre la Providence, du mal physique et du mal
moral, en établissant la culpabilité de l'homme,
la souffrance nécessaire attachée à sa nature, l'influence de la vertu sur le bonheur.

Après ces idées communes qu'il a rajeunies par
l'imagination, M. de Maistre entre dans un système qui lui est plus particulier, ou plutôt qu'il
emprunte à la théologie. Cette nécessité et cette
justice de la souffrance humaine une fois admises,
il en cherche le remède dans la prière, et dans ce
qu'il appelle la *réversibilité*, c'est-à-dire l'expiation
par la souffrance d'autrui. Il détourne cette idée
de sa source mystérieuse et sublime, pour la suivre dans toutes les applications de la vie. A vrai
dire, il donne la théorie métaphysique des *indul-
gences*. Comment, me direz-vous, ce système dont
la première partie est un lieu commun de la philosophie et du bon sens humain, et dont la seconde n'offre qu'une déduction théologique, a-t-il
suscité tant de plaintes et d'objections? La cause
en est dans les détails, et je dirai presque dans les
épisodes de l'ouvrage; car, enfin, dans le plan qui
vient d'être rappelé, il n'était pas nécessaire de
placer un éloge du bourreau, et non-seulement

du bourreau qui exécute avec le glaive, mais du
bourreau qui roue, qui torture, avec un exécrable
détail de barbarie que l'imagination véhémente
de l'auteur s'est plu à reproduire et à exagérer. Ce
n'est plus cette pureté, cette élévation de philosophie, de mysticité, que vous admirez dans Fénelon; ce n'est plus cette gravité théologique, cette
autorité éloquente qui vous frappe dans Bossuet;
c'est une dévotion capricieuse et colère; c'est
un amour de la justice, qui a quelque chose de
systématiquement cruel. On y retrouve l'impression violente que laissent les guerres civiles dans
les imaginations blasées par la terreur. C'est là ce
genre frénétique ou *satanique*, reproché à quelques écrivains anglais de nos jours. M. de Maistre, je le sais, était homme respectable et bon;
mais son imagination est implacable. Il ne conçoit
l'ordre social que cimenté par le sang et appuyé
sur le bourreau.

Marquons ici de nouveau le contraste entre les
deux écoles philosophiques nées du spectacle de
la révolution française. L'une, épouvantée des
crimes, mais ne désespérant pas de la justice, de
la vérité, ne se souvient des échafauds que pour
espérer l'amélioration des lois, l'adoucissement
progressif des peines, et, s'il est possible, l'abolition de la peine de mort. Remontant aux plus belles
espérances du christianisme ancien, aux doctrines de saint Augustin qui, dans une lettre à un
gouverneur d'Afrique, demandait que des hommes
coupables même de meurtre fussent condamnés

seulement à des travaux utiles, elle examine le droit de vie et de mort ; et, sans le contester d'une manière absolue, elle démontre que l'application de ce droit terrible est dans un rapport direct et continu avec l'état de la société ; qu'un progrès dans les mœurs suppose un adoucissement dans les peines, et que ces deux termes se rencontrent ainsi dans une proportion toujours égale, qui doit amener enfin la faculté, et par là même, le devoir de supprimer la peine de mort.

M. de Maistre, au contraire, remonte à l'institution de l'échafaud, dans sa pureté la plus atroce. Ce qu'il considère, c'est l'infliction de la peine de mort, dans l'horreur de ses détails. Ce qui l'occupe, ce n'est pas le droit du pouvoir primitif qui prononce la mort au nom de la justice, mais l'action du vil instrument qui la consomme matériellement. Que ce tableau brille enluminé d'un ardent et affreux coloris, peu nous importe. M. de Maistre raisonne ainsi :

De cette prérogative redoutable, dont je vous parlais tout à l'heure, résulte l'existence nécessaire d'un homme destiné à infliger aux crimes les châtiments décernés par la justice humaine ; et cet homme, en effet, se trouve partout, sans qu'il y ait aucun moyen d'expliquer comment ; car la raison ne découvre, dans la nature de l'homme, aucun motif capable de déterminer le choix de cette profession. Je vous crois trop accoutumés à réfléchir, Messieurs, pour qu'il ne vous soit pas arrivé souvent de méditer sur le bourreau. Qu'est-ce donc que cet être inexplicable qui a préféré à tous les métiers agréables, lucratifs, honnêtes et même honorables qui se présentent en foule à la force ou à la dextérité humaine, celui de tourmenter et de mettre à mort ses semblables ? Cette tête, ce cœur sont-ils faits comme les nôtres ? ne contiennent-ils rien de particulier et d'étranger à notre nature ? Pour moi, je n'en sais pas douter. Il est fait comme nous extérieurement ; il naît comme nous ;

mais c'est un être extraordinaire ; et pour qu'il existe dans la famille
humaine , il faut un décret particulier, un *fiat* de la puissance créatrice. Il est créé comme un monde....

Un signal lugubre est donné ; un ministre abject de la justice
vient frapper à sa porte, et l'avertir qu'on a besoin de lui : il part ;
il arrive sur une place publique couverte d'une foule pressée et pal-
pitante. On lui jette un empoisonneur, un parricide, un sacrilége ;
il le saisit, il l'étend, il le lie sur une croix horizontale, il lève le
bras : alors, il se fait un silence horrible, et l'on n'entend plus que
le cri des os qui éclatent sous la barre, et les hurlements de la victime. Il la détache ; il la porte sur une roue : les membres fracassés
s'enlacent dans les rayons, etc....

L'horreur que vous éprouvez m'avertit de ne
pas continuer, et cette horreur est un jugement.
Faut-il écrire ce que les hommes réunis ne peuvent
entendre ? Le dégoût moral devrait arrêter l'imagination de l'écrivain. Et, d'ailleurs, quel défaut
de vérité au milieu de cette horreur ! Quoi ! il a
fallu un coup d'état de Dieu pour créer le bourreau ? Quoi ! le bourreau a été créé comme un
monde ? Cependant ce bourreau qui roue, qui
torture, et qui a été formé exprès pour cela par
Dieu, n'existe plus dans une grande partie de
l'Europe. Déjà l'œuvre la plus sanglante de la loi
est devenue moins cruelle : elle peut, elle doit
s'adoucir.encore.

Dans le passé même, les peintures hideuses de
l'auteur ne sont-elles pas démenties par l'histoire ?
lorsque, dans Athènes, c'était une coupe de ciguë
qui donnait la mort, où était toute cette fantas-
magorie d'horreur et de sang dont l'écrivain s'est
servi ? Du reste, vous apercevez ici ce faux goût
qui , même dans une école que l'on devait croire
attachée aux doctrines spiritualistes, n'agit que

par un grossier matérialisme d'imagination : car, ici, ce qui est digne des méditations du philosophe et de l'homme religieux, c'est le pouvoir d'infliger la mort; ce n'est pas l'acte matériel qui exécute cette mort. Il y a fausse imagination dans le style, comme il y a fausse philosophie dans les principes de l'auteur.

Les conséquences de cette manière de voir, de sentir et de s'exprimer, si elles ne produisaient que des fautes passagères de goût, pourraient facilement s'oublier; mais elles agissent sur le fond même des opinions de l'écrivain; elles lui inspirent une cruauté systématique. M. de Maistre en vient jusqu'à justifier toute espèce de condamnation, fût-elle inique. Tandis que le bon sens grossier disait qu'il valait mieux sauver dix coupables que de faire périr un innocent, l'auteur des *Soirées de Saint-Pétersbourg* raisonne autrement. Il croit tellement à l'infaillibilité des condamnations, qu'elles lui semblent justes dans leur iniquité même. En cas d'incertitude, une condamnation lui paraît le meilleur et le plus court. Je cite pour me justifier:

Qu'un innocent périsse, c'est un malheur comme un autre, c'est-à-dire commun à tous les hommes.... Il est possible qu'un homme envoyé au supplice pour un crime qu'il n'a pas commis, l'ait réellement mérité pour un autre crime absolument inconnu. Heureusement et malheureusement, il y a plusieurs exemples de ce genre, prouvés par l'aveu des coupables; et il y en a, je **crois**, un **plus** grand nombre que nous ignorons.

J'avoue, Messieurs, que, quel que soit le brillant esprit de l'auteur, quelle que soit cette imagination contagieuse qui colore toutes ses expressions, qui donne une vie singulière à ses paradoxes, il suffit qu'une supposition si gratuitement barbare se trouve dans ses écrits pour qu'on doive le combattre. Il n'y a pas de talent qui prescrive contre le bon sens et contre l'humanité.

SOIXANTE-DEUXIÈME LEÇON.

Examen des doctrines politiques de M. de Maistre. — Publicistes théocratiques sous l'empire; événements qui favorisaient leur théorie. —
Le livre du *Pape;* côté faible de cet ouvrage; défaut de sérieux et de
foi. — Réflexions sur le talent de l'auteur. — Résumé sur la littérature
du commencement de ce siècle dans ses rapports avec l'âge précédent,
soit qu'elle le répète, le continue ou le combatte. — Esquisse sommaire des principales productions; caractère des nouveaux talents. —
— Conclusion du *Cours.*

MESSIEURS,

Nous allons réunir, dans cette dernière séance,
une grande variété de sujets. Ce sera tout à la fois
un résumé et un programme. Ce qui nous occupe
encore, ce sont les différents contre-coups du
xviiie siècle sur l'époque présente. En cherchant à
marquer ces influences, comme nous touchons à
des contemporains, nous tâcherons de ne pas trop
multiplier les noms propres, et de juger surtout
les doctrines.

Trois opinions ont survécu au xviiie siècle, et
sont inspirées ou par ses leçons ou par la haine de
ses exemples : l'opinion *ultramontaine*, dont je vous
ai déjà cité l'interprète le plus ingénieux et le plus
hardi; l'opinion *sceptique*, qui n'est qu'un écho du
xviiie siècle; l'opinion *spiritualiste*, qui sera l'âme
du xixe.

Toute la science philosophique et littéraire se résout dans ces trois opinions diverses. Celle des trois qui semble la plus étrange et la plus disparate, devait naître de cette disposition naturelle à l'esprit humain, qui souvent, lorsqu'il a épuisé toutes les conséquences d'un principe, d'une théorie, se rejette à l'autre bout du principe, de la théorie opposée.

La dernière opinion, la dernière expérience du xviii° siècle avait été la réforme sociale poussée à l'excès, l'abolition des anciennes croyances et des anciens pouvoirs. Pour quelques imaginations, à la fois vives et systématiques, la première réaction intellectuelle contre ces violences, ce fut l'abaissement volontaire de la raison devant une autorité religieuse, infaillible, absolue, avec laquelle on voulait mater et humilier la puissance populaire qui avait tant abusé du déchaînement de sa force.

Ainsi, Messieurs, à peine vous voyez en France l'ordre social de nouveau sortir d'un camp, que des publicistes, des théoriciens se présentent pour appuyer par le raisonnement les intérêts du pouvoir absolu. C'était, sans doute, le profond, le juste dégoût des violences démocratiques; c'était, je le veux, la haine du passé plutôt que la flatterie du présent, qui inspirait ces complaisantes théories; elles n'en profitaient pas moins au maître nouveau. Quelques-uns de ces publicistes, attachés à d'autres intérêts, longtemps zélés pour une autre cause, semblaient lui pardonner son usurpation en faveur de son despotisme. L'habile conquérant des esprits, comme du trône, attentif à démêler dans chaque opinion ce qui pouvait être utile à l'obéissance, se gardait bien de dédaigner cette colère que l'ancienne fidélité ou l'ancienne piété gardait aux opinions indépendantes. Il l'exploitait pour la servitude commune, et il savait bon gré aux faiseurs d'*utopies*, qui rêvaient une monarchie plus absolue même que son pouvoir.

Des événements politiques, des faits visibles pour tous les yeux, venaient appuyer ce travail purement spéculatif de quelques écrivains. On avait vu, dans les dernières années du xviiie siècle, au miliéu d'une société encore paisible, le discrédit, la dérision des croyances religieuses, l'avilissement de l'autorité ecclésiastique. Plus tard, la persécution avait relevé le clergé en l'immolant; elle avait remplacé les évêques mondains et les abbés gros décimateurs par des martyrs de prison ou d'échafaud; les épigrammes avaient disparu devant la pitié pour les victimes; la foi avait repris l'autorité du malheur et du dévouement : de là ce retour de l'influence religieuse, qui suivit les temps les plus cruels de l'anarchie.

D'autre part, l'ambitieux général, qui ne voyait dans la religion qu'un instrument de pouvoir, ce même homme qui, dans l'expédition d'Égypte, avait témoigné tant de respect pour les *imans* et pour la loi mahométane, affectait de protéger l'antique foi de la France. Il avait pensé que le culte

rétabli attacherait à son pouvoir tous les cœurs
qui conservaient le regret et le souvenir des anciens autels, et que ces autels relevés vieilliraient
son trône nouveau et le consacreraient tout ensemble.

Trente ans après l'époque où Paris avait retenti
de l'apothéose de Voltaire, quelques années après
ces jours d'anarchie délirante, où l'extinction entière du culte avait été solennellement proclamée,
il imagine de ressusciter, pour appuyer sa monarchie moderne et guerrière, la sanction pontificale.
Il rend, pour son usage, à cette souveraineté
ecclésiastique de Rome, un droit que Louis XIV
n'aurait pas voulu lui reconnaître, et dont Charlemagne avait profité dans l'ignorance d'un temps
barbare. Au milieu des vieux représentants de tous
les principes philosophiques et démocratiques qui
avaient animé la révolution, entouré lui-même du
reste éclatant des armées républicaines et de cette
garde musulmane qui brillait comme une réminiscence de ses victoires d'Égypte, il fait apparaître
toute une pompe religieuse, tout un cortége épis-
copal, et le pape lui-même venant sacrer la dynastie nouvelle dans la cathédrale de Paris.

Cette grande escobarderie du conquérant, cette
confiscation de toutes les anciennes doctrines religieuses au profit d'une usurpation si récente,
cette habile combinaison qui opposait l'Église à la
Vendée et s'appuyait à la fois sur la révolution et
sur le pape, ne pouvait, du reste, se faire impuné-
ment, et devait jeter dans les esprits des pensées

différentes de l'intérêt du conquérant, et qui réa-
giraient plus tard contre sa puissance.

En effet, ce que le moyen âge même n'avait pas
souffert sans quelque résistance, ce que la France
avait repoussé du temps de la Ligue, ce que nos
anciens parlements avaient toujours combattu
comme une folle prétention, ce qui aurait fait
frémir d'indignation, ou plutôt sourire de pitié
tout l'esprit sceptique du xviiie siècle, en un mot,
la dictature personnelle du chef de l'Église, le
transfèrement des couronnes par sa main, ou du
moins avec son assistance, et, de plus, le renversement de l'ancienne hiérarchie ecclésiastique, la
déposition des anciens évêques par la volonté
seule du pape; tout cela ne pouvait s'accomplir
sans relever, aux yeux de la foule, le pouvoir pon-
tifical. Le conquérant n'avait voulu qu'une cérémonie, une décoration ; mais par un contre-coup
singulier de cette révolution, qui avait proclamé
l'anéantissement du sacerdoce et du culte, sortait
la plus éclatante manifestation de la suprématie
pontificale gouvernant l'Église et disposant des
trônes. Vingt ans avaient suffi pour parcourir ces
deux extrémités de la politique humaine. A la vérité, c'était un simulacre, plutôt qu'une restauration véritable du pouvoir religieux ; mais il en restait quelque chose dans la pensée de la foule et des
spéculatifs. Aussi, du premier jour que le chef du
nouvel empire eut invoqué, eut ressuscité cet
appui de la religion, il créa contre lui-même un
immense contre-poids. Il est bien vrai que, plus

tard, il s'empara de Rome, et qu'il en fit une ville
de province, dont Paris était la capitale; il est bien
vrai que, dans son palais de Fontainebleau, il tint
le souverain pontife prisonnier, et qu'il agita le
projet d'un schisme et d'une église nationale; mais
il avait, par le premier acte de son avénement,
élevé beaucoup plus la puissance pontificale qu'il
ne pouvait jamais l'abaisser. Il avait donné des
armes à la papauté, en se faisant couronner par elle.
Cette sourde, mais active protestation, cette confédération religieuse qui se forma contre lui dans
la France, la Belgique, l'Italie, l'Allemagne, et lui
suscita de redoutables inimitiés, se liait à cette
reconnaissance de la souveraineté pontificale,
dont il avait donné l'exemple.

Maintenant, lorsque les faits avaient ainsi démenti les opinions du xviii⁰ siècle, lorsque, dans
un intervalle si court, il s'était opéré une si prodigieuse réaction, non pas seulement de théories,
mais d'événements, peut-on s'étonner que des esprits vifs, des logiciens à imagination aient tiré
de ce spectacle tout un système? C'est l'idée qui se
présente à la lecture du livre remarquable de
M. de Maistre, intitulé *le Pape*. Comme l'opinion
qui a dicté ce livre a exercé et garde encore sa
puissance, comme elle a ses orateurs, ses métaphysiciens, ses politiques, on ne peut l'oublier
parmi les principaux résultats du contre-coup de
la révolution sur l'époque présente.

Essayerai-je d'examiner en peu de mots, devant
vous, ce livre du *Pape?* L'érudition en est variée,

curieuse, partiale. Il faudrait, pour la réfuter, plus de temps et surtout plus de savoir que nous n'en avons. L'ensemble du livre est ingénieux et fortement lié ; l'auteur ne recule jamais devant les conséquences de son propre système. Sa manière de se défendre, c'est d'exagérer et d'affirmer hardiment. Dans la portion historique de son ouvrage, on sent un esprit ardent et préoccupé que rien n'arrête, et qui fait, à son aise, l'*utopie* du passé.

M. de Maistre, placé dans notre époque entre les gouvernements militaires et les essais de gouvernements libres, entre les baïonnettes et les discours, entre ces assemblées de quatre cents ou cinq cents personnes qui discutent, et ces nombreuses armées permanentes, regarde tout ce monde en pitié, et il expose son système :

> Vous voulez, dit-il, que les hommes soient heureux, et pour cela, qu'ils soient libres et gouvernés par les lois : rien de mieux. Moi aussi, moi, qui méprise les assemblées, le peuple, et toute liberté de penser, excepté la mienne, je veux que le pouvoir soit juste, soit raisonnable ; je veux, comme vous, le triomphe d'une loi impartiale et souveraine. Mais vous procédez mal. Au lieu de mettre le contre-poids en bas, au lieu de chercher, dans la foule, une force de résistance aveugle et violente, il faut créer une force de direction éclairée, incorruptible, infaillible. Cette force, elle existe, elle est devant vos yeux : c'est le souverain pontife.

Voici pour la théorie ; maintenant, pour la pratique, les exemples sont là, dit-il :

> Est-ce que, dans le xiᵉ, dans le xiiᵉ siècle, le souverain pontife ne régnait pas sur les consciences ? est-ce que cette souveraineté des consciences ne lui donnait pas la souveraineté des personnes ? est-ce qu'il ne déposait pas les rois ? est-ce qu'en déposant les rois, il ne

soulageait pas les peuples, s'ils étaient opprimés? Eh bien, ressus-
citez cet ordre de choses, vous qui voulez des résistances, des garanties, reconnaissez au pape la souveraine autorité sur les rois et
sur les peuples, mettez en lui tous les gouvernements représentatifs de la terre, si l'on peut parler ainsi, et sans combat, sans révolution, sans anarchie, par sa seule autorité, il maintiendra la justice
et la liberté dans l'Europe.

Maintenant les détails, les développements de
cette théorie, animés par une éloquence spirituelle, paradoxale, outrecuidante, la vivacité du
style, l'intrépidité des assertions les plus étranges,
tout cela fait de l'ouvrage de M. de Maistre un livre
curieux et original.

Que manque-t-il pour que ce soit un grand, un
bel ouvrage? Deux choses, je crois, Messieurs :
une sérieuse conviction, une véritable *foi*. La conviction peut fort bien se trouver dans un ordre
d'idées inapplicables. Un esprit vigoureux et préoccupé peut imaginer un système impossible à
réaliser, et qui ne lui apparaisse pas moins avec
une grande évidence de réalité.

Mais, quand la conviction manque, la violence
même ne donne pas de sérieux aux paroles. L'écrivain paradoxal ressemble alors au faux brave; plus
il fait de bruit, moins il est sûr de lui-même. Sous
le faste de ses dédains, sous l'orgueil de ses affir-
mations, on aperçoit quelque chose qui vous
avertit que tout ce qu'il dit ne lui paraît pas, à
lui-même, praticable et vrai. S'agit-il de la résur-
rection d'un ancien système, de l'apologie d'un
état de choses qui n'est plus et que l'on veut réta-
blir; si cet emprunt, fait au passé, n'est pas com-

pris et développé dans l'esprit même du passé, je
ne puis croire à la franchise du novateur. Prenez-
vous des raisons philosophiques, ou faites-vous
des calculs de sagesse mondaine .pour appuyer
l'autorité de Grégoire VII, pour la réclamer de
nouveau ; vous êtes, à mes yeux, inconséquent et
peu sincère. Vous demandez le despotisme de la
foi en alléguant des raisons de prudence et d'utilité. Mais vous n'avez donc pas la foi, c'est-à-dire
la seule chose qui pourrait rendre, pour vous, ce
que vous demandez, également juste et possible.

J'admets, quoique l'esprit du christianisme ne
suppose rien de semblable, qu'une imagination
ardente et pieuse, un spéculatif, soit frappé de ce
besoin d'une autorité suprême, absolue sur la
terre, et de cette impuissance de l'établir assez
sage, assez éclairée, en n'employant que les contre-poids humains, qu'alors il se réfugie, de désespoir, au pied de la chaire pontificale, et lui
donne la dictature. Mais il faut que ce soit une
foi ardente, un enthousiasme sans calcul qui
adopte et me commande cette croyance à l'*infaillibilité* d'un homme. Si ce sont des raisonnements
tout humains, tout profanes, si c'est une sorte de
machiavélisme avoué qui vient me demander cette
croyance, je la refuse ; si vous raisonnez, votre
système est faux. Mieux vous raisonnez humaine-
ment, plus votre système est faux dans l'ordre
divin, qui seul peut le légitimer. Il ne suffit pas
de crier qu'il serait infiniment utile à l'ordre que
tout le monde crût à l'*infaillibilité* d'un homme. On

ne saurait croire en vertu d'un calcul d'intérêt;
et cette croyance ne pourrait avoir la salutaire
puissance dont vous parlez, qu'à condition d'être
spontanée, involontaire, irrésistible. Voilà le premier vice, le vice radicalement destructif du système de M. de Maistre. Que direz-vous d'un homme
qui rattache le salut et le bonheur de l'espèce
humaine à la foi dans l'*infaillibilité* du pape, et puis
qui vous démontre cette *infaillibilité* surnaturelle,
par les mêmes considérations d'utilité et d'expédition des affaires, qui ont motivé le caractère irrévocable des arrêts de cours souveraines?

Écoutez-le, Messieurs ; voici les paroles du
texte :

> Quand même on demeurerait d'accord qu'aucune promesse divine
> n'eût été faite au pape, il ne serait pas moins *infaillible*, ou censé
> tel, comme dernier tribunal : car tout jugement dont on ne peut
> appeler est et doit être tenu pour juste dans toute association
> humaine, sous toutes les formes de gouvernement imaginables ; et
> tout véritable homme d'état m'entendra bien lorsque je dirai qu'il
> ne s'agit pas seulement de savoir si le souverain pontife *est*, mais
> *s'il doit être* infaillible.

C'est-à-dire que, par une espèce de franc-ma-
çonnerie de gouvernement, par ces demi-mots
compris des habiles, vous croyez imposer l'enthousiasme et la foi. Oui, l'intérêt public et la nécessité que les procès finissent, nous obligent, sans
croire infaillible un arrêt souverain, de le croire
définitif et de l'exécuter. Nous contre-pesons l'a-
vantage de l'ordre général et le désavantage possible d'un mauvais jugement, et nous donnons la
préférence au premier intérêt, par l'exercice

même, et non par le sacrifice de notre raison.
Mais lorsque, sur des questions d'un ordre sur-
naturel, on vient employer un moyen grossier
de prudence, une espèce de *fin de non-recevoir* judiciaire, pour commander la soumission du sens
commun au plus incroyable des miracles, à l'*in-*
faillibilité résidant sur la tête et dans la pensée
d'un homme, alors la raison tout entière se
soulève et l'éloquent écrivain n'est plus qu'un
sophiste, qui s'est pris dans ses paroles. (*Applau-*
dissements.)

Dans les choses d'ordre spirituel, on peut invo-
quer une révélation mystérieuse; mais le principe
de l'utilité, dans les choses de Dieu, la convenance, la commodité de la foi, pour gagner du
temps et pour abréger les débats, quel défaut de
foi dans un pareil argument! Combien les défenseurs sincères de la suprématie pontificale s'en
seraient indignés! Dites-nous, célèbre écrivain,
puisque vous comparez le pape à la cour royale,
admettez-vous, en certain cas, la *requête civile*
contre l'infaillibilité du pape? Qu'aurait dit Grégoire VII, dans son orgueilleuse foi en Dieu et en
lui-même, si, pour justifier la suprématie, on
l'eût comparé aux sept juges impériaux qui as-
sistaient, dans la ville de Pise, aux plaids tenus
par la comtesse Mathilde ? N'eût-il pas excom-
munié son hérétique défenseur?

Cette partie du livre de M. de Maistre, étant à
tel point dénuée de foi, et n'appuyant un droit
prétendu divin que sur des calculs mondains, la

dernière application qu'il a faite de ses propres
principes devient presque dérisoire. J'ai beau relire la remontrance qu'il suppose présentée, par
une nation du Nord, au saint-père, pour le prier
de la débarrasser de son roi ; j'ai beau admirer le
soin loyal avec lequel l'auteur a rédigé ce modèle
de requête, à l'usage des peuples opprimés ou mécontents, je me dis : Rien de cela n'est sérieux;
ce qui était faux en raisonnement ne deviendra
point vrai dans la pratique. Publiciste ingénieux,
avez-vous jamais imaginé de bonne foi que, dans
l'état présent de l'Europe, il fût possible de mettre en pratique ce détrônement pontificalement administratif (On rit), sur requête, et par simple bulle?
Vous citez le moyen âge? Jamais pareille chose
s'est-elle passée, même dans le moyen âge? Et votre
interprétation de l'histoire n'est-elle pas aussi
fausse que votre interprétation de la foi ? Que
voyons-nous dans la férocité de ces temps et dans
la lutte des vassaux et des princes? La souveraineté pontificale, quelquefois bienfaisante, quelquefois injuste, s'élève et trouve des alliés, des
vengeurs, des complices; mais ces passions humaines, dont elle se sert, ne lui opposent-elles
aussi aucune résistance? Sa suprématie est-elle
paisible?

Grégoire VII réussit-il sans trouble, sans violence, à détrôner les rois? Quelque autre pape
a-t-il jamais prononcé une exclusion du trône, qui
n'ait été suivie de résistance et de guerre? Non,
cette souveraineté pontificale, en tant qu'elle

s'exerçait sur le temporel, loin d'être une paci-
fication publique, était une révolution de plus
dans un ordre social, si tumultueux et si violemment agité. C'était une cause de guerre de plus,
et non la fin d'aucune guerre. Savez-vous quel
était le langage de Grégoire VII, quand il exposait
cette doctrine renouvelée, édulcorée, systématisée
par M. de Maistre?

ℱ Qui ne sait que les rois et les princes ont tiré commencement de
ceux qui, méconnaissant Dieu, par l'orgueil, la rapine, la trahison, les meurtres, en un mot, par tous les crimes à la fois, à l'in-
stigation du diable, prince du monde, ont prétendu, dans leur
aveugle passion et leur intolérable arrogance, n'étant que des
hommes, dominer sur leurs égaux?

Que voyez-vous là si ce n'est un manifeste de
guerre entre les pouvoirs rivaux. C'est le pape de
Rome qui écrit contre l'empereur d'Allemagne.
La suprématie pontificale est une arme, au milieu
de cette féodalité toujours armée. Qu'elle ait, plus
d'une fois, frappé l'injustice et le crime; qu'elle fût
même plus sage que les autres pouvoirs du temps;
nul doute; mais elle n'eut jamais cette force pacifique et cette sagesse infaillible qu'on lui attribue.
Il y a donc, dans cet exemple emprunté au moyen
âge, altération des causes et des faits.

Tous les écrits de Grégoire VII, que M. de Maistre considère comme le Louis XIV, comme le
Pierre le Grand de son système, comme le Richelieu de la théocratie, tous ces écrits ne renferment
rien qui soit emprunté à une théorie de pacifi-
cation générale. On dirait que Grégoire VII veut

élever, à son usage, une espèce de califat chrétien,
et mettre sous ses pieds toutes les autres souve-
rainetés.

Il compare dédaigneusement un roi, un empereur à un prêtre; il humilie le roi par la vue de
sa faiblesse, et le représente, au lit de mort, demandant les secours du prêtre. Sans doute l'esprit
humain a pu profiter, pour son émancipation, de
ces coups portés par le sacerdoce au despotisme
militaire; mais il retombait sous un autre joug:
et souvent les deux jougs se sont réunis pour le
mieux accabler.

Quoi qu'il en soit, cette doctrine, telle que la
résume M. de Maistre, que serait-ce autre chose
que la reproduction de l'ancien sacerdoce égyp-
tien? Cette doctrine, vous le savez, Bossuet l'avait
vivement combattue dans la candeur de·sa soumission à Louis XIV; il avait réfuté les ultramon-
tains de son siècle, plus sincères et aussi plus con-
séquents que ceux du nôtre. Aussi Bossuet est
qualifié, par M. de Maistre, du titre d'hérétique :
« Bossuet, s'il ne s'est pas repenti, dit-il, est mort
hérétique. » Pauvre Bossuet, mort hérétique! Pouvait-il s'attendre à un pareil anathème, lancé un
jour contre lui, par un officier, un laïque, un
homme du monde, exagérant toutes les opinions
et les doctrines religieuses, et les soutenant par
des arguments empruntés à l'esprit sophistique
d'un autre âge? Il n'aurait pas imaginé cela.

Ainsi, pour la théorie et pour les faits, pour le
raisonnement spéculatif et pour les recherches his-

toriques, le livre de M. de Maistre me paraît souvent
porter à faux. Restent le talent de l'auteur, les vérités particulières qu'il exprime, ce je ne sais quoi
d'éloquent et d'animé qui lui appartient. A part le
système, le sujet embrassé par l'auteur est grand
et beau. L'histoire du pontificat romain, sa naissance, ses progrès, son influence sur la formation
des monarchies européennes et sur la civilisation,
l'unité d'esprit qui le caractérise, et semble un
symbole humain de son unité religieuse, enfin les
événements extérieurs, ce mouvement du monde,
qui, après avoir affaibli l'Église de Rome par les
schismes, lui ramène de nouveaux disciples par
l'indifférence, ces vicissitudes singulières qui ont
fait aujourd'hui raffermir la chaire pontificale de
Saint-Pierre par les armes des puissances protes-
tantes ; tout cela sans doute présente un des plus
vastes problèmes que le génie historique puisse
traiter avec profondeur et variété. Le livre de
Montesquieu, *La grandeur et la décadence des Romains*,
ce résumé sublime et incomplet, n'embrassait pas,
peut-être, un texte aussi fécond et aussi grand.
Je regrette que le système ait prévalu sur le récit.
Ce n'est pas que l'ouvrage de M. de Maistre ne renferme des choses grandes et vraies sur l'action morale de l'Église romaine, sur la puissance de ses
rites et de sa langue immuable et cosmopolite, sur
son influence politique et ses efforts pour assurer
l'indépendance nationale par la religion. Ses vues
sur la *donation* de Constantin, pièce frauduleuse,
qui dépose cependant d'un fait authentique, son

apostrophe aux détracteurs de Grégoire VII, son
âpre censure des empereurs d'Allemagne, son tableau du schisme oriental, tout cela est historique
et semé de grands traits.

Rien de plus élevé que le tableau de l'Italie conservée par la puissance pontificale. L'auteur invoque avec éloquence le patriotisme; mais partout
il favorise les doctrines qui mettent aujourd'hui
la moitié de l'Italie sous le joug de l'Autriche.

Si l'on regarde comme une œuvre littéraire ce
manifeste ingénieux, savant, paradoxal, contre
la société moderne, l'auteur manque souvent de
naturel dans son style, comme de vérité dans ses
idées. Sa vive imagination lui donne un langage
brillant et coloré. Il est remarquable, qu'étranger, et loin de la France, il ait manié si habilement
notre langue. Ennemi dédaigneux du xviiie siècle,
son style est, sous quelques rapports, d'une date
plus ancienne et d'une verve plus franche; mais il
tombe aussi quelquefois dans une étrange affec-
tation de science et de subtilité :

Dans l'ordre moral et dans l'ordre physique les lois de la fermentation sont les mêmes. Elle naît du contact, et se proportionne aux
masses fermentantes. Rassemblez des hommes rendus *spiritueux*
par une passion quelconque; vous ne tarderez pas de voir la chaleur, puis l'exaltation et bientôt le délire, précisément comme dans
le cercle matériel, la fermentation *turbulente* mène rapidement à
l'acide, et celle-ci à la *putride*. Toute assemblée tend à subir cette
loi générale, si le développement n'en est arrêté par le *froid* de
l'autorité, qui se glisse dans les interstices et tue le mouvement.

Cela veut dire sans doute qu'il ne faut pas d'assemblées politiques; mais cette manière d'attaquer

le gouvernement représentatif me paraît aussi faible au fond que mauvaise par la forme.

Voyons dans M. de Maistre un homme de beaucoup d'esprit, plutôt qu'un génie profond ; un écrivain éclatant et paradoxal, plutôt qu'un grand écrivain. Quoi qu'il en soit, il est le Sénèque de l'école ultramontaine : et, par sa vive imagination, il a mérité d'être appelé le *prophète du passé*.

Un autre écrivain, dont je parlerai peu, parce qu'il est vivant, s'est attaché aux mêmes doctrines et les a revêtues de son énergique éloquence : c'est M. de La Mennais. Sous quelques rapports, disciple de M. de Maistre, il a son indépendance et son originalité à lui, comme tout écrivain supérieur. Il offre ce caractère actuel de l'école ultramontaine, de défendre l'autorité par l'indépendance, et de porter quelque chose de démocratique et d'impétueux dans l'apologie, ou plutôt dans la consécration du pouvoir absolu. Il est inutile de dire combien il a de verve, de talent, de vigueur ; on ne peut lui refuser surtout ce talent d'une controverse spirituelle, animée, mordante, telle qu'elle se développe dans les états libres. Plus coloriste que créateur, plus passionné que philosophe, il ne peut cependant être retenu dans les entraves du système qu'il défend, et, en voulant la théocratie et le pouvoir absolu, il est emporté, par son génie, vers la dissidence et la liberté.

Voilà, jusqu'à présent, les plus célèbres organes d'une école qui ne doit pas se fortifier dans l'avenir. Le principe de l'autorité, développé par M. de

La Mennais, comme un corollaire de l'ouvrage de
M. de Maistre, n'a rien de nouveau. Un jésuite,
cité par l'illustre auteur de l'*Indifférence*, avait exprimé cette opinion. Dans son zèle pour l'autorité, il va jusqu'à déclarer qu'elle est la seule règle de nos jugements ; que, hors de l'autorité, il
n'est aucune voie possible d'arriver à la vérité.
Dans cet excès, les opinions les plus opposées finissent par se toucher. L'éloquent auteur de l'*Indifférence* embrasse les sophismes par lesquels le
sceptique Bayle s'amusait à renverser tous les fon-
dements de la croyance, et à nier le raisonnement
et le bon sens. M. de La Mennais adopte, au profit
de l'*autorité*, les arguments du pyrrhonisme. C'est
ainsi que, dans l'ordre politique, le pouvoir absolu et l'esprit démocratique, poussés au *maximum*,
se touchent, se confondent. Napoléon argumentait de la souveraineté du peuple pour s'attribuer
un despotisme illimité :

En Angleterre, disait-il souvent, il faut une opposition, parce
que le pouvoir est monarchique, aristocratique, fractionnaire, et
que, dès lors, la nation est distincte de lui ; mais ici, je suis le
peuple, moi ; le peuple m'a transmis ses pouvoirs. Il ne peut donc
avoir un intérêt séparé du mien ; me contredire, c'est attaquer l'intérêt public tout entier dans moi.

Ainsi il proscrivait toute liberté au nom d'une
prétendue souveraineté populaire, comme les publicistes théocratiques suppriment le raisonnement
au nom de la raison universelle. C'est la même logique, le même *imbroglio* des opinions l'une dans
l'autre.

A côté de cette école ultramontaine, le mouve-
ment de réaction contre le xviiie siècle élevait une
autre école, qui s'appelle elle-même éclectique ou
spiritualiste, et qui agissait avant d'avoir un nom :
c'est l'école *du Libre examen*. La révolution politique, après s'être fondée sur le scepticisme, avait
fini par être épouvantablement affirmative. Elle
proscrivait tout ce qui ne lui ressemblait pas à elle-
même. Vous voyez dans quelles opinions extrêmes
certains esprits s'étaient réfugiés pour combattre
les restes de cette doctrine. D'autres esprits, plus
élevés, je crois, embrassant les choses humaines
d'une vue plus indépendante, voulurent faire un
choix dans les doctrines de la révolution et de tous
les temps. Ils cherchèrent le vrai et le beau sous
toutes les formes; ils furent justes envers le passé
et envers leur temps.

C'est à cette école que je rapporterai l'ouvrage
le plus célèbre des commencements du xixe siècle,
le Génie du christianisme. Ce livre est né, sans doute,
du mouvement d'aversion et d'effroi qu'avaient inspiré les fureurs démocratiques. C'est une réclamation éloquente contre le renversement de tout
un ordre social; c'est une invocation de ce qu'il y
avait de grand et de noble dans les anciennes doctrines, avant qu'elles fussent tombées en décrépitude; c'est un anathème lancé sur les crimes de
l'anarchie et de la force populaire. Mais ce n'est
pas un avertissement de fuir à l'autre extrême; ce
n'est pas l'apothéose du pouvoir théocratique, par
protestation contre la tyrannie des *clubs*; ce n'est

pas la haine de la pensée libre, par protestation
contre l'anarchie.

Non, ce bel ouvrage semble dicté surtout par
un vaste éclectisme, par une haute et vive intelligence, qui réunit l'enthousiasme des vieux temps
et la raison moderne. C'est une magnifique apologie des bienfaits du christianisme, et non des fautes
de ses ministres; c'est le développement poétique,
et souvent sublime, de toutes les grandes choses
inspirées par la religion, depuis les bonnes œuvres jusqu'aux pensées de génie. C'est l'idée que
les premières libertés du monde moderne, l'abolition de l'esclavage et les commencements de l'é-
mancipation politique se rattachent au christianisme. Dans les œuvres de l'esprit humain, il faut
distinguer, à égalité de génie même, celles qui
regardent vers l'avenir, ou celles qui se retour-
nent vers le passé : les dernières ne seront jamais
que des oraisons funèbres; les autres peuvent avoir
une puissance active et créatrice. Tel est l'ouvrage
de M. de Chateaubriand; toute l'espérance de nos
institutions y perce déjà sous des formes presque
uniquement littéraires. En terminant ces admirables tableaux, les yeux fixés sur l'avenir, il célèbre
les trois ou quatre grandes découvertes qui, dit-
il, ont changé le monde : la découverte de l'Amérique, la liberté de la presse, le gouvernement
représentatif. Sans partialité contemporaine, ne
voit-on pas là ces révolutions récentes de l'Amérique, aujourd'hui tout à fait indépendante de
l'Europe, et peuplée d'autant d'états libres, qu'elle

recevait autrefois de colonies d'aventuriers ? N'y
voit-on pas la reconnaissance anticipée de cette
tribune de la presse, tribune toujours ouverte, invincible sauvegarde, que M. de Chateaubriand a
si puissamment contribué à fonder parmi nous,
et qui doit prendre place dans le droit public de
tous les peuples modernes? N'y voit-on pas le gouvernement que nous avons, et qu'un préjugé servile voulait borner à l'Angleterre? Ainsi cet ouvrage aux poétiques réminiscences, aux belles
traditions, était plein d'un avenir déjà commencé
et qui se dévoile encore. Personne, aidé du livre
de M. de Maistre, et le portant sous le bras, ne
peut s'en retourner vers le xi⁰ siècle et retrouver
Grégoire VII foulant à ses pieds le diadème de
Henri VIII. Il y a là une infranchissable barrière
de siècles écoulés. Mais la liberté, la justice, elle
appartient à cet avenir placé devant vous, et qui
s'étend à mesure que vous vivez.

Tel est, dans un illustre exemple, le caractère
de cette philosophie spiritualiste, qui réunit l'esprit épuré du christianisme et le travail de la civilisation. Elle a déjà produit des philosophes, des
orateurs, des poëtes, et satisfait aux aptitudes les
plus variées du talent. Là, se place, dans un rang
à part, cet homme de bien et d'éloquence, esprit
original et nerveux, qui a porté à la tribune la
même lumière dont il avait éclairé les études philosophiques, et qui a défendu les droits du pays,
comme il avait, par ses doctrines généreuses, ré-
habilité l'intelligence humaine. N'y rangera-t-on

pas encore cet illustre orateur de la chambre des
pairs, publiciste d'une raison si haute et si péné-
trante, qui n'a jamais fait servir la parole qu'à la
science et à la justice, et n'est ému que de la passion de la vérité?

Reste l'école sceptique, plus directement issue
de l'esprit qui a précédé les troubles civils de la
France. Elle en est le reflet, tandis que les autres
en sont le contre-coup. Je ne puis, à ce sujet, ni
discuter longtemps, ni surtout indiquer des noms.
Une chose doit vous frapper, c'est l'abaissement
où était tombée cette école à l'époque où les libertés publiques, réclamées autrefois par ses premiers organes, disparaissaient sous le règne de la
force. Quelques-uns d'entre vous se souviendront
peut-être du singulier projet de couronner le *Catéchisme* de Saint-Lambert dans la solennité des prix
décennaux. Le catéchisme de Saint-Lambert! c'é-
tait, au commencement du xixᵉ siècle, le dernier
résultat, le résidu, le *caput mortuum* d'une théorie
philosophique qui avait été si puissante.

Je ne dis pas que, depuis cette époque, des esprits plus vigoureux n'aient relevé l'étendard et ne
le tiennent d'une main plus ferme. Je ne nie pas
que la doctrine même de l'intérêt n'ait eu quelques
sectateurs désintéressés, qui ne se sont pas rendus
aux arguments de la force plus qu'à ceux du *spiritualisme*, et qui n'ont pas plié devant un injuste
pouvoir; mais j'indique seulement à quel point l'é-
cole sceptique en était arrivée au commencement
du xixᵉ siècle, comment l'école ultramontaine ou

mystique était à la fois forte en talents et restreinte dans son action, combien l'école spiritualiste était éclatante de génie et puissante sur l'avenir, combien elle renfermait de germes féconds et d'opinions qui se communiquent.

Là se termine le résumé, pour ainsi dire, abstrait de notre époque. Le reste serait une nomenclature de contemporains toujours complaisante et suspecte. La durée chronologique d'un siècle n'est pas le terme de sa durée intellectuelle. J'ai conduit le XVIIIᵉ siècle jusqu'au moment où il devient tout ce que nous entendons, tout ce que nous voyons, où il est en vous et se confond avec une époque nouvelle que vous commencez. Je m'arrête au moment où je me trouve en face de vous. Je n'essayerai pas de prophétiser sur le XIXᵉ siècle : il est pourtant moins compromettant de prédire que de nommer. Pour nous borner à quelques traits incontestables, il semble que les caractères dominants du siècle nouveau seront la science historique, la philosophie morale, l'éclectisme en littérature, ce qui est plus favorable au savoir qu'à l'originalité, enfin l'éloquence politique. Je ne dis pas, je ne voudrais pas dire que le génie poétique ne vienne heureusement s'y mêler. Déjà la lyre a trouvé de nouveaux accents de l'âme, et le drame s'agite pour être à la fois idéal et naturel.

Au risque de me répéter pour dire vrai, je remarquerai que dans la circulation d'idées des gouvernements libres, dans cette fermentation publique de la pensée, il y a quelque chose qui, stérile

pour le grand nombre, doit féconder le talent. Je
doute qu'un pays puisse jouir longtemps de la faculté de tout dire, sans qu'il arrive accidentelle-
ment des hommes de génie qui diront des choses
admirables. C'est une épreuve du calcul des pro-
babilités; c'est une chance établie sur l'impossi-
bilité morale que la pensée soit excitée de toutes
parts, sans faire vibrer çà et là quelque corde nouvelle. Rien de semblable sous le joug fastueux de
l'empire. La longue polémique contre le passé, ou
bien les rêves libres de l'imagination poétique
étaient presque les seuls champs ouverts au talent.
Les *Martyrs*, cette conception si étrangère au temps
présent, cette œuvre d'inspiration et d'étude à la
fois, l'homme de génie qui l'a faite, né dans un
temps plus libre, n'eût pas cherché peut-être l'asile
d'une fiction semblable; mais avec quelle vigueur
il eût porté dans l'histoire ses pinceaux éclatants
de coloris et de jeunesse!

J'imagine donc, Messieurs, que diverses parties
de la littérature grandiront à la faveur de cette indépendance générale des esprits. J'imagine aussi
que la langue, le goût subiront des révolutions
inévitables. Les révolutions de la langue sont-elles
un résultat que l'on puisse arrêter ou blâmer, et
les révolutions du goût dépendent-elles des écrivains? Deux questions qui s'offrent ici d'elles-
mêmes. Les révolutions de la langue, nous n'en
sommes pas maîtres; elles nous emportent à notre
insu. Il n'y a pas de langue qui puisse demeurer
stationnaire; le mot nouveau qui m'échappe le

prouve. Il y a cependant, pour les langues, une
époque de perfection et de maturité. Un homme
d'esprit du xviiie siècle, Italien, écrivant le français, prétendait qu'il est absurde, en fait de langue, de croire une époque meilleure qu'une autre.
J'en demande pardon à Galiani. Tout n'est pas de
convention dans le langage; ou, du moins, il y a
une convention plus vraie et plus durable que les
autres. Le style de Rabelais était le bon *français*
local, accidentel, d'une époque et d'un génie; mais
il n'exprimait pas cet état de société dans lequel le
vrai domine sur l'accidentel, et qui offre à la généralité de l'esprit humain le plus de points de vue
en rapport avec lui-même. Il y a dans les langues,
comme dans le goût, une partie certaine, durable,
et une partie variable. Tant que le variable l'emporte sur le certain, c'est que la langue n'était pas
finie, qu'elle est incomplète; quand le contraire
arrive, vous reconnaissez l'époque de maturité
d'un idiome. Ce n'est pas que le temps, qui use les
mots comme les pièces de monnaie, ce n'est pas
que mille influences de mœurs, de coutumes,
d'imitations étrangères, ne viennent encore modifier la langue. Il se fait des alluvions; mais le
fleuve ne se déplace plus. Et tout écrivain, jaloux
d'être lu de l'avenir, doit rester fidèle au type primitif, de sorte que le caractère anciennement national de la langue prédomine dans ses ouvrages
sur les variations accidentelles.

Que ceux d'entre vous, Messieurs, qui se desti-
nent à l'instruction de la jeunesse recommandent

toujours l'étude attentive des grands écrivains du
xviie siècle, parce que, dans les belles productions
de cette époque, la partie durable et vraie l'emporte
infiniment sur la partie variable et accidentelle,
et que l'avenir ne pourra mettre dans la langue
française plus de formes justes et vraies que n'en
ont laissé ces premiers et heureux génies. Quant
au goût, cette même influence de la société, qui
agit sur les esprits, qui les féconde, qui les éveille,
qui les excite, comment voulez-vous qu'elle n'a-
gisse pas sur le goût ? Ainsi la philosophie sera
plus sérieuse et plus métaphysique à la fois. L'histoire sera plus expressive, plus familière et plus
détaillée. L'âge où est arrivée une nation, les vicissitudes qu'elle a subies, les crises politiques par
lesquelles elle a passé, les communications qu'elle
a eues avec d'autres peuples, lui donnent l'intelligence des temps divers, et lui ôtent cette espèce de
dédain aristocratique que la France de Louis XIV
avait pour tout ce qui ne lui ressemblait pas.

Ce sont là des sources fécondes pour la littérature française; voilà ce qu'elle peut faire encore
de sa langue et de sa liberté; voilà comment, sans
perdre le caractère national, mais en le dévelop-
pant, le goût peut se rajeunir. Un tel mouvement
succède toujours aux grandes révolutions politiques : il s'est perpétué plus d'une fois sous le
pouvoir absolu; il doit être plus puissant sous la
liberté. Espérons encore, pour la France, un âge
glorieux dans les arts du génie.

En attendant que cette époque se réalise, nous

allons bientôt nous replonger dans l'étude progressive et lente du génie français. Nous allons le
reprendre à son berceau, mais avec bien plus
d'exactitude et de détail que nous ne l'avions fait
encore. Nous essayerons de démêler d'abord les
origines de la langue et de l'esprit français. Disciple d'un érudit inventeur, je remonterai jusqu'à
ces premiers types habilement retrouvés, jusqu'à
cette langue *romane*, corruption intermédiaire entre la langue latine et les premiers monuments de
la langue française. J'en suivrai les deux divisions
principales sur le sol français ; puis j'indiquerai les
rapports qu'elles offrent avec les littératures du
midi de l'Europe et avec la littérature anglaise,
qui seule, dans le Nord, reçut par la conquête
l'empreinte du vieil esprit français.

Cette étude, qui commencera l'an prochain,
verra se renouveler plusieurs fois nos auditeurs ;
car nous remonterons lentement toute cette histoire des mœurs et des idées modernes manifestées
par les lettres. Ce sera d'abord l'étude des faits
plutôt que celle de l'art. L'esprit humain sera
l'objet de nos recherches, et, pour ainsi dire, le
personnage dont nous recueillerons les traditions
et les anecdotes à travers une foule de monuments
peu connus. En étudiant l'imagination littéraire
du moyen âge, nous étudierons l'histoire simultanée de cette grande époque chez plusieurs peuples, Italien, Portugais, Espagnol, Français du
Midi et du Nord. D'abord pénible, mais curieuse,
cette histoire s'animera d'un intérêt plus vif, à

mesure que nous avancerons vers la lumière des
arts, qui se lève en Italie dès le XIIIe siècle.

Avant de commencer cette tâche, que je ne me
flatte pas de remplir, avant de préparer les études
très-variées par lesquelles je voudrais rajeunir tout
à la fois le sujet et le professeur, il est un autre
point de vue que j'ai réservé pour nos dernières
séances de cette année. Ce sont des *prolégomènes*,
où j'essayerai de caractériser ce qu'il y a d'éléments communs et antiques dans la formation des
littératures européennes : c'est-à-dire, je recher-
cherai les premières influences littéraires et morales répandues par le christianisme, au milieu
même de la civilisation grecque et latine. J'évite-
rai, dans un double motif, par un intérêt de variété pour les auditeurs, et de prudence pour moi,
de rentrer dans les vues si ingénieusement expo-
sées par un savant collègue; mais, en laissant de
côté les monuments historiques dont il a fait une
si profonde analyse, je suivrai, dans les ouvrages
des *Pères de l'Église,* les traces premières de l'esprit
nouveau qui fermenta sous le fumier de la barbarie, et qui jette une si vive lumière dans le poëme
du Dante.

Je montrerai comment la littérature moderne
existait, en quelque sorte, avant les peuples nouveaux. Indépendamment de ces chutes d'empire
qui, dans la chronologie vulgaire, distinguent et
séparent les époques, il y a des renversements
d'idées morales; il y a des révolutions accomplies
au fond des âmes, et qui transforment les idées et

les langues des peuples. Ainsi, la première appa-
rition des écrits bibliques, la prédication et la vie
chrétienne commencèrent, au cœur de la civilisation antique, la société moderne, avant que les
races fussent changées, avant qu'il y eût, pour
ainsi dire, un moule nouveau de peuple pour recevoir les idées nouvelles.

Ici, Messieurs, je termine ce long tableau du
xviii° siècle, en vous remerciant de la bienveillance
inspiratrice dont vous avez honoré mes constants
efforts. Le *Cours* est achevé. Il ne me reste plus
qu'à en préparer un nouveau, moins incomplet,
mieux ordonné, plus instructif. Je cesse de parler
aujourd'hui, pour commencer à étudier demain.
(*Vifs applaudissements.*)

FIN DU QUATRIÈME ET DERNIER VOLUME.

TABLE ANALYTIQUE

DES MATIÈRES CONTENUES DANS CE VOLUME.

XLVIIIᵉ LEÇON.

Pages.

Considérations générales sur l'éloquence politique. — Caractère particulier de l'éloquence politique chez les modernes, et surtout en France. — En quoi diffère de la tribune antique. — La Grèce. — Rome. — Puissance de l'improvisation. — Exemple rapporté par Cicéron. — Vie périlleuse des orateurs. — Admirable peinture qu'en fait Cicéron. — Cet état presque habituel de la république romaine se retrouve dans nos troubles civils. — Une séance du sénat romain. — Caractère politique de l'éloquence chrétienne dans les premiers siècles. — Résumé.   1

XLIXᵉ LEÇON.

L'éloquence politique placée moins haut par Cicéron que l'éloquence judiciaire. Pourquoi? — Rare et tardive chez les modernes. — Elle n'a longtemps d'autre asile que les conciles. — Anciens états généraux de France. — Parlement d'Angleterre. — Vicissitudes de la constitution anglaise. — Époques diverses du parlement. — Époques scolastique et religieuse. — De l'éloquence de Cromwell. — Première époque toute politique. — Portrait de Bolingbroke. — Windham; Walpole Pulteney. — Citations. — Résumé.   29

Lᵉ LEÇON.

Unité du sujet dans cette leçon. — William Pitt. — Détails sur son éducation et sa jeunesse. — Caractère de son éloquence; sa lutte contre Walpole. — Vie parlementaire de William Pitt. — Ministre en 1756, et de nouveau en 1757. — Exemple d'une élévation indépendante de l'aristocratie et de la cour. — Glorieuse administration de William Pitt. — Sa retraite. — Fermeté de ses principes. — Refuse plusieurs fois le ministère. — Rentre dans les affaires en 1766. — Est créé lord et vicomte de Chatam. — Courte durée de son ministère. — Son opposition aux rigueurs exercées contre les colonies d'Amérique. — Sa haute prévoyance. — Ses discours aux

Pages.

différentes époques de la guerre d'Amérique. — Ses dernières paroles à la chambre des pairs. — Sa mort. — Honneurs rendus à sa
mémoire. — **Parallèle de cette mort d'un grand ministre dans un
état libre, avec celles de Richelieu et de Mazarin.**   6

LIe LEÇON.

Orateurs contemporains de lord Chatam. — Importance des événements; vivacité des débats. — Monuments de cette époque. Comment on peut les étudier. — Burke. Détails sur le début de sa carrière et sur sa fortune politique. — Éloquence irlandaise. — Fox,
fils de lord Holland, et Pitt, fils de lord Chatam. — Éducation de
Fox; sa jeunesse; son début dans le parlement. — Opposition contre
lord North. — Wilkes; Burke; Fox : citations comparées. — Éducation de Pitt. — Lettres que lord Chatam lui écrit sur ses études;
réflexions à ce sujet. — Commencement de la lutte entre Fox et Pitt.
— Élévation prématurée de Pitt.   96

LIIe LEÇON.

Encore l'éloquence politique. — Intérêt et difficulté de cet examen.
— Étude simultanée de l'éloquence et de la constitution anglaise.
— Science politique de Pitt; principe de son éloquence. — Son atta-
chement aux lois de son pays. — Nouveaux détails sur le *bill des
Indes.* — Victoire légale de Pitt. — Autre débat célèbre sur *la Ré-
gence.* — Citations comparées des discours de Pitt et de Fox. —
Exemple mémorable de la force de la constitution britannique. —
Faiblesse de la monarchie de France à la même époque. — Première
tentative de réforme. — Mirabeau. — Puissance irrésistible de la
révolution. 127

LIIIe LEÇON.

Considérations sur le caractère général de l'assemblée constituante.
— Faux point de vue des contemporains; grandeur réelle de l'assemblée. — Mélange d'abstractions et d'activité toute-puissante. —
Différence de cette assemblée et du parlement britannique de 1640
et de 1688. — Prédominance de Mirabeau, et pourquoi? — Trait
distinctif de sa politique. — Principaux débats auxquels il prend
part. — Victoires de son éloquence. — Tâche impossible qu'il entreprend; sa mort. — Dernières réflexions. 159

LIVe LEÇON.

Modération et affaiblissement de l'assemblée constituante. — Mirabeau non remplacé. — Caractère de la parole dans les assemblées
qui suivirent. — Traits distinctifs de quelques orateurs. — Brièveté
de cet examen. — Considérations nouvelles sur l'Angleterre, par
rapport aux troubles civils de la France. — Situation des partis
politiques anglais; comment ils furent affectés par la révolution

Pages.

française. — Explication de la conduite de Pitt. — Germes de division dans le parti whig. — Burke, Sheridan, Fox. — Premiers signes de dissentiment. — Débat mémorable; rupture solennelle entre Fox et Burke. — Conséquences de cet événement 183

LVe LEÇON.

Influence de la constitution politique sur l'éloquence judiciaire. — Éloquence judiciaire des Anglais. — Motifs de cet examen. — Procès politiques portés devant la chambre des lords. — Affaire de Hastings, gouverneur de l'Inde. — Discours de Sheridan à la chambre des communes pour appuyer l'accusation. — Formes de la poursuite. — Discours de Sheridan et de Burke devant la chambre des lords. — Procès civils et criminels devant le jury. — Erskine. — Esquisse de ses opinions et de sa vie 214

LVIe LEÇON.

Digression apologétique. — Quelques détails encore sur les procès politiques. — Circonstances du procès de lord Melville. — Caractère du barreau anglais. — Causes principales plaidées par Erskine devant le jury. — Alliance remarquable, dans cet orateur, de l'esprit de liberté et du sentiment religieux. — Sa défense des *Droits de l'homme* de Thomas Payne. — Son accusation contre l'*Age de raison* du même auteur. — Autre procès de la liberté de la presse. — Affaire de Napoléon contre Pelletier. — Mackintosh, avocat de Pelletier. — Portrait de cet orateur célèbre. — Citation. — Résultat du procès 241

LVIIe LEÇON.

Dernières considérations sur l'éloquence politique des Anglais. — Côté moral de cette éloquence. — Influence de la tribune sur le progrès social et le triomphe des principes de tolérance et d'humanité. — Abolition de la traite des noirs. — Rôle de M. Pitt dans cette grande question. — Commencement de l'émancipation catholique. — Autre point de vue sous lequel apparaît M. Pitt. — Sa situation et son caractère dans la grande guerre de l'Europe. — Sa retraite momentanée des affaires. — Sa rentrée au pouvoir; sa mort. — Courte administration de M. Fox. — Disparition successive des hommes les plus célèbres du parlement 274

LVIIIe LEÇON.

Retour à la littérature française. — Nouveau caractère qu'elle reçoit de la révolution. — Son rôle dans nos troubles civils. — Les deux Chénier. — Détails sur leurs premières années. — Dissentiment des deux frères. — Mort d'André Chénier. — Justification de son frère. — Talent neuf et original d'André Chénier. — Ses principaux essais. — Caractère distinctif de sa poésie 308

LIXᵉ LEÇON.

Pages.

Influence de la révolution sur la littérature. — Causes et durée de cette influence. — Caractère littéraire de Chénier. Ses tragédies. — De l'inspiration immédiate des événements; en quoi trompeuse parfois. — Seconde époque de la vie et du talent de Chénier. — Sa tragédie officielle de *Cyrus*. — Sa situation sous l'empire. — Ses derniers ouvrages plus énergiques et plus vrais. — Sa tragédie de *Tibère*—Beautés de cet ouvrage.—Graves objections. — Résumé. 334

LXᵉ LEÇON.

État des lettres dans les années qui suivirent la révolution. — Entrave au mouvement des esprits. — Littérature critique et traditionnelle. — Travail remarquable de Chénier sur cette époque. — Talents originaux diversement influencés par le souvenir de la révolution. — Madame de Staël. — M. de Maistre. — Traits généraux du caractère et du talent de madame de Staël. — Ses premières années. — Supériorité de son génie. — But élevé de tous ses ouvrages. — Sa lutte contre l'esprit despotique de l'empire. 361

LXIᵉ LEÇON.

Caractère politique de l'ouvrage de madame de Staël sur l'Allemagne. — En quoi opposé au despotisme. — Perfectibilité sociale plus vraie que la perfectibilité littéraire. — Les *Considérations sur la révolution française*. — Du reproche de partialité fait à cet ouvrage. — Grandes beautés historiques. — Sagacité politique. — Élévation du sentiment moral. — De la doctrine opposée. M. de Maistre. — Liaison systématique de ses livres. — Les *Soirées de Saint-Pétersbourg*. — Jugement sur cet ouvrage. 390

LXIIᵉ LEÇON.

Examen des doctrines politiques de M. de Maistre. — Publicistes théocratiques sous l'empire; événements qui favorisaient leur théorie. — Le livre du *Pape*; côté faible de cet ouvrage; défaut de sérieux et de foi. — Réflexions sur le talent de l'auteur. — Résumé sur la littérature du commencement de ce siècle dans ses rapports avec l'âge précédent, soit qu'elle le répète, le continue ou le combatte. — Esquisse sommaire des principales productions; caractère des nouveaux talents. — Conclusion du *Cours*. 416

FIN DE LA TABLE.